€ 2,50

Das etruskische Grabmal

E 2.90 /10

LYN HAMILTON

Das etruskische Grabmal

Deutsch von Christa Hohendahl

Weltbild

Originaltitel: *The Etruscan Chimera*
Originalverlag: The Berkley Publishing Group,
a division of Penguin Putnam Inc., New York

Die Autorin

Lyn Hamilton ist die Autorin einer sehr erfolgreichen Serie archäologischer Mystery-Krimis. In Toronto geboren und aufgewachsen, hat die Kanadierin durch ihr Studium der Anthropologie und Archäologie ein leidenschaftliches Interesse für alte Kulturen entwickelt, das sie in ausgedehnten Reisen um den ganzen Globus führt. Sie besucht jeden der Schauplätze, über die sie schreibt, um vor Ort sorgfältig zu recherchieren. Neben diversen Tätigkeiten in der Verlags- und Medienbranche leitete Lyn Hamilton auch viele Jahre eine archäologische Landesbehörde. Einige ihrer Romane wurden für den renommierten *Arthur Ellis Award* nominiert. Lyn Hamilton lebt in Toronto und hat wie die Protagonistin ihrer Romane ein Faible für Antiquitäten.

Für Celia und Jan

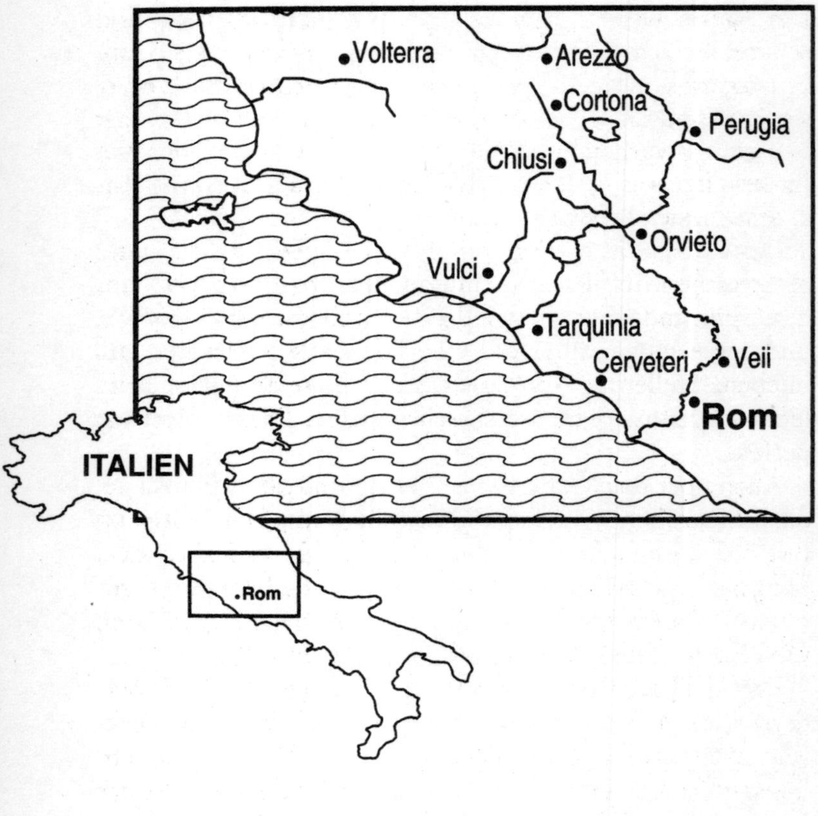
Volterra
Arezzo
Cortona
Perugia
Chiusi
Orvieto
Vulci
Tarquinia
Cerveteri
Veii
Rom
ITALIEN
Rom

PROLOG

Der Mann wischte sich den Schweiß von der Stirn und seufzte. Bei den Göttern, hier an den Brennöfen war es heiß. Er träumte von einem Ort auf den Anhöhen, wo die Zypressen im Wind säuselten, oder vom Meer, das hier in Velc fast nah genug war, um es sehen zu können – von der höchsten Baumspitze aus –, doch nicht nah genug, als dass eine Brise sein Gesicht erfrischt hätte.

Das Gefäß hatte er mit Sorgfalt ausgewählt. Er hatte mehrere geprüft, ihr Gewicht und ihre Ausgewogenheit abgeschätzt, indem er eine gießende Handbewegung machte, und seine Finger über die Oberfläche gleiten lassen, um unebene Stellen im Ton zu ertasten, die seine Arbeit beim letzten Brennvorgang zerstören würden. Dieses hier war perfekt.

Auch über das Motiv hatte er lange und intensiv nachgedacht. Darüber, wie er den heroischen Kampf am besten im Bild festhalten sollte, den tödlichen Kampf zwischen zwei kühnen Gegnern, und darüber, wie er die schwarzen Figuren vor dem roten Hintergrund auf der leicht gewölbten Oberfläche am wirkungsvollsten anordnen sollte.

Die Wahl des Gegenstandes war einfach gewesen. Er hatte zum ersten Mal einige Griechen, die sich in seiner Werkstatt abrackerten, davon erzählen gehört. Es war die Lieblingsgeschichte seines Sohnes gewesen, diejenige, die der Junge allabendlich vor dem Einschlafen hatte hören wollen. Auch heute noch, viele Jahre später, konnte er sie auswendig vortragen, fast ohne nachzudenken. Die Geschichte von Proitos, dem König von Argos, der ein Komplott gegen den tapferen und schönen Bellerophon schmiedete, weil

Proitos' Frau, die hübsche, aber hinterlistige Antea, deren Avancen von dem edlen Bellerophon abgewiesen worden waren, ihrem Gatten schreckliche Lügen erzählt hatte. Der erzürnte Proitos schickte Bellerophon mit einer versiegelten Nachricht nach Lykien. Darin wies er den lykischen König an, dass Bellerophon sterben sollte. Dieser stellte dem jungen Helden die schier unlösbare Aufgabe, die gefürchtete Chimäre zu töten, ein scheußliches Wesen mit dem Haupt eines Löwen, einem zischenden Schwanz mit Schlangenkopf und dem Kopf einer Ziege dazwischen. Es spie Feuer und versengte mit jedem Atemzug den lykischen Boden.

Bellerophon, geführt von den Göttern und unterstützt von dem geflügelten Pegasus, hatte triumphiert. Er war über das Ungeheuer geflogen und hatte einen Pfeil aus Blei im Rachen der furchtbaren Bestie versenkt. Der feurige Atem der Kreatur schmolz das Metall, und ihre Eingeweide verbrannten. Das Wesen starb unter Höllenqualen.

Der Mann nahm seine Werkzeuge auf und machte sich nach kurzem Zögern an die Gestaltung der Oberfläche. Dieses Gefäß hier stellte er nicht für die Werkstatt her, nicht für die wohlhabenden Familien, die seine Arbeiten für die Grabmäler ihrer Lieben erwarben. Es würde nicht verkäuflich sein. Es würde sein Meisterstück werden.

ERSTER TEIL

Die Ziege

1

Rom

Als die Zellentür zuschlug, kam mir der Gedanke, dass der Weg zur Hölle weder mit guten Vorsätzen gepflastert ist, noch aus einem einzigen brutalen und mörderischen Akt besteht, wenngleich auch das vorkommt. Nein, der Weg dorthin ist eine Folge von kleinen Entscheidungen, von kaum wahrnehmbaren Rissen im moralischen Gefüge, die, alle zusammen betrachtet, im Laufe der Zeit wie Wassertropfen auf Stein unser Gespür für Richtig und Falsch aushöhlen.

In meinem Fall begann die Reise mit einer Bestie, die unmöglich gelebt, aber noch weniger menschliche Gestalt angenommen haben konnte; außerdem mit einem Mann, von dem einige immer noch behaupten, er habe nie existiert. Die Kreatur war eine Chimäre, die Art von Ungeheuer, die in unserem Unterbewusstsein lauert und von dort auftaucht, um uns im Schlaf zu quälen. Der Mann hieß Crawford Lake.

Lake war einer jener Menschen, deren Name stets mit zwei zusätzlichen Attributen genannt wird, genau wie bei ehemaligen Präsidenten und Hollywood-Legenden.

In Lakes Fall lauteten diese Worte »öffentlichkeitsscheuer Milliardär«.

Die Erläuterung des zweiten Charakteristikums möchte ich den Finanzanalysten überlassen, die kürzlich in eine Art Fressrausch verfielen angesichts des Kadavers von Lakes einst so mächtigem Imperium, einem fast schon krakenartigen Konglomerat mit Fangarmen, die sich weit in die sogenannte Weltwirtschaft hineingedrängt hatten. Ich kann mich jedoch mit einer gewissen Berechtigung zu der ersten Eigenschaft äußern und jedem, der es wissen möchte, versichern, dass »öffentlichkeitsscheu« den Mann nur ansatzweise beschreibt.

Als ich ihn zum ersten Mal in seiner Wohnung in Rom traf, hatte sich Crawford Lake tatsächlich seit mindestens fünfzehn Jahren nicht mehr in der Öffentlichkeit sehen lassen. Die Medien beschränkten sich darauf, Fotos zu zeigen, die – ich schwöre es – von denselben Leuten aufgenommen worden waren, die behaupten, Bigfoot und das Ungeheuer von Loch Ness gesehen zu haben: unscharfe Schnappschüsse einer schemenhaften Gestalt, die in der Ferne verschwindet, oder – falls man nicht bereit war, die Preise zu zahlen, die die Paparazzi für diese Bilder verlangten, so fragwürdig sie auch sein mochten – Lakes Porträt aus dem Jahrbuch seiner Schule. Schon in jenen Tagen seiner Jugend zeigte Lake die Tendenz, sich zu verstecken; aber möglicherweise waren die zerzausten Haare, die seine Augen fast vollständig verbargen, in den Sechzigerjahren auch lediglich ein modisches Statement. Warum er ein Leben im Verborgenen vorzog, wusste ich zu der Zeit noch nicht, aber ich nahm an, dass jeder, der so reich war wie er, auch so gesellschaftsfeindlich sein konnte, wie es ihm gefiel.

Meiner Ansicht nach trieb er es jedoch zu weit.

»Das ist doch sicher nicht notwendig«, sagte ich zu meinem Begleiter, als er mir ein Zeichen gab, mich umzudrehen, damit er mir ein dunkles Tuch über die Augen binden konnte.

»Nein, wahrscheinlich nicht«, erwiderte er und lächelte nicht mich, sondern sein eigenes Spiegelbild im Rückspiegel des Wagens an. Er war ein attraktiver junger Mann, und das wusste er auch. Er hatte perfekte Zähne, braune Haut und dunkle Augen, er trug einen Anzug und ein Hemd aus zerknittertem Leinen, und an seiner Brust blitzte eine Goldkette – einer jener italienischen Männer, die sich für unwiderstehlich halten und der Auffassung sind, alle Frauen auf der ganzen Welt sollten dies ebenfalls tun. »Allerdings«, fügte er hinzu, während er das Tuch über meine Augen legte, »müsste ich Sie töten, wenn Sie wüssten, wo mein Arbeitgeber lebt.«

Mir war nicht ganz klar, ob er scherzte. Sobald das Tuch befestigt war, klopfte er an die Glasscheibe zwischen uns und dem Fahrer, und die Limousine setzte sich in Bewegung. Mein Hotel befand sich in einer Seitenstraße am oberen Ende der Spanischen Treppe, und ich versuchte herauszufinden, wohin wir fuhren – was sollte ich sonst tun, während ich mit verbundenen Augen dasaß? Nachdem wir im dichten Verkehr diverse Male abgebogen waren, angehalten hatten und wieder losgefahren waren, gab ich es jedoch auf. Nach ungefähr zehn Minuten blieb der Wagen stehen, und ich wurde mehrere Stufen hinaufgeführt, anschließend in einen Fahrstuhl verfrachtet, der langsam nach oben ratterte, dann ein paar weitere Stufen hinaufdirigiert. Als sich eine Tür hinter mir geschlossen hatte, wurde die Augenbinde entfernt.

Ich stand in einem Raum, der kaum zu beschreiben ist, da er so viele Dinge enthielt, die man bestaunen konnte. Vor den großen Fenstern hingen schwere, dunkelgrüne Vorhänge, die so angebracht waren, dass ich nicht nach draußen blicken konnte und deshalb keinerlei Anhaltspunkte hatte, wo ich mich befand. Ganz oben an den Fenstern ließen sie jedoch einen hellen Sonnenstrahl in das Zimmer dringen. Ich sah ein ziemliches Durcheinander an Möbeln, von denen die meisten kunstvoll verziert, aber recht abgenutzt waren, und fast jeder Zentimeter des Raumes, die Wände, die Tische, sogar der Boden, war mit Kunstgegenständen bedeckt. Am auffälligsten waren zwei große Fresken, die an einigen Stellen verblasst waren und ländliche italienische

Motive darstellten – neunzehntes Jahrhundert, würde ich sagen. Mehrere Dutzend goldene Cupidos waren über den ganzen Raum verteilt, und auf dem Boden und auf jedem Tisch lagen Massen von alten Büchern, wunderbare Exemplare mit Ledereinbänden und geprägten goldenen Lettern auf den Buchrücken. Auf einigen dieser Stapel standen kleine Skulpturen, die meisten aus Bronze. Auf einem Couchtisch waren Unmengen von Gefäßen gruppiert – Vasen in Schwarz und Rot, möglicherweise griechisch, aber vielleicht auch etruskisch, und einige waren aus dem polierten schwarzen Material, das Bucchero genannt wird – sowie ein paar sehr schöne Marmorbüsten von bedeutenden römischen Bürgern.

Es war fast wie in einem Museum. Mit nur einem Blick konnte ich griechische, römische und etruskische Objekte ausmachen, Figuren aus Meißener Porzellan, etwas, das wie ein Steinkopf aus Kambodscha aussah, auf den wenigen Zentimetern der Wand, die nicht mit Fresken bedeckt waren, mehrere Ölgemälde, Barockspiegel, ein Holzpferd – vermutlich spätes achtzehntes Jahrhundert – und nicht ein oder zwei, sondern gleich drei Kronleuchter, und zwar nicht aus Murano-Glas, wie man es in diesem Teil der Welt erwarten könnte, sondern vielmehr aus Kristall, wahrscheinlich böhmisch, aus dem achtzehnten Jahrhundert.

Zwei Dinge überraschten mich an dem Raum. Erstens war er einfach zu voll. Und ich bin wirklich kein Ordnungsfreak. Wie jeder bestätigen wird, der mein Antiquitätengeschäft oder mein Haus gesehen hat, lautet mein Einrichtungscredo eindeutig nicht »Weniger ist mehr«. Ich mag ein gewisses Maß an Durcheinander, verschiedene Objekte und Stilrichtungen, die sich gegenseitig ausspielen. Dies hier war jedoch zu viel des Guten, das Zusammentreffen zwanghafter Sammelwut mit unerschöpflichem Reichtum.

Zweitens würde man das meiste davon in meiner Branche eher herablassend als »Krempel« bezeichnen. Das heißt, dass keine wirklich ausgefallenen Stücke dabei waren – mit »ausgefallen« meinen wir für gewöhnlich »atemberaubend teuer«. Über dem Kaminsims hing ein Gemälde, bei dem es sich offensichtlich um eine Kopie handelte – das Original war wohlbekannt und befand sich in einem Museum. Die anderen Objekte waren echt, aber es gab nur wenige, die wesentlich mehr als fünfundzwanzigtausend Dollar gekostet haben konnten, und nicht eines, das mehr als fünfundsiebzigtausend Dollar wert gewesen wäre. Ich hätte mich glücklich geschätzt, wenn ich irgendetwas aus dem Zimmer an Lake verkauft hätte, aber es gab nichts, was auf die finanziellen Mittel hindeutete, über die ein Mann wie Lake verfügte, oder auf den Kunstliebhaber, der Lake meines Wissens nach war. In den Zeitschriften für Kunstsammler sorgte er regelmäßig für Schlagzeilen, und er war offensichtlich bereit, für etwas, das er haben wollte, Millionen zu zahlen, wenn es nötig war. Dieser Ort hier ließ das nicht erkennen.

Während ich mich bemühte, alles in mich aufzunehmen, betrat ein gut aussehender Mann von etwa fünfzig Jahren den Raum. Er hatte einen wohlgeformten Kopf mit dunklem, grau meliertem Haar und die Art von perfekter Sonnenbräune, die einen an Sonnenstudios oder ausgedehnte Aufenthalte auf einer privaten Jacht denken lässt. Ich suchte vergeblich nach Spuren des eher scheuen jungen Mannes auf dem Jahrbuchfoto. Offenbar war Lakes Selbstbewusstsein in den letzten dreißig Jahren rasant gewachsen. Ein jährliches Nettoeinkommen von sechs Milliarden Dollar ist in dieser Hinsicht offenbar sehr hilfreich. Zudem wirkte er für einen Mann, der in den Sechzigern volljährig geworden war, relativ jung, doch das führte ich ebenfalls auf die Tatsache zurück, dass er die nötigen finanziellen Mittel besaß, um gut auf sich achtzugeben.

»Lara McClintoch«, begrüßte er mich und reichte mir die Hand. Er stand genau unter dem einfallenden Sonnenstrahl, was ihn mit einer Art Heiligenschein versah. Das amüsierte mich. »Ich bin Crawford Lake. Danke, dass Sie gekommen sind. Bitte entschuldigen Sie das ganze Theater und dass ich Sie warten ließ. Ich hoffe, Sie verzeihen mir. Leider erachte ich eine solche Geheimhaltung für notwendig. Ich habe mich gerade um geschäftliche Dinge gekümmert, als Sie ankamen, und da ich so selten hier in Rom bin, musste ich das zuerst erledigen. Möchten Sie einen Tee? Oder vielleicht etwas Stärkeres?«

»Tee wäre großartig«, antwortete ich und dachte insgeheim, dass der Umstand, dass Lake die Wohnung so selten nutzte, sowohl die Ansammlung von Kunstgegenständen erklärte als auch die recht stickige Luft, die in dem Raum herrschte. Er betätigte eine Klingel, und sogleich erschien ein Dienstmädchen, als hätte es sich in der Diele aufgehalten und nur auf die Aufforderung gewartet.

»Tee bitte, Anna«, sagte er. »Und etwas von Ihrem herrlichen Zitronenkuchen.«

»Sofort, Mr Lake«, erwiderte die Frau und senkte leicht den Kopf, als würde sie sich vor einem niederen Mitglied der königlichen Familie verbeugen.

»Nun, was denken Sie?«, fragte er und machte eine ausladende Armbewegung. »Entdecken Sie irgendetwas, das Ihnen gefällt?«

»Die Alabastervasen sind exquisit«, antwortete ich vorsichtig.

»Vierzehntes Jahrhundert«, sagte er. »Nicht sehr alt, aber doch hübsch, nicht wahr? Was halten Sie von den Gemälden?«

»Die Fresken sind eindrucksvoll«, erwiderte ich. »Ich habe gerade das Ölbild über dem Kaminsims bewundert«, fügte ich hinzu und wählte sorgfältig meine Worte. »Ich frage mich, wo ich das Original gesehen habe. Im Louvre vielleicht?« Es hatte mich in der Tat überrascht, zwischen all diesen ungewöhnlichen Kunstgegenständen eine offensichtliche Kopie zu sehen, und ich wollte, dass Lake wusste, dass ich eine Kopie sofort erkannte.

Er runzelte die Stirn. »Dies ist das Original«, sagte er. »Aber in gewisser Hinsicht haben Sie recht. Die Kopie hängt im Louvre.«

»Oh«, war alles, was ich herausbrachte. Zu meiner großen Erleichterung wurde nun der Tee hereingebracht, in einem fantastischen silbernen Teeservice, außerdem, wie versprochen, Zitronenkuchenstücke auf einer Platte aus Sèvres-Porzellan.

Eine Weile lang betrieben wir ein wenig Small Talk, wobei er auf etliche Gegenstände in dem Raum hinwies und mir erzählte, wie er sie erworben hatte, während ich anerkennende Laute von mir gab. Ich wusste, dass Lake ursprünglich aus Südafrika stammte, aber er hatte einen Akzent, der, glaube ich, »mid-Atlantic« genannt wird, ein irgendwo zwischen dem Britischen und dem Amerikanischen zu verortender Tonfall, den er sich hart erarbeitet haben musste. Tatsächlich war alles an ihm sehr gepflegt, was mich durchaus beruhigte, da ich in der letzten Nacht schlaflose Stunden damit verbracht hatte, mir eine Kreuzung aus einem Einsiedlertypen wie Howard Hughes – mit Haarmähne und langen Zehennägeln – und irgendeinem krankhaft schüchternen Computerfreak vorzustellen.

»Nun zum Geschäft«, sagte er schließlich, während er sich kurz bemühte, einen freien Platz zu finden, an dem er seine Teetasse abstellen konnte. »Sie fragen sich zweifellos, warum ich Sie hierhergebeten habe.«

Ich nickte. Selbstverständlich war ich entzückt über die Einladung, aber der Grund dafür war mir schleierhaft.

»Sie sollen für mich etwas erwerben«, sagte er. »Ein Kunstwerk. Etwas sehr Altes, von jemandem in Frankreich. Natürlich bekommen Sie eine Provision, und ich werde alle anfallenden Kosten tragen. Können Sie das übernehmen?«

»Sie schmeicheln mir mit Ihrer Anfrage«, antwortete ich vorsichtig. »Aber, verzeihen Sie mir, dass ich so direkt bin, warum gerade ich? Warum schicken Sie nicht einen von Ihren Angestellten?«

»Die haben keine Ahnung von Antiquitäten«, erwiderte er mit einer herablassenden Handbewegung. »Sie dagegen schon, sagte man mir.«

»Dann Mondragon«, beharrte ich und verwies auf einen sehr bekannten Kunsthändler. »Er kauft doch oft etwas für Sie, nicht wahr? Außerdem kennt er sich ziemlich gut mit Antiquitäten aus.«

Lake wirkte ungeduldig. »Sie verstehen sicher, dass der Preis stets in die Höhe schießt, wenn mein Name mit einer bedeutenden Erwerbung in Verbindung gebracht wird«, sagte er langsam. »Weit über den wahren Wert hinaus.«

»Der Apollo«, sagte ich.

»Der Apollo«, pflichtete er mir bei. »Aplu oder Apulu nannten ihn die Etrusker. Bedauerlicherweise war es in diesem Fall so. Ich sehe, Sie haben Ihre Hausaufgaben gemacht, Ms McClintoch.«

Ganz recht, ich hatte meine Hausaufgaben gemacht, auch wenn seine Bemerkung möglicherweise ein klein wenig herablassend war. Nicht dass es schwierig gewesen wäre, Nachforschungen über Lake anzustellen. Seine finanziellen Eskapaden tauchten regelmäßig in nahezu jeder erwähnenswerten Zeitung auf, genau wie einige fast schon aggressiv zu nennende Kunstkäufe. Es stand außer Frage, dass er sehr reich war. Doch er konnte nicht alles kaufen. Er war hinter einer zweitausenddreihundert Jahre alten Apollo-Statue her gewesen – ein traumhaftes Stück, etruskisch, wie er eben angedeutet hatte – und hatte gegen einen Sammler aus Texas verloren, der wahrscheinlich nicht die gleichen Geldmittel wie Lake besaß, sich jedoch als geschickt darin erwiesen hatte, ihn bei dieser speziellen Gelegenheit zu überbieten. Davor war Lake jährlich in fast jedem Kunstmagazinranking der hundert wichtigsten Sammler aufgetaucht. Nach der Geschichte mit dem Apollo schien er jedoch von anderen überholt worden zu sein.

»Er war nicht halb so viel wert, wie Mariani dafür gezahlt hat«, sagte Lake und erwähnte damit den stolzen Besitzer des Apollo. »Ich bin immer noch enttäuscht. Nachdem Sie den Fall selbst erwähnt haben, werden Sie sicher verstehen, dass ich meine recht beneidenswerte finanzielle Position nicht dadurch erreicht habe, dass ich mehr für einen Gegenstand zahle, als er wert ist, auch nicht, wenn er so wunderschön wie diese Statue ist. Um das Objekt zu kaufen, das ich haben möchte, brauche ich jemanden, der in keinster Weise mit mir in Verbindung gebracht wird.«

»Und um welches handelt es sich?«

»Darüber sprechen wir gleich.«

»Sie haben mir erklärt, warum Sie mit jemand Neuem Geschäfte machen möchten, aber noch nicht, warum Sie ausgerechnet mich ausgesucht haben.«

Er zuckte unmerklich mit den Achseln. »Ich stelle Nachforschungen an. Sie haben gerade demonstriert, dass Sie das ebenfalls tun. Man sagte mir, Sie würden sich auskennen und wären ehrlich und hartnäckig, wenn nicht sogar dickköpfig. Hartnäckigkeit bewundere ich. Es ist eine Eigenschaft, die wir möglicherweise gemeinsam haben. Darüber hinaus – und ich hoffe, ich beleidige Sie nicht, wenn ich das sage – ist Ihr Geschäft international nicht sehr bekannt. *McClintoch & Swain* ist nicht« – er zögerte – »die Art von Unternehmen, mit der ich normalerweise Geschäfte machen würde.«

Ich konnte ihm kaum widersprechen, da ich halbwegs sicher war, dass *McClintoch & Swain*, der Laden, den ich zusammen mit meinem Exmann Clive Swain besitze, außerhalb eines Umkreises von zwei Häuserblocks ziemlich unbekannt ist, und erst recht international.

»Wissen Sie, was eine Chimäre ist?«, fragte er mich unvermittelt.

»Eine mythologische Gestalt, nicht wahr? Ein Teil Löwe, ein Teil Schlange, und ein Teil irgendeines anderen Tieres.«

»Ziege.« Er nickte.

»Ziege«, stimmte ich zu.

»Sie enttäuschen mich nicht, Ms McClintoch«, sagte Lake. »Sie hätten antworten können, es wäre eine Bezeichnung, die von Naturwissenschaftlern für jegliche Art von Zwittern benutzt wird, Pflanze oder Tier, oder Sie hätten sagen können, es wäre der Name für ein Wesen, das seine Erscheinungsform beliebig zu verändern vermag. Aber Sie haben die richtige Beschreibung gewählt, soweit es unseren Gegenstand betrifft. Kennen Sie denn die Chimäre von Arezzo?«

»Sie meinen die bronzene Chimäre im archäologischen Museum von Florenz? Diejenige, die man in Arezzo in der Toskana gefunden hat?«

»Genau«, sagte er, griff nach einem großen Umschlag, der auf dem Tisch neben ihm lag, und zeigte mir eine Fotografie. »Ist sie nicht hübsch? Bronze, spätes fünftes oder frühes viertes Jahrhundert vor Christus. Eins der wirklich bedeutenden Stücke etruskischer Kunst. Wir verdanken ihre Entdeckung Cosimo de Medici. Er betrachtete sich selbst gern als Archäologen. Man sagt, er hätte die Funde selbst gesäubert, eine mühsame Arbeit. Er fand die Chimäre im Jahr 1553, und später, im Jahr 1566, den Arringatore, den Redner, beide etruskisch. Ich vermute, er widmete sich dieser Arbeit, weil er sie liebte. Aber sie kam auch seinen politischen Zielen gelegen. Sein Nachfolger wurde zum *Dux Magnus Etruscus* ernannt, zum großen etruskischen Führer. Wussten Sie das? Es genügte nicht, dass Cosimo im Jahr 1569 zum Großherzog der Toskana ernannt worden war. Wirklich dumm, diese Geschichte mit dem *Dux Magnus Etruscus,* wenn man bedenkt, dass die Etrusker mehr als zweitausend Jahre zuvor von den Römern besiegt worden waren, aber ich nehme an, es sagt etwas über die Macht aus, die die glorreiche Vergangenheit über uns hat. Ein zauberhaftes Kunstwerk, nicht wahr? Achten Sie auf die Kraft, die in dem Löwenkopf und den Lenden steckt, die Bedrohung, die von dem Schlangenschwanz ausgeht, und das störrische Wesen der Ziege, das so klar herausgearbeitet ist.«

Es war keine Frage, die Chimäre von Arezzo war wirklich ein Glanzstück etruskischer Bronzekunst. Es war ein Tier mit dem Haupt und dem Leib eines Löwen, einem Ziegenkopf und einem gebogenen Schwanz, der in einem Schlangenkopf endete. Dieser blickte sich um, als wollte er die Ziege beißen.

Interessant war jedoch, dass Lake so ausführlich über Cosimo de Medici sprach. Genau wie die Familie der Medici hatte Lake sein Vermögen im Bankgeschäft gemacht – zunächst hatte er konventionelle Finanzdienstleistungen angeboten, dann wandte er sich frühzeitig dem Internetbanking zu –, und mit Cosimo teilte er sowohl das Streben nach einem Imperium als auch eine recht rücksichtslose Art, mit seinen Gegnern umzugehen. Während Cosimo alle Rivalen aus seiner Stadt Florenz vertrieben und die Nachbarstadt Siena annektiert hatte, indem er seine Feinde enthaupten oder in finstere Kerker einsperren ließ, hatte Lake mehrere feindliche Übernahmen von Konkurrenzunternehmen in die Wege geleitet und damit Erfolg gehabt.

Lake, der wahrscheinlich ein Fan von allen italienischen Dingen war, hatte sein Unternehmen *Marzocco* genannt, nach dem Wappentier von Florenz, einem Löwen. Es wird erzählt, dass man früher von den besiegten Feinden der Stadt verlangte, das Hinterteil einer Löwenstatue zu küssen, und das kam dem relativ nahe, was jeder, der mit Lake in Konflikt geriet, am Ende tun musste.

Auf der anderen Seite waren sowohl Lake als auch de Medici, obwohl fast fünfhundert Jahre zwischen ihnen lagen, bedeutende Kunstmäzene. Es war schwer einzuschätzen, wo dieses Gespräch über Kunst und Imperien enden würde. Die Chimäre von Arezzo wurde auf keinen Fall zum Verkauf angeboten, und ich hoffte inbrünstig, dass er nicht glaubte, ich würde ins archäologische Museum von Florenz einbrechen, um sie für ihn zu stehlen.

»Sie ist so naturgetreu, finden Sie nicht?«, sagte er nachdenklich. »Auch wenn sie niemals wirklich existieren könnte. Ich meine, schauen Sie doch mal. Sieht es nicht so aus, als würde sie gleich irgendetwas angreifen, wie bei einem tödlichen Kampf?«

»Irgendetwas oder irgendjemanden«, pflichtete ich ihm bei. »War nicht Bellerophon der Held, der die Chimäre tötete?«

»Brava«, sagte er. »Auch in diesem Fall werden Sie Ihrem Ruf gerecht, Ms McClintoch. Es war tatsächlich Bellerophon. Die *Ilias* von Homer, sechstes Buch. Das Ungeheuer, eine entsetzliche feuerspeiende Bestie, soll in Lykien in Kleinasien gelebt haben, und ja, die Chimäre – ist Ihnen eigentlich aufgefallen, wie viele der Monster aus der antiken Mythologie weiblich waren? – wurde schließlich von dem Helden, Bellerophon, getötet. Ein persischer heiliger Georg gewissermaßen. Ich nehme an, die Chimäre könnte die frühe Version einer Drachenlegende darstellen. Erinnern Sie sich, wie Bellerophon diese äußerst entmutigende Aufgabe bewältigte, die seine Feinde ihm gestellt hatten?«

»Flog er nicht auf einem geflügelten Pferd über das Ungeheuer und schoss einen Pfeil ab mit irgendeinem Pfropfen darauf, der durch den Atem der Chimäre schmolz? So etwas in der Art jedenfalls.«

»Das ist richtig. Ich sehe schon, Sie kennen sich in der Mythologie genauso gut aus wie mit Antiquitäten. Bellerophon erhielt das geflügelte Pferd Pegasus von dessen Vater

Poseidon, dem Meeresgott, und setzte damit über die Chimäre. Er steckte einen Bleipfropfen auf die Spitze seines Pfeiles und schoss ihn in ihren Rachen. Das Blei schmolz, versengte die Eingeweide der Chimäre und tötete sie. Sie starb unter Höllenqualen. Ziemlich genial, finden Sie nicht auch?«

»Zweifellos«, antwortete ich. Irgendetwas an seinem Tonfall beunruhigte mich, die hämische Freude, mit der er die Erzählung wiedergab, und dass er die Tatsache betonte, die Chimäre sei weiblich. Konnte es sein, dass der Milliardär eine frauenfeindliche Ader hatte? »Das ist ja alles sehr interessant, Mr Lake, aber ich weiß immer noch nicht, was Sie von mir wollen.«

»Nun, Bellerophon natürlich«, sagte er, während er ein zweites Foto vor mich hinlegte. Es zeigte ein sich aufbäumendes geflügeltes Pferd mit einem Mann auf dem Rücken, der im Begriff war, einen Pfeil abzuschießen. Das Foto war nicht so scharf wie das erste, eher ein Schnappschuss als eine professionelle Aufnahme, aber ich konnte erkennen, dass es sich um eine beeindruckende Skulptur handelte. Lake legte die beiden Fotos aneinander, und es sah tatsächlich so aus, als würde die Chimäre von Arezzo das aufsteigende Pferd mit dem Reiter anfauchen.

»Wie sieht es mit den Größenverhältnissen aus?«, fragte ich. »Nach diesen Fotografien kann ich es nicht beurteilen.«

»Perfekt«, erwiderte er. »Die Chimäre von Arezzo ist nur etwa achtzig Zentimeter hoch, relativ klein für eine solche Skulptur eigentlich. Der Bellerophon ist ungefähr zwei Meter groß. Er überragt sie.«

»Ich erinnere mich an keinen Hinweis, dass es zu der Chimäre eine Bellerophon-Statue gab«, sagte ich etwas unsicher, aber ich spürte, dass sich langsam Erregung in mir ausbreitete.

»An dieser Stelle wird es interessant«, sagte Lake. »Ich habe die Stadtarchive von Arezzo auf den Zeitraum von

1550 bis 1560 hin durchforstet«, fügte er hinzu und hielt dann abrupt inne, als hätte er sich versprochen. »Korrekterweise sollte ich besser sagen, dass ich die Archive durchforsten ließ. Es gibt einen Hinweis auf eine große Bronzefigur wie die Chimäre, die am 15. November 1553 außerhalb der Stadttore entdeckt wurde. Später wurde noch der Vermerk hinzugefügt, dass der Schwanz fehlte.

Giorgio Vasari – Cosimo de Medici war sein Mäzen, und Vasari hielt viele seiner Taten schriftlich fest – schrieb im Jahr 1568, dass sie 1554 gefunden wurde, ein Jahr später als die Archivaufzeichnungen sagen. Er erwähnt den fehlenden Schwanz ebenfalls. Manche behaupten, Benvenuto Cellini habe den Schwanz ersetzt, aber ich bezweifle, dass das stimmt. Cellini war ein Künstler, der von den de Medicis unterstützt wurde. Jedenfalls interessiere ich mich nicht für die Chimäre, sondern für den Bellerophon. Meiner Ansicht nach sind die Anhaltspunkte dafür, dass in Arezzo mehr als nur eine große Bronzefigur entdeckt wurde, ausreichend, und angesichts der Überlieferung und dieses Fotos halte ich es für recht wahrscheinlich, dass ich sie ausfindig gemacht habe. Diese Figur will ich haben, Ms McClintoch, und ich möchte, dass Sie sie für mich beschaffen. Fühlen Sie sich der Herausforderung gewachsen?«

»Nun, ich … was würden Sie damit tun, sobald Sie sie besäßen, Mr Lake?«, fragte ich.

»Was ich damit tun würde? Oh, ich verstehe, was Sie meinen. Ich habe die Absicht, sie dem Museum in Florenz zu übergeben. Die Chimäre ist für sich genommen, auch wenn es sich um eine großartige Arbeit handelt, nicht besonders beeindruckend, darin stimmen wir sicher überein. Im Grunde ist das wohl eine Frage der Dimensionen. Aber zusammen, also mit dem Bellerophon – wie es ja ursprünglich auch gedacht war –, werden die beiden Stücke eine erstaunliche Wirkung haben. Sie verdienen es, zusammen zu sein.«

»Das ist eine sehr großzügige Geste, Mr Lake«, sagte ich. Derartiges war bei Lake schon mehrmals vorgekommen. Ich erinnerte mich, dass er im Laufe der Jahre mehrere erstklassige Antiquitäten an diverse Museen gestiftet hatte, aber ich war dennoch auf der Hut.

»Ja und nein«, erwiderte er mit einem ziemlich entwaffnenden Lächeln. »Um ehrlich zu sein, plane ich hier in Europa gerade einen neuen Hightech-Fonds und hätte gern ein paar Positiv-Schlagzeilen. Etwas, was die Leute überrascht und aufhorchen lässt und sie natürlich auch zum Kauf veranlasst. Den Bellerophon zu finden und ihn dann dem archäologischen Museum zu überlassen wäre eine gute Möglichkeit, das zu erreichen. Wohlhabender Philanthrop verbringt zehn Jahre damit, den vermissten Bellerophon aufzuspüren, kauft ein Kunstwerk für Italien, und so weiter und so fort. Ein paar Tage später gründe ich dann den Fonds. Das Ganze ist natürlich nicht vollkommen uneigennützig, aber die Sache ist es wert, da stimmen Sie mir hoffentlich zu.« Er sprach mit der Autorität eines Mannes, der erwartet, dass ihm alle zustimmen, und wie ich zu meiner Überraschung feststellte, tat auch ich es. Spielte es eine Rolle, welches seine Motive waren? Entscheidend war, dass der Bellerophon wieder mit der Chimäre vereint würde und jeder die Gelegenheit bekäme, sie zu bewundern.

»Ich frage Sie noch einmal: Glauben Sie, dass Sie der Herausforderung gewachsen sind?«, wiederholte er. »Ich werde Sie bezahlen, und zwar gut. Sie erhalten eine Provision für den Kauf – wie viel, können wir noch besprechen –, und ich übernehme all Ihre Ausgaben. Ich habe mir die Freiheit genommen, für Sie ein Konto in der Schweiz zu eröffnen, ein Onlinekonto, natürlich bei meiner Bank, und wenn Sie einverstanden sind, werden zehntausend US-Dollar darauf überwiesen, um Ihre Kosten zu decken. Also«, sagte er und nannte einen Provisionssatz, »wäre das Ihre Zeit wert?«

Genau genommen habe ich noch nie darüber nachgedacht, wie viel meine Zeit wert ist, da ich glaube, dass es mich nur deprimieren würde, den relativ armseligen Gewinn, den *McClintoch & Swain* von Zeit zu Zeit erzielt, durch die Anzahl der Stunden zu teilen, die ich in die Arbeit stecke. Obwohl ich es vorziehe, im Allgemeinen nicht über Geld zu sprechen und besonders nicht über meine Provision, will ich dennoch verraten, dass der Betrag auf jeden Fall höher war als derjenige, den meine Arbeitszeit normalerweise einbringt.

Trotzdem zögerte ich, und er, der arme Mann, hielt das für ein Anzeichen dafür, dass der Betrag zu niedrig war. »Wenn Sie den Verkaufspreis unter zwei Millionen halten können, erhöhe ich Ihre Provision um einen weiteren Prozentpunkt. Unter anderthalb Millionen, noch einen zusätzlichen.«

»Das ist sicher ausreichend, Mr Lake«, antwortete ich im neutralsten Tonfall, zu dem ich imstande war. In Wahrheit schlug mir das Herz bis zum Hals. Auch wenn niemand jemals erfahren würde, dass ich Lakes Einkäuferin gewesen war, würde ich damit eine Ebene der Kunstwelt betreten, von der ich nie gedacht hätte, dass ich sie je zu Gesicht bekommen würde. Und dazu noch für einen guten Zweck: die Chimäre mit dem verschollenen Helden zu vereinen.

»Gut«, sagte er und reichte mir ein Blatt Papier. »Noch etwas?«

»Was ist, wenn ich den Bellerophon nicht bekomme, aus welchem Grund auch immer?«

»Ich belohne den Erfolg und nicht das Scheitern, Ms McClintoch. Aber ich versuche, fair zu sein. Die zehntausend, die ich auf Ihr Konto überweise, müssten Ihre Auslagen bei weitem decken; sie sind nicht zurückzahlbar, egal wie viel oder wie wenig Sie davon ausgeben. Ist das zufriedenstellend?« Ich nickte.

»Also, hier sind die Kontonummer und das Passwort. Ich schlage vor, Sie merken sich beides und werfen den Zettel dann weg.«

Ich blickte auf das Papier. Die Bank hieß *Marzocco Financial Online,* und die Kontonummer lautete 14M24S – *one for the money and two for the show.* Das Passwort war ebenfalls einfach. Es lautete »Chimäre«. Ich zerriss das Blatt und reichte Lake die Papierfetzen. »Ich habe es im Kopf«, sagte ich. »Nun, wer hat also den Bellerophon?«

»Ich glaube, und ich weiß es aus ziemlich guter Quelle«, begann er, »dass er in den Händen eines französischen Sammlers namens Robert Godard ist. Ich habe den Mann nie kennengelernt, aber er hat ihn vermutlich schon seit mehreren Jahren. Möglicherweise ist er sogar schon seit ein oder zwei Generationen im Besitz seiner Familie. Ich bin nicht sicher, ob Godard weiß, was er da besitzt, die fehlende Hälfte der Arezzo-Bronzefiguren, meine ich. Allerdings bin ich überzeugt davon, dass er weiß, dass es ein kostbares Stück ist. Schließlich ist er ein Sammler, aber vielleicht hat er sozusagen noch nicht zwei und zwei zusammengezählt. Wahrscheinlich glaubt er, dass er eine recht ungewöhnliche Reiterstatue besitzt. Mir wäre es recht, wenn es dabei bliebe. Es würde den Preis niedrig halten.«

Ich nickte. »Ich bin selbst nicht vollkommen sicher, ob die zwei Stücke zusammengehören«, fuhr Lake fort, »aber ich glaube es, und wenn wir sie nebeneinander sehen, wird es ersichtlich werden.«

»Sie sagen, Godard besitze die Figur schon lange. Weshalb glauben Sie, dass er sie jetzt verkaufen wird?«

»Nach meinen Informationsquellen ist er bereit zu verkaufen. ›Finanzielle Notlage‹ ist wohl der Begriff, der einem sofort in den Sinn kommt.« Er musste mir irgendetwas angesehen haben. »Ich hörte, Sie hätten einen etwas misstrauischen Charakter«, sagte er.

Mit wem, fragte ich mich, *hat er über mich gesprochen?* Ich würde mich selbst nicht als misstrauisch bezeichnen, lediglich als vorsichtig und skeptisch, das ist alles – eine Einstellung, die ich als gesund bezeichnen würde in einer Branche, an der mitunter Menschen mit niederen Motiven Gefallen finden. Die Redewendung *caveat emptor* – Käufer, sei wachsam – ist in unserem Fach ein nützlicher Leitsatz, den man sich merken sollte. Was ich sagen will, ist, dass es im Antiquitätenhandel von Fälschungen nur so wimmelt. Und ich glaube behaupten zu können, dass ich noch nicht sehr häufig hereingelegt worden bin.

»Ich habe nichts mit seiner momentanen Situation zu tun, das versichere ich Ihnen«, sagte Lake. »Das hat er sich selbst eingebrockt. Ich hoffe lediglich, davon zu profitieren. Godard ist ein Sammler, der nicht weiß, wann er aufhören muss. Ich dagegen weiß das.« Er sah sich einen Augenblick lang im Zimmer um, betrachtete das Durcheinander von Kunstgegenständen und erlaubte sich anschließend ein kurzes Lachen. »Obwohl ich gestehen muss, dass das auf den ersten Blick möglicherweise nicht erkennbar ist.« Ich lachte ebenfalls. Eigentlich mochte ich den Mann.

»Wissen Sie, wo ich ihn finden kann?«

»Die beste Möglichkeit, ihn zu kontaktieren, ist über einen Händler, ein Freiberufler – er betreibt keinen Laden – namens Yves Boucher. Sie können sich mit Boucher in Paris treffen. Antonio wird Ihnen seine Nummer geben«, fügte er hinzu. Ich vermutete, dass Antonio der ziemlich hübsche junge Mann war, der mich zum Haus begleitet hatte. »Ich schlage vor, dass Sie sofort nach Paris fahren, schon morgen früh, wenn möglich. Von Antonio werden Sie die nötigen Mittel erhalten, mit denen Sie Ihre Unkosten decken können, bis das Geld überwiesen ist. Es wird heute Abend auf dem Konto sein. Das können Sie irgendwann morgen prüfen. Antonio wird Ihnen auch eine Telefonnummer geben, unter der man ihn erreichen kann. Er wird unser Kontaktmann sein. Wenn Sie sich mit Boucher und Godard in Verbindung gesetzt haben und eine ungefähre Vorstellung von der Preisklasse haben, können Sie Antonio anrufen. Sobald wir uns über den Preis geeinigt haben, überweise ich das Geld auf Ihr Konto. Sie verstehen doch, dass ich nicht möchte, dass mein Name auf irgendeine Weise mit der Sache in Verbindung gebracht wird?«

»Ja«, antwortete ich. »Sie haben mein Wort, dass Ihr Name nirgends erwähnt wird.«

»Danke«, sagte er. »Und Sie haben mein Wort in dieser ganzen Angelegenheit.« Ich hatte bereits gehört, dass Lake einer jener Menschen war, die Geschäfte über mehrere Millionen lediglich mit einem Handschlag besiegeln. Ich beschloss, dass, wenn es für ihn ausreichte, es auch für mich genügte. Der Himmel weiß, dass ich schon mehrmals die Gelegenheit hatte festzustellen, wie wertlos unterzeichnete Verträge sein konnten.

»Die Banküberweisungen müssen Sie selbst organisieren«, fuhr er fort. »Alles wird auf Ihren Namen laufen. Aber ich werde sicherstellen, dass das Geld da ist. Machen Sie sich keine Sorgen darüber. Möglicherweise müssen Sie etwas anzahlen. Lassen Sie es Antonio einfach wissen. Nun muss ich wieder zurück an die Arbeit, auch wenn dies hier wesentlich interessanter ist, und ich fürchte, Sie müssen noch einmal diese theatralische Geschichte mit der Augenbinde über sich ergehen lassen. Ich entschuldige mich dafür«, sagte er, während er seine Hand ausstreckte und gewinnend lächelte. »Anna wird Sie zur Tür begleiten.«

»Würde es Ihnen etwas ausmachen, wenn ich noch Ihre Toilette benutze, bevor ich gehe?«, fragte ich und versuchte, einen verlegenen Gesichtsausdruck aufzusetzen. »Der ganze Tee …«

»Aber natürlich«, erwiderte er. »Wie gedankenlos von mir. Anna wird Ihnen den Weg zeigen.«

Er klingelte nach dem Dienstmädchen. »Ich werde ihn übrigens bekommen«, sagte er, während wir auf Annas Ankunft warteten.

»Den Bellerophon? Natürlich«, entgegnete ich.

»Den Bellerophon, ja. Aber ich meinte den Apollo. Mariani ist in finanziellen Schwierigkeiten. Ich gebe zu, dass ich in diesem Fall meine Hand im Spiel hatte. Er wird ihn bald verkaufen müssen, für wesentlich weniger, als er dafür gezahlt hat, und zu einem Preis, der näher an seinen tatsächlichen Wert herankommt. Es ist nur eine Frage der Zeit. Ich werde zur Stelle sein.« Sein Tonfall war sanft, aber ich hegte keinen Zweifel bezüglich der skrupellosen Denkweise, die dahintersteckte. Ich stellte fest, dass ich ein wenig Mitleid mit Mariani hatte und dass ich etwas besorgt in Hinsicht auf meine eigenen Geschäfte mit Lake war. Ich glaubte nicht, dass er für ein Scheitern meinerseits Verständnis haben würde. Mir kam ebenfalls in den Sinn, dass Lake, zumindest soweit es um etruskische Skulpturen ging, wohl wie Cosimo de Medici den Titel des *Dux Magnus Etruscus* für sich anstrebte.

Das Gefühl dauerte jedoch nur einen kurzen Moment an. »Es war mir ein Vergnügen, Ms McClintoch«, sagte er. »Ich freue mich, dass wir miteinander ins Geschäft kommen.« Er schenkte mir ein weiteres reizendes Lächeln, und ich musste trotz meiner Bedenken, die ich ein paar flüchtige Sekunden lang gehabt hatte, feststellen, dass ich hoffte, unsere Geschäftsbeziehungen würden lange anhalten und für beide Seiten lohnenswert sein. Er nickte in meine Richtung und verschwand dann in die Diele.

Anna begleitete mich nicht nur einen recht düsteren Korridor entlang, dessen Zimmer zu beiden Seiten neugierigen Blicken wie dem meinen verschlossen waren, sondern wartete auch draußen vor der Tür. Das Fenster des Raumes bestand unten aus Milchglas, oben jedoch nicht, und so stellte ich mich so schnell und leise, wie ich konnte, auf den

Toilettensitz und spähte hinaus. Ich blickte auf einen spektakulären Dachgarten mit blühenden Hängepflanzen und Stauden und einem kleinen Tisch mit zwei Stühlen. Hinten in einer Ecke stand das alles beherrschende Element, eine lebensgroße Statue von Michelangelos David. Ich musste lächeln. Ich war sicher, dass Lake, wenn ich ihn darauf angesprochen hätte – was ich angesichts meiner Schnüffelei natürlich nicht tun konnte –, mir erzählen würde, der David in der Accademia von Florenz wäre eine Kopie und derjenige auf seinem Dach das Original. Als ich meinen Hals reckte, konnte ich unten auf der Straße mehrere Café-Sonnenschirme sehen und auf dem Sims eines hohen Gebäudes die Buchstaben FECIT. Ich wusste fast mit vollkommener Sicherheit, wo ich mich befand.

Ich kletterte vorsichtig hinunter, betätigte für Anna die Toilettenspülung, ließ das Wasser laufen und öffnete anschließend die Tür. Es war Zeit, aus meinem Hotel auszuchecken und nach Paris zu fahren, um die Spur von Bellerophon aufzunehmen.

2

Paris

Ich bin kein unehrlicher Mensch und – auch wenn die späteren Ereignisse einen dazu verleiten könnten, etwas anderes zu denken – auch keine Närrin. Ich bin lange genug in diesem Geschäft, um zu wissen, dass man sehr achtsam sein muss, wenn man mit Antiquitäten handelt. Da ich bei Gelegenheiten, die zu verlockend wirken, um wahr zu sein, generell misstrauisch werde, tätigte ich am nächsten Morgen als Erstes einen Anruf bei den Zollbehörden in Frankreich und Italien und ging danach ins Internet, um die diversen Datenbanken, in denen gestohlene Kunstwerke aufgeführt werden, zu überprüfen. Ich fand weder Hinweise auf eine vermisste Bronzestatue eines Bellerophon noch irgendetwas, das ihr auch nur im Entferntesten ähnelte. Anschließend tat ich mich auf den Internetseiten mehrerer bedeutender Auktionshäuser um. Immer noch nichts. Zufrieden prüfte ich mein neues Bankkonto, wirklich das bestgefüllte, über das ich jemals verfügt hatte. Lake hatte Wort gehalten und dafür gesorgt, dass zehntausend Dollar darauf überwiesen worden waren.

Ich war nicht überrascht. Über Lakes Skrupellosigkeit und seinen Tatendrang hatte ich eine Menge gehört, ebenso über sein nur zu offensichtliches Streben, bei allem, was er in Angriff nahm, Erfolg zu haben. Ich hatte jedoch noch nie sagen hören, dass er in irgendeiner Weise als unehrenhaft bezeichnet wurde. Im Gegenteil, sogar seine Rivalen bestätigten widerwillig seine Integrität.

Nachdem das alles zu meiner Zufriedenheit geregelt war, rief ich Clive an und erzählte ihm, dass ich die Bauernmöbel und die Keramik aus der Toskana bekommen hatte, die wir für das kleine Landhaus brauchten, das wir nördlich von Toronto einrichteten, und dass ich einen kurzen Abstecher nach Paris machen würde, um die Flohmärkte nach alten Weißwaren und Ähnlichem zu durchstöbern.

Ich spielte mit der Idee, Clive die Wahrheit zu sagen, nämlich dass wir einen Auftrag von keinem Geringeren als Crawford Lake bekommen hatten, aber ich hatte mein Wort gegeben und war einigermaßen sicher, dass Lake es auf keinen Fall gutheißen würde, wenn ich Clive ins Vertrauen zog. Obwohl ich allen, die danach fragen, jederzeit bereitwillig von seinen vielen Fehlern erzähle – manchmal auch denjenigen, die nicht fragen –, muss ich doch einräumen, dass Clive unermüdlich für unser Geschäft wirbt. Dabei erwähnt er gern den einen oder anderen bedeutenden Namen, da er der Auffassung ist, je berühmter unsere Auftraggeber wären, desto bekannter würden auch wir. Ich glaubte nicht, dass er sich zurückhalten könnte, wenn er wüsste, dass wir jetzt einen Milliardär auf unserer Kundenliste hatten.

»Irgendein Typ hat angerufen«, sagte Clive. »Antonio oder so ähnlich. Ich glaube, er arbeitet für D'Amato«, fügte er hinzu. D'Amato war unser italienischer Spediteur. »Offenbar wussten sie den Namen deines Hotels in Rom nicht mehr.«

Auf diese Weise hatte Lake mich also aufgespürt. Ich hatte mich bereits gewundert, wenn auch nicht besonders lange. Ich nahm an, dass jeder, der die finanziellen Mittel von Lake zur Verfügung hatte, so ziemlich alles tun konnte, was ihm gerade in den Sinn kam. Ich war nicht nach Italien geflogen, um ihn zu treffen; ganz im Gegenteil eigentlich. Ich befand mich auf meiner jährlichen Einkaufsreise in Europa, um ein paar Möbel für den Laden aufzutreiben.

Die Toskana war derzeit besonders gefragt – Sie wissen schon: leicht abgenutzte Holzmöbel, Fliesenböden, grob verputzte ockerfarbene Wände, transparente Vorhänge, die bei der leichtesten Brise hin- und herwehen, etwas in der Art –, und wir waren gebeten worden, ein Haus auf dem Land und eines in der Stadt im toskanischen Stil einzurichten. Das hört sich einfach an, ist es aber nicht. Man muss auf die Details achten und braucht ein paar wirklich gute Stücke. Mit ihnen steht und fällt alles. Clive ist der Inneneinrichter, ich bin die Antiquitätenexpertin. Er entwickelt die Ideen, und ich versuche alles Nötige aufzutreiben, um sie zu verwirklichen. In vielerlei Hinsicht stellen wir ein merkwürdiges Team dar – jedes geschiedene Paar, das zusammen ein Geschäft betreibt, ist merkwürdig, würde ich sagen –, aber wir sind ziemlich effektiv. Neben den Einkäufen für die toskanischen Häuser hatte ich einen Kunden, der immer an italienischen Antiquitäten interessiert war, egal was ich auftreiben konnte. Genau wie Lake sammelte er so gut wie alles Italienische, insbesondere venezianisches Glas aus dem achtzehnten Jahrhundert. Daher war ich nach Venedig geflogen, durch Florenz und Siena geschlendert und schließlich nach Rom gefahren.

»Hat er dich erreicht?«, fragte Clive.

»Ja«, antwortete ich. »Alles erledigt.«

»Gut«, sagte er. »Na dann, mach dir eine schöne Zeit, wenn du in Paris bist. Setz dich in die Sonne, in ein Café am Seine-Ufer, und beobachte die Passanten. Warum bleibst du nicht eine ganze Woche? Wir können es uns leisten.«

»Hast du während meiner Abwesenheit etwa wieder den Laden umgeräumt?«, fragte ich misstrauisch. Normalerweise will Clive, dass ich sofort zurückeile und ihm im Geschäft helfe.

»Nein, das habe ich nicht«, erwiderte er gekränkt. »Du solltest nicht immer das Schlechteste von mir denken, Lara. Mir ist nur aufgefallen, dass du in letzter Zeit müde aussahst. Alex und ich kommen noch ein paar Tage zurecht«, fügte er hinzu. Alex Stewart ist ein Nachbar und Freund, der im Laden aushilft. Zumindest wenn Alex da war, brauchte ich mir keine Sorgen zu machen, denn ich wusste, dass er nicht zulassen würde, dass Clive etwas allzu Schreckliches tat. Und, wie Clive betont hatte, auch wenn er nicht wusste, wie sehr er recht hatte: Wir konnten es uns tatsächlich leisten. Lakes Vorschuss würde meine Paris-Reise problemlos finanzieren, und wenn ich den Bellerophon bekommen konnte, würde ich mit einem neuen Online-Bankkonto und jeder Menge Geld nach Hause kommen.

»Das ist nett, Clive«, sagte ich in versöhnlichem Tonfall. »Ich glaube, ich nehme dich beim Wort. Ich lasse dich wissen, in welchem Hotel ich übernachte, falls dir noch etwas einfällt, was wir aus Paris brauchen könnten.«

Wie Lake betont hatte, mache ich stets meine Hausaufgaben. In erster Linie betrachte ich mich als Möbelexpertin, obwohl ich in der Branche, in der ich tätig bin, über viele Dinge Bescheid wissen muss. Bei Qualitätsurteilen verlasse ich mich vor allem auf meine jahrelange Erfahrung und eine Art sechsten Sinn, den man im Laufe der Zeit erwirbt. Ich konnte nicht eben behaupten, eine Expertin für etruskische Antiquitäten zu sein, aber ich wusste, an welchen Orten und wonach ich suchen musste. Zuerst fuhr ich zur Villa Guilia in Rom, einer der führenden etruskischen Kunstsammlungen, und sah mir alles, was dort ausgestellt wurde, sehr genau an. Unterwegs kaufte ich einen Stapel Bücher, die man mir zu dem Thema empfohlen hatte, mehrere über etruskische Kunst, ein weiteres über die Etrusker selbst, eine archäologische Studie, und schließlich, nur zum Spaß, ein Buch von D. H. Lawrence mit dem Titel »Etruskische Stätten«, eine Sammlung von Berichten über die Reisen zu etruskischen Schauplätzen, die der Autor in den Zwanzigerjahren des letzten Jahrhunderts unternommen hatte.

Was ich interessant fand, war, wie viel und andererseits doch wenig wir über die Etrusker wissen, beziehungsweise über die Menschen, die wir heute als Etrusker kennen. Dass sie sich selbst jemals so bezeichneten, ist unwahrscheinlich. Der Name stammt von den Römern, die ihre Nachbarn, gelegentliche Verbündete und am Ende unnachgiebige Feinde, *Tusci* oder *Etrusci* nannten. Bei den Griechen hießen sie *Tyrrhenoi* – daher kommt auch der Begriff »Tyrrhenisches Meer«. Die Etrusker bezeichneten sich selbst als *Rasenna* oder *Rasna*.

Ihre Sprache ist recht ungewöhnlich, anders als fast alle anderen europäischen Sprachen. Sie geht nicht auf indogermanische Wurzeln zurück, wurde aber weitgehend entschlüsselt, doch genau genommen gibt es außer Inschriften auf Grabmälern und Derartigem nur sehr wenige Quellen. Möglicherweise hatten sie eine umfangreiche eigene Dichtung, mit Sicherheit sogar, aber sie ist uns nicht erhalten geblieben, sodass alles, was wir über dieses Volk wissen, aus der Archäologie oder aus den Aufzeichnungen anderer stammt: von den Griechen und Römern zum Beispiel, in deren Darstellungen sich ihre eigenen Vorurteile widerspiegeln. Zudem müssen die Etrusker ein komplexes rituelles und religiöses Leben geführt haben, da wir wissen, dass die römischen Bürger, lange nachdem die etruskischen Städte unter die Herrschaft Roms gefallen waren, bei wichtigen Überlegungen und Entscheidungen immer noch die Hilfe etruskischer Haruspexe – Wahrsager – in Anspruch nahmen. Die Anzahl und die künstlerische Qualität ihrer Grabmäler weisen darauf hin, dass es eine Sozialstruktur gab, an deren Spitze eine wohlhabende Elite stand, aber auch darauf, dass sie an ein Leben nach dem Tod glaubten. Wie genau ihr Glaube jedoch beschaffen war, bleibt im Nebel der Zeit verborgen.

Wir wissen allerdings, dass Menschen, die eine gemeinsame Sprache, eine gemeinsame Religion und dieselben

Bräuche hatten, etwa von 700 v. Chr. bis zu ihrer Niederlage und Einverleibung durch die Römer im dritten Jahrhundert v. Chr. einen großen Teil von Mittelitalien beherrschten: die heutige Toskana – schon das Wort lässt die etruskischen Wurzeln erkennen –, einen Teil von Umbrien und das nördliche Latium in der Nähe von Rom. Ihr Territorium wurde im Süden und Osten im Wesentlichen vom Fluss Tiber und im Norden vom Arno begrenzt. Im Westen lag das Tyrrhenische Meer. Sie lebten in Städten und nutzten die reichhaltigen Metallvorkommen entlang der tyrrhenischen Küste, um über Land und See ausgedehnten Handel zu betreiben. Mit der Zeit entstand ein lockeres Bündnis von zwölf Städten, die Dodekapolis. Die herrschende Elite dieser Städte, eigentlich regelrechte Stadtstaaten, traf sich jährlich an einem Ort namens Volsinii, um einen Führer zu wählen.

Während ihrer Blütezeit, vor der Entstehung der Römischen Republik, regierten in Rom etruskische Könige, die Tarquinier, die zwischen 616 und 509 v. Chr. wesentlich dazu beitrugen, die Stadt aufzubauen, die sie schließlich besiegen würde. Der letzte dieser Könige war Tarquinius der Stolze, der 509 v. Chr. aus Rom vertrieben wurde. Von dieser Zeit an waren Rom und die Etrusker Feinde und kämpften um jeden Zentimeter ihres Gebietes.

Am Ende konnte das etruskische Bündnis der römischen Macht nicht standhalten. Die Stadtstaaten schlossen sich nicht zusammen, um sich zu schützen, aus welchem Grund auch immer, und einer nach dem anderen unterlag. Die Städte wurden aufgegeben und zerfielen, oder ihre Stellung wurde schlichtweg von anderen eingenommen, bis sie im Mittelalter wieder in neuem Glanz erstrahlten. Einige von ihnen gehören zu den schönsten Italiens: Orvieto, Chiusi, Cortona, Volterra, Arezzo und Perugia.

So geheimnisvoll diese Menschen auch gewesen sein mochten, ich stellte fest, dass überraschend viele eine Meinung über sie hatten. Ich würde sogar behaupten, dass die Etrusker gewissermaßen ein unbeschriebenes Blatt waren, auf dem spätere Generationen eine wunderbare Ruhestätte für ihre eigenen Hoffnungen, Überzeugungen und Wünsche fanden. Cosimo de Medici war wohl kaum der Erste, der das recht vage Wissen der Menschen über die Etrusker für seine eigenen Zwecke nutzte. Im fünfzehnten Jahrhundert behauptete ein Dominikanermönch, Annius von Viterbo, die Etrusker, ihm zufolge ein großmütiges und friedliebendes Volk, hätten Noah nach der Sintflut dabei geholfen, die Erde neu zu bevölkern. Um seinen Standpunkt zu belegen, argumentierte er, ihre Sprache sei eine Variante des Aramäischen gewesen. Trotz seiner recht befremdlichen Ansichten trugen Annius' Theorien möglicherweise dazu bei, diverse etruskische Altertümer davor zu bewahren, von der Kirche als heidnische Symbole zerstört zu werden. Ein Jahrhundert später hätten die Etrusker Annius' Unterstützung nötig gehabt, als etwa sechs Tonnen etruskischer Bronzefiguren eingeschmolzen wurden, um eine Kirche in Rom auszuschmücken.

D. H. Lawrence, der durch seinen erotischen Roman »Lady Chatterley« berühmt wurde, dachte ebenfalls, die Etrusker wären ein Volk ganz nach seinem Geschmack, im Einklang mit der Natur und mit sich selbst. Bei seiner Besichtigung der etruskischen Stätten entdeckte er überall Phallussymbole und schrieb begeistert über das, was er als ihre erfrischend natürliche Weltanschauung betrachtete. Der Philosoph Nietzsche hingegen, der so manches über die Angst wusste, nannte die Etrusker schwermütig. Es ist unklar, wie er darauf kam. Der Kunstkritiker Berenson tat die gesamte etruskische Kunst als ungriechisch ab und betrachtete sie daher als wertlos, obwohl in Italien lebende Griechen – wenn ich das Gelesene richtig interpretiert hatte – einiges davon geschaffen hatten und manche der Kunstgegenstände, die als griechisch und römisch eingeordnet und gewürdigt wurden, sich später als etruskisch herausstellten. Am Ende meiner Lektüre war mir ziemlich klar, dass die Ansichten, die über die Etrusker verbreitet wurden, mehr über die Urheber solcher Meinungen aussagten als über die Etrusker selbst.

Mein letzter Zwischenstopp in Italien war Florenz, wo ich mir die berühmte Chimäre von Arezzo ansah, die heute in einem eigenen Raum im archäologischen Museum untergebracht ist. Lake hatte recht. Als Skulptur im öffentlichen Raum wäre sie nicht besonders eindrucksvoll. Sie war nur etwa achtzig Zentimeter hoch, und ohne den Bellerophon konnte man sich kaum vorstellen, dass sie beispielsweise vor einem Tempel oder auf einem öffentlichen Platz stünde. Doch sie war ein großartiges Kunstwerk. Indem der Künstler bei der Herstellung das Wachsausschmelzverfahren angewendet hatte, war es ihm gelungen, die oberflächlichen Muskeln und die Rippen unter der Haut akkurat wiederzugeben. Das Tier war bereits verletzt, und man konnte sogar das Blut erkennen, das aus der Wunde an der Hüfte troff. Trotzdem kämpfte es – kämpfte sie! – weiter, ein heftiger Kampf, bei dem sich der Schlangenkopf hin- und herbewegte, sich der Ziegenkopf hoch aufrichtete und der Löwe mit gesträubter Mähne vor Wut brüllte. Der Bildhauer hatte eine Inschrift in das Wachsmodell geritzt, bevor die Bronzefigur gegossen wurde. Nach den Notizen, die ich mir gemacht hatte, lautete die Inschrift auf einem der Vorderbeine *tinscvil,* was darauf hinwies, dass sie als Gabe an Tinia, dem etruskischen Pendant zu Zeus, gedacht war. Ich hatte gesehen, was ich sehen musste. Ich rief Boucher an und verabredete mich mit ihm für den späten Nachmittag meines Ankunftstages, zwei Tage nach meinem Treffen mit Lake, im *Café de Flore.*

Ich nahm mir ein Zimmer in einem charmanten Hotel am linken Seine-Ufer, wesentlich ansprechender als die Unterkunft, in der ich normalerweise übernachte, aber auf der Bank lag ja nun das ganze herrliche Geld für meine Spesen, und schließlich musste ich den Schein wahren. Sie konnten nicht ahnen, dass ich Lake vertrat, aber sie sollten wissen, dass ich es mir leisten konnte, in diesen gesellschaftlichen Kreisen zu verkehren. Meine Recherche in den Auktionskatalogen hatte ergeben, dass der Bellerophon ein paar Millionen Dollar kosten würde, und auch das nur, wenn ich Glück hatte. Lake wusste gewiss, dass er eine Menge Geld dafür bezahlen musste, und selbst wenn ich die Bronzefigur nicht für die niedrigste Summe bekommen könnte, die er genannt hatte, und auf die zusätzliche Provision verzichten müsste, würde ich immer noch ein gutes Geschäft machen.

Yves Boucher war ein großer, schlanker Mann mit kurzem grau meliertem Haar, schönen Wangenknochen und pflegte ein gewollt künstlerhaftes Erscheinungsbild: schwarze Jeans und Stiefel, ein schwarz-weiß gestreiftes Hemd mit Stehkragen und eine schwarze Lederweste. Bei meiner Ankunft saß er an einem Tisch auf dem Bürgersteig und las in einer Zeitung. Vor ihm stand ein Glas Pernod. Ich bestellte einen Kir Royal zu einem Preis von etwa zwölf Dollar, eine lächerliche Extravaganz, aber ich genoss es bereits, für Crawford Lake zu arbeiten.

Zuerst war ich nicht ganz sicher, was ich von Boucher halten sollte. Nicht dass ich hätte benennen können, was genau es war, das mich beunruhigte. Er war nicht unattraktiv, wirkte ziemlich vornehm und legte ein geradezu altmodisches Benehmen an den Tag. Er hatte die Angewohnheit, sich beim Sprechen die rechte Hand auf die Brust zu legen, mit abgespreizten Fingern und flacher Handfläche, als wollte er damit seine Aufrichtigkeit und tiefe Überzeugung betonen. Er hatte eine leise Stimme und musste sich von Zeit zu Zeit vorbeugen, wenn er etwas sagen wollte, da der Verkehrslärm auf dem Boulevard St. Germain seine Worte zu übertönen drohte.

»Robert Godard«, sagte er nachdenklich. »Ein ungewöhnlicher Mann. Es ist nicht einfach, mit ihm ins Geschäft zu kommen, wie Sie feststellen werden. Er ist ziemlich besitzfixiert, wissen Sie. Er hasst es, sich von etwas zu trennen. Trotz der Tatsache, dass er das Geld benötigt, wird es schwierig werden, ihn dazu zu bewegen, die Reiterfigur zu verkaufen. Ich nehme an, er wird es tun, aber nur, wenn er Sie mag.«

Mir war nicht klar gewesen, dass dies ein Wettkampf unterschiedlicher Persönlichkeiten werden würde, obwohl ich die Situation durchaus verstand. Sammler sind oft recht habgierige Menschen, bei einigen grenzt das an Besessenheit. Wenn sie sich von einem ihrer Schätze trennen müssen, verkaufen sie ihn gern an jemanden, von dem sie glauben, dass er zu schätzen weiß, was er bekommt.

»Wo kann ich ihn finden?«, wollte ich wissen.

»Gute Frage«, erwiderte er. »Er reist ziemlich viel und hält sich eher bedeckt, wenn es darum geht, wo er sich zu einem bestimmten Zeitpunkt aufhalten wird. Ich habe eine Handynummer, unter der ich ihn erreichen kann. Ich werde ein Treffen für Sie arrangieren.« Damit meinte Boucher, dass er an dem Geschäft beteiligt werden wollte. Nun, es waren ja die nötigen Mittel vorhanden.

»Und Ihre Bedingungen?«, fragte ich.

»Ach«, sagte er abwinkend. »Ich verlange nicht viel dafür, dass ich den Kontakt herstelle. Darüber reden wir später.«

»Ich würde es vorziehen, jetzt darüber zu sprechen«, erwiderte ich. »Mein Kunde will die Bronzestatue haben, verfügt aber nicht über einen unbegrenzten finanziellen Spielraum.« Das entsprach nicht ganz der Wahrheit, aber vermutlich konnte ich damit argumentieren, dass selbst Milliardäre ihre Grenzen hatten, wenn es um Geld ging.

»Ein Prozent des Verkaufspreises«, sagte er. Angenommen, ich bekäme den Bellerophon für zwei Millionen, dann würde sein Telefonanruf zwanzigtausend Dollar kosten; aber ich wusste nicht, wie ich auf andere Weise mit Godard in Kontakt hätte treten können.

»Und wenn das Geschäft nicht zustande kommt, trotz der Empfehlung?«

»Dann gebe ich mich mit einem kleinen Honorar zufrieden. Fünftausend?«

»Einverstanden«, sagte ich widerwillig, in der Hoffnung, Lake würde Bouchers Vergütung nicht als Teil meiner Ausgaben betrachten, sondern ihn direkt bezahlen. Boucher gab seine scheinbar unveränderliche Körperhaltung kurz auf, um mir die Hand zu schütteln.

»Er ist Kanadier, nicht wahr?«, fuhr Boucher fort, während er dem Kellner ein Zeichen gab, uns eine weitere Runde zu bringen.

»Wer?«, fragte ich.

»Ihr Kunde«, antwortete er.

»Er reist viel«, sagte ich.

»In welcher Branche ist er?«

»Internetgeschäfte«, antwortete ich. Ich nahm an, dies grenzte den Bereich nicht allzu sehr ein.

»Ich hoffe, es ist nicht einer dieser rebellierenden Sechzehnjährigen, die Millionen damit verdient haben, dass sie im Keller ihrer Eltern Internetfirmen gegründet haben«, sagte er. »Das hätte so etwas Dreistes, Amerikanisches. Allerdings vermute ich, dass es passt. Wahrscheinlich möchte der Junge eine Pferdestatue aus Bronze auf den Rasen im Vorgarten stellen. Ich frage mich, ob seine Mutter es erlauben wird.« Er blickte mich durchdringend an, um meine Reaktion zu sehen.

Ich lachte unverbindlich. Bei diesem Spiel ließen wir uns beide nicht in die Karten schauen. »Was meinen Sie, wann ich Godard treffen kann?«

»Ich rufe ihn heute Abend an«, erwiderte er. »Und melde mich in Ihrem Hotel, sobald ich den Kontakt hergestellt habe. Ich nehme an, Sie möchten sich so bald wie möglich mit ihm treffen?«

»Ja«, sagte ich.

»Sehr gut. Ich setze mich mit Ihnen in Verbindung. Sind Sie einigermaßen flexibel in Ihrer Zeitgestaltung?«

»Relativ«, antwortete ich. »Ich muss noch ein paar andere Erwerbungen machen, während ich hier bin, aber ich tue mein Bestes, um Monsieur Godards Terminplanung so weit wie möglich entgegenzukommen.« Ich hatte nicht die Absicht, Boucher darüber zu informieren, dass dies hier der einzige Grund war, weshalb ich mich in Paris aufhielt, beziehungsweise das größte Geschäft, an dem ich je beteiligt war.

»Gut. Ich werde etwas mit ihm vereinbaren und Sie dann wissen lassen, wann und wo Sie ihn treffen können«, sagte Boucher. Er winkte dem Kellner. Ich griff nach meiner Handtasche. »Gestatten Sie«, sagte er, als die Rechnung kam. »Sie sind zu Gast in Paris.«

Daraufhin machte er eine große Schau daraus, diverse Taschen abzuklopfen und verlegen zu wirken. »Meine Brieftasche«, sagte er schließlich. »Ich muss sie vergessen haben. Wie unangenehm!«

»Es ist mir ein Vergnügen«, sagte ich und griff nach der Rechnung. Ich glaubte ihm kein Wort. Die Rechnung belief sich auf etwa fünfzig Dollar für vier Getränke. Gott sei Dank gab es Crawford Lake. Kurz nach meiner Äußerung fiel mir auf, dass die Angelegenheit tatsächlich einen positiven Aspekt hatte: Wenn Boucher pleite war, würde er sicher rasch dafür sorgen, dass ich Robert Godard treffen konnte.

»Die nächste Rechnung übernehme ich«, sagte er und reichte mir seine Visitenkarte. Das bezweifelte ich sehr. Die Karte war recht schlicht, es standen lediglich sein Name und eine Telefonnummer darauf. Offensichtlich hatte er ebenso wie Lake und Godard eine starke Abneigung dagegen, irgendjemanden wissen zu lassen, wo er wohnte. Ich gab ihm meine Visitenkarte, die wesentlich mehr Informationen preisgibt, und notierte meine Hotelnummer auf der Rückseite.

»Ich setze mich mit Ihnen in Verbindung«, sagte er. »Wenn Sie nicht in Ihrem Hotel sind, hinterlasse ich eine Nachricht.«

Wir gaben uns erneut die Hand, und Boucher verschwand in der Menge.

In einem winzigen Restaurant auf der Ile St. Louis gönnte ich mir ein kleines, feines Mahl, wieder auf Kosten von Crawford Lake. Ich war noch nicht lange in meinem Hotelzimmer, als das Telefon klingelte.

»Yves Boucher«, sagte die Stimme. »Ich habe mit Godard gesprochen. Wie ich vermutet habe, bleibt er sehr vage, was die Statue betrifft. Er sagt, er wolle noch ein oder zwei Tage darüber nachdenken. Keine Sorge, er wird sicher einlenken. Bleiben Sie einfach in der Stadt, und ich werde mich morgen oder übermorgen wieder mit Ihnen in Verbindung setzen.«

Das war zwar enttäuschend, aber ich hatte schon Schlimmeres erlebt, als mir ein oder zwei Tage in Paris die Zeit vertreiben zu müssen. Ich überlegte, ob mein Lebensgefährte, Rob Luczka, nicht eventuell einen preiswerten Last-Minute-Flug bekommen und ein paar Tage freinehmen könnte, um mich hier zu treffen. Aber spielte es eigentlich eine Rolle, wie viel es kostete? Ich musste mich daran gewöhnen, dass ich zur Abwechslung einmal Geld hatte. Rob und ich hatten bisher nichts miteinander erlebt, was nur im Entferntesten einem romantischen Wochenende in Paris glich. Vielleicht war es höchste Zeit. Ich wählte seine Nummer.

Rob ist Sergeant bei der RCMP, der Royal Canadian Mounted Police. Wir sind schon seit mehreren Jahren befreundet und uns in letzter Zeit etwas nähergekommen. Ich weiß nicht, wie ich unsere Beziehung charakterisieren soll, nicht einmal, als was ich ihn bezeichnen soll. Als meinen Partner? So etwas in der Art. Meinen Mann? Eigentlich nicht. Werden wir jemals in das »Mein-Mann«-Stadium kommen? Ich habe keine Ahnung. Ich kann kaum ausdrücken, wie sehr ich seine Freundschaft schätze. Außerdem genieße ich es wirklich sehr, mit ihm zusammen zu sein. Aber in eine gemeinsame Wohnung ziehen? Was das betrifft, bin ich mir ebenfalls unsicher. Manchmal mache ich es mir einfach gern in meinem Sessel vor dem Kamin bequem, ganz allein, lege die Musik auf, die ich mag und die er hasst – durch meine Reisen habe ich eine Vorliebe für Flötenmusik von den Anden, abseitige Formen von Gamelan und andere Stilrichtungen entwickelt, die ihn in den Wahnsinn treiben. Oder ich sehe mir rührselige Videofilme wie *Stella Dallas* an, trage meinen schäbigsten Bademantel und hänge einfach nur herum. Wahrscheinlich hat Rob entsprechende eigene Vorlieben. Natürlich mag er Polizeifilme, je düsterer, umso besser, und Football. Ich glaube nicht, dass uns das zu einem besonders ungewöhnlichen Paar macht, und bis jetzt funktioniert es ja bestens.

Wenn ich auch ein wenig unschlüssig bin, was den Stellenwert unserer Beziehung betrifft, so gibt es doch etwas, bei dem ich keinerlei Bedenken habe, und das ist seine Tochter Jennifer. Ich mag sie sehr. Meistens bin ich auf ihrer Seite, weshalb es manchmal zu Spannungen zwischen uns kommt, und ich wäre glücklich, wenn ich sie dauerhaft in meiner Nähe hätte. Sie ist an eine Universität gewechselt, die weniger weit entfernt von zu Hause liegt, und kommt jetzt fast jedes Wochenende zu uns.

Jennifer war es auch, die ans Telefon ging. Ich wurde über alle Neuigkeiten informiert – neue Kleidung, ein neuer Liebhaber und der Professor, den sie für einen Idioten hielt – und fragte sie anschließend nach ihrem Dad. »Er ist bei einem Einsatz«, antwortete sie. Das Herz schlug mir bis zum Hals. Die Einsätze bei der RCMP scheinen mir fast immer gefährlich, wenn nicht sogar lebensgefährlich, zu sein, auch wenn Rob sagt, ich würde alles zu sehr dramatisieren. Anfangs, als ich ihn kennenlernte, hatte er noch einen Schreibtischjob, weil er bei einer Drogenrazzia verletzt worden war, aber jetzt war er wieder kerngesund und erneut »im Einsatz«. Er war froh darüber. Mich machte es verrückt.

»Das hasse ich«, sagte ich.

»Ich auch«, erwiderte sie. Wir dachten beide ein paar Sekunden darüber nach. »Er meinte, er würde über mehrere Tage wegbleiben.«

»Mach dir keine Sorgen«, sagte ich.

»Du dir auch nicht«, gab sie zurück.

»Ruf mich an, wenn du etwas hörst«, bat ich sie.

»Ja«, antwortete sie.

»Er soll sich bei mir melden, wenn er zurückkommt«, sagte ich.

»In Ordnung«, erwiderte sie.

»Mach dir keine Sorgen.«

»Das hast du gerade schon mal gesagt.«

»Alles wird gut gehen«, betonte ich noch einmal.

»Ich weiß«, sagte sie. »Ich mag dich.«

»Ich dich auch. Tschüss.« So viel zu meinem romantischen Intermezzo. Nach diesem Gespräch hoffte ich inbrünstig, ich würde bald die Möglichkeit bekommen, Godard zu treffen, damit ich nach Hause fliegen und mich dort mit meinen Sorgen herumplagen konnte, anstatt hier in Paris damit zu kämpfen. Vielleicht bestand Robs Einsatz ja nur aus irgendeiner Überwachungsmaßnahme, bei der er lediglich vermerken musste, wann jemand kam und ging. Vielleicht untersuchte er auch ein Wirtschaftsdelikt, bei dem das einzige Gewaltpotenzial darin bestand, dass jemand einen Bleistift nach ihm warf. Vielleicht aber auch nicht. Ich fragte mich, warum ich mich mit einem Polizisten eingelassen hatte und nicht mit einem Bankangestellten oder einem Verwaltungsbeamten.

Mach dich an die Arbeit, Lara, sagte ich zu mir selbst. *Es ist das Einzige, was du tun kannst. Du hast Clive erzählt, du würdest die Flohmärkte und die Antiquitätengeschäfte durchstöbern, also wirst du das jetzt auch tun.*

Am nächsten Tag, nach einer Nacht, die ich vor allem damit verbracht hatte, mich über die beiden Roberts, Luczka und Godard, aufzuregen, begann ich am rechten Seine-Ufer auf dem Place du Palais Royal mit dem *Louvre des Antiquaires,* wo ich ein paar sehr hübsche Möbelstücke erwarb, bedauerlicherweise auch zu ansehnlichen Preisen. Meine Begegnung mit dem Reichtum in Gestalt von Crawford Lake schien meine eher auf Sparsamkeit ausgelegten Instinkte jedoch abgestumpft zu haben. Anschließend ging ich ins Marais-Viertel und zu ein paar Händlern in St. Paul in der Nähe des Restaurants *La Souris Verte,* dann in einen Laden in der Rue des Francs Bourgeois, der herrliche alte Silbersachen nach Gewicht verkaufte, bis ich in einem Café auf dem Place des Vosges auf einem Stuhl zusammenbrach. Auf der anderen Seite der Seine ging es dann weiter mit dem Champ de Mars und der Ansammlung von Antiquitätengeschäften im Village Suisse. Danach besuchte ich den Louvre, um mir sämtliche etruskischen Gegenstände anzusehen, damit ich die Expertin werden konnte, mit der Lake rechnete, und hörte mir obendrein, da ich glaubte, noch nicht schlafen zu können, in der Église St. Roch auf der Rue St. Honoré eine Aufführung von Verdis Requiem an. Als ich relativ spät in mein Zimmer zurückkehrte, fand ich keine Nachricht von Boucher vor.

Am folgenden Tag, einem Samstag, fuhr ich zu den Flohmärkten – Clignancourt und Montreuil –, wobei ich mehrmals die Metrolinien wechselte und kilometerweit zu Fuß lief. Ich fand nicht viel, nur ein paar hübsche alte Wäschestücke, aber es hielt mich in Bewegung, und ich musste nicht nachdenken, was der eigentliche Zweck der Übung war. Irgendwann, während ich so in Paris herumschwirrte, merkte ich, dass ich verfolgt wurde. Crawford Lake mochte das Geschäft auf der Grundlage eines Handschlags abgeschlossen haben, aber er schützte sich vor jeglichem Risiko. Der schöne Antonio folgte mir überallhin. So ärgerlich dies auch sein mochte, ich beschloss, das Beste daraus zu machen. Zuerst glaubte Antonio offenbar, ich würde ihn nicht bemerken, doch mein fröhliches Winken belehrte ihn eines Besseren. Er grüßte zurück, hielt sich jedoch in einiger Entfernung, was mir nur recht war. Nach meinem Winken bemühte er sich allerdings nicht mehr, sich zu verstecken.

Am Sonntag fuhr ich als Erstes zu dem Flohmarkt in Vanves, um einen Antiquar zu besuchen, den ich kenne, und erwarb eine Ausgabe von Sir Richard Francis Burtons »The Kasidah« von 1924 für einen Kunden, der Burton sammelt. Anschließend durchstöberte ich die Bouquinisten am Seine-Ufer und fand zwei ausgesprochen schöne Landkarten, über die sich mein bester Landkartenkunde, ein Mann namens Matthew Wright, sicher freuen würde.

Zwischen all diesen Ausflügen trank ich literweise Kaffee und las stapelweise Zeitungen. Soweit ich sah, waren die Nachrichten in Europa nahezu dieselben wie bei meinem letzten Besuch hier. Nach den Zeitungen zu urteilen, hatte die italienische Regierung dem organisierten Verbrechen erneut den Kampf angesagt, vermutlich weil ihr letzter Versuch ebenso erfolglos wie alle früheren Bemühungen gewesen war. Die französischen Lkw-Fahrer hatten ihrer Regierung den Kampf angesagt, genau wie die britischen Bauern der ihrigen, und die irischen Fischer, die sich ebenfalls an den Querelen beteiligen wollten, hatten ihren spanischen Kollegen den Kampf angesagt, die, wie sie behaupteten, illegal fischten. Angesichts dieses ganzen kampflustigen Verhaltens bot eine Meldung über einen Kunstverwalter in Deutschland eine gewisse Abwechslung: Er hatte abgestritten, dass seine Bemerkungen über die jüdischen Wurzeln eines Konkurrenten antisemitisch gewesen waren, vielmehr hätten sie seine Begeisterung über die Vielfalt des neuen Deutschland zum Ausdruck gebracht. Ein weiterer Artikel berichtete von einem italienischen Geschäftsmann namens Gianpiero Ponte, der sein Büro in Mailand an einem Freitagnachmittag verlassen hatte und, anstatt sofort nach Hause zu seiner Frau und seinen Kindern zu gehen, in sein Wochenendhaus in der Toskana gefahren war. Dort war Signore Ponte von einer Felskante heruntergefallen, oder auch gesprungen oder gestoßen worden. Obwohl man einen Unfalltod noch nicht ausschließen konnte – zu diesem Thema gab es recht schaurige Spekulationen –, hatte man mit der Untersuchung seiner geschäftlichen Angelegenheiten begonnen. Offenbar hatte er in den Tagen vor seinem fatalen Sturz mehrere schwere finanzielle Rückschläge erlitten. Zahlreiche Fotos zeigten seine trauernde Witwe, die hübsche Eugenia Ponte, und seine prächtigen Kinder.

Inmitten dieser zunehmend langweiligen Tage, die mit Sorgen über Rob angereichert waren, gab es einen aufregenden, wenn nicht gar angstvollen Moment, als ich auf einer kleinen Straße, die vom Boulevard St. Germain abging, einen Schaufensterbummel machte. Bevor ich wusste, wie mir geschah, war ich von einer Gruppe von Zigeunern umzingelt, von denen einer nach meiner Handtasche griff. Ich stellte mich mit dem Rücken gegen eine Hauswand und umklammerte meine Tasche, hatte jedoch keine Ahnung, wie ich ihnen entkommen sollte.

Ich tat das Einzige, was mir in den Sinn kam: Ich begann zu schreien. Innerhalb von Sekunden kam Hilfe in Gestalt von Antonio, der sich durch die Menge kämpfte und mich befreite. »*Multo grazie,* Antonio«, versuchte ich mich auf Italienisch.

»Sehr schlimm«, erwiderte er in vorsichtigem Englisch. »Sie müssen mehr aufpassen.«

»Kann ich Sie vielleicht auf einen Drink einladen?«, fragte ich. »Einen Kaffee oder irgendetwas anderes? Um Ihnen zu danken?«

»Ich sollte keinen Verkehr haben mit Ihnen«, sagte er. »Nicht sprechen«, fügte er hinzu, zweifellos wegen meines überraschten Gesichtsausdrucks.

»Aber ist wichtig, dass ich Englisch übe«, sagte er. »Wir sprechen Englisch, ja?«

»Einverstanden«, erwiderte ich.

»Dann können wir zusammen etwas trinken. Glauben Sie, hier gibt es italienische Wein?«

»Ich erkundige mich danach«, sagte ich.

Der Kellner sah uns entsetzt an. »Nur französischer Wein, Antonio«, sagte ich.

»Ist in Ordnung«, erwiderte er, aber er schien nicht besonders glücklich darüber zu sein. Ich bestellte einen ausgezeichneten Côtes du Rhône.

»Wie geht Ihre Arbeit hier?«, fragte er nach ein paar vorsichtigen Schlückchen.

»Es geht nur langsam voran.«

»Ja«, pflichtete er mir bei. »Glauben Sie, wir bleiben noch viele Tage hier?«

»Ich hoffe nicht.«

»Ich auch nicht«, sagte er. »Ich bin nicht sicher wegen diese Mann, den Sie getroffen haben«, fügte er hinzu und legte die Hand auf sein Herz, Bouchers Lieblingsgeste nachahmend. »Ich glaube, er will Erfolg haben, aber scheitert immer. Ist nicht gut, mit Männern wie ihm zusammen zu sein. Sie ziehen einen nach unten. Man wird wie sie.«

»Das ist eine interessante Beobachtung, Antonio«, erwiderte ich, und das war es tatsächlich. Antonio sah nicht nur gut aus, er hatte auch eine hervorragende Beobachtungsgabe. Er hatte Bouchers Wesen recht treffend beschrieben, obwohl er ihn nur aus einiger Entfernung gesehen hatte. »Aber Mr Lake möchte, dass ich mit ihm Geschäfte mache, was bleibt mir also übrig?«

»Ich weiß«, sagte er. »Sind Sie nicht verheiratet?«

»Nein.«

»Aber Sie haben einen Freund.«

»Ja. Er ist Polizist.«

»Polizist! Das ist gefährliche Arbeit. Machen Sie sich oft Sorgen?«

»Ja. Gerade im Moment auch.«

»Schade. Ich mache mir auch Sorgen, über meine Freundin. Ihre Arbeit ist nicht so gefährlich wie bei Ihrem Polizisten. Sie ist Kassiererin bei einer Bank. Aber trotzdem mache ich mir Sorgen. Haben Sie eine Foto von Ihrem Polizisten?«

»Leider nein«, sagte ich. »Aber es stimmt, vielleicht sollte ich eines haben.«

»Schade. Ich habe eine Foto«, erwiderte er und zog ein leicht verknittertes Foto aus seiner Brieftasche. »Hier.«

»Sie ist wirklich hübsch«, sagte ich, während ich das Foto einer jungen Frau von eher durchschnittlicher Schönheit begutachtete. »Wie heißt sie?«

»Teresa«, antwortete er. »Und sie ist hübsch. Das ist die Problem. Sie sieht aus wie die schönste Blume, und es gibt viele Bienen, die sie bewundern. Ich habe Angst, dass eine andere Biene nimmt meinen Platz ein, während ich weg bin.«

Ich versuchte, nicht zu lächeln. »Antonio, Sie sehen doch selbst sehr gut aus«, sagte ich. »Ich bin sicher, dass Teresa sich freut, Sie wiederzusehen, wenn Sie nach Hause zurückkehren.«

»Das Aussehen ist nicht genug«, erwiderte er. »Teresa ist Feministin.« Darüber dachten wir beide einen Augenblick nach. »Deshalb habe ich diese Arbeit angenommen und passe auf Sie auf«, fuhr er fort. »Mein Arbeitgeber zahlt sehr gut. Für Teresa ist Geld sehr wichtig.«

»Sie arbeiten also nicht dauerhaft für Mr Lake?«

»Nein«, antwortete er. »Nur manchmal. Diesmal nur so lange, bis Sie getan haben, was er will.«

»Ich versuche, es so schnell wie möglich zu erledigen«, erwiderte ich.

»Das ist sehr gut«, sagte er.

»Was machen Sie denn, wenn Sie nicht für Mr Lake arbeiten?«

»Viele Dinge. Ich bin Schauspieler, bei der Agentur Corelli Ponte. Eine sehr wichtige Agentur in Rom«, fügte er hinzu, weil er aus meiner fehlenden Reaktion richtig geschlossen hatte, dass ich keine Ahnung von italienischen Agenturen hatte. »Aber meistens gibt es dort keine Arbeit, sodass ich mache viele Dinge: Kochen, Kellnern. Ich hoffe, dass ich berühmt werde eines Tages. So wie Giancarlo Giannini, wissen Sie. In Italien arbeiten, aber auch in Hollywood. Das würde Teresa sehr glücklich machen. Deshalb ich muss Englisch üben und jetzt mit Ihnen Verkehr haben.«

»Wissen Sie, Antonio«, sagte ich. »Da dies eine Englischstunde ist: Dieser Ausdruck ›Verkehr haben‹ ... vielleicht sollten Sie besser sagen ›sich unterhalten‹ oder ›miteinander sprechen‹. Ich verstehe, was Sie meinen, aber man könnte es falsch auslegen.« Er sah mich verblüfft an. »Ich meine, missverstehen. Jemand könnte es falsch interpretieren.«

»Wie denn?«

»Ich habe befürchtet, dass Sie mir diese Frage stellen. Nun ja, hm, heutzutage bedeutet es eigentlich eher, Sex zu haben.«

»Oh«, sagte er und schlug sich die Hand vor die Stirn. »Das ist furchtbar. Meine Englischlehrerin, Signora Longo, hat es mir beigebracht in die Schule. Sie war sehr alt, und wir, die anderen Jungen und ich, waren sicher, dass sie eine

Jungfrau war. Vielleicht kannte sie nur die alten Redewendungen, oder«, sagte er und lächelte plötzlich, »sie wusste mehr über das Leben, als wir dachten.«

Wir lachten beide. »Gut, dass Sie mir das sagen. Ich rette Sie vor Zigeunern, und Sie bewahren mich davor, falsch ausgelegt zu werden. Diese Vokabel werde ich mir merken. Vorher wir waren nur Bekannte. Jetzt wir sind Freunde, glaube ich, nicht wahr?«

»Wir sind Freunde«, stimmte ich zu.

»Ein Freund zu sein bedeutet Verantwortung, richtig?«

»Hm, ja, vermutlich, aber es bedeutet auch ...«

»Freude?«, schlug er vor.

»Ja, genau«, erwiderte ich.

»Das finde ich auch«, sagte er.

Wir tranken unseren Wein aus. »Und jetzt«, sagte er, »wir machen weiter wie bisher. Sie arbeiten. Ich beobachte Sie.«

»In Ordnung«, sagte ich. »Vielen Dank noch mal, dass Sie mir zur Hilfe geeilt sind.«

»Es war mir ein Vergnügen. Auch, Englisch zu sprechen mit Ihnen. Danke für den französischen Wein«, fügte er hinzu. »Gar nicht so schlecht.«

»*Prego*«, erwiderte ich.

Als ich zum Hotel zurückkehrte, fand ich endlich eine Nachricht von Boucher, dass er noch einmal Kontakt mit Godard aufgenommen hatte und die Dinge gut standen. Godard würde in den nächsten Tagen nach Paris kommen und sich wahrscheinlich mit mir treffen. Boucher wollte sich noch einmal melden und mir Konkreteres sagen, sobald er konnte.

Zu diesem Zeitpunkt hatte ich wirklich alles gemacht, was man meiner Ansicht nach in Paris unternehmen konnte, und ich wurde allmählich ein wenig ungeduldig, wenn nicht gar ausgesprochen gereizt, auch wenn ich nichts an den Gegebenheiten ändern konnte. Ich hatte keine Ahnung, wie der Typ aussah oder wo er wohnte, und wusste nichts weiter über ihn, als dass er offensichtlich ein etruskisches Pferd besaß, das er eventuell zu verkaufen bereit war – vielleicht aber auch nicht –, und dass er möglicherweise irgendwann und irgendwo mit mir sprechen würde.

Am selben Abend rief Boucher erneut an. »Hören Sie«, sagte er flüsternd. »Ich bin mit einem Freund von Godard im *Café de la Paix*. Warum spazieren Sie nicht hier vorbei und treffen mich zufällig, wenn Sie verstehen, was ich meine. Sie wissen schon. Eine rein zufällige Begegnung. Jetzt kommt er. Ich muss Schluss machen.« Ich hörte nur noch ein Tuten.

Ich rief ein Taxi und fuhr zu dem Café. »Hallo, Yves«, begrüßte ich ihn, während ich auf den Tisch zuging. »Welch eine Überraschung, Sie hier zu treffen.«

»Lara!«, rief er und erhob sich von seinem Stuhl. »Gut, dass ich Sie treffe. Pierre, das ist die Frau, von der ich Ihnen erzählt habe, die Antiquitätenhändlerin aus Toronto. Lara, das ist Pierre Leclerc, ein Kollege von mir aus Lyon. Pierre ist ebenfalls Antiquitätenhändler. Was für ein glücklicher Zufall, dass wir uns hier alle treffen.« Er legte sich die Hand auf die Brust und strahlte große Überraschung und Freude aus. Er spielte seine Rolle so gut, dass ich sicher war, dem Mann niemals mehr trauen zu können.

»Möchten Sie sich nicht zu uns setzen?«, fragte Leclerc und rückte einen Stuhl für mich zurecht. Die beiden Männer konnten nicht gegensätzlicher sein. Während Boucher ein lässiges Stehkragenhemd und schwarze Jeans gewählt hatte, war Leclerc der gut gekleidete Dandy. Er trug einen hellbraunen Anzug, ein cremefarbenes Hemd und eine adrette goldbraune Krawatte mit dazu passendem Einstecktuch, außerdem ziemlich teuer wirkende, goldene Manschettenknöpfe. Darüber hinaus waren die beiden recht unterschiedlich in ihrer Art. Boucher versuchte ein seriöses Auftreten, während Leclerc einen eher öligen Charme besaß.

»Kir Royal, nicht wahr?«, fragte Boucher. Er winkte den Kellner herbei und bestellte das Getränk für mich und eine weitere Runde für die beiden Männer. Ich fragte mich, ob ich für drei zahlen müsste. Wir unterhielten uns ein paar Minuten über belanglose Themen – das Wetter, der Verkehr in Paris, solche Dinge –, bis wir schließlich zum naheliegenden Thema übergingen.

»Betreiben Sie in Lyon ein Geschäft, Pierre?«, fragte ich.

»Nein«, antwortete er. »Nicht mehr.«

»Er vermittelt nur noch«, erklärte Boucher.

Das machte mich nervös. Tatsächlich macht mich der Antiquitätenmarkt stets nervös. Wenn es um Antiquitäten geht, stellt sich immer die Frage nach der Authentizität. Es gibt zahlreiche Fälschungen, und es ist nicht immer leicht, sie zu erkennen. Zudem gibt es das recht knifflige Problem der Provenienz, also die Frage, woher die Gegenstände stammen und ob sie legal erworben wurden oder nicht. Die Gelüste der Sammler, und mit Sammlern meine ich sowohl Privatleute als auch Institutionen, Museen zum Beispiel, werden von einem undurchsichtigen Geflecht aus Händlern und Vermittlern befriedigt, die die gewünschten Objekte finden. Von Zeit zu Zeit tauchen Menschen mit eher zweifelhaftem Ruf in der Branche auf. Ich hatte das schreckliche Gefühl, dass ich gerade einem von ihnen gegenübersaß.

»Sind Sie auf einen Bereich spezialisiert?«, fragte Leclerc, während er die Umschlagmanschetten an seinem makellosen Hemd in Ordnung brachte und seine Manschettenknöpfe zurechtrückte, zwei große goldene Scheiben, die ziemlich protzig wirkten.

»Mein Kunde interessiert sich für einen Pegasus aus Bronze«, sagte ich. »Er ist ein Pferdenarr«, fügte ich hinzu. »Sammelt alles, was zu diesem Thema gehört.« Ich hatte keine Veranlassung dazu, etwas Derartiges zu glauben, aber ich wollte auf jeden Fall das Wort »etruskisch« vermeiden, da ich einigermaßen sicher war, dass es die Auswahl potenzieller Interessenten eingrenzen und den Preis in die Höhe treiben würde. »Ich hörte, ein gewisser Robert Godard könnte ein solches Objekt besitzen, und ich versuche, über Yves mit ihm in Kontakt zu treten.«

»Ich kenne Godard«, rief Leclerc aus. »Ziemlich gut sogar. Ich habe ihm in der Vergangenheit diverse Objekte beschafft.« Er hielt einen Moment inne und warf mir dann ein schelmisches Lächeln zu. »Vielleicht können wir miteinander ins Geschäft kommen.« Sein Knie drückte sich gegen das meine.

Ich konnte nicht umhin, mich zu fragen, welche Art von Geschäft er meinte.

»Godard macht sich ein wenig rar«, sagte Boucher.

»Sie sagten doch, er sei auf dem Weg nach Paris«, warf ich ein. »Und würde morgen oder übermorgen hier eintreffen?«

»Er hat seine Meinung geändert«, erwiderte Boucher. »So ist er nun mal.«

»Zuweilen ist es wirklich schwierig, Geschäfte mit ihm zu machen«, pflichtete Leclerc ihm bei. »Er trennt sich nicht gern von seinen Sachen. Aber er ist gerade in Verkaufsstimmung. Wenn man richtig an ihn herantritt, kann man ihn vermutlich dazu bringen, das Stück zu verkaufen. Würden Sie mich jetzt bitte entschuldigen? Ich muss ein Telefonat führen.«

Als er fortging, streifte er mit der Hand an meinem Nacken entlang.

»Er will einen Anteil«, sagte Boucher.

»Woher wissen Sie das?«, fragte ich. »Gesagt hat er nichts davon.«

»Deshalb ist er doch zum Telefon gegangen. Er gibt uns Zeit, es zu besprechen.«

»Ich dachte, Sie würden den Kontakt zu Godard herstellen«, sagte ich.

Boucher blickte gequält drein und drückte seine Hand noch fester gegen seine Brust. »Das versuche ich auch«, erwiderte er. »Deshalb habe ich ja dieses Treffen arrangiert. Leclerc ist jemand, der Godard nahesteht. Sie müssen ihn natürlich nicht einbeziehen, aber es beschleunigt das Ganze sicher. Es ist allein Ihre Entscheidung.«

»Wie viel will er?«, seufzte ich.

»Ich weiß es nicht«, antwortete er. »Möglicherweise möchte er einen prozentualen Anteil. Wenn Sie jedoch Glück haben und er Sie sympathisch findet – was ich übrigens glaube, da er Sie ziemlich bewundernd anblickte, als Sie hereinkamen –, verlangt er vielleicht nur eine niedrige Vergütung, sagen wir, zehntausend. Wenn Sie viel Glück haben«, fügte er hinzu.

»Ich gehe zur Toilette«, sagte ich. »Bin gleich wieder zurück.«

Was ich wirklich wollte, war Zeit zum Nachdenken. Ich ging nach draußen, zog mein Handy heraus, hielt es ans Ohr, als würde ich telefonieren, und blickte dann durch die Fenster zu dem Tisch hinüber. Auf der anderen Straßenseite saß Antonio, vor ihm stand eine Tasse Kaffee. Er lächelte mir zu. Sogar aus dieser Entfernung waren seine schönen Zähne zu erkennen. Ich blickte zurück zu dem Café, aus dem ich gerade gekommen war. Von der Straße aus war das Innere relativ gut zu sehen. Leclerc kehrte zurück, und die beiden Männer steckten die Köpfe verschwörerisch zusammen. Als Boucher etwas sagte, lachten sie beide.

Aus irgendeinem Grund wusste ich, dass der Scherz auf meine Kosten ging.

Mit einem Mal holten mich all die schlaflosen Nächte, die Warterei und die Sorgen ein, ganz zu schweigen von dem Druck, für Lake zu arbeiten. Ich kehrte zum Tisch zurück. »Ich bedaure, meine Herren, aber ich muss jetzt gehen. Ich wurde gerade von einem Agenten in Amsterdam angerufen«, sagte ich. »Er hat etwas, von dem ich weiß, dass mein Kunde sehr daran interessiert sein wird: ein Gemälde mit einem Pferd und einem Reiter, flämisch. Ich werde versuchen, morgen früh den ersten Flug zu bekommen. Vielleicht komme ich auf dem Rückweg noch einmal kurz vorbei, damit wir uns unterhalten können. Yves, ich glaube, Sie schulden mir noch ein Getränk«, lächelte ich. »Vielen Dank also für den Kir Royal.« Ich stapfte aus dem Café, hielt ein Taxi an, fuhr zum Hotel zurück und hoffte, sie einigermaßen verwirrt zurückgelassen zu haben. Mit etwas Glück hatte ich eine Entscheidung erzwungen. Ich war es nämlich satt, auf Godard zu warten.

3

Vichy

Gegen vier Uhr am nächsten Nachmittag erreichten wir die Außenbezirke von Vichy. Wir hatten fast den ganzen Tag gebraucht, um hierherzugelangen, zum Teil, weil ich entschlossen war, nicht übereifrig zu wirken, aber auch, weil Boucher darauf bestanden hatte mitzukommen – ein Umstand, den ich recht ärgerlich fand, obwohl ich den Nervenkrieg offenbar gewonnen hatte. Dass ich am Abend zuvor so gereizt gewesen war, hatte den gewünschten Effekt erzielt: Ich hatte nur etwa zehn Minuten geschlafen – so fühlte es sich zumindest an nach einer Nacht, die ich abwechselnd damit verbracht hatte, zu rauchen, Pläne zu schmieden, wie ich Godard allein finden konnte, und mir einzureden, dass Boucher die Sache jetzt vorantreiben würde, falls er mir meine kleine List abnahm –, bis mich das Telefon wach klingelte.

»Ich habe Godard ausfindig gemacht«, hatte Boucher gesagt, ohne jegliche Begrüßung. »Er ist jetzt wieder zu Hause. Er war schwer zu überzeugen, aber ich habe ihm die Situation erklärt. Wir können ihn heute besuchen, wenn es Ihnen recht ist. Allerdings müssen wir uns ziemlich beeilen, da wir sicher fast den ganzen Tag brauchen, um dorthin zu kommen.«

»Tatsächlich?«, fragte ich und warf einen Blick auf die Uhr. Es war erst sieben Uhr morgens. »Ich bin nicht sicher, ob ich die Leute aus Amsterdam vertrösten kann. Sie erwarten mich heute Abend.« Trotz der Tatsache, dass ich als

Siegerin hervorgegangen war, würde ich ihm nicht die kleinste Genugtuung gönnen.

Eine Pause entstand. »Natürlich ist es Ihre Entscheidung«, sagte Boucher. »Aber wie Sie ja bereits wissen, ist es schwierig, eine Verabredung mit Godard zu vereinbaren. Er empfängt uns heute am späten Nachmittag, oder morgen Vormittag, falls wir es heute nicht mehr schaffen, dorthin zu kommen.«

»Und ›dorthin‹ ist wo?«

»Vichy. Er besitzt ein Schloss in Vichy. Hatte ich das nicht erwähnt?« Natürlich nicht. Er hatte mir nicht den geringsten Hinweis gegeben, wo Godard zu finden war. »Es ist mir gelungen, eine Einladung in sein Schloss zu erhalten.«

»Gut«, sagte ich. »Ich werde sehen, was ich tun kann. Ich kann den Agenten in Amsterdam erst in ein oder zwei Stunden kontaktieren. Jetzt ist sein Büro noch nicht besetzt. Sobald ich jemanden erreicht habe, rufe ich Sie zurück und sage Ihnen in jedem Fall Bescheid.«

»Wir brauchen einen Wagen«, sagte Boucher. »Meiner musste überraschend in die Werkstatt.«

Genau wie Ihre Brieftasche, war ich versucht zu sagen, aber ich hielt mich zurück. Ich musste ihm Honig um den Bart schmieren, bis ich Godard tatsächlich getroffen hatte. »Darum kümmern wir uns später, falls ich Amsterdam verschieben kann«, erwiderte ich. »Ich kann jederzeit einen mieten, wenn das nötig ist.«

Während ich einen Mietwagen besorgte und die Hotelrechnung bezahlte, ließ ich Boucher mehrere Stunden lang warten, genauso, wie er mich hatte warten lassen.

»Sie hätten mit Leclerc zusammenarbeiten sollen«, sagte Boucher, als wir über die Autobahn fuhren. »Er hat wirklich gute Beziehungen.«

»Hat er nun dieses Treffen mit Godard arrangiert, oder waren Sie es?«, fragte ich mit zusammengebissenen Zähnen. Boucher ging mir mit seinem Geschwätz mit jedem zurückgelegten Kilometer mehr auf die Nerven.

»Ich natürlich«, antwortete er in gekränktem Ton. Sehen konnte ich es nicht, da ich mich auf die Straße konzentrierte und auf den Rückspiegel, denn ich suchte vergeblich nach Anzeichen, dass Antonio die Verfolgung aufgenommen hatte, aber ich wusste, dass Bouchers Hand wieder auf seinem Herz lag. »Allerdings würde ich es nicht darauf anlegen, Leclerc zu vergraulen. Es würde mich nicht wundern, wenn er schon in Vichy wäre. Er kennt Godard wirklich gut, wissen Sie, er kann einfach zu ihm gehen. Ich wette, er ist jetzt gerade bei ihm und verhandelt über den Kauf des Pferdes.«

»Warum sollte er das tun? Hat er denn einen Käufer dafür?«

»Vielleicht«, antwortete Boucher nach einer Pause.

»Was versuchen Sie mir zu sagen, Yves?«, fuhr ich ihn an, aber ich kannte die Antwort bereits, bevor die Worte aus meinem Mund gekommen waren.

»Sie«, sagte Boucher in betrübtem Tonfall. »Ich fürchte, dass er es bekommt und zu einem wesentlich höheren Preis an Sie weiterverkauft. Höchst bedauerlich.«

Als ich von der Autobahn abfuhr und auf eine Landstraße kam, war weder eine Spur von Leclerc noch von Antonio zu sehen. Der Sommer in Europa war lang und heiß gewesen, aber er neigte sich dem Ende zu. Die Bäume waren schon gelb und wiesen nur noch wenige grüne Stellen auf, und sämtliche Felder waren abgeerntet. Die Sonne war noch warm, besaß jedoch nicht mehr ihre volle Kraft, und am Horizont kündigten dunkle Wolken herbstliche Regenschauer an. Doch es war malerisch, und ich wünschte mir, mit jemand anderem als mit Boucher hier zu sein, und zudem aus einem anderen Anlass als dem geschäftlichen.

Nachdem wir mehrere Kilometer durch die Landschaft gefahren waren, bogen wir in einen langen Zufahrtsweg ein. Er wurde von hohen Pappeln gesäumt, die in der späten Nachmittagssonne wuchtige Schatten quer über die Straße warfen. Am Ende des Weges, hinter zwei großen steinernen Sphinx-Figuren, die Wache standen, lag ein Schloss wie aus einem Märchenbuch, ein prächtiger Bau mit zahlreichen Türmen und Zinnen. Als ich das Auto abstellte und ausstieg, fuhr gerade ein silberfarbener Renault los. Der Wagen blieb unvermittelt stehen, die Tür öffnete sich, und ich hörte meinen Namen.

»Was machst du denn hier, Dottie?«, fragte ich, als ich die Fahrerin erkannte.

»Nach Schätzen suchen natürlich«, sagte sie und küsste mich auf beide Wangen. Ich wurde von einer Wolke aus teurem Parfüm eingehüllt.

»Kyle hast du noch nicht kennengelernt, oder?«, fragte sie und zeigte auf einen attraktiven jungen Mann, der mindestens zehn, vielleicht sogar fünfzehn Jahre jünger war als sie. Er lächelte freundlich, gab mir schweigend die Hand und starrte Dottie dabei voller Bewunderung an. Sie sah wirklich ziemlich umwerfend aus in ihrem kurzen, engen Lederrock, mit den braun gebrannten Beinen – Dottie achtete gut auf ihren Körper, dachte ich neidisch – und einem T-Shirt mit Leopardenmuster und großem, rundem Ausschnitt, der tiefe Einblicke in ihr Dekolleté erlaubte. »Mein Lustknabe«, bedeutete sie mir leise. »Ist er nicht hinreißend?«, fragte sie mit gedämpfter Stimme. »Herrliche Muskeln«, fügte sie hinzu.

Er war recht ansehnlich, daran bestand kein Zweifel. Er war wie ein Footballspieler gebaut oder vielleicht eher wie ein Türsteher – enorm breite Schultern und schmale Taille – und hatte eine Menge Gel in den Haaren, das es trotzdem nicht vermochte, eine beeindruckende Tolle im Zaum zu halten. Allerdings hatte auch Rob ganz passable Muskeln und war darüber hinaus klug, belesen, für einen Mann ein einigermaßen guter Gesprächspartner und ungefähr in meinem Alter. Plötzlich wünschte ich mir mehr als alles andere, er wäre hier.

»Ja, hinreißend«, murmelte ich.

»Vor ein paar Monaten habe ich Clive getroffen«, sagte sie. »Bei der Winter-Antiques-Show in New York, wenn ich mich recht erinnere. Ich hörte, Ihr führt wieder ein Geschäft zusammen. Das ist wirklich …« Sie hielt einen Augenblick inne und suchte nach dem richtigen Wort.

»Riskant?«, fragte ich. »Oder vielleicht mutig?«

»Nein, meine Liebe«, sagte sie. »Ich dachte eher an kultiviert, zivilisiert, so etwas in der Art. Ganz anders als meine grauenhafte Scheidung von Hughie. Er ist immer noch ein ziemliches Scheusal. Aber wen interessiert das? Ich habe wesentlich mehr Spaß als er, der alte Trottel.« Sie hängte sich bei Kyle ein und lächelte gewinnend. Kyle schenkte mir ein herrlich schiefes Grinsen. Meine Güte, war der süß.

»Und wer ist das?«, fragte sie und wandte sich zu Boucher um.

»Oh, Entschuldigung«, sagte ich. Ein paar angenehme Momente lang hatte ich vergessen, dass er da war. »Yves Boucher, ein Händler aus Paris. Das ist Dorothea Beach. Sie ist auf französische Antiquitäten spezialisiert und besitzt einen wunderbaren Laden in New Orleans.«

»Sehr erfreut«, sagte sie.

Boucher verbeugte sich und küsste ihr die Hand. »*Enchanté*«, sagte er. Diese Wirkung hatte Dorothea auf die meisten Männer.

»Dein Freund?«, formte sie mit den Lippen, als Boucher sich über ihre Hand beugte. Ich schüttelte heftig den Kopf. »Das ist gut«, flüsterte sie.

»Ihr seid offensichtlich hier, um Godard zu besuchen«, sagte sie laut und neigte den Kopf in Richtung des Schlosses. »Das ist ein regelrechter Aufmarsch hier. Als ich ankam, fuhr Pierre Leclerc gerade ab. Du kennst ihn, oder?

Ein Händler aus Paris. Ich kann den Mann nicht ausstehen. Er hat sich die ganze Zeit an mich gedrückt, wirklich widerlich.« Der schöne Kyle wirkte etwas verärgert. Ich fragte mich, ob er sprechen konnte, beschloss dann aber, dass es gleichgültig war. »Oje«, fuhr sie fort. »Das hätte ich nicht sagen sollen. Ich hoffe, er ist nicht dein bester Freund oder etwas in der Art.« Ich gab ihr zu verstehen, dass sie von mir keine Meinung über Pierre Leclerc hören würde.

»Ein seltsamer Vogel«, sagte Dottie. »Ich meine Godard. Man braucht kein Genie zu sein, um zu sehen, dass er verkaufen muss. Ich biete ihm einen fairen Preis an, aber dann sagt er, er will darüber nachdenken. Ich glaube, er mag mich nicht. Ach, ich hoffe, du bist nicht hinter derselben Sache her wie ich«, sagte sie plötzlich. »Oder doch?«

»Das bezweifle ich«, antwortete ich. »Im Moment bin ich nicht wegen Möbelstücken unterwegs.«

»Da bin ich ja erleichtert, meine Süße«, sagte sie. »Ich würde nur ungern mit dir darum kämpfen müssen, aber darum kämpfen würde ich. Natürlich würde ich lieber gegen dich als gegen Leclerc verlieren, aber ich möchte die Möbel wahnsinnig gern haben. Eine traumhafte Esszimmergarnitur. Aus massivem Holz. Nicht eine Spur von Furnier. Und sechzehn – sechzehn! – Stühle. Spätes achtzehntes, frühes neunzehntes Jahrhundert. Umwerfend. Ich war total begeistert, habe aber natürlich versucht, es mir nicht anmerken zu lassen. Möglicherweise hätte ich überschwänglicher sein sollen. Vielleicht ist er einer dieser Typen, die nur an Leute verkaufen, von denen sie glauben, dass sie das Zeug genauso lieben wie sie. Wenn er es mir verkauft«, fuhr sie fort und hielt dann einen Moment inne, um Atem zu holen, »muss er danach allerdings von einem Fernsehtisch essen, der arme Kerl.« Sie zuckte mit den Schultern. »Ich komme morgen wieder, wie er vorgeschlagen hat, und versuche, mich mehr bei ihm einzuschmeicheln. Ich hoffe, ich muss ihn nicht umbringen, damit ich die Möbel bekomme. Was sagtest du, wonach du suchst?«

»Nach einer Pferdestatue«, antwortete ich. »Pegasus. Aus Bronze.«

»Die habe ich gesehen«, sagte sie. »Sie ist ... nun ja, groß. Wahrscheinlich auch sehr wertvoll, aber ich weiß nichts über Bronzestatuen. Wenn du sie haben willst, dann bekommst du sie hoffentlich. An deiner Stelle würde ich – nur als Strategie – ohne Ende von dem Pferd schwärmen. Die schüchterne Methode scheint bei Godard nicht zu funktionieren. Falls du in der Stadt übernachtest, können wir vielleicht zusammen essen gehen. Kyle und ich müssen jetzt etwas finden, womit wir uns die Zeit vertreiben, nicht wahr, Liebster?« Sie legte ihm den Arm um die Taille und feixte mich an. »Ich hoffe, wir sehen uns später noch, Lara. Clive erzählte mir, du hättest einen neuen Freund, und ich will alles über ihn wissen.«

Als sie ins Auto stieg, drehte sie sich ein letztes Mal um. »Übrigens kommt niemand an die Tür. Sie steht offen. Man geht einfach rein. Bei meiner Esszimmergarnitur gehst du nach links und dann immer geradeaus. Er war in seinem Arbeitszimmer, als ich ihn das letzte Mal gesehen habe. An deinem Pferd kommst du unterwegs vorbei.»

Ich drehte mich wieder zu Godards Schloss um, während die Reifen von Dorotheas Wagen durchdrehten, weil sie es so eilig hatte fortzukommen – welche Aktivität sie und Kyle auch immer im Sinn hatten. Das Schloss war beeindruckend, aber aus der Nähe betrachtet, wirkte es relativ stark vernachlässigt. Die Hecken mussten dringend geschnitten werden, und der Garten war mit Kletterpflanzen und Unkraut überwuchert. Auf einer Seite waren ein Schaf und mehrere Lämmer an Pflöcken festgebunden, und ein paar Hühner scharrten im Dreck. Wäre es ein Märchenschloss gewesen, dann möglicherweise das Schloss von Dornröschen, die auf ihren Prinz wartete, während der Wald um sie herum größer und größer wurde.

Und dennoch war es ein Schloss. Auch wenn ich keine Ahnung hatte, was für ein Vermögen man benötigte, um ein Gebäude wie dieses instand zu halten, war es zweifellos eine beachtliche Summe. Möglicherweise erklärte das die Horde von Antiquitätenhändlern, die das Gebäude an diesem Tag aufsuchten und von denen einer zu meinem großen Verdruss Leclerc hieß.

Trotz Dotties Ratschlag versuchte ich zu klopfen. Wie vorhergesagt, erfolgte keine Reaktion, sodass ich nach ein oder zwei Minuten die Tür aufschob. Sie knarrte, genau wie im Film. Ich wäre nicht überrascht gewesen, irgendeinen betagten Bediensteten zu sehen, der auf den Eingang zuschlurfte, aber es war keiner da. Die Tür führte in einen der Türme, und so fand ich mich in einem durchaus freundlichen, kreisrunden Vorraum wieder, der mit weißem und schwarzem Marmor gefliest und von einem alten Messinglüster beleuchtet war. Von dort aus gelangte man direkt ins Esszimmer, das abgerundete Wände und sehr hohe Bleiglasfenster aufwies.

Dotties Tischgarnitur war, wie sie gesagt hatte, traumhaft. Ich stellte fest, dass es mir lieber gewesen wäre, wenn ich ihr nicht erzählt hätte, dass ich kein Interesse an den Möbeln hatte. Im vorderen Ausstellungsraum von *McClintoch & Swain* hätten sich der Tisch und die Stühle gut gemacht, daran bestand kein Zweifel. Am hinteren Ende des Tisches standen die Überreste einer Mahlzeit, ein halb geleertes Glas Rotwein, ein paar Brotrinden und ein Teller. Alle Stühle, insgesamt sechzehn, waren an den Wänden aufgereiht, statt um den Tisch herumzustehen, so auch der Stuhl, den man an dem Platz mit dem Teller vermutet hätte. Wahrscheinlich waren sie so angeordnet, damit potenzielle Käufer einen freien Blick auf den Tisch hatten, aber alles wirkte recht trist und verlassen.

Der nächste Raum war vermutlich das Wohnzimmer, auch wenn er alles Mögliche hätte sein können. Dottie hatte gesagt, Godard müsste von einem Fernsehtisch essen, wenn sie die Esszimmergarnitur kaufen würde, und damit hatte sie recht gehabt. Auch wenn die Abdrücke auf den beiden riesigen, aber abgenutzten Teppichen darauf hindeuteten, dass der Raum einst mit zahlreichen Möbeln ausgestattet gewesen war, stand jetzt nur noch ein kleines, ziemlich unscheinbares Sofa unter dem Fenster, und auf der gegenüberliegenden Seite des Raumes, vor einem herrlichen Steinkamin, ein Stuhl und ein kleiner Beistelltisch mit Lampe, nicht neben dem Sitzmöbel, wie man erwartet hätte, sondern ihm gegenüber. Helle Stellen an der Wand über dem Kaminsims wiesen darauf hin, dass dort früher etwas gehangen hatte, ein Spiegel vielleicht oder ein großes Gemälde. Auf dem Beistelltisch und daneben am Boden lagen zahlreiche Bücher. Es war eine seltsame Anordnung: Der Stuhl befand sich auf der einen Seite des Kamins, und die Lampe, die Bücher und der Tisch auf der anderen. Mit einem Mal kannte ich den Grund für das alles und wusste nun mit Sicherheit, dass Boucher mich mit seinen Geschichten über Godards Reisen nur hingehalten hatte.

Ich sprach ihn nicht darauf an, nahm mir jedoch fest vor, es bei der nächsten Gelegenheit zu tun, und trat in die Finsternis des nächsten Zimmers. Es war dunkel und ziemlich kalt und feucht. Zweifellos war dies der älteste Teil des Schlosses, der Wehrturm. Er war mehrere Stockwerke hoch und hatte keine Fenster, sondern Schießscharten. Vierzehntes Jahrhundert, schätzte ich, auch wenn es eine Minute dauerte, bis ich alles aufgenommen hatte. Hier bewahrte Godard seine Schätze auf, oder zumindest einige von ihnen. An einer Seite standen mehrere Reihen mit Glasschränken, und darin befanden sich zahlreiche Terrakottagefäße.

An einer der Steinmauern hing eine große Skulptur, und an der anderen Seite stand der Bellerophon in all seiner

Pracht. Das geflügelte Pferd bäumte sich auf, und der Reiter beugte sich vor und zielte mit seiner Waffe auf etwas, das sich unterhalb befand. Hoch über mir schwirrten ein paar Vögel herum, und mir wurde klar, dass die Schießscharten nicht verglast waren und dass sich der Turm mehr oder weniger in seinem ursprünglichen Zustand befand. Ich ging auf das Pferd zu, vernahm jedoch eine leise, murmelnde Stimme aus dem nächsten Raum. »Wir gehen lieber weiter und sprechen zuerst mit Godard«, sagte Boucher.

Ein Mann, der wesentlich jünger war, als ich erwartet hatte, um die dreißig, saß an einem Schreibtisch und telefonierte. Er hatte ein schmales Gesicht, dessen Blässe von den langen, dunklen Haaren, die zu einem Pferdeschwanz zusammengebunden waren, noch betont wurde. Er trug ein weißes, kragenloses Hemd, das am Hals offen stand, und eine schwarze, legere Jacke. Vor ihm auf dem Schreibtisch stapelten sich diverse dicke Wälzer, einer lag geöffnet vor ihm. Hinter ihm befand sich ein eingeschalteter Computer. Ich drehte mich zu Boucher um. »Er reist also um die ganze Welt, ja?«, sagte ich und sah ihm direkt in die Augen.

»Ich wusste es nicht. Ich habe ihn in Wirklichkeit noch nie gesehen«, erwiderte Boucher und blickte zur Seite. »Ich habe nur am Telefon mit ihm gesprochen.«

Der Klang unserer Stimmen, so leise sie auch gewesen sein mochten, ließ Godard aufblicken. »Nicht Sie schon wieder«, sagte er grob und sah Boucher dabei direkt an. Boucher zuckte nervös. »Ich dachte, ich hätte Sie gebeten, nicht wiederzukommen.«

»Noch nie getroffen?«, fragte ich im Flüsterton. »Vielleicht hat er Sie mit jemandem verwechselt.«

»Gehören Sie zu ihm?«, fragte Godard und sah mich mit einer gewissen Feindseligkeit an.

»Nein«, antwortete ich. Später sollte ich noch Zeit genug finden, all die Lügen zu zählen, die ich in der Woche, seit ich Lake getroffen hatte, von mir gegeben hatte, doch damals merkte ich kaum, was ich tat. »Ich glaube, ich war zuerst hier«, sagte ich zu Boucher, als hätte ich ihn gerade erst kennengelernt. »Es macht Ihnen doch sicher nichts aus, draußen zu warten, bis Sie an der Reihe sind.« Boucher, der schleimige Lügner, räumte schleunigst das Feld.

»Was wollen Sie?«, fragte Godard mich, während seine Hand den Telefonhörer abschirmte. Er klang nicht gerade einladend, aber die Feindseligkeit in seiner Stimme hatte deutlich abgenommen, nachdem Boucher den Raum verlassen hatte.

»Ich hörte, Sie hätten möglicherweise ein paar Antiquitäten, die Sie verkaufen möchten«, sagte ich. »Ich wollte mich erkundigen, ob das stimmt und ob ich sie mir ansehen könnte. Ich bin Antiquitätenhändlerin, aus Toronto«, fügte ich hinzu und legte meine Visitenkarte vor ihn auf den Schreibtisch.

Godard starrte mehrere Sekunden lang auf meine Karte. »Einen Moment bitte«, sagte er schließlich und zeigte auf einen Stuhl, der in der Nähe stand. »Ich bin sofort mit diesem Telefonat fertig. Was sagten Sie gerade?«, fragte er in den Hörer hinein. »Nein, ich möchte im Moment nichts verkaufen.«

Das klang nicht gerade aussichtsreich. Ich setzte mich nicht auf den mir angebotenen Stuhl, auf dem, ebenso wie im ganzen übrigen Zimmer, Bücher aufgestapelt waren. Das Arbeitszimmer war von Regalen gesäumt, die mit Büchern vollgepackt waren, einige neu, andere älter, und manche sehr alt und wahrscheinlich wertvoll. Hier war die große Weltliteratur vertreten, von Shakespeare bis Victor Hugo, in verschiedenen Sprachen. Nach den Bänden ganz in meiner Nähe zu urteilen, interessierte sich Godard jedoch hauptsächlich für okkulte Themen. Dolores Cannons »Conversations with Nostradamus« stand neben Nostradamus' eigenen Schriften. Es gab mehrere dicke Folianten über Astrologie und Zukunftsvorhersagen und ein anderes

Buch, das versprach, alle Geheimnisse der Offenbarung des Johannes zu erklären, wenn ich mich recht erinnere. Hinten am Fenster stand ein Teleskop, das gut zu den Astrologiebüchern passte. Es war mir egal, was er las und woran er glaubte, aber angesichts der bedrückenden Finsternis in dem Turm hinter mir und diesem blassen und kränklichen jungen Mann und den ganzen Büchern um mich herum wünschte ich mir allmählich, wieder draußen zu sein und die letzten Strahlen der späten Nachmittagssonne genießen zu dürfen – selbst wenn das bedeutete, mich mit Boucher abzugeben. Doch ich würde irgendeine Art von persönlicher Beziehung zu Godard aufbauen müssen, wenn ich versuchen wollte, den Bellerophon zu bekommen.

Das Telefongespräch dauerte nur noch ein oder zwei Minuten, aber Godard war offensichtlich nicht bereit, über seine Sammlung zu sprechen. »Ich brauche hier noch einen Moment, und zwar allein. Sehen Sie sich doch schon mal alles an. Ziehen Sie an der Kordel neben der Tür.«

Die Kordel neben der Tür erwies sich als langes Seil, über das man mehrere im Raum verteilte Glühbirnen anschaltete, sobald man daran zog. Wegen des schummrigen Lichts und der kalten Steinmauern hatte man fast das Gefühl, sich in einem Verlies zu befinden. Auch wenn man durchaus Einwände gegen diese Umgebung vorbringen konnte, so war die Sammlung es allemal wert, sie genauer in Augenschein zu nehmen. Es gab Gefäßkeramik in Hülle und Fülle: Kratere, Schalen, Krüge, Amphoren. Da standen etliche der schwarzen Bucchero-Stücke und bemalte Tonwaren verschiedenster Stilrichtungen: rote Figuren auf Schwarz, weiße Figuren auf Rot und schwarze Figuren auf Rot, beinahe jede Variante und Kombination von griechischer oder etruskischer Keramik, die man sich nur erträumen konnte. Darüber hinaus gab es Handspiegel aus Bronze, in deren Rückseite Szenen mit Göttern und Tieren graviert waren. Soweit ich erkennen konnte, handelte es sich durchweg um ganz außerordentliche Stücke, und einige besaßen zweifellos Museumsqualität.

Ich kam zu dem Schluss, dass die riesige Skulptur an der Wand ein Tempelfries aus Terrakotta war. Bei näherer Betrachtung zeigte es einen Mann auf einem geflügelten Pferd, der ein Wesen mit zwei Köpfen und einem Schlangenschwanz durchbohrte.

Lake hatte gesagt, Godard wüsste vielleicht gar nicht, was für eine Kostbarkeit der Bellerophon war, aber als ich diese Sammlung sah, war ich überzeugt, dass das nicht stimmte. Der entscheidende Hinweis war ein kleiner Kasten im hinteren Bereich des Raumes, der nur einen einzigen Gegenstand enthielt: eine schwarzfigurige Hydria, ein Wasserkrug aus Ton, der wunderschön bemalt war. Die Hydria war kleiner als üblich, etwa vierzig Zentimeter hoch, hatte einen bauchigen Rumpf, der sich nach oben hin zu einem schmalen Hals verjüngte und an der Öffnung wieder breiter wurde. Sie hatte drei Griffe, einen auf jeder Seite zum Tragen und einen dritten zum Ausgießen. Fast jeder Zentimeter des Halses und des Randes war mit Verzierungen bedeckt, mit geschwungenen Ornamenten und Ähnlichem, und auf dem Rumpf war eine Szene zu sehen, die einen Mann auf einem geflügelten Pferd zeigte, der gegen ein Wesen kämpfte, das teils Löwe, teils Ziege und teils Schlange war. Godards Sammlungsschwerpunkt waren Bellerophon und die Chimäre.

»Verzeihung, dass ich Sie habe warten lassen«, sagte Godard, während er mit seinem Rollstuhl vorsichtig zwischen den Glasvitrinen manövrierte. »Haben Sie etwas entdeckt, das Sie interessiert?« Jetzt sah er anders aus, aber ich konnte nicht ausmachen, woran das lag.

»Das alles ist ganz außergewöhnlich«, sagte ich. »Können Sie mir sagen, was Sie verkaufen möchten?«

»Ich möchte gar nichts davon verkaufen«, erwiderte Godard.

»Dann verschwende ich Ihre Zeit«, sagte ich. Und er natürlich meine.

»Ich möchte nichts verkaufen«, wiederholte Godard. »Aber ich sagte nicht, ich würde nichts verkaufen. Sicher ist Ihnen meine etwas schwierige Situation nicht entgangen. Die meisten Möbel und Gemälde sind schon weg. Mehr ist nicht da. Sehen Sie sich nur um. Wenn Sie etwas entdecken, das Ihnen gefällt, und es etwas ist, von dem ich mich im Moment zu trennen bereit bin, können wir eventuell ins Geschäft kommen.«

Das war immerhin ein Hoffnungsschimmer, vermutete ich, aber ich verhielt mich umsichtig und ging nicht direkt auf den Bellerophon zu. Stattdessen blieb ich bei der Hydria mit der Chimäre stehen. »Unverkennbar ein besonderes Stück«, sagte ich.

»Es ist nicht verkäuflich«, erwiderte er.

»Und was ist hiermit?«, fragte ich und zeigte auf einen Bronzespiegel.

»Der ist ebenfalls nicht zu verkaufen.« Das klang alles ziemlich entmutigend, aber ich konnte mir nicht vorstellen, zu Lake zurückzukehren und ihm zu erzählen, dass ich nicht bekommen konnte, was er haben wollte, also machte ich unerbittlich weiter. »Ich verstehe natürlich Ihre Gefühle, was diese Kunstgegenstände betrifft«, begann ich und versuchte hartnäckig, den Mann für mich zu gewinnen. »Sie haben hier eine sehr schöne Sammlung, und es ist sicher schwer, sich von irgendetwas zu trennen. Wie sind Sie in den Besitz all dieser Dinge gekommen?« Ein heikles Thema. In der Antiquitätenbranche ist Provenienz ein sehr wichtiger Begriff; gelegentlich muss man beweisen, dass Gegenstände legal oder zumindest vor ausreichend langer Zeit erworben wurden, um keine Schwierigkeiten mit den unterschiedlichsten Behörden zu bekommen.

Er wirkte zunächst, als wollte er nicht antworten, doch dann sagte er: »Das meiste hat mein Vater gesammelt. Er verbrachte mehrere Sommer in Italien – in der Toskana – und lernte ein paar Männer kennen, die ihn bei seiner Sammeltätigkeit unterstützten. Wahrscheinlich *tombaroli*«, sagte er mit einem leichten Lächeln. »Ich vermute, Sie wissen, was das ist.«

»Grabräuber«, erwiderte ich.

»Richtig. Auf welche Weise auch immer er diese Dinge erworben hat, es ist auf jeden Fall lange her, und deshalb scheint jetzt alles legal zu sein. Im Übrigen war vor zwei oder drei Jahren ein Experte hier draußen, noch vor dem Tod meines Vaters. Er machte Detailaufnahmen und sah sich alles an. Wenn es irgendwelche Probleme gegeben hätte, hätte er sicher etwas gesagt. Mein Vater besuchte auch Auktionen und ähnliche Veranstaltungen und kaufte dort. Ich habe alle Belege.«

»Und Sie?«

»Ich verkaufe eigentlich nur alles«, antwortete er.

Inzwischen hatte ich mich bis zu dem Pferd vorgearbeitet. Ich nahm eine kleine Taschenlampe aus meiner Handtasche und begann, es eingehend zu untersuchen. Godard sah mir dabei zu. Das Pferd war in der Tat aus Bronze und hatte die richtige Größe. Ich prüfte die Vorderbeine, dann die Hinterbeine. In ein Hinterbein war eine etruskische Inschrift eingraviert. »*Tinscvil*«, murmelte ich laut. Genau wie bei der Chimäre von Arezzo. Ich hatte sie mir sorgfältig genug angesehen und sogar versucht, die Schrift auf der Klaue der Chimäre abzuzeichnen.

»Was sagten Sie?«, fragte Godard, während er auf mich zufuhr.

»*Tinscvil*«, wiederholte ich. »Tinia – dem obersten Gott der Etrusker – gewidmet, nicht wahr?«

»Sie können Etruskisch lesen?«, sagte er.

Bei dem, was ich anschließend tat, muss man berücksichtigen, wie weit ich schon gegangen war, weil ich von der Aussicht auf all das viele Geld von Lake betört und entschlossen war, Godard zum Verkauf zu überreden. Eigentlich log ich nicht. Ich sagte einfach nichts. Oder besser gesagt, ich murmelte einfach etwas vor mich hin, was Godard als Zustimmung auffasste, etwas wie *hmmm.*

Er sah mich einen Moment lang an und zeigte dann auf ein recht merkwürdiges Objekt in einem der Schaukästen. »Wissen Sie, was dies hier ist?«

Überraschenderweise wusste ich es. In mehreren der Bücher über die Etrusker, die ich zurate gezogen hatte, waren Bilder von etwas Ähnlichem gewesen. Sie waren mir aufgefallen, weil das Ding so eigenartig aussah. »Das Modell einer Schafsleber aus Bronze, nicht wahr?«, fragte ich. »Etruskische Haruspexe, Wahrsager, nutzten Schafslebern, um die Zukunft vorherzusagen.«

»Das ist richtig«, sagte er. »Am äußeren Rand sind die sechzehn Abschnitte des Himmels zu sehen, zudem ist es mit zweiundfünfzig Götternamen beschriftet.« Er öffnete die Vitrine und holte den Gegenstand heraus. Während er ihn mit der einen Hand festhielt, strich er mit der anderen darüber. »Die Leute spotten über die Wahrsagerei«, fügte er hinzu. »Aber das sollten sie nicht. Die Römer glaubten daran. Sie überließen nichts dem Zufall. Nichts. Vor jeder Schlacht, vor jeder bedeutenden Entscheidung zogen sie etruskische Haruspexe heran. Sie waren weise.«

»Tja, die Römer waren in der Tat erfolgreich«, sagte ich.

»Das waren sie«, erwiderte er. Den Anflug von Sarkasmus in meiner Stimme hatte er nicht bemerkt. Er legte die Bronzeleber zurück in die Vitrine.

»Sind Sie etwa ein Mitglied der Società?«, fragte er.

Das konnte ich ihm schlecht vorgaukeln, aber ganz ehrlich war ich dennoch nicht. »Nein, leider nicht«, antwortete ich. Ich nahm an, er meinte irgendeine akademische Organisation oder eine archäologische Vereinigung.

»Aber Sie wissen davon. Die Hydria mit der Chimäre.«

»Hmmm«, murmelte ich wieder.

»Ich weiß nicht, ob auch Frauen zugelassen sind, aber andernfalls wäre es wirklich ein wenig altmodisch, selbst nach italienischen Maßstäben. Und schließlich hätten auch die Etrusker selbst nichts dagegen gehabt, nicht wahr? Die Griechen mögen bei ihren Symposien keine Frauen zugelassen haben, aber bei den Etruskern waren sie willkommen. Möchten Sie, dass ich Sie vorschlage? Sie können Etruskisch lesen und kennen sich offensichtlich auch mit etruskischen Antiquitäten aus. Innerhalb von wenigen Minuten haben Sie die besten Stücke herausgepickt. Natürlich bin ich noch ein Neuling, da ich erst seit ein paar Monaten Mitglied bin, aber man weiß ja nie. Ich würde alles darum geben, zu der Versammlung fahren zu können«, sagte er. »Aber ich bin in meinem Handlungsspielraum etwas eingeschränkt«, fuhr er fort und zeigte auf seine Beine, die sorgfältig in eine Decke eingehüllt waren.

»Das ist sehr bedauerlich«, bemerkte ich. Ich meinte das, was mit seinen Beinen passiert war – was immer es war –, aber er fasste es anders auf.

»Ja, das stimmt«, sagte er. »Schließlich habe ich so lange gewartet, bis ich Mitglied werden konnte. Mein Vater starb vor mehreren Jahren. Ich bin dort übrigens Cisra.«

»Sehr erfreut«, sagte ich.

»Mir geht es nicht besonders gut, wie Sie sehen«, fuhr er fort. »Mir bleiben noch zwei Wochen, um das Geld aufzutreiben und zu organisieren, wie ich dorthin komme. Wenn ich jemanden finde, der mir hilft, und vielleicht einen großen Wagen, der mit einer Handsteuerung ausgestattet ist, könnte ich es schaffen. Das hoffe ich zumindest.«

»Das mit Ihrem Vater tut mir leid«, sagte ich.

»Ja«, erwiderte er. »Er hat mich in diesem finanziellen Desaster zurückgelassen, wie Sie unschwer erkennen können. Aber wenigstens habe ich es geschafft, Cisra zu werden. Das geht nicht automatisch, wissen Sie.«

»Wie meinen Sie das?« Dies war eine überaus verwirrende Unterhaltung, und ich musste ihn von dem Thema abbringen, worum auch immer es ging, und zurück zu dem Verkauf des Bellerophon kommen.

»Der Name. Er wird nicht vererbt oder so etwas. Jemand muss sterben, bevor man aufgenommen wird. Die Mitgliederzahl der Società ist auf zwölf plus eins begrenzt, wie Sie sicher wissen. Aber jetzt, wo Velathri nicht mehr dabei ist, ist bestimmt ein Platz frei.«

»Velathri?«, fragte ich.

»Sie wissen schon«, antwortete er. »Velathri. Volterra. Es überrascht mich, dass Sie den etruskischen Namen dafür nicht kennen.«

Volterra kannte ich. Es war eine Stadt im Nordwesten der Toskana. Außerdem eine etruskische Stadt, wenn mein Gedächtnis mich nicht täuschte. Soweit ich mich erinnerte, existierte sie jedoch noch. »Ja, richtig«, sagte ich. »Natürlich. Entschuldigung.«

»Gianpiero Ponte«, sagte Godard, als wäre ich wirklich begriffsstutzig. »Sie haben sicher davon gelesen. Es war in allen Zeitungen.«

»Sie meinen den Geschäftsmann, der irgendwo von einem Felsen gestürzt ist?«

»Volterra!«, sagte er. »Das meine ich. Velathri ist jetzt frei, und Sie könnten es werden.«

»Oh«, war alles, was ich herausbrachte.

»Ich könnte die Leber zurate ziehen, um zu sehen, ob Sie eine Chance haben. Ich beschäftige mich schon seit vier Jahren mit der Schafsleber. Seitdem das hier passiert ist«, fügte er hinzu und wies dabei erneut auf seine Beine. »Ich glaube, ich bin so weit, dass ich eine echte benutzen kann.«

Ich dachte an die Schafe und die bezaubernden kleinen Lämmer vor dem Schloss und zuckte zusammen. Jetzt zweifelte ich nicht mehr daran, dass Godard nicht mehr alle Tassen im Schrank hatte, wie Clive zu sagen pflegte. Das betraf wohl nicht seine Intelligenz. Wenn er nur einige Bücher aus seiner Bibliothek gelesen hatte, war er schon ziemlich gebildet. Aber sein Realitätssinn schien ein wenig dürftig zu sein. Jetzt, da ich ihn eingehender musterte, konnte ich sehen, dass seine Pupillen erweitert waren. Drogen, dachte ich, entweder welche gegen Schmerzen, was angesichts seiner Lage nicht ungewöhnlich wäre, oder andere, die eher der Entspannung dienten.

»Haben Sie übrigens jemals probiert, ein Medium zu benutzen? Ich habe versucht, meine Eltern und meinen Großvater auf diese Weise zu kontaktieren, aber es hat nicht funktioniert. Bei dieser Sache jetzt habe ich jedoch ein gutes Gefühl. Jedenfalls, was mich angeht«, fuhr er fort. »Alle Zeichen sprechen dafür. Vielleicht ist das der Grund, warum Sie hier sind. Ja, das ist sehr wahrscheinlich. Die Sterne sagten, jemand würde kommen und mir helfen, nach Velzna zu gelangen, Sie wissen schon, Volsinii. Ich vermute, Sie verwenden die römischen Namen. Die Sterne sagten mir, dass Sie kommen würden. Natürlich muss es jemand sein, der Etruskisch lesen kann. An jemand anderen würde ich gar nicht verkaufen. Sie müssen es sein. Ich bin gerade dabei, mein Grab zu bauen. Würden Sie es gern sehen?«

»Natürlich.« *Ach du liebe Güte,* dachte ich.

»Kommen Sie mit«, sagte er und führte mich zu seinem Arbeitszimmer zurück.

»Ich bin an dem Pferd interessiert«, sagte ich, entschlossen, die Sache durchzuziehen, egal, wie skurril es noch werden würde.

»Meinen Sie Bellerophon?«

»Ja. Bellerophon.« Es schien keinen Grund mehr zu geben, sich in Bezug auf dieses Thema zurückzuhalten. »Haben Sie ihn schon an Leclerc verkauft?«

»Wer ist das?«

»Pierre Leclerc. Er war am frühen Nachmittag hier. Schicker Anzug. Manschettenknöpfe und so weiter.«

»Die Manschettenknöpfe!«, rief er aus. »Ja. Fantastisch! Ich würde gern wissen, woher er sie hat. Der Name stimmt allerdings nicht, oder? Leclerc? Hm, aber er hieß so ähnlich. Mit ›Le‹ am Anfang. Le Conte, richtig? Aber das Pferd ... Hat er danach gefragt? Ich kann mich nicht erinnern. Verkauft habe ich ihm nichts. Ich mag ihn nicht. Ich bin ziemlich sicher, dass er nicht derjenige ist, den ich suche. Wir sind da.« Er beugte sich vor, zog einen Teppich zur Seite und legte eine Falltür frei. »Machen Sie sich darauf gefasst, dass Sie gleich erstaunt, schockiert, verblüfft sind, was auch immer.«

Ich blickte in pechschwarze Finsternis hinein. »Ich glaube, ich möchte lieber nicht ...«

»Natürlich möchten Sie«, unterbrach er mich. »Warten Sie einen Moment. Ich gehe zuerst.« Er fuhr mit dem Rollstuhl rückwärts, griff nach einem Seil, das an der Wand hinter ihm an einem Flaschenzug hing, zog daran und fuhr zurück bis an den Rand der Öffnung. Dann erhob er sich von seinem Rollstuhl, und nachdem er diesen heruntergelassen hatte, legte er eine behelfsmäßige Gurtkonstruktion um und ließ sich selbst ebenfalls nach unten gleiten. »Kommen Sie«, sagte er. »Nehmen Sie die Leiter. Wir sprechen hier unten über Bellerophon. Und bringen Sie besser auch Ihre Taschenlampe mit. Das Licht scheint erloschen zu sein.«

Was tut man nicht alles, dachte ich, *um einen Kunden zufriedenzustellen.* Widerwillig kletterte ich die Leiter hinunter. Als ich am Boden angelangt war, schwenkte ich die Taschenlampe im Raum umher und hielt den Atem an, als mich die Augen eines Mannes, der genauso aussah wie Godard, starr anblickten.

»Ist es nicht großartig?«, fragte er.

»Großartig«, stimmte ich zu und atmete tief durch. In gewisser Hinsicht war es das wirklich. Ich stand in einem Raum, der etwa sechs Meter lang und drei Meter breit war. An jeder Seite standen zwei Steinbänke, und an der

Stirnseite befand sich ein Torbogen. Die Decke war mit roten, grünen und cremefarbenen Quadraten verziert. Die Wände hinter dem Torbogen waren mit Szenen einer Feier bemalt, zumindest sah es für mich nach einer Feier aus. Ausgestreckt auf einer Art Sofa lag ein Mann, der in eine dunkelrote Toga gehüllt war – er sah aus wie Godard –, und neben ihm standen mehrere Frauen mit Schalen voller Früchte und Weinkrügen in den Händen, um ihm aufzuwarten. Andere Männer – ich zählte zwölf, zusätzlich zu Godard – lagen ebenfalls auf Kanapees, einige hatten Frauen neben sich. Seitlich von ihnen war eine Tür auf die Wand gemalt.

Im Hintergrund war das Schloss zu sehen – ich erkannte es sofort. Es war von Feldern umgeben, auf denen kleine Lämmer umhersprangen. Dahinter erstreckte sich ein Wald. Weitere Männer, die in Tuniken gekleidet waren, jagten mit Pfeil und Bogen. Ein anderer spielte auf irgendeinem Saiteninstrument. Die vorherrschende Farbe war Rot, doch im Schein meiner Taschenlampe sah ich auch geschwungene Ornamente und Blätterranken, die sich um die Szene herumschlängelten, und durch die Bäume und um die Menschen herum flogen Vögel, die in Blau, Weiß und Grün gehalten waren. Oben auf dem Torbogen lagen, einander zugewandt, zwei Leoparden und zeigten ihre Fangzähne.

Auf der rechten Wand des Raumes, in dem ich stand, waren drei Menschen zu sehen, die auf drei Stühlen saßen und starr vor sich hin blickten. Die Perspektive war nicht perfekt, aber die Gesichter wirkten sehr naturgetreu.

»Meine Mutter und mein Vater«, erklärte Godard, der meinem Blick gefolgt war. »Und meine Großmutter. Gefällt es Ihnen?«, fragte er.

»Es ist … außergewöhnlich«, antwortete ich.

»Ja, das ist es, nicht wahr?«, sagte er. »Es wurde den unterirdischen etruskischen Grabkammern in Tarquinia nachempfunden. Die Fresken sind natürlich zeitgenössisch, obwohl ich versucht habe, sie authentisch wirken zu lassen.«

»Haben Sie das gemalt?«

»Ja«, antwortete er. »Es ist mein Projekt.«

»Aber ein Grab!«, sagte ich.

»Nun, warum nicht?«, fragte er. »Ich habe sowieso nicht mehr lange zu leben. Es hilft, mir die verbleibenden Stunden zu vertreiben. Ich habe damit begonnen, als ich noch stehen konnte, aber wie Sie sehen«, fuhr er fort, während er auf eine Wand zeigte, deren oberer Teil noch unbemalt war, »brauche ich Hilfe, um es zu beenden. Apropos, können Sie malen?«

»In dieser Hinsicht bin ich vollkommen untalentiert«, antwortete ich. Wahrscheinlich war dies der erste wirklich ehrliche Satz, den ich von mir gegeben hatte, seit ich hergekommen war.

»Zu schade«, sagte er. »Ich gehe zuerst nach oben, und wenn es Ihnen nichts ausmacht, könnten Sie den Rollstuhl an dem Seil festbinden, wenn ich es wieder heruntergelassen habe.«

»Was den Bellerophon betrifft«, begann ich, während ich aus dem Kellergeschoss herauskletterte.

»Ich kann ihn nicht an Sie verkaufen«, unterbrach er mich. »Ich weiß, dass ich es tun sollte, aber ich kann einfach nicht. Nicht an Sie. Nicht an die Person, die mich nach Velzna und zum *Fanum Voltumnae* bringen wird.«

»Welche Summe wäre nötig, damit Sie Ihre Meinung ändern?«, fragte ich.

»Ich werde meine Meinung nicht ändern, aber ich brauche hundertfünfzigtausend Dollar. Das ist alles. Damit könnte ich einen Van kaufen und die Kosten decken, um mein Grab fertigzustellen und mich bestatten zu lassen. Sehen Sie noch etwas anderes hier, das Ihnen gefällt und für das Sie bereit wären, so viel zu zahlen?«

»Die Hydria mit der Chimäre«, sagte ich.

»Nein, nein!«, rief er aus. »Alles, aber bitte nicht die Hydria. Das ist das Letzte, wovon ich mich trennen würde. Wie wäre es mit dem Tempelfries? Er ist ziemlich spektakulär, finden Sie nicht auch? Würden Sie dafür hundertfünfzigtausend zahlen? Das ist er absolut wert, müssen Sie wissen. Ein guter Preis.«

»Ja, das stimmt. Ich müsste jedoch erst meinen Kunden fragen.«

»In Ordnung, aber machen Sie es bald. Ich brauche das Geld, um nach Velzna zu kommen. Meinen Sie, dass er den Fries haben will?«

Das Telefon, das in seinem Arbeitszimmer klingelte, bewahrte mich davor, antworten zu müssen.

»Ich gehe besser dran«, sagte er. »Vielleicht betrifft es die Übereinkünfte. Sie können meinen Namen übrigens als Referenz angeben, wenn Sie Velathri ersetzen möchten. Warten Sie eine Sekunde«, fügte er hinzu und griff nach dem Telefon.

»Ich könnte morgen wiederkommen«, schlug ich vor.

»Hundertfünfzigtausend«, sagte er, während er mich am Arm packte und den Hörer gegen seine Brust drückte. »Das ist ein sehr guter Preis. Sie müssen es kaufen. Ich weiß, dass mir nur noch sehr wenig Zeit bleibt. Das sagen zumindest die Zeichen. Ich muss nach Velzna zu der Zwölferversammlung fahren, bevor ich sterbe. Versprechen Sie mir, dass Sie wiederkommen.«

Ich floh, so schnell ich konnte, aus dem Raum. Draußen war es dunkel, und Boucher döste im Wagen. Jetzt wirkte das Schloss ziemlich düster, da nur spärliches Licht in seinen Fenstern flackerte. Vor dem nächtlichen Himmel wirkte es wie ein mächtiger dunkler Koloss. Ich fuhr rasch in die Stadt, setzte Boucher ab, sobald ich dort ankam, und suchte mir ein Hotelzimmer. Nach einer langen, heißen Dusche – ein Versuch, den entsetzlichen Tag und den Ort abzuwaschen – ging ich nach unten, um etwas zu trinken. Das

Hotel lag an einem hübschen kleinen Platz, und die Bar schloss sich an das Foyer an und erstreckte sich bis auf die Straße hinaus. Ich kaufte die Lokalzeitungen und blätterte sie bei einem Glas Wein durch. Es dauerte etwa drei Minuten, bis ich gefunden hatte, wonach ich suchte. Ich ging los, um Boucher ausfindig zu machen.

»Huhu! Hier drüben«, rief eine Stimme, und ich erspähte Dottie und Kyle, die in einem Café saßen und etwas tranken. An einem Tisch ganz in der Nähe saßen Boucher und Leclerc, oder hieß er Le Conte? Es hätte mich nicht im Geringsten überrascht, wenn er mehr als nur einen Namen verwendete, angesichts meines Eindrucks von seinem windigen Geschäftsgebaren. Beide Männer wirkten schlecht gelaunt. Ich fragte mich, ob es Boucher gelungen war, eine preiswerte Unterkunft zu finden, und ob Leclerc wirklich beabsichtigte, mich auszutricksen. Ein paar Tische weiter saß mein Freund, der schöne Antonio, der genau wie Dottie lächelte und winkte. Komisch, dass sie alle am gleichen Ort auftauchten, vor allem Antonio, den ich während der mehrstündigen Fahrt von Paris nach Vichy kein einziges Mal gesehen hatte, dem es jedoch offensichtlich trotzdem gelungen war, mir zu folgen. Ich ging zuerst zu Antonio. »Ich muss mit Ihrem Chef sprechen«, sagte ich. »Auf der Stelle.«

»Es wird eine Weile dauern«, erwiderte Antonio. »Aber ich werde mich darum kümmern. Er wird Sie entweder ganz spät heute Abend in Ihrem Hotel anrufen oder morgen ganz früh«, fuhr er fort, während er auf seine Armbanduhr blickte. »Ich hoffe, das bedeutet, dass ich meine hübsche Teresa bald wiedersehe.«

»Vermutlich schon«, sagte ich. Seine Miene hellte sich auf, und er schenkte mir sein allerschönstes Lächeln.

»Ich denke, unsere Geschäftsbeziehung ist beendet«, sagte ich als Nächstes zu Boucher und legte die Zeitung vor ihn auf den Tisch. Leclerc, der mich nicht beachtete, ignorierte ich gleichermaßen.

»Aber Sie haben mir mindestens fünftausend Dollar versprochen«, wandte Boucher ein.

»Ihre Anwesenheit hätte mir fast das Geschäft vermasselt«, sagte ich. »Fünftausend ist wirklich mehr, als Ihre Mitwirkung wert ist.«

»Ich verstehe Ihre Haltung mir gegenüber nicht«, sagte er und legte die Hand auf sein Herz.

»Oh, ich glaube, das tun Sie sehr wohl«, erwiderte ich, während ich auf die Zeitung tippte. Er musste nicht einmal einen Blick darauf werfen. Er wusste genau, was ich meinte: eine Kleinanzeige, die jeden, der interessiert war, zu einem Räumungsverkauf in einem gewissen Schloss außerhalb von Vichy einlud.

»Ich wäre nicht ganz so sicher, dass Sie das Pferd bekommen«, sagte Leclerc, wobei er jegliche Anstrengung, charmant zu wirken, unterließ. »Godard ist ein wenig verstört, wie Sie sicher bemerkt haben. Er hat mich für morgen zu einem Gespräch eingeladen. Wir werden ja sehen, wer den Sieg davonträgt.«

»Ja, das werden wir«, entgegnete ich.

»Das passt schon eher«, grinste Dottie, als ich mich hinsetzte. Ich musste mir mehrere Stunden lang die Zeit vertreiben, und Dottie würde sicher unterhaltsamer sein als Boucher.

»Was passt schon eher?«, fragte ich. Dieser Tag hatte mich erschöpft und ein wenig niedergeschlagen werden lassen.

»Der dort drüben«, antwortete sie und gestikulierte in die Richtung, wo Antonio saß, der gerade die Rechnung bezahlte. »Clive hat mir erzählt, du hättest einen neuen Freund.«

»Nein, Dottie, das ist er auch nicht.« Ich seufzte.

»Wie schade«, erwiderte sie. »Er ist einer der hinreißendsten jungen Männer, die ich je gesehen habe.« Kyle dachte ein oder zwei Minuten darüber nach und runzelte anschließend die Stirn.

4

»Godard will nicht verkaufen«, sagte ich zu Lake.

»Dann bieten Sie ihm mehr«, sagte er. »Ich will dieses Pferd haben.«

»Ich könnte ihn möglicherweise dazu überreden, es für hundertfünfzigtausend zu verkaufen, wenn Sie darauf bestehen«, entgegnete ich.

»Hundertfünfzigtausend was?«, fragte er.

»Dollar.«

»Sie scherzen. Ist das alles? Ich dachte, ich müsste Millionen dafür bezahlen. Wo ist also das Problem?«

»Es ist eine Fälschung.«

Am anderen Ende der Leitung entstand eine Pause. »Sind Sie sicher?«, fragte er.

»Ja.«

»Wie kommen Sie darauf?«

»In erster Linie wegen der Verarbeitung. Sie reicht qualitativ nicht im Geringsten an die der Chimäre von Arezzo heran. Ich gehe davon aus, dass beide Objekte vom selben Künstler oder zumindest von derselben Werkstatt angefertigt wurden. Also müsste man gewisse Ähnlichkeiten zwischen den beiden finden, und die Verarbeitung müsste von der gleichen Kunstfertigkeit zeugen. Das trifft nicht zu. Außerdem ist da noch die etruskische Inschrift auf dem Bein. Sie sieht genauso aus wie die auf der Chimäre, und es sind auch dieselben Worte. Allerdings wurde die Chimäre im Wachsausschmelzverfahren hergestellt.«

»Womit?«, unterbrach er mich.

»Wachsausschmelzverfahren«, wiederholte ich. »Vereinfacht gesagt, stellt man zunächst ein exaktes Modell aus

Wachs her, später wird das heiße Metall in die daraus gefertigte Form gegossen. Schon hat man eine Bronzefigur.«

»Ja, ja«, fiel er mir ins Wort. »Ich weiß. Kommen Sie zur Sache.«

»Der springende Punkt ist, dass die Inschrift auf der Chimäre, die Widmung an Tinia, in das Wachs geritzt wurde, *bevor* die Figur hergestellt wurde. Die Inschrift auf dem Pferd wurde jedoch in das Bein gemeißelt, *nachdem* die Bronzefigur gegossen wurde. Die Figur kann durchaus etwa hundert Jahre alt sein, aber die Inschrift hat irgendjemand, vielleicht eine Firma, erst vor kurzer Zeit in den Hinterlauf des Pferdes geritzt, in der Absicht, sie wesentlich älter wirken zu lassen.

»Ich verstehe«, sagte er. »Das ist enttäuschend.«

»Ja«, pflichtete ich ihm bei. »Ich vermute, Godard weiß ebenfalls, dass die Bronzefigur eine Fälschung ist, und beschloss daher, mir einen Gefallen zu tun und sie mir nicht zu verkaufen, obwohl er das Geld dringend benötigt.«

»Ich verstehe«, sagte er wieder. »Besitzt er denn etwas anderes, an dem ich Ihrer Ansicht nach interessiert sein könnte? Es muss doch irgendetwas da gewesen sein. Mein neuer Fonds kommt in zwei Wochen auf den Markt. Ich brauche einen guten Showeffekt.«

»Es gibt noch eine äußerst interessante Gefäßkeramik. Eine Hydria, einen Wasserkrug, mit schwarzen Figuren. Seltsamerweise stellt sie sogar Bellerophon dar, der gerade die Chimäre tötet. Die könnten Sie ebenfalls für hundertfünfzigtausend erstehen, und sie wäre es wert.«

»Ich sammle keine Chimären, wie Sie wissen«, sagte er.

»Ich verstehe. Aber wahrscheinlich hätten Sie Interesse an einer Schöpfung des Micali-Malers.«

Eine Pause entstand. »Nein, kein Interesse«, erwiderte er. Das überraschte mich ein wenig. Er schien nicht einmal den Namen zu kennen. Manchmal ist es nach sorgfältigen Untersuchungen möglich, die Arbeit eines einzelnen Künstlers noch Hunderte von Jahren nach ihrer Entstehung zu identifizieren. Der Maler oder Bildhauer benutzt eine spezielle Technik oder durchgehend das gleiche Symbol. Aus der Zeit der Etrusker sind heute mindestens drei solcher Künstler bekannt, einer heißt Maler der bärtigen Sphinx, weil er stets dieses Motiv verwendete, ein anderer Schwalben-Maler, und der berühmteste von allen, der Micali-Maler, wurde nach dem Mann benannt, der seine Arbeiten identifizierte. Die Hydria mit der Chimäre wies alle Kennzeichen eines Werks des Micali-Malers auf, einen recht schwungvollen Strich, nicht besonders raffiniert, und ein paar sehr schöne Ornamente am oberen Rand der Vase. Um sicherzugehen, hätte man einen Experten zurate ziehen müssen, aber sie war es gewiss wert, ein Risiko einzugehen.

»Irgendetwas anderes?«, fragte er.

»Wenn Sie an etwas Großem interessiert sind, gibt es noch ein Tempelfries aus Terrakotta. Es stellt ebenfalls den Chimärenmythos dar. Ich vermute, es ist echt.«

»Dann kaufen Sie es«, sagte er.

»Godard will es vielleicht gar nicht verkaufen.«

»Beschaffen Sie es mir. Ich zahle hundertfünfzigtausend.«

»Ich werde es versuchen«, sagte ich.

»Sie sollen es nicht versuchen«, erwiderte Lake, kurz bevor er auflegte, »sondern kaufen.«

Es war immer noch relativ früh, als ich nach unten ging, um einen Kaffee zu trinken. An der Empfangstheke stand Dottie, mit einem eleganten roten Lederkostüm bekleidet und von luxuriösem Gepäck umgeben.

»Hallo!«, rief sie. »Ich habe gehofft, dich noch zu sehen, bevor ich abreise. Wir haben beschlossen auszuchecken. Wir fahren weiter Richtung Süden: in die Provence. Dort soll man fantastische Funde machen können, auch wenn sie zweifellos überteuert sind. Aber für etwas Altes aus der Provence zahlen die Leute fast jeden Preis, selbst wenn es Bauernmöbel sind, die schon bessere Tage gesehen haben.

Ich verstehe es nicht, schließlich könnten sie Louis-seize haben. Zuerst werde ich aber am Schloss anhalten und fragen, ob Godard es sich anders überlegt hat. Falls nicht, fahre ich weiter. Ich habe heute Nacht beschlossen, dass ich keine Zeit damit vergeuden kann, Dingen nachzutrauern, die nicht zu haben sind, egal wie wunderbar sie sind. Wo bleibt Kyle nur?«, wunderte sie sich, während sie nach draußen auf die Straße blickte. »Er sollte heute Morgen etwas für mich besorgen, aber er braucht wesentlich länger, als nötig wäre. Ah, da ist er ja«, sagte sie, als der Renault vor dem Hotel vorfuhr. »Ich muss los, meine Liebe. Komm doch mal nach New Orleans. Du kannst bei mir übernachten.«

»Auf Wiedersehen, Dottie«, sagte ich, als sie mich umarmte. »Vielleicht sehen wir uns im Winter in New York. Diesmal bin ich damit dran, zur Antiquitätenmesse zu fahren.«

»Bring den neuen Freund mit«, erwiderte sie. »Ich würde ihn wahnsinnig gern kennenlernen. Ich bringe auch jemanden mit, mit wem auch immer ich gerade zusammen bin, dann sind wir zu viert.« Kyle, der diese letzte Bemerkung offenbar nicht gehört hatte, winkte fröhlich.

Zu meiner Erleichterung war weder der schöne Antonio noch jemand von den anderen zu entdecken. Ich setzte mich ins Café und bestellte ein Croissant, Aprikosenmarmelade und einen Kaffee. Die Luft war kühl, aber die Sonne angenehm. Ich versuchte, mich in eine positivere Gemütsverfassung zu versetzen, indem ich mich weigerte, zu viel darüber nachzudenken, was ich hier gerade machte und welche Unannehmlichkeiten mich draußen im Schloss bei meinem Versuch, den Tempelfries zu erstehen, erwarten könnten.

Immer wieder tauchten Horden ungebetener Gedanken in meinem Kopf auf, sosehr ich mich auch bemühte, sie zu ignorieren. Einer von ihnen betraf Lake selbst. Ich hatte angenommen, dass Lake ein bedeutender Sammler war, vielmehr *wusste* ich, dass er es war – sowohl durch die Berichte über seine Erwerbungen als auch wegen der Tatsache, dass er weltweit auf allen Listen bedeutender Sammler vertreten war, die es gab. Für einen Mann, der Unsummen an Geld dafür aufwendete, schien er nicht besonders viel über die Gegenstände zu wissen, die er sammelte. Die Sammler, die ich kannte, waren mächtig stolz darauf, so viele Kenntnisse über ihre Passion zu haben, wie ihnen irgend möglich war. Es beunruhigte mich, dass jemand wie Lake noch nie vom Micali-Maler gehört haben sollte, und sogar noch mehr, dass er die Herstellungsweise des Wachsausschmelzverfahrens nicht zu kennen schien, auch wenn er sich schnell wieder gefasst hatte, als ich sie ihm erklärt hatte. Natürlich erwartete ich nicht, dass jeder sie kannte, aber Lake interessierte sich für Bronzefiguren, zumindest für einige wenige wie den Apollo, der ihm entgangen war, und nun den Bellerophon. Ich konnte nicht umhin, mich an das Sammelsurium in seiner Wohnung in Rom zu erinnern: all diese Sachen, die teuer, jedoch nicht außergewöhnlich gewesen waren und aus den unterschiedlichsten Ländern und Epochen stammten. Das deutete darauf hin, dass er es entweder nur aus Effekthascherei machte und nicht, weil er ernsthaft an den Objekten interessiert war, die er sammelte, oder darauf, dass er eine krankhafte Neigung hatte, Dinge zu kaufen, ohne Rücksicht auf Geschmacksfragen. Beide Möglichkeiten sprachen in meinen Augen nicht gerade für ihn.

Meine Tagträume wurden vom unerwünschten Erscheinen Yves Bouchers unterbrochen. »Leclerc ist zum Schloss gefahren«, sagte er, während er einen Stuhl heranrückte und sich zu mir setzte, ohne um Erlaubnis zu bitten. »Ich habe ihn vor ungefähr einer Dreiviertelstunde abfahren sehen. Er war wirklich verärgert über Sie. Ich bin sicher, dass er dieses Pferd bekommen wird.«

»Kann schon sein«, sagte ich.

»Er wird vermutlich bald mit uns Kontakt aufnehmen«, fuhr er fort. »Um sich mit seiner Erwerbung zu brüsten und auch, um sie Ihnen zu einem wesentlich höheren Preis zu verkaufen.«

»Ich kann es kaum erwarten, von ihm zu hören«, erwiderte ich.

»Ich war immer auf Ihrer Seite, müssen Sie wissen«, sagte Boucher. »Mir ist klar, dass Sie vom Gegenteil überzeugt sind, aber es stimmt. Ich bin immer noch bereit, Ihnen zu helfen. Ich könnte mich dafür einsetzen, dass er den Preis nicht allzu sehr in die Höhe treibt. Er und ich kommen immer noch gut miteinander aus.«

»Nein, danke, das ist nicht nötig«, sagte ich.

»Warum nicht?«, fragte er. »Wenn ich ihn auf, sagen wir, fünf Prozent herunterhandeln könnte, wäre das doch, selbst zusammen mit meiner kleinen Provision von fünftausend, gar nicht so schlecht. Ich bin sicher, dass Leclerc das Pferd zu einem guten Preis bekommen wird, vielleicht zu einem besseren als Sie. Letztlich würden Sie dann gar nicht wirklich mehr bezahlen.«

»Nein, danke«, sagte ich wieder.

»Aber warum?«, wiederholte er.

»Ich bin nicht länger an dem Pferd interessiert«, antwortete ich.

»Ich habe den Eindruck, dass Sie nicht ganz offen zu mir sind«, sagte er, mit der Hand auf dem Herz. »Sie verschweigen mir etwas.«

»Ach, das sagt genau der Richtige«, erwiderte ich. »Sie halten mich hin, seitdem wir uns zum ersten Mal getroffen haben. Godard ist auf Reisen, nicht wahr? Er hat seine Meinung geändert, er war schwierig. Leclerc ist der Einzige, der mir ein Treffen mit Godard vermitteln kann. War es nicht so? Der Mann sitzt im Rollstuhl, und er veranstaltet einen Räumungsverkauf! Für wie dumm halten Sie mich eigentlich?«

»Ich habe Sie immerhin hierhergebracht. Wenn ich das nicht getan hätte, hätten Sie Godard gar nicht gefunden.«

»Darüber habe ich bereits nachgedacht. Wenn man mir Ihren Namen nicht als Ausgangsbasis genannt hätte, hätte ich Godard sehr wohl ausfindig gemacht. Ich hätte ein oder zwei Tage benötigt, aber ich habe meine Kontakte, und Sammlungen wie die seine sind in den Kreisen, in denen ich mich bewege, für gewöhnlich bekannt. Wahrscheinlich wäre es mir in kürzerer Zeit gelungen, als Sie gebraucht haben, mich hierherzubringen. Worauf haben Sie mich warten lassen? Auf den ersten Verkaufstag?«

»Ich hatte wirklich Schwierigkeiten, Ihnen einen Termin bei Godard zu verschaffen. Es geht ihm nicht besonders gut, psychisch, meine ich, wie ja jeder sehen kann, aber ich dachte, er würde sich irgendwann fangen, und ich wollte nicht, dass Sie den Mut verlieren. Von dem Komplettverkauf wusste ich auch nichts. Ich habe wirklich geglaubt, dass Leclerc Ihnen helfen könnte. Ich gebe zu, dass er nicht zu den angenehmsten Menschen gehört, aber er hat Godard in den letzten Monaten bereits einiges abgekauft, Gemälde und so weiter. Ich bin bei der ganzen Sache genauso hereingelegt worden wie Sie. Vielleicht noch mehr. Aber ich sollte dafür sorgen, dass Sie Godard treffen, und das habe ich auch getan.«

»Wer gab Ihnen diesen Auftrag?«

»Welchen Auftrag?«

»Dafür zu sorgen, dass ich Godard treffen kann«, antwortete ich ungeduldig.

»Das kann ich nicht verraten.«

»Gut, dann ist dieses Gespräch jetzt beendet.«

»Hören Sie«, sagte er eindringlich. »Ich brauche das Geld. Sie haben mir immerhin eine kleine Provision von fünftausend Dollar versprochen, wenn das Geschäft nicht zustande kommt.«

»Nein«, erwiderte ich.

»Ich werde versuchen, Ihnen das Pferd zu besorgen«, beharrte er.

»Es ist eine Fälschung«, sagte ich.

»Wie bitte?«, fragte er.

»Eine Fälschung, es ist nicht echt«, wiederholte ich. »Das wussten Sie wahrscheinlich auch.«

»Nein«, sagte er und schluckte. »Das wusste ich nicht. Ganz ehrlich.« Ausnahmsweise legte er sich nicht die Hand an die Brust. Wahrscheinlich sagte er die Wahrheit.

»Dann sind Sie nicht gerade ein Spezialist für die Antike, wie?«

»Vielleicht nicht«, räumte er ein. »Aber der Mann, der mich bat, das hier zu arrangieren ...«

»Wer mag das wohl sein?«

»Das kann ich Ihnen nicht verraten«, antwortete er. »Das sagte ich bereits. Aber er kennt sich aus. Ich kann es nicht glauben ...« Er saß da und starrte auf den Tisch.

»Werden Sie mich zurück nach Paris mitnehmen?«, fragte er schließlich.

»Nein, ich fahre nicht nach Paris zurück«, log ich. »Sie werden den Zug nehmen müssen.«

»Dafür habe ich nicht genügend Geld«, sagte er. »Gibt es nicht irgendetwas, das ich für Sie tun kann, um meine Provision zu verdienen?«

»Sie könnten mir verraten, wer Sie beauftragt hat.«

»Ich nehme an, es war Ihr Kunde«, sagte er.

»Nein, das glaube ich nicht. Ich bezweifle sehr, dass mein Kunde direkt mit Ihnen Kontakt aufgenommen hat.«

»Dann sage ich Ihnen, wer mein Kontaktmann ist, aber nur, wenn Sie mir auch den Namen Ihres Kunden nennen.«

»Möchten Sie, dass ich Ihnen etwas zahle, oder nicht?«

»Fünftausend?«

»Zweitausendfünfhundert.«

»Viertausend«, sagte er.

»Zweitausendfünfhundert«, wiederholte ich. »Mein letztes Angebot. Wenn man bedenkt, wie alles gelaufen ist, habe ich wirklich keinerlei Verpflichtung, Ihnen überhaupt etwas zu geben. Sie können mir einen Ihrer Blankoschecks geben, einen ungültig gemachten natürlich, und ich sorge dafür, dass das Geld noch heute überwiesen wird.«

»Woher weiß ich, dass Sie das tun, wenn ich es Ihnen erzähle?«

»Da, wo ich herkomme, ist ein Versprechen etwas wert. Mir ist klar, dass Leute wie Sie und Leclerc das anders handhaben, aber in meiner Heimat ist es noch so«, fuhr ich ihn wütend an.

»Vittorio Palladini«, sagte er.

»Wer ist das?«, fragte ich.

»Ein italienischer Anwalt. Ein großer Sammler. Nicht besonders anspruchsvoll, eher neureich, wenn Sie verstehen, was ich meine. Aber erzählen Sie ihm nicht, dass ich das gesagt habe. Er hat erst vor circa drei Jahren mit dem Sammeln begonnen. Ich helfe ihm manchmal dabei, Objekte aufzuspüren. Kennen Sie ihn wirklich nicht? Es handelt sich also nicht um Ihren Kunden?«

»Hat er Ihnen eine Provision gezahlt?«, wollte ich wissen und ignorierte seine Frage einfach.

»Nein, er sagte, das würden Sie tun.«

»Tja, dann sind Sie wohl Opfer eines Betrugs geworden.«

»Ja«, sagte er. »Das ist sicher richtig. Wissen Sie, ich war verärgert, dass Palladini meine Dienste nicht öfter in Anspruch nahm. Aber wir arbeiten in einer harten und gnadenlosen Branche, da stimmen Sie mir gewiss zu. Er, beziehungsweise sein Sekretär, fragte mich, ob ich Godard kennen würde. Da ich ihn kenne, auch wenn er mich nicht mag, bejahte ich das. Ich rief Godard an, aber er sagte, ich sollte das nicht noch einmal tun, und legte einfach auf. Ich blieb an der Sache dran, weil ich befürchtete, Palladini als Kunden zu verlieren. Er kauft eine Menge, meistens von anderen, aber hin und wieder habe ich Glück. Dann kam mir die Idee, Leclerc hinzuzuziehen. Werden Sie mich wirklich bezahlen?«

»Ja«, sagte ich. Der Mann war so unprofessionell, dass ich unwillkürlich Mitleid mit ihm empfand. Ich hatte allerdings nicht die Absicht, ihn für nichts zu bezahlen. »Aber zuerst müssen Sie mir noch mehr erzählen. Hat dieser Palladini Sie direkt kontaktiert?«

»Natürlich nicht«, antwortete er. »Er ist ein viel zu bedeutender Mann. Sein Sekretär hat das übernommen. Aber ich hatte in der Vergangenheit mehrere Objekte für ihn gefunden, also tat ich, worum man mich bat. Außerdem brauchte ich das Geld, wie ich Ihnen schon sagte. In letzter Zeit liefen die Geschäfte nicht besonders gut. Das hier ist nicht mehr meine Liga, ich weiß.«

»Dieser Sekretär von Palladini sagte also nur, Sie sollten dafür sorgen, dass ich Godard treffe. Mehr nicht?«, fragte ich.

»Richtig«, antwortete er.

»Gut«, sagte ich. »Das Geld wird noch heute auf Ihrem Konto eingehen. Das können Sie heute Nachmittag überprüfen. Ich muss mich jetzt verabschieden«, fuhr ich fort und nahm die Rechnung an mich. Solange Boucher in der Nähe war, würde ich sicher kein Geld auf dem Tisch zurücklassen.

»*Au revoir*«, sagte er. »Und vielen Dank.«

Ich ging zurück auf mein Zimmer, holte den Laptop heraus und überwies widerwillig zweitausendfünfhundert Dollar auf Bouchers Konto. Dann schickte ich mehrere E-Mails ans Geschäft und an Jennifer Luczka. Ich fragte, wie es ihr gehe, und erkundigte mich danach, ob sie etwas von ihrem Dad gehört hätte. Zu diesem Zeitpunkt wollte ich einfach nur noch nach Hause. Ich wünschte, ich hätte nie von Lake gehört, hätte mich nie von seinem ganzen Geld blenden lassen und wäre nie mit erbärmlichen Leuten wie

Godard und Boucher oder mit Schurken wie Leclerc in Berührung gekommen.

In dieser melancholischen Gemütsverfassung fuhr ich zum Schloss zurück. Es war später Vormittag, und ich war einigermaßen sicher, dass Leclerc schon lange verschwunden war. Ich wartete sogar noch eine weitere Stunde, um mir Gewissheit zu verschaffen. Ich glaubte nicht, ein weiteres Zusammentreffen mit dem Mann ertragen zu können. Auch Dottie war bestimmt schon da gewesen und wieder abgefahren. Ich hoffte, dass sie die Möbel bekommen hatte, aber ich dachte, wenn nicht – und vorausgesetzt, die Schafsleber hatte gesagt, ich sei die Richtige –, könnte ich selbst sie Godard abkaufen. Wenn ich sie bekäme, hätte sich die Reise womöglich doch gelohnt. Natürlich müsste ich Dottie darüber informieren. So charakterlos war ich nicht. Sie würde mir eventuell eine kleine Provision zahlen, wenn sie die Möbel immer noch haben wollte. Andernfalls würden sie sich bei *McClintoch & Swain* recht gut machen.

Als ich ankam, war die Sonne hinter den Wolken verschwunden, und ein Regenschauer zog gerade über die Gegend hinweg. Die herbstlichen Farben, die in der Sonne so freundlich gewirkt hatten, hatten sich nun in recht triste, welke Gelbtöne verwandelt. Die Schafe und die kleinen Lämmer waren nicht mehr da, und mir wurde bange ums Herz. Alles war so unbeschreiblich trostlos, dass ich es kaum fertigbrachte, aus dem Wagen zu steigen.

Ich klopfte flüchtig, da ich nicht erwartete, dass mich jemand hereinbitten würde. Wieder knarrte die Tür unangenehm, als ich sie aufstieß.

»Monsieur Godard«, rief ich in die Finsternis hinein. »Ich bin Lara McClintoch. Ich bin wiedergekommen, wie versprochen.« Keine Antwort.

Ich betrat das Esszimmer und hielt erschrocken die Luft an, als eine Maus quer durch den Raum huschte. Auf dem

Esszimmertisch befand sich kein Schild mit der Aufschrift »Verkauft«. Wie es schien, war Dotties Versuch, Godard zu überzeugen, sich von den Möbeln zu trennen, nicht von Erfolg gekrönt gewesen.

Ich ging weiter ins Wohnzimmer. Offensichtlich hatte hier ein Feuer in dem offenen Kamin gebrannt, doch jetzt schwelte es nur noch und verströmte einen unangenehmen Geruch, als hätte jemand es mit Wasser gelöscht.

»Monsieur Godard«, rief ich noch einmal. Es herrschte vollkommene Stille. Ich trat über die Schwelle, die zum Turm führte. Das Pferd war noch da. Ich ging darauf zu und erblickte ein »Verkauft«-Schild. *Leclerc,* dachte ich mit einer gewissen Genugtuung. *Ich hoffe, er hat ein Vermögen dafür bezahlt.*

Meine Freude währte allerdings nicht lange, denn unmittelbar danach erblickte ich ein »Verkauft«-Schild auf dem Fußboden unter dem Tempelfries. »Oh nein«, stöhnte ich. »Was mache ich jetzt?« Lake wäre vermutlich nicht besonders begeistert, wenn ich ihn anriefe und ihm erzählte, dass mir auch der Tempelfries durch die Lappen gegangen war.

Der Micali-Maler: Lake war nicht sehr interessiert gewesen, aber vielleicht nur, weil er nicht wusste, worum es sich handelte; in diesem Fall konnte er noch überzeugt werden. Ich wandte mich der Glasvitrine zu. Der Kasten stand offen, und die Hydria mit der Chimäre, der Gegenstand, von dem Godard gesagt hatte, es sei das Allerletzte, von dem er sich trennen würde, war verschwunden. Plötzlich hatte ich ein äußerst ungutes Gefühl, was den ganzen Ort betraf, und ich spürte, dass etwas Furchtbares geschehen sein musste. Vielleicht war es einfach zu still, ich weiß es wirklich nicht, aber meine Füße waren bleischwer, als ich das Arbeitszimmer betrat. Die Falltür war hochgeklappt, und Godards umgekippter Rollstuhl lag daneben. Ich wusste, dass irgendetwas an der Szene nicht stimmte, aber ich brauchte ein oder zwei Sekunden, um mich daran zu erinnern, dass er zuerst den Stuhl an dem Seil heruntergelassen hatte, bevor er selbst gefolgt war.

Ich blickte ins Kellergeschoss hinunter, konnte jedoch nichts sehen. »Hallo?«, rief ich nach unten, doch alles, was ich hörte, war meine eigene Stimme, die in dem Raum blechern widerhallte. Voller Furcht griff ich nach meiner Taschenlampe und richtete ihren schwachen Lichtstrahl in die Dunkelheit der Grabkammer hinein. Godard lag halb ausgestreckt da, sein Körper war auf merkwürdige Weise gekrümmt, und seine nutzlosen Beine lagen teilweise unter ihm; seine Augen standen offen, und sein Mund war zu einer grauenhaften angstvollen oder vielleicht auch zornigen Grimasse verzerrt, während aus einer Wunde an seinem Hinterkopf Blut heraussickerte.

5

Volterra

»Godard ist tot«, sagte ich zu Lake.

»Tot!«, rief er aus. »Das sollte nicht passieren.«

»Nein«, pflichtete ich ihm bei.

Eine recht groteske Ausdrucksweise, aber immerhin war er erschüttert.

»Sie haben ihn doch nicht etwa bezahlt, bevor er starb?«

»Nein.«

»Na, das ist ja immerhin etwas. Wenigstens dieses Geld verliere ich nicht. Warten Sie bitte einen Moment.« Er legte die Hand über den Hörer, und ich hörte gedämpfte Stimmen, verstand jedoch nichts von der Unterhaltung.

»Entschuldigung«, sagte er, jetzt wieder in den Hörer. »Ich muss mich nebenbei um ein anderes Geschäft kümmern. Diese etruskische Hydria, von der Sie sprachen: Könnten Sie nicht eventuell zurückfahren und sie holen? Ich meine damit nicht, dass Sie sie stehlen sollen oder dergleichen. Sie könnten doch einen Scheck über, sagen wir, fünftausend Dollar zurücklassen, zahlbar an Godard, und es würde so aussehen, als hätten wir sie gekauft.«

»Mr Lake!«, rief ich. »Der Mann ist bei einem entsetzlichen Unfall ums Leben gekommen! Und die Hydria war sowieso nicht mehr da.«

»Sie war nicht mehr da?«

»Ja.«

Erneut entstand eine Pause, und ich hörte wieder gedämpfte Stimmen.

»Also gut«, sagte er, jetzt wieder an mich gewandt. »Wir müssen uns noch einmal treffen. Mir bleiben noch knapp zwei Wochen. Wo sind Sie gerade?«

»In meinem Hotelzimmer in Vichy. Ich habe schon mit der Polizei gesprochen. Vermutlich lassen sie mich bald abreisen.«

»Gut. Haben Sie einen Wagen?«

»Ja.«

»Hervorragend. Sobald man sie gehen lässt, fahren Sie Richtung Süden. Wir treffen uns in meinem Haus in der nördlichen Toskana.«

»Wäre es nicht zeitsparender, nach Paris zurückzufahren und nach Mailand oder Rom zu fliegen?«

»Sie bräuchten den Rest des Tages, um mit dem Wagen zurück nach Paris zu kommen, und in Mailand oder Rom müssten sie sowieso wieder ein Auto mieten. Warum setzen Sie sich nicht einfach in Ihren Wagen und fahren los?«

»Einverstanden«, sagte ich.

»Was ist eigentlich mit ihm geschehen?«, fragte Lake, ziemlich spät, wie ich fand.

»Er ist in seinen Keller gefallen. Godard saß im Rollstuhl ...«

»Das wusste ich nicht«, sagte Lake.

»Nein. Er hatte eine Möglichkeit ausgetüftelt, in den Keller zu kommen, indem er zuerst seinen Rollstuhl hinabließ und dann sich selbst. Ich nehme an, bei diesem Versuch ist er gestürzt.«

»Warum musste er denn unbedingt in den Keller? Wollte er dort Wein holen oder so etwas?«

»Er malte seine Grabkammer aus.«

»Oh«, sagte Lake nach einer Pause. »Dann liegt er jetzt also tot darin, nicht wahr?«

»Ich fürchte, ja.«

»Was für ein ungünstiger Zeitpunkt«, sagte er.

In diesem Moment fasste ich den Entschluss, dass ich Lake nicht leiden konnte, nicht im Geringsten. Er war gefühlskalt, wusste rein gar nichts über Antiquitäten und war in jeder Hinsicht ein Schuft. Doch inzwischen hatte ich schon eine ganze Menge von dem Spesengeld ausgegeben: zweitausendfünfhundert für Boucher, das Flugticket, das charmante Hotel in Vichy und das noch angenehmere in Paris, die Mietgebühr für den Wagen. Tja, es schrumpfte rasch zusammen, und die einzige Möglichkeit, es wieder hereinzuholen, war, irgendetwas für Lake zu finden – egal was. Wenn ich jemandem erzählte, was geschehen war, vor allem Clive, würde er mich für eine komplette Idiotin halten. Es schien keinen anderen Weg zu geben, als weiterzumachen.

»Ich werde heute so weit wie möglich fahren und den Rest der Strecke morgen zurücklegen.«

»Gut«, sagte er. »Dann sehen wir uns dort. Jetzt übergebe ich Sie an meine Assistentin, damit Sie alles Weitere klären können.«

An diesem Tag fuhr ich bis nach Nizza und übernachtete in einem kleinen Hotel im Norden der Stadt, das Lakes Assistentin, deren Namen ich nicht kannte, empfohlen hatte. Dort wäre ein Zimmer für mich reserviert, hatte sie mir versichert, was mir sehr gelegen kam, da ich erst gegen zehn Uhr abends auf den Parkplatz einbog. Anscheinend war ich der letzte anreisende Gast für heute; ich musste meinen Wagen in eine sehr enge Lücke zwängen, zwischen einen roten Lamborghini mit italienischen Nummernschildern, auf dessen hintere Ablage jemand einen hellgelben Schirm geworfen hatte, und einen dunkelgrünen Passat mit einem verschrammten hinteren Kotflügel und einem zerbrochenen Rücklicht. Ich überlegte kurz, ob ich nicht besser draußen auf der Straße parken sollte, da ich dachte, man könnte mich möglicherweise beschuldigen, den Passat demoliert zu haben, oder noch schlimmer, dem

Lamborghini einen Kratzer – und sei er auch noch so winzig – zugefügt zu haben. Doch ich kam zu dem Schluss, dass ich am Ende dieses besonders schlechten Tages einfach nur paranoid war. Allein die Stellplätze kündeten schon davon, dass dies hier ebenfalls eine jener teuren Unterkünfte sein würde, die Lake bevorzugte. Mit Ausnahme des Passats, meines gemieteten Opels und vielleicht noch des silbernen Renaults etwas weiter hinten gab es hier keinen einzigen Wagen, den man unter achtzigtausend Dollar bekam.

Und tatsächlich war das Hotel wirklich reizend, doch auch überaus kostspielig – wie anscheinend alles, womit Lake zu tun hatte. Obwohl ich es, als ich für Lake zu arbeiten begann, sehr genossen hatte, in besseren Hotels als üblicherweise zu übernachten, fiel mir auf, dass ich es jetzt als Geldverschwendung bedauerte. Das Hotel gefiel mir noch weniger, als ich beim Durchqueren des Empfangsraumes hörte, wie mein Name gerufen wurde, und erneut auf Dottie und Kyle stieß. Angesichts des Renaults auf dem Parkplatz hätte es mich nicht verwundern dürfen, aber ich war dennoch überrascht, und das nicht eben positiv. Ich mochte Dottie, aber für Plaudereien war ich im Moment nicht in der richtigen Stimmung.

»Ich kann einfach nicht glauben, dass wir uns ständig über den Weg laufen, Lara«, sagte sie. »Was für ein netter Zufall. Möchtest du dich nicht auf einen Drink zu uns setzen?«

»Nein, ich glaube nicht, Dottie. Aber vielen Dank. Ich bin wirklich müde, und ...«

»Das glaube ich dir gern«, unterbrach sie mich. »Das war wirklich eine lange Fahrt, nicht wahr? Hast du schon etwas gegessen? Nein? Nun, du musst doch etwas zu dir nehmen! Das Essen hier ist großartig. Das Speisezimmer ist schon geschlossen, aber wir können in der Bar etwas für dich bestellen.«

Ich war zu müde, um zu widersprechen, und ließ mich zu einem Stuhl in der Bar geleiten.

»Hast du das Pferd bekommen?«, fragte sie.

»Nein«, antwortete ich.

»Ich habe die Möbel auch nicht bekommen«, sagte sie. »Deshalb sind wir hierher gefahren – um noch ein paar Dinge einzukaufen. Hat er sich schlicht geweigert, es dir zu verkaufen?«

»Ich hatte gar keine Gelegenheit, ihn zu fragen«, erwiderte ich. »Er war tot, als ich dort ankam.«

Dottie war so entsetzt, dass sie ein Glas mit Wasser umstieß und Eiswürfel quer über den Tisch flogen. Keiner von uns sagte etwas, als ein Kellner herbeieilte, um alles aufzuwischen. »Was ist geschehen?«, fragte sie, als wir wieder allein waren. »Es ging ihm noch ausgesprochen gut, als ich ihn gesehen habe. Er war sogar ziemlich mitteilsam und freundlich.«

»Er ist in den Keller gestürzt.«

»Du liebe Güte«, sagte sie. »Oje«, fügte sie nach einer kurzen Pause hinzu und runzelte die Stirn. »Wie kann so etwas denn passieren?«

»Unter dem Teppich in seinem Arbeitszimmer befand sich eine Konstruktion mit einer Falltür. Er hatte ein System, um hinunterzukommen, aber ich vermute, es hat nicht funktioniert.«

»Du liebe Güte«, sagte sie erneut. »Du hast ihn doch nicht etwa gefunden?«

»Leider ja«, antwortete ich.

»Du Arme«, sagte sie. »Kein Wunder, dass du so blass aussiehst. Das tut mir so leid. Monsieur, einen Single Malt Whisky für meine Freundin.« Sie schwieg einen Moment. »Weißt du, was er gestern zu mir gesagt hat, als ich ihn fragte, ob er mir die Esszimmermöbel verkaufen würde? Er sagte, er würde es nicht tun, denn er hätte es nicht mehr nötig. Was hältst du davon?«

»Ich weiß es nicht, Dottie«, erwiderte ich. Ich wollte einfach nicht mehr über das Thema sprechen, aber offenbar interessierte Dottie nichts anderes. Sie war von der Sache so fasziniert, dass sie das Essen auf ihrem Teller nicht einmal anrührte.

»Und noch etwas: Er sagte, er würde irgendwohin fahren ... irgendein Ort mit V.«

»Velzna«, sagte ich.

»Ja, genau. Was meinst du, was es damit auf sich hat?«

»Ich habe keine Ahnung«, antwortete ich.

»Ich wette, es ist ein Ort wie Walhalla«, sagte sie. »Er wollte damit sicher andeuten, dass er Selbstmord begehen würde, und ich habe es nicht einmal bemerkt. Ich fühle mich entsetzlich.«

»Er ist nur gestürzt, Dorothea«, sagte Kyle, während er die Hand ausstreckte und ihr Knie tätschelte. »Er konnte nicht laufen. Du solltest dir nicht so viele Gedanken machen.« Dies waren die ersten Worte, die ich aus seinem Mund hörte, abgesehen von einem »Hallo«, und zu meinem großen Erstaunen klang der Mann durchaus vernünftig.

»Ich nehme an, Kyle hat recht«, sagte ich. »Wir sollten einfach versuchen, nicht darüber nachzudenken.«

»Wahrscheinlich«, sagte sie. »Hast du vor, mehrere Tage hierzubleiben? Nach dem, was du durchgemacht hast, würde es dir sicher guttun.«

»Eigentlich nicht«, entgegnete ich. »Ich werde wohl nach Italien weiterreisen. In die Toskana.«

»Die Toskana!«, rief sie. »Das klingt gut. Vielleicht sollten wir das auch tun?«

Kyle zuckte mit den Schultern.

»Wohin in der Toskana fährst du?«

»Fürs Erste nach Volterra«, sagte ich. Eigentlich hatte ich nicht die Absicht gehabt, es ihr zu erzählen, aber sie war so hartnäckig.

»Volterra«, wiederholte sie. »Das kenne ich nicht. Ist es ein angenehmer Ort? Würdest du ihn empfehlen?«

»Ich bin noch nie dort gewesen«, antwortete ich, »daher bin ich nicht sicher. Ich dachte einfach, ich schaue mal, ob ich dort eine ansprechende Unterkunft finde, wo ich bleiben und eine kleine Pause einlegen kann – genau wie ihr.«

»Volterra«, sagte sie wieder. »Vielleicht fahren wir wirklich auch in die Toskana.«

Am nächsten Morgen brach ich früh auf. Ich hatte das Hotelpersonal gebeten, mir nur ein bescheidenes Frühstück zu machen und ein Lunchpaket mitzugeben. Der Page legte mein Gepäck in den Kofferraum und meinen Proviant und mehrere Wasserflaschen auf den Rücksitz, und ich fuhr auf die Autobahn in Richtung der Grenze zwischen Frankreich und Italien. Es war ein ausgesprochen trüber Tag mit gelegentlichen Regenschauern, was die Fahrt recht beschwerlich machte. Ich war noch nicht lange unterwegs, als die Wasserflaschen auf höchst nervtötende Weise hin- und herzurollen begannen. Zudem wurde mir von dem Essensgeruch leicht übel, weshalb ich an einer Raststätte anhielt. Ich trank einen Kaffee und öffnete anschließend den Kofferraum, um das Wasser und das Lunchpaket hineinzulegen.

Im Kofferraum, von dem ich bis zu diesem Zeitpunkt angenommen hatte, er würde nichts weiter als meinen Koffer und ein Ersatzrad enthalten, fand ich einen Pappkarton. Ich dachte zunächst, ich hätte das falsche Auto geöffnet, oder noch schlimmer, ich wäre schon in Nizza mit einem fremden Wagen losgefahren, doch nach einem kurzen Moment der Verwirrung stellte ich fest, dass der Schlüssel passte und es eindeutig mein Wagen war. Hatte ich den Kofferraum offen gelassen, und der Hotelpage hatte mir versehentlich die Habseligkeiten von jemand anderem mitgegeben? Ich öffnete die Box und sah, dass etwas darin lag, das in eine scheußliche, kaugummifarbene Decke eingehüllt war. Ich versuchte Hinweise auf den Besitzer zu finden, zog an der Decke, und die Micali-Hydria mit der Chimäre rollte heraus.

Mir blieb fast das Herz stehen. Ich stand im Regen und starrte eine ganze Weile auf den Gegenstand, bis eine Familie zu dem Wagen zurückkehrte, der neben meinem stand. Hastig klappte ich den Kofferraumdeckel zu und setzte mich ins Auto.

Als die Familie losgefahren war, stieg ich wieder aus und öffnete den Kofferraum erneut, wider jede Logik darauf hoffend, die Hydria wäre in der Zwischenzeit verschwunden. Das war sie jedoch nicht. Ich wickelte sie sorgfältig ein, setzte mich wieder ins Auto und dachte über meine augenblickliche Situation nach. In meinem Kleinwagen näherte ich mich der Grenze und führte eine Antiquität mit, für die ich keine Papiere besaß. Ich hätte von der Tankstelle aus die Polizei anrufen können, doch was hätte ich sagen sollen? Dass ich eine etruskische Hydria in meinem Kofferraum gefunden, aber nicht die leiseste Ahnung hatte, wie sie dorthin gelangt war? Ich hätte die Hydria zurück nach Vichy bringen und versuchen können, sie zurück in die Vitrine des Schlosses zu stellen, doch selbst für den unwahrscheinlichen Fall, dass ich überhaupt ins Innere des Gebäudes gelangte, würde diese Möglichkeit zu viele Stunden Fahrtzeit in Anspruch nehmen. Zudem erwartete Lake mich noch am selben Abend in der Toskana. Mir kam es zu diesem Zeitpunkt überhaupt nicht in den Sinn, dass ein Unbekannter – vielleicht waren es auch mehrere Personen – die Hydria aus irgendeinem Grund, der kein guter gewesen sein konnte, in mein Auto gepackt haben musste. Das sagt sicher einiges über meine damalige Verfassung aus.

Mir fiel nichts Besseres ein, als weiterzufahren, zu hoffen, dass ich nicht mit dem Ding erwischt wurde, und möglichst schnell zu Lakes Haus zu gelangen, wo wir gemeinsam nach einer Lösung suchen konnten.

Seit Bestehen der Europäischen Union sind Grenzüberquerungen in Europa wesentlich unkomplizierter als früher, und die meisten Leute werden einfach nur durchgewinkt. Inhaber von fremdländischen Pässen werden etwas strenger behandelt; gelegentlich werden sie angehalten, und ihre Fahrzeuge werden durchsucht, aber das geschieht relativ selten. Ich schätzte die Chancen, problemlos durchzukommen, als halbwegs gut ein. Ich zog es in Betracht, die Hydria unter der Bodenmatte des Kofferraums oder des Beifahrersitzes zu verstecken, doch wenn ich dann kontrolliert würde, musste ich erst recht verdächtig erscheinen. Die Hydria war zu groß, um sie in meinen Koffer packen zu können, aber ich legte mein Gepäck zusammen mit dem Mittagessen und den Wasserflaschen wieder in den Kofferraum, um die Vase ein wenig zu verbergen. Anschließend brach ich äußerst besorgt Richtung Grenze auf.

Wenn ich irgendwo durch den Zoll muss und in ein anderes Land einreise, habe ich immer den Eindruck, dass es in der Schlange, in der ich stehe, unweigerlich am langsamsten vorangeht und dass an ihrem Ende entweder der mürrischste oder der misstrauischste Zollbeamte von allen wartet.

Es bestand kein Zweifel, dass das auch bei dieser Gelegenheit der Fall war.

Während sich mein Wagen zentimeterweise vorwärtsbewegte und mehrere Autos vor mir herausgewinkt wurden, wuchs meine Angst zusehends. Ich dachte darüber nach, die Spur zu wechseln, beschloss jedoch, dass das erst recht die Aufmerksamkeit auf mich lenken würde. Ich begann mir Erklärungen zu überlegen, wie das verdammte Ding in meinen Kofferraum gelangt war. War mein Name jetzt in den Polizeicomputern gespeichert, angesichts der Tatsache, dass ich nach der Entdeckung von Godards Leiche die Polizei gerufen hatte? Oder noch schlimmer, wussten sie aus irgendeinem Grund, dass diese Hydria Godards Besitz entstammte, und würden sie annehmen, ich hätte sie gestohlen oder, Gott bewahre, ihn in den Keller gestoßen, als er mich bei meiner Tat erwischte?

Meine Hände zitterten, als ich meinen Pass herausreichte, und vermutlich weil der Beamte es bemerkte, befahl er mir, an die Seite zu fahren. Eine recht streng wirkende Frau trat aus dem Gebäude und forderte mich auf, den Kofferraum zu öffnen.

Ich drückte auf die Entriegelung, stellte mich neben sie und versuchte dreinzublicken, als würde es mich überhaupt nicht interessieren, dass sie meinen Wagen durchsuchte.

Wenige Sekunden später, nachdem sie mehrmals meinen Koffer hin- und hergerückt und sogar kurz an der Decke gezogen hatte, schlug sie den Kofferraumdeckel zu und winkte mich wunderbarerweise weiter. Vermutlich dachte sie, dass jemand, der einen dermaßen schlechten Geschmack hatte, dass er eine Decke in einer solchen Farbe besaß, unmöglich etwas bei sich haben könnte, das es wert war, aus dem Land geschmuggelt zu werden.

Nachdem ich ein paar weitere Kilometer auf der Autobahn zurückgelegt hatte, hielt ich auf dem Seitenstreifen und übergab mich.

Als ich Volterra erreichte, die Stadt, in deren Nähe sich Lakes Villa befand, fühlte ich mich immer noch miserabel. Lake hatte mir erneut ein Hotel empfohlen, sicherlich ein hübsches – auch wenn ich nicht in der richtigen Verfassung war, es zu würdigen – und, wie üblich, ein teures. Dorthin zu gelangen kostete mich zwar den ganzen Tag und einen Großteil des Abends, doch sobald ich in meinem Zimmer eingetroffen war, packte ich trotz meiner Müdigkeit die Chimären-Hydria aus, nahm den Lampenschirm ab, um besseres Licht zu haben, und betrachtete sie eingehend.

Sie war ausgesprochen schön, noch schöner, als ich gedacht hatte, als ich sie beim ersten Mal in der Finsternis von Godards Schloss erblickte. Die Szene – Bellerophon, der die Chimäre tötet – war mit viel Schwung gemalt und das Gefäß am Hals und am Fuß mit Ornamenten verziert. Die Hydria fühlte sich wunderbar an, ihre Oberfläche war glatt, vollkommen perfekt poliert, und dann das Gewicht und die Ausgewogenheit des Ganzen – alles Dinge, in deren Genuss die meisten von uns nicht kommen, da die einzige Möglichkeit, solche Antiquitäten zu erleben, darin besteht, sie in einem Museum hinter Glas zu betrachten. Die Hydria war in ausgezeichnetem Zustand, sie wies nicht den kleinsten Riss auf, geschweige denn eine reparierte Stelle, und war in der Tat so erstklassig, dass ich mich fragte, ob es sich um eine Fälschung handelte. Diesen Gedanken konnte ich jedoch ad acta legen, nachdem ich einen Anruf im Laden getätigt hatte.

»Hi, Lara«, sagte Clive. »Genießt du deinen kleinen Urlaub?«

»Es ist wunderbar, Clive«, antwortete ich. »Hast du zufällig die CD von Interpol griffbereit?«

»Sie ist hier irgendwo«, sagte er. »Warum?«

»Ich möchte etwas überprüfen«, erklärte ich, »also tu mir den Gefallen, und leg sie ein, ja?«

»So«, sagte er ein oder zwei Minuten später. »Wonach suchen wir?«

»Nach einer Hydria«, erwiderte ich. »Etruskisch. Sie zeigt Bellerophon und die Chimäre.«

»Wer oder was ist ein Bellerophon?«, fragte er.

»Der Held auf dem geflügelten Pegasus, der die Chimäre getötet hat. Sie ...«

»Ah, ich weiß«, fiel er mir ins Wort. »Dieses Ding, das viel zu viele Köpfe hat.«

Clive benötigte einige Minuten, um die Liste der gestohlenen Antiquitäten durchzugehen, und sagte schließlich: »Beschreib mir die Hydria noch etwas genauer, Lara.«

Das tat ich. »Ich glaube, hier ist sie«, sagte er. »Die Beschreibung, die du mir gerade gegeben hast, trifft ziemlich genau zu. Offenbar wurde sie von einem Mann namens Micali bemalt – warte, genau genommen scheint Micali der Name der Person zu sein, die ihn identifiziert hat, und nicht der Maler oder die Malerin selbst – oder von jemandem aus Micalis Werkstatt. Hergestellt circa 500 v. Chr. Befindet sich dieses Gefäß etwa zufällig in deinem Besitz?«

»Nein, Clive«, antwortete ich. »Es ist mir im Traum erschienen.«

»Ich weiß nie, wann du Scherze machst und wann nicht, Lara«, sagte er. »Aber falls du sie wirklich haben solltest: Sie wurde gestohlen, aus einem Museum im archäologischen Gebiet von Vulci, wo auch immer das ist.«

»Mmm«, murmelte ich. Die Lage wurde zunehmend ernst.

»Wenn du sie tatsächlich hast«, fuhr er fort, »solltest du besser die französischen Behörden anrufen.«

»Die italienischen«, widersprach ich.

»Ich dachte, du wärst in Paris«, sagte er.

»Dort war ich auch«, antwortete ich. »Aber jetzt bin ich in Italien.«

»Nun, egal wo du bist, du solltest sie besser abliefern. Nach den UNESCO-Beschlüssen zu dem Thema hast du Anspruch auf eine Entschädigung, wenn du dieses Chimärending guten Glaubens erworben hast. Du hast es doch guten Glaubens erworben, oder? Du hast sie nicht gestohlen oder dergleichen, nicht wahr?«

»Nein, ich habe sie nicht gestohlen, Clive«, seufzte ich. »Vielen Dank für diesen Vertrauensbeweis.«

»Entschuldigung«, sagte er. »Manchmal mache ich mir

einfach Sorgen um dich, Lara. Übrigens hat Rob angerufen. Er sagte, du sollst dich aus allen Schwierigkeiten heraushalten.«

Nun gut. Abgesehen von der Tatsache, dass es dafür viel zu spät war, hätte er nicht sagen können: »Sag Lara, dass ich sie liebe.«? Oder: »Sag ihr, dass ich sie jede Minute, die sie weg ist, schrecklich vermisse.«

»Er meinte auch, ich solle dir ausrichten, dass er dich vermisst«, sagte Clive. »Ich nehme an, das hätte ich zuerst erwähnen sollen.«

»Bis bald, Clive«, sagte ich. »Richte Rob aus, wenn er noch einmal anruft, dass ich ihn auch vermisse.«

Nach diesem Gespräch heckte ich einen Plan aus, den ich »Plan A« nannte. Ich würde die Hydria zu Lake bringen. Dieser würde dann veranlassen, dass einer seiner Untergebenen in seinem Namen eine Pressekonferenz einberief – oder was auch immer er mit dem Bronzepferd vorgehabt hatte –, und mit überschwänglicher Geste verkünden, dass es ihm gelungen sei, eine etruskische Antiquität aufzuspüren, die höchstwahrscheinlich vom Micali-Maler oder einem seiner Schüler stammte, und dass er annehme, es handele sich dabei um Diebesgut. Es würde eine kleine Rede folgen, dass er sie an das Museum zurückgeben würde, dem sie gehörte, wo alle sich daran erfreuen und das reiche Erbe der Etrusker würdigen könnten und so fort.

Der Plan war nicht perfekt. Man würde Fragen stellen, wo er sie gefunden hatte, und ich musste mit einem tadellosen Ruf und einer ansehnlichen Provision aus dem Ganzen hervorgehen, selbst wenn ich gar nichts für die Hydria bezahlt hatte.

Zudem müssten wir uns beide darauf verlassen können, dass niemand sie als die Hydria aus Godards Schloss identifizieren würde. Ich könnte vielleicht behaupten, dass ich sie auf Lakes Bitte hin von Godard gekauft hatte. Wer könnte mir schon das Gegenteil beweisen, jetzt, wo Godard tot war? Wenn man noch ein wenig daran feilte, so hoffte ich, würde Plan A funktionieren. Er musste funktionieren. Denn es gab keinen Plan B.

Ich packte den Karton samt seinem kostbaren Inhalt wieder in den Kofferraum meines Wagens, um ihn außer Reichweite der neugierigen Hausangestellten und ihrer möglicherweise ungeschickten Hände zu bringen, ließ mich in einen Sessel sinken und wartete darauf, dass Lake mich kontaktierte.

An diesem ersten Abend hörte ich nichts von ihm. Ich wählte die Nummer, die er mir zu Beginn gegeben hatte, Antonios Handynummer, doch niemand ging ran. Ich hinterließ eine Nachricht, dass ich angekommen sei. Am nächsten Morgen setzte ich mich ins Foyer des Hotels, trank Tee mit Zitrone, aß bedächtig einen Toast – in der Hoffnung, dass sich mein Magen beruhigen würde – und wartete darauf, dass Antonio auftauchte. Nach mehreren Stunden konnte ich nicht länger still sitzen und ging nach draußen.

Volterra ist wirklich ein eindrucksvoller Ort, eine mittelalterliche Stadt, die hoch oben – in etwa 550 Metern – auf einem Felsen liegt, der *Le Balze* genannt wird. Daneben erstrecken sich zwei breite Täler, sodass man einen hervorragenden Ausblick in alle Richtungen hat. Die Stadt ist etwa 50 Kilometer vom Meer entfernt – bisweilen kann man es sehen –, und es kann dort recht windig oder gar stürmisch werden. In den engen, kopfsteingepflasterten Straßen könnte man durchaus Platzangst bekommen, da die oberen Stockwerke der Häuser auf beiden Seiten in die Gassen hineinragen. Es gibt prachtvolle öffentliche Gebäude, den Duomo und mehrere Kirchen, und hier und da findet man Versatzstücke eines wesentlich älteren Volterra, das Velathri der Etrusker und das Volterrae der Römer.

D. H. Lawrence, der Volterra in einem kalten und regnerischen April besuchte, empfand es als düsteren, kalten und feuchten Ort mit recht unfreundlichen Einwohnern. An jenem Tag schien jedoch die Sonne, und obwohl die Strahlen wegen der steilen und engen Gassen und der Gebäude, die sie abschirmten, nur selten die Straße erreichten, sondern lediglich auf die roten Ziegeldächer und die Zinnen der prächtigeren Gebäude fielen, fand ich alles äußerst pittoresk. Da ich feststellte, dass ich endlich hungrig wurde, suchte ich mir auf einer abschüssigen Straße eine Trattoria, neben dem Zentrum des mittelalterlichen Teils der Stadt, der Piazza dei Priori. Es war bereits spät, der Platz war abgesehen von ein paar Männern weiter hinten leer, und die Kellnerin, eine recht kräftige Frau, die offensichtlich gern plauderte, blieb neben mir stehen, nachdem sie meinen *insalata mista* gebracht hatte, einen herrlichen grünen Salat mit Möhren und Radicchio.

»Sind Sie nur einen Tag hier?«, fragte sie.

»Nein«, antwortete ich. »Ich bin gestern angekommen und bleibe vielleicht noch ein oder zwei Tage.«

»Die meisten Leute halten sich nur ein oder zwei Stunden hier auf, weil sie auf dem Weg nach San Gimignano sind oder von dorther kommen«, sagte sie. »Es gibt in der Toskana schönere Orte, in denen man übernachten kann, als Volterra.«

»Ich finde es hübsch«, sagte ich.

»Sie würden anders denken, wenn es regnen würde oder stürmisch wäre.«

»Ja, vielleicht«, sagte ich. Warum sollte ich mich auf eine Diskussion einlassen? Ich wollte nur etwas essen.

»Sie sind nicht von den Medien, oder?«, fragte sie ein paar Minuten später, als sie einen dampfenden Teller mit *pasta al funghi* brachte, Nudeln mit Pilzsoße.

»Nein«, sagte ich und langte kräftig zu. »Wie kommen Sie darauf?«

»Wegen dieser Geschichte mit Ponte«, antwortete sie. »Die ganzen Reporter, die Polizei. Was für ein Aufstand!«

»Ponte«, sagte ich. »Ist das der Mann, der …«

»Von den *Balze* gesprungen ist«, sagte sie nickend. »Sie sollten ein Weinchen dazu trinken«, fügte sie hinzu. »Ich bringe Ihnen ein Glas Vernaccia aus San Gimignano.«

»Ja, gern«, sagte ich. Schließlich musste ich nicht mehr fahren.

»Ich habe ihn an jenem Tag gesehen«, bemerkte sie, während sie das Glas vor mich hinstellte. Dieser Vernaccia ist einer meiner Lieblingsweißweine, deshalb nahm ich sogleich einen Schluck und lächelte. »Ist er gut?«, fragte sie. Ich nickte.

»Er lief direkt hier vorbei«, fuhr sie fort. »Ich war gerade draußen und fegte die Straße vor der Trattoria. Er ging den Hügel hinunter und dann durch das Tor, die Porta all'Arco. Haben Sie es schon gesehen? Nein? Das sollten Sie aber. Es ist etruskisch, jedenfalls der untere Teil und die Köpfe. Man nimmt an, dass es irgendwelche etruskischen Gottheiten sind. Tinia, glaube ich, und noch ein paar andere. Sie bewachen die Stadt. Wie dem auch sei, Ponte – er war sehr bekannt hier – besaß eine herrliche Villa, mit Weinbergen und allem, sehr schick, auf der Strecke zwischen hier und San Gimignano. Später, als ich nach Hause ging, sah ich ihn einfach nur dastehen, draußen vor dem Tor, und über die Mauer blicken. Er stand schon seit mindestens einer Stunde dort. Am nächsten Morgen fand man ihn am Fuß der *Balze*. Meiner Meinung nach hat er sich ja umgebracht. Warum sollte er sonst einfach nur dastehen und vom Tor aus hinunterblicken? Ich nehme an, er fasste den Entschluss, dass es dort nicht hoch genug war, um wirklich zu Tode zu kommen, weshalb er zu den hohen Felsen hinüberging, die Dunkelheit abwartete, damit niemand ihn sehen würde, und sich dann von der Felskante stürzte. Dort springen viele Menschen herunter. Man sagt, selbstmordgefährdete Leute würden von der Stelle angezogen. Vielleicht liegt es am Geräusch des Windes, der sie ruft. Doch warum hätte Ponte das tun sollen? Er hatte eine hübsche Frau und Kinder. Aber man weiß nie, wie es in einer Ehe aussieht, nicht wahr?« Sie wandte sich um, als einer der Männer, die hinten auf dem Platz saßen, nach ihr rief. »Ich gehe besser. Guten Appetit.«

»Ich vermute, man hat Sie gerade mit der Hassliebe der Einheimischen zu ihrer Stadt bekannt gemacht«, sagte ein Mann, der ein paar Tische weiter saß, zu mir, sobald sich die Frau zurückgezogen hatte. Ich drehte mich um und blickte ihn an. Er war sehr gut gekleidet – er trug einen maßgeschneiderten italienischen Anzug – und vielleicht nicht sonderlich attraktiv, aber einer jener italienischen Männer, die recht selbstzufrieden wirken. Er war ein paar Minuten nach mir angekommen. »Lassen Sie sich Ihr Essen nicht verleiden«, fügte er hinzu. »Das hier ist ein hübscher Ort, und dieser ganze Unsinn über die *Balze* ist nichts weiter als eben das: Unsinn.«

»Sie sind also von hier?«, fragte ich.

»Nein. Ich bin aus Rom. Ich würde gern hier leben«, sagte er. »Aber meine Frau ist Römerin, mit Leib und Seele. Sie atmet lieber die schmutzige Luft und die Abgase ein, als draußen auf dem Land zu sein. Allerdings haben wir hier ein wenig Grundbesitz, einen Weinberg und ein paar Olivenbäume, daher komme ich gelegentlich hierher, um nach dem Rechten zu sehen.«

»Ich habe immer davon geträumt, hier ein Grundstück zu besitzen«, sagte ich. »Eines jener wundervollen alten Bauernhäuser der Toskana, ein paar Hektar Land mit Weinstöcken.«

»Na dann«, sagte er. »Meine Karte. Ich kenne Leute aus der Immobilienbranche und vermittle Ihnen gern einen Kontakt.«

»Das ist wirklich verlockend, aber ich fürchte, es ist nur ein Wunschtraum.« Ich blickte auf seine Karte. Sein Name war Cesar Rosati. »Hier ist meine Karte«, fügte ich hinzu.

»Antiquitätenhändlerin. Wie interessant«, sagte er. »Reisen Sie allein?«

»Im Augenblick schon«, antwortete ich. »Aber ich treffe bald ein paar Freunde.« Das entsprach nicht der Wahrheit, aber ich stelle immer wieder fest, dass es in derartigen Situationen angebracht ist, vorsichtig zu sein. Allerdings war es nett, sich mit jemandem unterhalten zu können. Ich war lange unterwegs gewesen und hatte viel zu viele Abende allein in einem Hotelzimmer verbracht, CNN geguckt und das Essen des Zimmerservice gegessen, das selbst in Italien nicht besonders prickelnd ist.

»Haben Sie etwas dagegen, wenn ich mich zu Ihnen setze?«, fragte er. »Sich über zwei Tische hinweg zu unterhalten ist ziemlich ungemütlich.«

Warum nicht?, dachte ich, als ich auf den Stuhl deutete, der mir gegenüberstand. »Die Rosati-Galerie«, sagte ich, während ich erneut auf die Karte blickte, die er mir gegeben hatte. »Ich sollte zweifellos von ihr gehört haben, aber ich kenne sie nicht.«

Er lächelte. »Es gibt keinen Grund, warum Sie sie kennen sollten. Das Ganze ist mehr ein Hobby als ein Geschäft, und wir können uns nicht mit den fabelhaften Sammlungen in Rom vergleichen. Mit dem Vatikan beispielsweise. Es wäre vermessen, wenn nicht gar verhängnisvoll, wenn man versuchte, mit einer Organisation zu konkurrieren, die Gott auf ihrer Seite hat.« Wir lachten beide. »Im Grunde bin ich fast Pensionär. Früher war ich im Bankgeschäft tätig. Heute versuche ich mein Glück in diversen Branchen. Die Galerie führe ich nur zum Vergnügen. Die Familie meiner Frau besitzt ein paar wunderbare Kunstgegenstände, und wir haben einen Teil unseres Hauses öffentlich zugänglich gemacht.«

»Ich muss vorbeikommen und es mir ansehen«, sagte ich beiläufig. »Um welche Art von Kunst handelt es sich?«

»Meine Frau hat ein Faible für Skulpturen aus dem sechzehnten Jahrhundert, aber ihre Familie sammelt schon seit mehr als hundert Jahren, sodass für jeden etwas dabei ist: von etruskischer Kunst bis hin zu einigen Gemälden aus dem zwanzigsten Jahrhundert. Es ist eine sehr hübsche private Sammlung – an einem Museum gemessen ist sie natürlich klein. Wenn Sie nach Rom kommen, rufen Sie mich bitte einfach an. Ich führe Sie persönlich herum.«

»Aha, eine Galerie in Ihrem Haus«, sagte ich. »Das stellt einen sicher vor ein paar Herausforderungen. Sicherheitskräfte und so weiter. Für die etruskischen Artefakte zum Beispiel – dafür gibt es wahrscheinlich einen großen Markt.« Ich merkte, dass ich diese Frage stellte, obwohl ich gar nicht sicher war, ob ich die Antwort ausgerechnet jetzt überhaupt hören wollte.

»Das ist es in der Tat. Es ist wirklich eine Schande, wie viele etruskische Antiquitäten gestohlen oder illegal geund verkauft werden. Wir haben natürlich ausgesprochen gute Sicherheitsvorkehrungen, doch es gab trotzdem einen Einbruch. Komisch, dass Sie ausgerechnet etruskische Artefakte erwähnen. Nur ein Objekt wurde gestohlen, eine wirklich prachtvolle etruskische Kylix, sonst nichts. Sie wissen, was eine Kylix ist, nicht wahr? Eine Trinkschale mit zwei Henkeln. Wahrscheinlich vom Maler der bärtigen Sphinx. Ich bin sicher, dass es ein Auftragsdiebstahl war. Jemand wollte das Stück haben, und zwar nur dieses, und beauftragte jemanden, es ihm zu beschaffen.«

Die Frau kehrte mit Rosatis Bestellung zurück, hob leicht die Augenbrauen, als sie bemerkte, dass er sich umgesetzt hatte, und fragte, ob wir noch mehr Wein wünschten. Wir bejahten.

»Es beunruhigt mich«, sagte Rosati, als sie wegging, »wie sie über Gianpiero Ponte redet. Ich konnte nicht umhin mitzubekommen, dass sie mit Ihnen über Ponte gesprochen hat. Ich kannte ihn. Ich würde ihn nicht gerade als Freund bezeichnen, aber er war ein guter Bekannter, und ich höre es nur ungern, wenn Leute Gerüchte über ihn verbreiten. Wer weiß schon, was einen Menschen dazu veranlasst zu tun, was Ponte getan hat? Mit Sicherheit waren es nicht die Klänge der *Balze*. Er hatte eine hübsche Frau und Kinder, und es ist eine schreckliche Tragödie.«

»Das ist es gewiss«, sagte ich.

Trotz dieses düsteren Themas verbrachte ich eine recht angenehme Plauderstunde mit Rosati – bei einem zweiten Glas Wein, einem Tartufo und einem Espresso, was mein allgemeines Befinden deutlich verbesserte. Er machte ein paar Vorschläge zu Sehenswürdigkeiten in der Region, von denen er glaubte, sie könnten mich interessieren, und war offensichtlich äußerst bewandert, was die Toskana insgesamt betraf.

Ich erfuhr einiges über den Markt für etruskische Antiquitäten, obwohl eigentlich nichts darunter war, was ich bis dahin nicht schon wusste.

Ich muss lediglich beanstanden, dass er sein Handy eingeschaltet ließ und drei Anrufe entgegennahm, während er dort mit mir saß. Ich mag altmodisch sein, aber ich höre wirklich nicht besonders gern zu, wenn Leute während eines Restaurantbesuchs telefonieren, vor allem nicht, wenn sie an meinem Tisch sitzen. Mit einem Anrufer traf er eine Verabredung, mit dem zweiten hatte er eine kleine Meinungsverschiedenheit, und dem dritten erteilte er eine Abfuhr.

Anschließend rief er kurz jemanden an, um ihm mitzuteilen, wo er sich gerade befand.

Irgendwann während unserer Unterhaltung erwähnte ich, wo ich übernachtete. »Eine komfortable Unterkunft«, sagte er. »Wenn Ihre Freunde noch nicht da sind, könnten wir heute Abend vielleicht zusammen in Ihrem Hotel zu

Abend essen. Ich verspreche, dass ich mein Handy nicht mitbringe«, fügte er hinzu. »Ich kann Ihnen ansehen, dass Sie so etwas nicht mögen.«

Ich zögerte eine Sekunde zu lang.

»Nur, wenn Sie möchten. Sie sind sicher beschäftigt«, sagte er. »Wir vereinbaren einfach, dass ich um acht Uhr im Speisezimmer sein werde. Wenn Sie kommen, wunderbar. Wenn nicht, ist es kein Problem. Ich habe keine anderen Pläne.«

»Wahrscheinlich sehen wir uns dort«, sagte ich. Warum eigentlich nicht? Es war besser als noch einmal der Zimmerservice.

Ich erkundigte mich im Hotel, ob Nachrichten gekommen waren. Da niemand mir etwas hinterlassen hatte, entschloss ich mich dazu, die Stadt zu besichtigen. Plan A würde schon funktionieren, beruhigte ich mich. Ich musste einfach Geduld haben und warten, bis ich Lake wiedersah. Am späten Nachmittag war ich, eher durch Zufall, zur *Balze* gelangt. Die Steilwände haben etwas Urtümliches an sich, mit ihren schroffen Felsspalten und den gähnenden Abgründen, in denen ganz weit unten der Wind pfeift und ächzt. Ich wusste, wie sie entstanden waren. Im oberen Bereich bestehen sie aus weichem, gelbem Sandstein und weiter unten aus grauem Ton. Das Regenwasser, das auf Volterra niederfällt, sickert durch das Oberflächengestein, sammelt sich in dem Ton weiter unten an und destabilisiert den Untergrund. Von Zeit zu Zeit stürzen große Felsmassen in die Tiefe. Die *Balze* sind in vielerlei Hinsicht unglaublich schön, doch ich konnte nachvollziehen, dass sie einen Ort darstellten, von dem die Leute sich angezogen fühlten, wenn sie verzweifelt oder deprimiert oder einfach nur lebensmüde waren.

Ich dachte an Ponte, einen Mann, den ich nie kennengelernt hatte, und an Godard, mit dem ich lediglich eine knappe Stunde verbracht hatte.

Beide waren in den Tod gegangen, und beide möglicherweise freiwillig.

Gefährlich nah am Rand der Steilwände standen die Überreste eines alten Gebäudes. Seine Wände waren rissig und beschädigt, und es wirkte verloren, seinem Schicksal überlassen, denn der Rand der *Balze* rückte immer näher. Schon bald würde es den Pontes dieser Welt folgen, den antiken Mauern und Nekropolen der etruskischen Stadt und anderen, wesentlich jüngeren Bauwerken, die in die dunklen Schluchten gestürzt waren, als die Erde unter ihnen nachgegeben hatte.

Während ich das Bauwerk betrachtete, hatte ich allmählich das Gefühl, als würden dieses Kloster und ich uns auf gewisse Weise ähneln, als stünde auch ich hilflos da, unfähig, mich zu bewegen, darauf wartend, in den Abgrund gezogen zu werden. Ich wünschte, ich hätte Crawford Lake nie getroffen und wäre nie von seinem Geld und meinem Ehrgeiz geblendet worden.

Verärgert darüber, dass der Ort eine so starke Wirkung auf mich ausübte, riss ich mich von dem Anblick los, um zum Hotel zurückzufahren, das mit seinen hellen Lampen und all den Menschen fast eine Art Zufluchtsort darzustellen schien.

Als ich auf die Anlage fuhr, wurde ich jedoch rasch eines Besseren belehrt. Das Hotel verfügte über zwei kleine Parkplätze, einer befand sich seitlich neben dem Hotel, der andere dahinter. Ich parkte auf der Seite, neben einem roten Lamborghini, demselben, neben dem ich in Nizza gestanden hatte – der gelbe Schirm lag immer noch darin –, und wollte das Hotel durch eine Seitentür betreten. Ich erschrak sehr, als ich durch ein Loch in der Hecke mehrere Carabinieri auf dem hinteren Parkplatz erblickte. Zu meinem Entsetzen öffneten sie gerade die Heckklappen der Autos und spähten hinein, wobei ihre Taschenlampen im Dämmerlicht aufleuchteten. Ich zog mich ein wenig in den

Schatten der Hecke zurück und überlegte, was ich tun sollte. Die Polizei durchsuchte die Kofferräume. Wenn sie an meinem angelangten, würden sie eine gestohlene etruskische Hydria finden, sofern ich sie nicht dort herausholte. Ich würde zu meinem Wagen zurückeilen müssen, wegfahren, bevor sie bei ihm ankamen, und einen anderen Ort finden müssen, wo ich die Hydria verstecken konnte, bis ich Lake kontaktieren konnte. Ich ging zurück zu meinem Auto.

In diesem Moment fuhr ein dunkelgrüner Passat mit einem schadhaften Rücklicht und einem übel zerschrammten Kotflügel in die Haltebucht neben dem Vordereingang des Hotels, etwa drei oder vier Wagen von meinem entfernt. Der Fahrer stieg aus und winkte einen Pagen herbei. Dabei drehte er sich ein wenig, und unter der Beleuchtung im Hotelzugang sah ich, um wen es sich handelte: Pierre Leclerc, oder vielleicht auch, wie Godard geglaubt hatte, Le Conte. Dies schien mir ein allzu großer Zufall zu sein. Wie auch immer er hieß, er war in Vichy gewesen, und obwohl ich ihn nicht gesehen hatte, verriet mir der Wagen mit dem Schaden, dass er auch in Nizza im selben Hotel wie ich untergekommen war. Irgendwo zwischen dem Zeitpunkt an jenem ersten Nachmittag, als ich die Hydria in der Glasvitrine in Godards Schloss gesehen hatte, und dem Moment, als ich an der Autobahnraststätte zwischen Nizza und der italienischen Grenze haltmachte, war die Hydria, die nicht nur ein-, sondern zweimal gestohlen worden war, in mein Auto gelangt.

Leclerc griff in sein Auto, öffnete den Kofferraum und gab dem Pagen ein Zeichen, seine Taschen hineinzutragen, während er die Stufen zur Rezeption hinaufging. Der Dienstbote nahm zwei große Koffer heraus und drückte den Kofferraumdeckel mit dem Ellbogen zu. Der Deckel schloss nicht richtig, möglicherweise wegen der defekten Rückfront, und als die beiden Männer durch das Hauptportal des Hotels verschwanden, sprang der Kofferraum mehrere Zentimeter weit auf. Darüber, was ich danach tat, dachte ich wirklich nicht nach, da ich mich fast wie von einem Autopiloten gesteuert vorwärtsbewegte. Ich blickte mich hastig um, sah, dass niemand herblickte, ging schnell die wenigen Schritte zu meinem Auto, holte den Karton aus dem Kofferraum, stellte ihn in Leclercs, stieg in meinen Wagen und fuhr davon. Schließlich gab es auch noch einen Plan B.

Ich hatte schon mehrere Kilometer zurückgelegt, als mir einfiel, dass ich gerade diesen netten Mann versetzte, Cesar Rosati.

ZWEITER TEIL

Der Löwe

6

Arezzo

Das Hotel, das ich in Arezzo wählte, war etwas bescheidener als die Unterkünfte, deren gehobene Ausstattung ich auf meiner bisherigen Reise durch Europa im Auftrag von Crawford Lake hatte genießen können. Das hier war sogar ein klein wenig heruntergekommen. Wie viele der einfacheren Hotelzimmer in Italien war auch dieses ganz in Rot gehalten: rote Vorhänge, rote Bettdecke, rote Fliesen im Badezimmer. Normalerweise verletzt eine solche Einrichtung mein ästhetisches Empfinden. Für jemanden wie mich, der täglich mit schönen Häusern und Objekten zu tun hat, ist das ein Berufsrisiko: In dieser Hinsicht sind wir nicht besonders leicht zufriedenzustellen. Hier in dem winzigen *albergo* abseits des Corso Italia, Arezzos Hauptstraße, fühlte ich mich jedoch wesentlich wohler als in Lakes hübschen und exklusiven Luxushotels. Offensichtlich bin ich im Innersten meines Herzens eine Ladenbesitzerin und keine Aristokratin.

Außer der fragwürdigen Farbgebung war da noch das warme Wasser, das – wenn es überhaupt welches gab – geräuschvoll gluckerte, während es sich seinen Weg durch die Rohre bahnte, die sicher prähistorisch waren. Zudem drang der Lärm aus dem Nebenzimmer, das rhythmische Quietschen von Matratzenfedern und das Stöhnen und Ächzen eines recht lebhaften Pärchens, durch die Wände, als wären sie aus Pappe – was sie vielleicht tatsächlich waren. Doch der Gasthof verfügte über eine alles andere übertreffende positive Eigenschaft: Niemand, mit Ausnahme von Antonio, falls er seine Voicemail-Nachrichten abhörte, wusste, dass ich hier war. Was das betraf, war ich sehr vorsichtig gewesen. Ich hatte die Mietwagenfirma angerufen und sie davon überzeugt, dass bei dem Wagen, den sie mir gegeben hatten, ständig der Motor ausging, und darauf bestanden, dass sie mir einen neuen besorgten, was sie auch taten. Anschließend hatte ich das Hotel in Volterra angerufen und gesagt, ich würde früher als geplant abreisen. Ich war in mein Zimmer zurückgegangen und hatte, so schnell ich konnte, meine Tasche gepackt, meine Rechnung bezahlt – sogar für einen zusätzlichen Tag, um Diskussionen zu vermeiden – und war in den Sonnenuntergang hinein verschwunden. Zumindest hoffte ich, dass mir das gelungen war.

Ich hatte eine Straßenkarte hervorgeholt und willkürlich eine Stadt herausgepickt, die weit genug von Leclerc und den Carabinieri entfernt lag, aber nah genug an Volterra, damit ich Lake trotzdem noch treffen konnte – egal wo und wann er mich anrief –, und ich hoffte inbrünstig, dass er es bald tun würde. Die Stadt, die ich wählte, war Arezzo.

Das Hotel besaß aus meiner Sicht diverse Vorzüge. Das Personal war freundlich, aber nicht zu vertraulich oder, noch schlimmer, neugierig, und das Publikum bestand im Großen und Ganzen aus Durchreisenden: Studenten mit Rucksäcken und hier und da ein Geschäftsmann, der nicht lange blieb. Außerdem gab es ein angenehmes kleines Frühstückszimmer – später am Tag wurde es zur Bar –, und darin servierten sie einen respektablen Cappuccino und ein mehr als durchschnittliches Frühstück mit Aufschnitt, Käse, Obst und einer Menge Croissants und Brot.

»Hätten Sie etwas dagegen, wenn ich mich zu Ihnen setze?«, fragte am zweiten Morgen eine Stimme, als ich gerade meinen Kaffee trank und die Zeitung vergeblich danach absuchte, ob irgendwo eine gestohlene etruskische

Vase erwähnt wurde oder die Festnahme des Mannes, den ich als Pierre Leclerc kannte. »Das Speisezimmer ist ziemlich überfüllt, und es scheint leider keinen freien Tisch mehr zu geben.«

Eigentlich wollte ich ungestört bleiben. Vor ein paar Tagen hatte ich mich nach ein wenig Gesellschaft gesehnt. Doch nach dem, was geschehen war, wollte ich nur noch in Ruhe gelassen werden. Ich blickte auf und sah eine Frau von etwa sechzig oder fünfundsechzig mit grauen, lockigen Haaren und sonnengebräuntem Teint, die Jeans und ein geblümtes T-Shirt trug. Sie war winzig, etwas kleiner als 1,50 Meter, und so zierlich gebaut, dass ich mich wie eine trampelnde Riesin fühlte, obwohl ich in jeder Hinsicht durchschnittlich bin. Ich brachte es nicht übers Herz, sie abzuweisen. »Bitte«, sagte ich und wies auf den leeren Stuhl, der mir gegenüberstand.

»Espresso, bitte«, sagte sie zum Kellner. »Lassen Sie sich nicht stören«, sagte sie zu mir. »Lesen Sie ruhig weiter in Ihrer Zeitung.«

»Ich habe den ersten Teil schon durch«, sagte ich. »Möchten Sie ihn haben? Es ist eine italienische Zeitung.«

»Ja, sehr gern«, antwortete sie. »Und italienisch ist großartig. Sie haben mir heute ein paar Lire erspart. Vielen Dank. Ich muss zugeben, dass ich sehr aufs Geld achte. Ich bekomme nur eine Art Rente. Normalerweise sehe ich mich um, ob jemand eine Zeitung liegen lässt, und dann falle ich darüber her.«

»Gern geschehen«, sagte ich. Ich wandte mich wieder der Lektüre zu und hoffte, die Frau würde nicht weiterreden. Ich wurde enttäuscht.

»Bereisen Sie die Toskana?«, fragte sie.

Ich ließ die Zeitung sinken. Es war zwecklos. »Ja«, antwortete ich. Touristin zu sein war eine ebenso gute Erklärung für meine Anwesenheit wie jede andere. »Und Sie?«

»Im Grunde auch«, sagte sie. »Ich bin jetzt schon etwa einen Monat hier in Arezzo. Ich habe keinen Grund, nach Hause zurückzukehren, also bleibe ich.«

»Es gibt schlechtere Orte als diesen hier«, kam ich ihr entgegen.

»Das ist richtig. Mir gefällt es hier ausgesprochen gut. Ich mag sogar dieses kleine Hotel. Mir wäre es allerdings lieber, sie hätten eine andere Farbe für ihre Zimmer gewählt. Ich fühle mich, als würde ich in einem Bordell wohnen.«

Ich lachte. »Das geht mir genauso.«

»Nun, wenn Sie für heute noch nichts geplant haben«, fuhr sie fort, »können Sie gern mitkommen und mir helfen, Lars Porsena zu suchen.«

»Wen?«, fragte ich.

»Sie wissen schon«, sagte sie. »›Lars Porsena von Clusium / Schwor zu den Göttern neun.‹«

»›Nicht fürder mehr soll Trübsal / Im Haus Tarquiniens sein!‹«, fuhr ich fort. »An den Rest kann ich mich nicht erinnern.«

»›Zu den neun Göttern schwor er's‹«, sprach sie weiter. »›Sagt' Ort und Stunde an.‹«

Ich stimmte mit ein, und wir beendeten es gemeinsam: »›Und schickte seine Boten fort / nach Ost und West und Süd und Nord / Entbieten seinen Bann.‹« Wir lachten.

»Ich weiß noch, dass ich es in der Grundschule aufsagen musste, aber ich kann mich nicht erinnern, wer es schrieb, und ich glaube nicht, dass ich jemals wusste, wer Lars Porsena war.«

»Es ist von Thomas Babington Macaulay«, klärte sie mich auf. »Baron Macaulay. ›Lays of Ancient Rome‹, erschienen im Jahr 1842. Keine besonders ausgefeilte Dichtkunst, aber es hat einen gewissen Schuljungencharme, finden Sie nicht auch? Dem Baron verdanken wir auch Horatius an der Brücke.«

»Den kenne ich auch«, sagte ich. »›Mit Weinen und mit Lachen / Erzählt man sich noch heut / Wie Horatius die Brücke hielt / In der wackern alten Zeit.‹ Wie ist das?«

»Brava«, sagte sie. »Ich habe Sie gerade erst kennengelernt und weiß bereits, dass Sie eine gebildete und kluge Frau sind. Auch wenn Sie nicht wissen, wer Lars Porsena war.«

»Wo Clusium liegt, weiß ich ebenfalls nicht.«

»Clusium ist Chiusi, nur ein paar Kilometer südlich von hier. In dem Gedicht werden mehrere toskanische Städte erwähnt. Selbst Arezzo, mit seinem römischen Namen. ›Es machen heuer Greise / Arretiums Erntemath.‹ Volterra ebenfalls. Volterra wurde von den Römern Volaterrae genannt. Die Etrusker nannten es …«

»Velathri«, unterbrach ich sie.

»Sie kennen sich mit den Etruskern aus!«, rief sie. »›Vom stolzen Volaterrae / Wo grimm die Beste schaut / Für göttergleiche Könige / Von Riesen einst gebaut.‹«

»Stop!«, stöhnte ich. »Nichts mehr von Macaulay, bitte. ›Wo grimm die Beste schaut.‹ Was könnte das bedeuten? Nein, sagen Sie nichts. Ich möchte wissen, wer Lars Porsena war.«

»Ein Etrusker, der irgendwann um 500 v. Chr. versuchte, in Rom wieder etruskisches Recht einzuführen. Es ist gut möglich, dass er erfolgreich war, doch selbst wenn, so blieb es nicht lange dabei. Kurze Zeit später wurde sein Sohn in der Schlacht von Aricia geschlagen. Porsena soll in einem ungemein herrlichen Grab beigesetzt worden sein, das angeblich auch ein Labyrinth enthielt. Es wurde nie gefunden, obwohl viele behaupteten, es entdeckt zu haben. Giorgio Vasari war einer von ihnen. Er brachte seinen Mäzen, Cosimo de Medici, groß heraus, falls dies die richtige Umschreibung dafür ist. Sie wissen, wer das ist, nehme ich an?«

Ich nickte. Natürlich wusste ich das. In der Tat war ich

von niemand anderem als von Crawford Lake über das Thema belehrt worden, doch das konnte ich ihr schließlich nicht sagen.

»Vasari versuchte, die Leute davon zu überzeugen, dass Cosimo der neue Lars Porsena wäre. Jedenfalls irrte Vasari sich. Was Cosimo betrifft, mutmaße ich es, und was das Grab angeht, weiß ich es mit Sicherheit. Das Grab wurde seinerzeit nicht gefunden, und es ist auch bis heute nicht entdeckt worden. Aus irgendeinem Grund habe ich mir in den Kopf gesetzt, dass ich als Erste darauf stoßen werde. Es soll in der Nähe von Chiusi, also Clusium, sein, das nur ein paar Kilometer weiter südlich von hier liegt. Genau genommen soll es sich unter Chiusi befinden, ›*sub urbe Clusio*‹ laut Plinius, der darüber hinaus erklärte, es sei etwa zweihundertsiebzig Meter breit, enthalte ein Labyrinth, und obendrauf stünden Pyramiden.

Unter der Stadt sind unterirdische Gänge, von denen einige Leute behaupten, sie seien Teil des Labyrinths, aber ich glaube, es waren lediglich Abwasserkanäle oder Bewässerungsanlagen. Ich bin zu dem Schluss gekommen, dass sich das Grab überall hier in der Gegend befinden könnte. Was wusste Plinius schon? Er schrieb es lange nach den Ereignissen auf. Mehrere Wochen lang suchte ich in der Umgebung von Chiusi, dann fuhr ich hinauf bis nach Cortona – bei den Etruskern hieß es Curtun – und anschließend hierher. Ich arbeite mich weiter in den Norden vor. Das Wunderbare an meinem Projekt ist, dass viele der etruskischen Städte sich im Laufe der Jahrhunderte zu einigen der schönsten Hügelstädte der Toskana und Umbriens, wenn nicht gar Italiens, entwickelten. Sie können mich gern begleiten. Ich meine es ernst. Es ist nicht besonders schwierig, kostet nichts, bringt Sie in herrliche Landschaften, und es ist sehr kurzweilig.«

»Leider muss ich heute noch ein paar Dinge erledigen«, sagte ich.

Ich hatte eben noch zugegeben, dass ich nichts Besonderes zu tun hatte, es klang also nicht sehr glaubhaft; doch falls sie verletzt war, so zeigte sie es nicht.

»Vielleicht ein anderes Mal«, schlug sie vor.

»Ja, es klingt recht unterhaltsam«, sagte ich. Ich erwähnte nicht, dass ich bereits ein etruskisches Grab zu viel gesehen hatte. Während ich sprach, ließ sie geschwind ein Brötchen, eine Birne und ein Stück Käse in ihrer Tasche verschwinden.

»Das haben Sie vermutlich gesehen«, sagte sie. »Ich packe mir etwas von dem Frühstück ein. Dann brauche ich nirgendwo anzuhalten, um etwas zu essen. Nein, ich sollte wohl besser ehrlich sein. Es bewahrt mich davor, mein Mittagessen bezahlen zu müssen. Ich verfüge über ein ziemlich begrenztes Budget.«

»Das ist schon in Ordnung«, bemerkte ich. »Ich erinnere mich noch sehr gut daran, dass ich das in meiner Studentenzeit ebenfalls getan habe, und auch später noch.«

»Danke«, sagte sie. »Ich heiße übrigens Leonora Leonard. Ein lächerlicher Name, ich weiß. Gott sei Dank müssen Frauen ihre Namen heutzutage nicht mehr ändern, wenn sie heiraten, also kann man ihnen nicht mehr einen solchen Namen aufbürden. Bitte nennen Sie mich Lola.«

»Ja, gern, Lola«, erwiderte ich. »Ich bin Lara. Lara McClintoch.«

»Lara und Lola«, sagte sie. »Ich glaube, wir werden ein gutes Team bilden.«

»Vielleicht, ja«, sagte ich, während ich aufstand, um mich zu entfernen. »Bis später also.«

Ich versuchte es noch einmal mit Antonios Handynummer. Zu meinem großen Verdruss ging immer noch niemand ran, weshalb ich verärgert aus dem Hotel stampfte. Ich hatte Lola erzählt, dass ich noch etwas zu erledigen hätte, und wahrscheinlich stimmte das auch, obwohl es nichts Dringendes war. Ich stöberte auf der Via Garibaldi in ein paar Antiquitätengeschäften, versorgte mich an einem Geldautomaten mit dem Nötigsten, aß zu Mittag und kaufte danach ein paar Lebensmittel ein. Ich gönnte mir eine feine Flasche toskanischen Wein, etwas Prosciutto und eine Melone.

Es begann zu regnen, und ich dachte, wenn das Wetter wirklich schlecht würde, könnte ich am Abend eine Kleinigkeit auf dem Zimmer zu mir nehmen.

Bei keiner dieser Tätigkeiten war ich mit ganzem Herzen dabei, und ich überlegte, dass es möglicherweise besser gewesen wäre, Lola bei ihrer Suche nach Lars Porsenas Grab zu begleiten. So unwahrscheinlich das Ganze auch klang, es erschien mir sinnvoller, als mir einfach nur die Zeit zu vertreiben, bis Lake anrufen würde, was ja genau das war, was ich gerade tat. Ich beschloss, dass ich ebenso gut zum Hotel zurückgehen und ein Nickerchen machen könnte. Wenn ich schlief, würde die Zeit vielleicht schneller vorübergehen.

Als ich mich dem Hotel näherte, erblickte ich eine Gestalt, die mir bekannt vorkam. Ich war sicher, dass es sich um Antonio handelte, und rannte hinter ihm her. Er ging in einiger Entfernung die Via Cavour entlang, in Richtung der Kirche San Francesco, doch obwohl ich seinen Namen rief, schien er mich nicht zu hören. Er bog nach rechts in die Via Cesalpino ein und ging mit schnellen, ausholenden Schritten Richtung Duomo hinauf, dem höchsten Punkt der Stadt zu. Ich war ihm dicht auf den Fersen. Als er oben angekommen war, hatte ich ihn beinahe eingeholt, aber bis ich keuchend angelaufen kam, stieg er gerade in einen dort geparkten Wagen und fuhr davon. Fassungslos beobachtete ich, wie der Wagen einen Häuserblock von mir entfernt um die Ecke bog und die Via San Lorentino hinabfuhr, vermutlich Richtung Stadttor.

Ich eilte dorthin zurück, wo ich mein Auto abgestellt hatte, und obwohl ich wusste, dass es hoffnungslos war, versuchte ich, ihm zu folgen. In der Nähe des Stadttors blieb ich jedoch im Verkehr stecken und trommelte frustriert auf dem Lenkrad herum. Von dort aus ging es auf der Strecke, die aus der Stadt hinausführte, steil bergab, und schließlich gelangte ich auf die Landstraße zwischen Arezzo und Cortona.

Antonios Wagen war nirgendwo zu entdecken. Er konnte Richtung Norden oder Süden abgebogen sein, und ich entschied mich ohne speziellen Grund für den Süden.

Die Straße war zwar nicht besonders stark befahren, aber die Sicht wurde durch den Regen und den Nebel behindert, der zu beiden Seiten der Straße von den Feldern herüberzog. Ich fuhr an diversen durchnässten Radfahrern und an einem Fußgänger vorbei. Nach einigen Minuten beschloss ich aufzugeben und wendete, um in die Stadt zurückzukehren.

Ich war schon fast wieder in der Stadt angekommen, als ich ein zweites Mal an der Person vorbeikam, die zu Fuß unterwegs war, und diesmal hatte ich den flüchtigen Eindruck, sie zu kennen. Ich war in dermaßen schlechter Stimmung, dass ich versuchte, es zu ignorieren und weiterzufahren, doch etwa hundert Meter hinter dem unglücklichen Spaziergänger hielt ich an, fuhr an den Straßenrand und setzte zurück.

Ich beugte mich zur Seite und öffnete die Beifahrertür. »Sie wirken wie jemand, dem es gelegen käme, mitgenommen zu werden, Lola«, sagte ich.

»Sie können sich nicht vorstellen, wie dankbar ich bin«, sagte sie, nachdem sie in den Wagen geklettert und ich losgefahren war. »Ich muss zugeben, diesmal war es nicht besonders unterhaltsam, nach Lars zu suchen. Ich bin durch und durch nass.« Sie zitterte, während sie sprach, und ich drehte die Heizung hoch. Ihre Hose war bis zu den Knien beschmutzt, und auch auf ihrer Wange befand sich ein Dreckspritzer. Der Regen war in den Kragen ihrer Windjacke hineingelaufen, sodass ihr geblümtes T-Shirt nasse Streifen aufwies.

»Kein Grab heute, nehme ich an«, sagte ich.

»Heute nicht«, pflichtete sie mir bei. »Haben Sie schon eines der etruskischen Gräber besichtigt?«, fragte sie. »Sie sollten sich wirklich eines ansehen, während Sie hier sind.«

»Ich habe eine Art etruskisches Grab gesehen«, antwortete ich. »Jemand, den ich in Frankreich kennenlernte, malte sein eigenes Grab im etruskischen Stil aus, nach Vorbild der Gräber in Tarquinia. Von den echten habe ich nur Bilder gesehen, aber jenes sah ziemlich authentisch aus.«

»Er malte sein eigenes Grab aus? Wo war es denn?«

»In seinem Keller«, entgegnete ich.

Sie lachte laut auf. Es war ein tiefes, dröhnendes Lachen, das ihren ganzen Körper beben ließ. »Ein weiteres Opfer der Etruskomanie«, sagte sie schließlich. »Das muss es sein. Eine unheilbare psychische Krankheit, fürchte ich, obwohl ich noch nicht gehört habe, dass sie von der Medizin bisher als solche dokumentiert wurde. Aber was wissen die schon? Ich würde diesen Menschen gern kennenlernen.«

»Leider ist er tot«, sagte ich.

»Was ist geschehen?«

»Er fiel in das Grab – vom Erdgeschoss aus.«

»Oh«, sagte sie. »Das ist ja entsetzlich.« Dann begann sie zu kichern, und zu meinem großen Erstaunen stimmte ich mit ein.

»Es ist eigentlich nicht lustig«, sagte ich und schnappte nach Luft.

»Nein, das ist es wahrhaftig nicht«, pflichtete sie mir zwischen mehreren Lachsalven bei. »Es klingt einfach nur so lächerlich. Ich habe immer gesagt, dass Etruskomanie eine Krankheit ist, an der man bis zum Tode leidet. Aber so wörtlich habe ich es eigentlich nie gemeint.«

»Er war vollkommen übergeschnappt, muss ich leider sagen. Er redete fortwährend über die Etrusker, außerdem über irgendeine Società, deren Mitglied er war«, sagte ich.

»Eine Art akademische Vereinigung?«

»Ich habe keine Ahnung. Es darf nur dreizehn Mitglieder geben, zwölf plus eins, was auch immer das bedeutet.«

»Für jede etruskische Stadt einer, vermute ich«, sagte sie. »Die Dodekapolis. Das war ein lockeres Bündnis von etruskischen Städten. Sie trafen sich jährlich in ...«

»Velzna«, fiel ich ihr ins Wort.

»Ja«, sagte sie. »Velzna oder Volsinii für die Römer. Ich glaube, Sie wissen mehr über die Etrusker, als Sie zugeben wollen. Es gibt unzählige Organisationen, die zusammenkommen, um die Etrusker zu studieren. Wenn es nicht zu viel kostet, würde ich vielleicht auch gern beitreten.«

»Bevor man beitreten kann, muss jemand sterben«, warf ich ein.

»Dann möchte ich eventuell doch nicht dabei sein. Aber eigentlich ist ja jetzt ein Platz frei, nun, da Ihr Freund tot ist, nicht wahr? Vielleicht hat ihn jemand umgebracht, um seine Stellung einzunehmen. Das war nur so ein Gedanke«, fügte sie hinzu.

Wir begannen beide wieder zu kichern. »Das ist wirklich albern, finden Sie nicht?«, fragte ich.

»Albern, aber gruselig«, sagte sie.

Als wir am Hotel ankamen, klapperten Lolas Zähne immer noch. »Sie haben sich erkältet«, sagte ich zu ihr und klang dabei wie meine Mutter. »Sie gehen besser auf Ihr Zimmer und nehmen sofort ein heißes Bad.«

»Eine gute Idee, aber es gibt einen Haken. Zu dieser Tageszeit gibt es kein warmes Wasser«, warf sie ein.

»Das stimmt«, gab ich zu. Tatsächlich bestand die einzige Möglichkeit, eine heiße Dusche zu ergattern, darin, aus dem Bett zu springen, sobald man die Rohre glucken hörte, und zwar gegen sechs Uhr morgens. Um diese Zeit wurde das heiße Wasser aufgedreht oder zumindest auf eine halbwegs erträgliche Temperatur gebracht. Danach war das Wasser für den Rest des Tages mehr oder weniger lauwarm, wenn nicht gar vollkommen kalt.

»Zu schade«, sagte ich. »Gibt es irgendwelche Nachrichten für mich?«, fragte ich, an den jungen Mann an der Theke gewandt.

»Nein«, erwiderte er, nachdem er in meinem Fach nachgesehen hatte.

»Sind Sie sicher?«, fragte ich. »War heute Nachmittag niemand da und hat sich nach mir erkundigt?«

»Ich hatte keinen Dienst«, antwortete er.

»Könnten Sie dann bitte jemanden fragen, der Dienst hatte«, sagte ich.

Der junge Mann öffnete etwas widerwillig die Tür hinter der Empfangstheke und steckte seinen Kopf um die Ecke. »Es war jemand da«, sagte er kurz darauf. »Ein Mann. Wir haben in Ihrem Zimmer angerufen, als er kam, aber es ging niemand ran. Er hat keine Nachricht hinterlassen. Er sagte, es sei nicht dringend, und er würde später noch einmal wiederkommen.«

Nicht dringend? Meiner Ansicht nach war es das durchaus. »Sagte er, wann er vorhätte wiederzukommen?«

»Ich weiß es nicht«, antwortete der Junge. Ich blickte ihn wütend an. Erneut steckte er seinen Kopf durch die Tür. »Nein«, sagte er. »Er hat nichts gesagt.«

Verärgert drehte ich mich zu Lola um. Sie griff gerade nach ein paar Oliven, die in einer kleinen Schüssel auf dem Tisch im Foyer kredenzt wurden. Ich wollte mich fast schon übellaunig auf mein Zimmer zurückziehen und sie ihrem Schicksal überlassen, aber sie wirkte in ihren schmutzigen, durchnässten Sachen so bedauernswert, dass ich es nicht übers Herz brachte.

»Ich habe eine Idee«, sagte ich und griff nach ihrem Arm. »Was halten Sie von ein oder zwei Gläsern richtig feinem

Rotwein? Ein wenig Käse, ein bisschen Brot und vielleicht auch etwas Prosciutto und Melone.«

»Sie machen sich über mich lustig«, erwiderte sie.

»Ich habe es alles in meinem Zimmer«, flüsterte ich und signalisierte, dass wir leise sein mussten, damit der Junge am Schalter es nicht hörte.

»Ich werde Ihnen ewig dankbar sein«, sagte sie.

Untergehakt gingen wir die Treppe in den zweiten Stock hinauf und anschließend über den Flur zu meinem Zimmer. Ich schloss die Tür auf und drückte auf den Lichtschalter. Im selben Moment erblickte ich aus den Augenwinkeln ein Stück von der kaugummifarbenen Decke.

»Du liebe Güte«, sagte Lola. »Was ist denn das?«

7

Cortona

Vor langer Zeit hatte ich einen Kreis von Freundinnen, die sich immer wieder denselben Ulk erlaubten. Eine von uns hatte von ihrer Schwiegermutter zum Geburtstag eine der hässlichsten Servierplatten geschenkt bekommen, die es jemals gegeben hat. Beim nächsten Weihnachtsfest wickelte die ursprüngliche Empfängerin des Ungetüms die Platte kunstvoll ein und schenkte sie einer anderen aus der Gruppe. Bald wurde die Platte auf immer originellere Art und Weise von einer Freundin zur nächsten weitergereicht. Sie kam in Pizzaschachteln an, wurde in Küchenschränke geschmuggelt, in Gartenschuppen versteckt oder, wenn niemand hinsah, auf die Rückseite eines Waschmittelkartons geklebt. Einmal steckte sie sogar in einem Toilettenspülkasten. Man konnte nie sicher sein, wann dieses unerwünschte Ding im eigenen Haus auftauchen würde. Während ich die Chimären-Hydria betrachtete, die in ihre rosafarbene Decke gehüllt auf meinem Bett lag, musste ich an diese Servierplatte denken. Der einzige Unterschied bestand darin, dass jene Platte ein Geschenk von einer Verwandten gewesen war, die keinen Geschmack besessen hatte. Der andere Gegenstand war eine unbezahlbare, gestohlene und zweitausendfünfhundert Jahre alte Antiquität.

»Sie ist wunderschön«, sagte Lola. »Kann ich sie mir genauer ansehen?«

»Ach so, natürlich«, erwiderte ich.

»Sie sieht beinahe echt aus«, sagte sie. »Jedenfalls wirkt sie authentisch. Abgesehen davon, dass sie so vollkommen unversehrt ist. Wenn sie alt wäre, hätte sie irgendwelche Sprünge, Risse und dergleichen, nicht wahr? Wo haben Sie sie denn gefunden?«

»Ein Student hat sie hergestellt«, antwortete ich. »Ein Kunststudent in Rom. Ich habe noch ein paar weitere in Auftrag gegeben. Wir stellen sie aus und sehen mal, wie sie ankommen, und wenn sie sich gut verkaufen, bestelle ich noch mehr. Ich bin Mitbesitzerin eines Antiquitätengeschäfts in Toronto, müssen Sie wissen. Erwähnte ich das schon?« Erstaunlich, wie mühelos die Lügen damals nur so aus meinem Mund purzelten.

»Ein Antiquitätengeschäft! Wie großartig!«, rief sie aus. »So etwas wollte ich auch immer machen.«

»Neben den antiken Möbeln, die wir verkaufen, würde sie gut wirken«, fuhr ich fort. »Falls jemand nach Accessoires und dergleichem sucht.«

»Ja, das verstehe ich«, sagte sie. »Eine gute Idee. Aber er – ist es ein Er oder eine Sie?«

»Wer?«, fragte ich.

»Der Kunststudent.«

»Ein Er.« Wenn man Geschichten erfindet, muss man wachsam sein.

»Er hat sie nicht signiert.«

»Nein?«, fragte ich. »Sie haben recht.«

»Das sollte er aber. Sie möchten doch nicht vom Zoll festgehalten werden«, sagte sie. »Jemand, der sich nicht damit auskennt, könnte meinen, es wäre eine echte Antiquität.«

»Das ist ein guter Rat«, sagte ich. »Ich sorge dafür, dass er die anderen, die ich bestellt habe, signiert.«

»Diese hier auch, sofern Sie sie ihm zurücksenden können. Ist es in Italien nicht bereits illegal, gewisse Kunstschätze auch nur zu besitzen? Ich bin sicher, dass ich das irgendwo gelesen habe. Vielleicht war es auch Indien. Jedenfalls kann man nicht vorsichtig genug sein.«

»Ich habe verstanden«, sagte ich. Am liebsten hätte ich laut geschrien, dass sie aufhören sollte, doch dann klingelte das Telefon.

»Hallo«, sagte die vertraute Stimme. Lake flüsterte beinahe. »Ist dort …«

»Lara McClintoch, am Apparat«, sagte ich förmlich, sowohl wegen Lake als auch wegen Lola.

»Wissen Sie, so sollte es eigentlich nicht ablaufen«, sagte er. »Nein, allerdings«, stimmte ich zu. »Würden Sie gern vorschlagen, wann und wo wir uns treffen können, Signore Marchese?«, fragte ich.

»Wie? Ich verstehe: Sie sind nicht allein, nicht wahr?«, fragte er.

»Nein«, erwiderte ich, lächelte Lola an und zeigte auf die Flasche, während ich mit der freien Hand einen Korkenzieher aus meiner Tasche hervorkramte.

»Haben Sie die Vase mit der Chimäre?«, fragte er.

»Ja.«

»Gut. Ich glaube, sie ist unsere einzige Möglichkeit.«

»Das glaube ich auch«, pflichtete ich ihm bei. Ich würde ihm von Plan A berichten müssen.

»Wann und wo sollen wir uns treffen?«, fragte ich erneut.

»Kennen Sie Cortona?«, wollte er wissen.

»Ich weiß, wo es liegt, falls Sie das meinen. Kennen wäre jedoch zu viel gesagt.«

»Kennen Sie die Tanella di Pitagora?«

»Nein.«

»Es kommt jemand. Ich muss aufhören. Wir treffen uns morgen früh um sieben an der Tanella di Pitagora. Um die Uhrzeit wird niemand anderes dort sein. Bringen Sie die Vase mit.«

»Aber Signore …« Ich hörte nur noch ein Klicken. Das Gespräch war mehr als unerfreulich gewesen. Ich würde am nächsten Morgen entsetzlich früh aufstehen müssen, um in einer Stadt, in der ich noch nie zuvor gewesen war, etwas zu suchen, das *Tanella* genannt wurde, und dazu noch ohne jeden Hinweis, wie ich es finden sollte oder worum es sich überhaupt handelte. Ich meinte zu wissen, dass *Tanella* »Höhle« bedeutete, aber daraus wurde ich auch nicht klug.

»Wie ist der Wein?«, fragte ich und versuchte, ganz normal zu klingen.

»Wirklich großartig«, erwiderte sie dankbar. »Sie sind sehr nett.«

»Das sieht gut aus«, sagte ich, während ich bewunderte, wie sie das Essen auf dem winzigen Tisch am Fenster auf Papptellern angerichtet hatte.

»Keine besonders schöne Aussicht, nicht wahr?«, sagte sie und zog den Vorhang zu, um das trübe Grau draußen auszuschließen. »Mein Zimmer liegt auf der anderen Seite des Flurs, aber die Aussicht ist fast dieselbe. Man sieht zwar keine Feuerleiter, aber ebenfalls die nackte Wand des Gebäudes nebenan. Aber ich sollte mich nicht beklagen. Der Preis ist in Ordnung. Erzählen Sie mir doch von Ihrem Antiquitätengeschäft«, bat sie mich, während wir anstießen und an dem Wein nippten.

Ich erzählte ihr alles: wie ich das Geschäft eröffnet, Clive geheiratet und mich dann wieder von ihm scheiden lassen hatte, wie ich den Laden verloren hatte, als ich ihn verkaufen musste, um ihm gemäß der Scheidungsvereinbarung die Hälfte des Werts auszubezahlen. Wie ich mich dann wieder eingekauft hatte, und dass Clive und ich jetzt wieder zusammen ein Geschäft betrieben. Ich erzählte ihr, dass meine beste Freundin, Moira, und Clive jetzt zusammen wären, ein Bekenntnis, bei dem sie theatralisch die Brauen hochzog. Ich erzählte ihr fast alles, plauderte nervös vor mich hin, während ich immer wieder zu der Chimären-Hydria hinübersah – trotz meiner Bemühung, es nicht zu tun –, und begann immer wieder zu sprechen, sobald Lola nur einen Blick darauf warf.

»Jetzt sind Sie dran«, sagte ich schließlich, während ich uns noch etwas Wein eingoss. »Was haben Sie in den letzten paar Jahren gemacht?« Wir lachten beide.

»Ich war viele Jahre lang Sekretärin, mehr als zwanzig Jahre, genau genommen. Heutzutage verwendet man wahrscheinlich einen moderneren Ausdruck dafür, Verwaltungsassistentin oder dergleichen, aber ich war schlicht die Sekretärin des Direktors einer Fabrik. Wir haben Autoteile hergestellt. Ich habe als Empfangsdame angefangen und mich vom Schreibbüro aus hochgearbeitet.«

»Das klingt doch gut«, warf ich ein.

»Vermutlich, ja. Ich habe sehr jung geheiratet, verstehen Sie, und als es nicht so gut lief, wie ich gehofft hatte, und ich auf mich selbst gestellt war, musste ich eine vernünftige Arbeit finden. Aber es ging nicht besonders gut aus.«

»Warum nicht?« Meine Gedanken rasten. Ich überlegte, wie ich es bewerkstelligen sollte, zuerst die Chimären-Hydria irgendwohin zu schaffen, wo weder Lola noch ich sie sehen konnten, und dann das Thema zu wechseln, damit ich sie nach dem Weg zu dieser Tanella in Cortona fragen konnte.

»Hier sitze ich nun ohne Geld und bin auf die Freundlichkeit von Fremden angewiesen. Nicht dass ich Sie als Fremde empfinde, aber Sie wissen schon, was ich meine. Wenn es Sie nicht gäbe, würde ich nicht Rosso de Montalcino trinken und Prosciutto essen.«

»Was ist geschehen? Hat die Firma Konkurs gemacht oder so etwas?«

»Nein. Sie war sogar äußerst erfolgreich. Mir wurde gekündigt, als der Direktor überraschend starb. Herzinfarkt. Sein Sohn übernahm die Firma, und schwups, war ich weg vom Fenster.«

»Wie ungerecht«, sagte ich.

»Ich nehme an, so klingt es, aber ich bekam genau das, was ich verdiente«, sagte sie.

»Warum um alles in der Welt glauben Sie, dass Sie das verdienten?«

Sie schwieg einen Moment. »Weil ich mir«, begann sie, »einiges habe zuschulden kommen lassen. Ich war mehrere Jahre lang seine Geliebte, während ich für ihn arbeitete. Und seine Frau war eine gute Freundin von mir. Ach, es ist unfassbar, dass ich Ihnen das alles erzähle«, sagte sie und schlug sich die Hand vor den Mund. »Das muss der Wein sein. Sie werden sehr schlecht von mir denken.«

»Sie sind wohl kaum die erste Sekretärin, die sich in einer solchen Situation befand«, erwiderte ich und zuckte mit den Schultern. »Warum sollte ich Sie dafür verurteilen?«

»Sie sind sehr großzügig«, sagte sie. »In mehr als nur einer Hinsicht. Ich glaube, mein Verhalten war verwerflich, auch wenn ich unglaublich verliebt in ihn war. Ich fühle mich immer noch schrecklich schuldig. Gekündigt zu werden war eine Erleichterung. Sein Sohn rief mich am ersten Tag zu sich, sagte, er bräuchte eine Assistentin, die etwas zeitgemäßer wäre, und überreichte mir einen Scheck. Wahrscheinlich wusste seine Mutter es die ganze Zeit. Wie schrecklich für sie.«

»Ich hoffe, Sie haben eine anständige Abfindung bekommen, egal ob der Sohn und seine Mutter es wussten oder nicht. Schließlich hatten Sie schon lange dort gearbeitet. Sagten Sie nicht, mehr als zwanzig Jahre?«

»Das meiste davon habe ich wohltätigen Zwecken gespendet«, entgegnete sie. »Um Buße zu tun, nehme ich an.«

»War das nicht eine ziemlich – ich weiß nicht – calvinistische Handlungsweise?«, fragte ich.

»Calvinistisch.« Sie lachte. »Das ist eine interessante Sicht der Dinge. Es gibt Tage, an denen ich wünschte, ich wäre katholisch. Der Glaube würde vielleicht helfen. Ich kann mich nicht einmal dazu überwinden, in eine Kirche zu gehen. Seit ich mit George zusammenkam, nicht mehr. So hieß er: George. Es kam mir ziemlich scheinheilig vor, zu Gott zu beten und mich gleichzeitig so zu verhalten.«

»Und wie sind Sie danach über die Runden gekommen?«, fragte ich. »Haben Sie einen anderen Arbeitsplatz gefunden?«

»Ich habe ein paar befristete Jobs angenommen. Ich war zu alt, um noch eine Festanstellung zu bekommen.«

»Und wie sind Sie von den befristeten Tätigkeiten dazu gekommen, nach dem Grab dieses – wie hieß er noch? – zu suchen?«

»Lars Porsena. Eines Tages, nach einem besonders anstrengenden Job, traf ich zufällig eine alte Bekannte. Wir schwelgten in Erinnerungen an einen Sommer, den wir viele Jahre zuvor in Italien verbracht hatten. Wir hatten bei einem archäologischen Projekt in Murlo, Poggio Civitate, mitgearbeitet, einer großen Ausgrabungsstätte südlich von Siena. Wir hatten uns als Freiwillige zu einer Ausgrabung gemeldet, die von Bryn Mawr geleitet wurde. Es war der wunderbarste Sommer meines Lebens. Das muss ich wirklich sagen, und plötzlich beschloss ich einfach, in die Toskana zurückzukehren. Ich besitze ein wenig Erspartes, und ich glaube, mein Italienisch ist gut genug, um gelegentlich irgendwelche Sekretariatstätigkeiten übernehmen zu können. Das Grab von Lars Porsena zu finden war ein ebenso guter Vorwand wie jeder andere.«

»Und, sind Sie froh, es getan zu haben?«

»Ja, das bin ich. Ich rege mich immer noch furchtbar auf, wenn ich an diese beiden Männer denke, den Vater und den Sohn, aber wenn ich draußen in der Landschaft herumstochere, finde ich meinen Frieden. Während ich Ihnen davon erzähle, werde ich allerdings wieder wütend, also lassen Sie uns über etwas anderes sprechen.«

»Das ist eine bemerkenswerte Geschichte«, sagte ich. »Aber wenn Sie das Thema wechseln möchten, ich hätte eine Frage: Ich habe darüber nachgedacht, morgen Cortona zu besichtigen. Können Sie mir etwas empfehlen, das ich mir ansehen sollte?«

»Ja, natürlich. Es gibt dort ein schönes Museum. Es ist eher klein, aber es verfügt über eine großartige Sammlung. Sie haben dort einen fantastischen etruskischen Bronzeleuchter.«

»Ich dachte eher daran, etwas an der frischen Luft zu unternehmen.« Ich weiß nicht, wie ich darauf kam, dass eine Tanella etwas ist, das im Außenbereich liegt, doch da ich einigermaßen sicher war, dass das Wort »Höhle« bedeutete, erschien es mir nur folgerichtig.

»Cortona ist schon an sich wunderschön. Eine mittelalterliche Hügelstadt. Es lohnt sich gewiss, einige Stunden dort herumzuspazieren. Ich bin natürlich hauptsächlich an etruskischen Dingen interessiert, weshalb ich bei meinen Empfehlungen ein wenig voreingenommen bin. Wie bei den meisten alten etruskischen Städten ist nicht mehr viel Etruskisches übrig, was man sich ansehen kann. Einige Orte lohnt es sich jedoch zu besichtigen: Ich würde mir auf jeden Fall die Meloni und die Tanella di Pitagora ansehen.«

»Worum handelt es sich dabei?«

»Die Meloni sind Gräber, und zwar melonenförmige, wie schon der Name vermuten lässt.«

»Und die Tanella?«

»Sie ist wunderbar«, schwärmte sie. »Es ist ebenfalls ein etruskisches Grab, aber ein sehr ungewöhnliches. Es hat die Form eines Fasses und sitzt auf einem mächtigen Steinsockel. Das Dach wird von ... Ich erzähle Ihnen sicher mehr, als Sie wissen möchten.«

»Das klingt sehr interessant«, sagte ich. »Wo finde ich es denn?«

»Das ist nicht weiter schwierig. Sie fahren von Arezzo aus Richtung Perugia bis nach Cortona. Das Grab liegt etwa zwei Kilometer von der Schnellstraße entfernt auf der

Hauptstraße, die nach Cortona führt. Sie folgen einfach den Schildern zu den archäologischen Stätten. Die Tanella ist gut beschildert. Es ist auf halber Strecke bergauf in Richtung Altstadt. Sie können einfach am Straßenrand parken und hinaufgehen. Es ist nicht weit. Wenn man das Grab besichtigen möchte, muss man im Museum einen Termin vereinbaren, aber kümmern Sie sich nicht darum. Folgen Sie einfach dem Zaun, dann finden Sie schon eine Stelle, an der sie ohne große Mühe hineinkommen.«

»Das werde ich tun«, sagte ich und hob die Weinflasche hoch. »Wir haben noch etwas Wein übrig. Ich schlage vor, wir leeren die Flasche.«

Wir wurden von einem lauten Klopfen an einer Tür am anderen Ende des Flurs unterbrochen. »Was ist denn das?«, fragte ich.

»Signora Leonard, öffnen Sie die Tür«, sagte eine Stimme. Ich wandte mich um und blickte Lola an. Ihr Gesicht war leichenblass, und ihre Hände zitterten. »Nein, bitte nicht«, sagte sie. Das Hämmern hielt etwa eine Minute an, und auf dem Gang wurden Türen geöffnet und wieder zugeschlagen, wahrscheinlich weil andere Gäste nachsehen wollten, was los war. Endlich entstand eine Pause. Man hörte, wie eine Tür geöffnet wurde, ein paar Sekunden später dann, wie sie wieder geschlossen wurde. Anschließend waren Schritte auf dem Gang zu vernehmen, die sich auf uns zubewegten. Bald darauf war ein entschlossenes Klopfen an meiner Tür zu hören. Wir standen beide reglos da, in der Hoffnung, dass es aufhören würde, doch dann hörte ich Schlüssel klimpern. Offensichtlich würden sie auch hereinkommen, wenn ich nicht reagierte. »Wer ist da?«, fragte ich und griff nach meinem Bademantel.

»*Polizia*«, antwortete die Stimme.

»Einen Moment, bitte«, sagte ich, zog rasch meine Bluse und meine Hose aus und den Bademantel an. Ich gab Lola ein Zeichen, dass sie ins Badezimmer gehen sollte. Sie stand einfach nur wie angewurzelt da. Ich hob die Hydria vom Bett auf und gab sie ihr. Dann stieß ich sie ein wenig an, woraufhin sie sich in Bewegung setzte, und sobald die Badezimmertür ins Schloss gefallen war, öffnete ich langsam die Tür einen Spaltbreit.

»Worum geht es?«, fragte ich. In der Tür standen zwei Polizeibeamte, einer war groß und dünn und trug einen recht verwegenen Schnurrbart, der andere klein und ziemlich füllig. Sie stellten sich nicht vor. Hinter ihnen stand der junge Mann von der Empfangstheke und blickte nervös drein.

»Bitte entschuldigen Sie die Störung, Signora«, sagte der kleine Polizist, wobei er beinahe anzüglich auf meinen Bademantel blickte. »Wir suchen Signora Leonora Leonard.«

»Ich fürchte, Sie haben sich in der Tür geirrt«, sagte ich und zog den Mantel fester um mich. »Ich glaube, ihr Zimmer ist am anderen Ende des Ganges.«

»Sie ist nicht da«, erwiderte der große Polizeibeamte.

»Es sieht so aus, als sei sie abgereist, ohne zu bezahlen«, fügte der junge Mann von der Empfangstheke hinzu. »Die Kleidung und alles andere ist verschwunden.« Der größere Mann blickte den Jungen zornig an, und dieser errötete.

»Sie war hier«, sagte ich. »Wir haben zusammen ein Gläschen getrunken. Aber sie ist wieder gegangen.« Ich wusste, dass der Junge gesehen hatte, wie ich mich mit Lola unterhalten hatte, und möglicherweise hatte er sogar gehört, dass ich sie in mein Zimmer eingeladen hatte. Dies zu leugnen wäre also eine schlechte Idee gewesen. Lola hatte es jedoch versäumt zu erwähnen, dass sie nicht mehr in diesem Hotel wohnte.

»Haben Sie etwas dagegen, wenn wir uns ein wenig umsehen?«, fragte der größere Mann.

Ich öffnete die Tür und blieb im Eingang stehen, doch sie drängten sich an mir vorbei.

»Sie haben Ihren Wein gar nicht ausgetrunken«, stellte der große Polizist fest, als er den Tisch betrachtete. Zwei halbvolle Weingläser standen dort, außerdem die Reste unseres Imbisses.

»Nein«, erwiderte ich. »Wir hatten genug.«

»Ein guter Wein«, sagte er, hob die Flasche hoch und blickte prüfend auf das Etikett. »An Ihrer Stelle würde ich ihn nicht wegschütten. Hat sie erwähnt, wo sie hinging, Signora Leonard, meine ich?«

»Nein«, antwortete ich. »Leider nicht. Ich habe angenommen, sie würde in ihr Zimmer zurückgehen. Mir war nicht bewusst, dass sie das Hotel eigentlich schon verlassen hatte, und sie erwähnte es auch nicht. Allerdings kenne ich sie auch nicht besonders gut. Wir sind uns heute Morgen zum ersten Mal begegnet.«

Der kleine Polizist spähte in den Wandschrank, ging dann auf die Badezimmertür zu und öffnete sie. Er blickte hinein, betrat den Raum jedoch nicht.

»Verzeihen Sie, dass wir Sie belästigt haben«, sagte er schließlich, und die drei verschwanden. Ich rechnete schon fast damit, dass einer von ihnen mich bitten würde, sie zu kontaktieren, falls ich die Frau sähe, aber das taten sie nicht. Ich schloss die Tür und wartete, bis ihre Schritte auf dem Korridor verhallten. Nachdem ich die Eingangstür einen Spaltbreit geöffnet – nur um mich zu vergewissern, dass die Männer weg waren – und sie wieder gründlich verriegelt hatte, steckte ich den Kopf ins Badezimmer.

»Alles in Ordnung, Lola«, sagte ich leise. »Sie sind weg.« Stille schlug mir entgegen. Ich schob den Duschvorhang beiseite. Keine Lola. Ich sah hinter der Tür nach. Es dauerte eine Weile, bis ich bemerkte, dass das Fenster nicht verriegelt war, obwohl es zugedrückt war. Ich öffnete es und blickte nach draußen auf die Feuerleiter. Auch hier war keine Lola zu sehen. In der kleinen Gasse unten konnte ich ebenfalls niemanden entdecken, und abgesehen von den Regentropfen und den Autogeräuschen von der Straße zur Linken war nichts zu hören. »Wenn es ein Geldproblem ist«, rief ich so leise wie möglich nach unten, »könnte ich Ihnen etwas leihen, um Ihre Hotelrechnung zu bezahlen.« Immer noch keine Antwort. Ich konnte nur mutmaßen, dass Lola sich davongemacht hatte. Es dauerte etwa eine weitere Minute, bis mir klar wurde, dass die Chimären-Hydria mit ihr verschwunden war.

Irgendwann im Verlauf unseres weinseligen Austauschs von Vertraulichkeiten hatte Lola mir berichtet, dass Cortona Schauplatz einer bedeutenden Schlacht zwischen zwei unversöhnlichen Feinden gewesen war – den römischen Legionen und Hannibal, dem Feldherrn von Karthago, der, weil er eine frühere Niederlage der Familie rächen wollte, das Unmögliche vollbracht hatte und vom Norden her nach Rom marschiert war, indem er mitten im Winter die Alpen überquerte.

Da Hannibal ein kluger Stratege war, lauerte er der römischen Armee, die von Flaminius angeführt wurde, am frühen Morgen auf, als – wie es häufig der Fall ist – über den Ebenen am Fuße des Hügels, auf dem sich Cortona befand, undurchdringliche Dunstwolken lagen. Die Römer waren im Nebel verloren und gerieten in Panik. Manche wurden von Hannibals Truppen und den Etruskern aus Cortona, die vom Hügel her auf sie herabstießen, niedergemetzelt. Andere verloren die Orientierung und flohen, nur um anschließend in den nahe gelegenen Trasimenischen See zu stürzen und zu ertrinken.

Ich weiß genau, wie die Römer sich fühlten. Als ich das Hotel verließ und auf die Straße zwischen Arezzo und Cortona kam, war es stockfinster. Auch an jenem Morgen lag dichter Nebel über der Straße, und von Zeit zu Zeit tauchten Scheinwerfer von entgegenkommenden Autos aus dem Dunst auf und erschreckten mich. Ich verpasste die Abfahrt in die Stadt und musste eine Kehrtwende machen, was bestenfalls ein gewagtes Unternehmen und unter den gegebenen Umständen nahezu selbstmörderisch war, da ich nur knapp einem Zusammenstoß mit einem roten Sportwagen entging, der auf der Gegenfahrbahn unterwegs war.

Als ich die Anhöhe zur Stadt hinauffuhr, lichtete sich der Dunst nur wenig. Fast wäre ich an dem Schild zur Tanella di Pitagora vorbeigefahren, doch ich erblickte es gerade noch rechtzeitig. Aus Vorsicht und weil ich mich ein wenig vor dem abgeschiedenen Ort fürchtete, fuhr ich noch um die nächste Serpentine herum, bevor ich den Wagen am Straßenrand abstellte.

Ich ging zu dem Schild zurück, das auf die archäologische Stätte hinwies, folgte einem Weg, der seitlich den Hügel hinaufführte, und bewegte mich dabei so leise und unauffällig wie möglich. Es war noch dunkel, kurz vor der Morgendämmerung, doch der Himmel hellte sich bereits auf. Die Tanella, eine recht merkwürdig gestaltete, gewölbte Steinkonstruktion auf einem großen steinernen Sockel, stand seitlich am Hang und war von Zypressen und einem Maschendrahtzaun umgeben. Das Tor war verschlossen, und es gab eine Klingel, um das Aufsichtspersonal zu rufen, doch weit und breit war niemand zu sehen.

Ich ging auf der Hangseite um die Einfriedung herum, damit ich jeden sehen konnte, der sich von der darunterliegenden Straße näherte. Wie Lola gesagt hatte, gab es am hangabwärts liegenden Rand des Geländes tatsächlich eine Stelle, an der der Zaun hochgezogen worden war und jemand, der einigermaßen beweglich war, durchkriechen konnte. Anschließend folgte ein kurzer Anstieg zum Grab.

Ich war absichtlich etwas zu früh gekommen, wählte einen Platz, einen recht feuchten, von dem aus ich das Gelände überblicken konnte, ohne – so hoffte ich – gesehen zu werden, und wartete. Ich versuchte, mir nicht zu viele

Gedanken über meine Situation zu machen. Fast die ganze Nacht über hatte ich Zeit gehabt, über Lola und die Hydria nachzudenken und darüber, was genau ich zu Lake sagen würde, wenn er nach dem Gefäß fragte. »Wo ist sie?« wäre nur eine der zahlreichen Fragen, auf die ich keine Antworten wusste. Wie war die Hydria beispielsweise überhaupt in mein Zimmer gekommen? War sie im Hotel abgegeben und vom Personal heraufgebracht worden? Nach Lolas Verschwinden hatte ich an der Rezeption nachgefragt, aber der Tagesportier war schon nach Hause gegangen und würde erst in ein paar Tagen zurückkehren. War es Antonio selbst gewesen? Doch aus welchem Grund? Und vor allem: Wie war er hineingekommen? Der Letzte, der sie gehabt hatte, war der unerträgliche Pierre Leclerc gewesen, oder wie auch immer er hieß. Wenn Lake die Vase haben wollte und Antonio sie gehabt hatte, warum hatte er sie ihm dann nicht einfach gegeben? Und welche Rolle spielte Lola bei dem Ganzen? Hatte sie schlichtweg eine günstige Gelegenheit genutzt und das Wassergefäß mitgenommen, weil sie wegen ihres Interesses für die Etrusker wusste, dass es echt war – trotz meiner lächerlichen Geschichte über den Kunststudenten –, oder war sie noch viel aktiver in dieses Durcheinander verwickelt?

Es wurde sieben Uhr, und von Lake war keine Spur zu sehen. Bald trieb eine sanfte Brise die Dunstschwaden umher. Der Nebel lichtete sich jedoch nicht, sondern nahm zu, da mit dem Sonnenaufgang zusätzlicher Dunst vom Tal emporstieg. Kurze Zeit später konnte ich nur noch wenige Meter weit sehen. Olivenbäume, die vor wenigen Minuten noch deutlich zu erkennen gewesen waren, verwandelten sich in geisterhafte Erscheinungen, die um mich herum in der Luft schwebten. Die Geräusche wurden dumpfer, und ich konnte die Richtung, aus der sie kamen, nicht mehr genau ausmachen.

Mir kam das alles ziemlich unwirklich vor, und ich fühlte mich, als befände ich mich in einer Art Unterwelt, wo Außerirdische mit finsteren Absichten lauerten. Ich meinte, Schritte zu hören, war jedoch nicht ganz sicher. Als Nächstes glaubte ich, Stimmen zu hören, kaum mehr als ein Flüstern, aber es hätte auch der Wind in den Zypressen sein können, oder frühmorgendliche Vogelrufe.

Ein oder zwei Minuten später war ich sicher, dass sich jemand in der Nähe aufhielt. Das Geräusch eines im Schlamm ausrutschenden Schuhs und ein leises Husten durchbrachen die Stille.

»Sie ist nicht hier«, sagte eine Stimme. Ich glaube, das war es, was ich hörte.

»Sie wird kommen«, erwiderte eine andere Stimme.

»Dann warten wir«, sagte die erste. Danach herrschte wieder Grabesstille. Ich setzte mich auf den nassen Boden und fragte mich, ob ich mich bemerkbar machen oder besser warten sollte, bis sich der Nebel lichtete und ich sehen konnte, wer da war.

Plötzlich war ein lautes Flügelschlagen und ein Kreischen zu vernehmen. War es ein Vogel gewesen? Ein Mensch, der vor Schreck aufgeschrien hatte? Ich wusste es nicht.

Aber ich konnte keinen Augenblick länger sitzen bleiben. Ich erhob mich und versuchte, den Weg zurück zur Straße zu finden, ohne mich darum zu kümmern, ob ich Lärm machte. Ich konnte nur ein paar Meter weit sehen und hatte nur eine vage Ahnung, ob ich den Hügel hinauf- oder hinabging. Immer wieder sagte ich mir, dass ich wegen der Serpentinen irgendwann an der Straße herauskommen musste. Gerade als ich glaubte, am sicheren Ziel angelangt zu sein, stellte ich fest, dass ich mich wieder an der Tanella befand. Die Steine wurden von Nebelschwaden eingehüllt, und was vor wenigen Minuten noch eine interessante architektonische Neuheit gewesen war, empfand ich nun als kalt und bedrohlich. Ich hätte schwören können, dass ich eine

Sekunde lang unten am Hang einen Mann sah, der mit dem Rücken zu mir stand, doch kurz darauf verschwand er im Nebel, wenn er überhaupt existiert hatte.

Anhand der Tanella konnte ich mich wieder orientieren, also ging ich bergauf und entfernte mich von dem Mann, den ich möglicherweise erblickt hatte. Ich fand eine Art Weg und folgte ihm, wobei ich den Blick starr auf den Boden richtete. Auf dem Pfad tauchte ein Höcker auf. Es dauerte nur ein oder zwei Sekunden, bis ich sicher war, dass es sich um einen Mann handelte. Der Mann war Pierre Leclerc, und jener Pierre Leclerc war tot, erdrosselt. Die Drahtschlinge lag noch um seinen Hals. Ich stolperte die wenigen verbleibenden Meter zur Straße hinunter, stieg zerkratzt und verängstigt in meinen Wagen und fuhr davon.

Als ich die Böschung hinunterfuhr, kam ein Polizeiwagen mit Blaulicht die Straße hinaufgerast. In meinem erregten Zustand überlegte ich, ob ich ihn anhalten und von Leclerc erzählen sollte. Glücklicherweise war das gar nicht nötig. Als ich um die nächste Kurve bog, sah ich, dass der Wagen am Fuße des Weges, der zur Tanella hinaufführte, am Straßenrand anhielt und zwei Carabinieri ausstiegen und den Hügel hinaufgingen.

Ich fuhr zum Hotel zurück, packte meine Sachen, zahlte meine Rechnung und zog erneut um, diesmal in ein Hotel in Cortona. Ich hinterließ lediglich meine Handynummer auf Antonios Anrufbeantworter.

8

Cortona

Die dunkle Gestalt, deren Gesicht zum Schutz vor dem Regen mit einer Kapuze bedeckt war, betrachtete einen Moment lang die Schaufensterauslage der Osteria, ging dann an ihr vorbei und bog in eine kleine, enge, gepflasterte Gasse. Wenige Meter weiter blieb sie an einer Tür stehen, anschließend blickte sie prüfend die Straße entlang. Während ich sie weiter beobachtete, wandte sich die Gestalt nach rechts, dann wieder nach rechts und betrat schließlich eine Kirche. Ein oder zwei Minuten später kam sie wieder heraus und ging schließlich denselben Weg zurück bis zu der Osteria.

»Hallo, Lola«, sagte ich. »Sie haben etwas, das ich gern zurückhaben möchte.«

Sie zuckte zusammen und drehte sich um, als wollte sie wegrennen, aber ich hatte ihr schon den Fluchtweg abgeschnitten.

»Sie haben kein Recht darauf, so etwas zu besitzen«, erwiderte sie, offenbar weil sie zu dem Schluss gekommen war, dass Angriff die beste Verteidigung war. »Möglicherweise kenne ich mich nicht so gut mit Antiquitäten aus wie Sie, aber ich wette, dass diese Hydria echt ist. Ich habe keine Ahnung, wie Sie in ihren Besitz gekommen sind, und ich halte Ihnen zugute, dass Sie vielleicht wirklich glauben, das Ganze sei legal, auch wenn Sie diese lächerliche Geschichte mit dem Kunststudenten erfunden haben. Ich habe bemerkt, wie Sie sie anstarrten und immer wieder hinsahen.

Sie ist etruskisch und sollte sich in einem Museum befinden und nicht in den Händen eines Sammlers!«

»Lola«, sagte ich. »Glauben Sie mir, Sie möchten diese Hydria nicht besitzen. Es könnte gefährlich sein. Wenn Sie mir eine ...«

»Die Leute machen die *tombaroli,* die Grabräuber, verantwortlich«, unterbrach sie mich. »Aber das sind normalerweise nur arme Bauern. Wenn es keinen Markt für ihre Plünderungen gäbe, würden sie es nicht tun. Wer war es noch, der sagte, dass Sammler die wahren Plünderer sind?«

»Ricardo Elia«, antwortete ich. »Aber Lola ...«

»Meiner Meinung nach wäre es präziser gewesen, wenn er gesagt hätte: ›Sammler und Händler wie Sie‹! Leute, die die Schätze kaufen oder sogar stehlen und sie aus dem Land schmuggeln ...«

»Lola!«, rief ich aus. »Seien Sie einen Moment still.« Sie ruderte mit den Armen und wurde immer lauter, und die Leute begannen bereits, uns erstaunte Blicke zuzuwerfen. »Ich beabsichtige nicht, das Gefäß aus dem Land zu schmuggeln«, flüsterte ich. »Ich habe es hereingeschmuggelt.«

»Oh, natürlich«, sagte sie. »Für was für eine Idiotin halten Sie mich eigentlich? Eine italienische Kostbarkeit nach Italien einschmuggeln!«

»Es stimmt aber«, beharrte ich. »Ich habe einen Kunden, der sie dem Museum zurückgeben möchte, aus dem sie gestohlen wurde. Also, wo ist sie?«

»Warum sollte ich Ihnen glauben?«, fragte sie.

»Das ist eine sehr gute Frage, Lola. Ich weiß auch nicht so recht, was ich Ihnen glauben soll. Warum sollte ich hier im Regen herumstehen und mit einer Frau diskutieren, die Hotels verlässt, ohne zu zahlen, die auf diese Weise die Aufmerksamkeit der *polizia* auf sich lenkt und jemanden bestiehlt, mit dem sie kurz vorher noch ein Abendessen und eine Flasche Wein geteilt hat? Möchten Sie mir diese Frage nicht beantworten?«

»Weil ich etwas besitze, das Sie zurückhaben möchten?«, erwiderte sie.

Wir standen da und blickten einander wütend an, während der Regen an unseren Nasen heruntertropfte. Meine Jeans war nass bis hinauf zu den Knien, meine Schuhe waren bis auf die Socken durchweicht. »Lassen Sie uns irgendwo hineingehen und etwas essen und das Ganze an einem trockenen Ort besprechen«, schlug ich schließlich vor.

»Ich bin nicht hungrig«, erwiderte sie.

»Doch, das sind Sie. Ich habe beobachtet, wie Sie wie ein kleines Bettelmädchen von einem Ladenfenster zum nächsten wanderten, und gerade eben haben Sie einen Fluchtweg ausprobiert, nicht wahr? Sie haben dieses Restaurant gewählt, weil es an einer Ecke liegt und eine Hintertür besitzt. Dort wollten Sie etwas essen und anschließend weglaufen, habe ich nicht recht? In eine Kirche flüchten und sich im Beichtstuhl verstecken vielleicht?«

Sie gab keine Antwort, wich jedoch meinem Blick aus. Mit einem Mal empfand ich tiefes Mitleid für sie. »Das wird nicht nötig sein, denn das Mittagessen übernehme ich.«

»Ich brauche keine Almosen«, schniefte sie. Ich konnte nicht erkennen, ob es der Regen war oder ob Tränen an ihren Wangen hinabflossen.

»Beim nächsten Mal können Sie bezahlen«, sagte ich. »Nun lassen Sie uns etwas essen.« Ich nahm sie am Ellbogen und führte sie in das Restaurant. Es war ein winziges Lokal mit einem recht barschen Inhaber, doch es war warm und trocken, das Essen war köstlich und der Hauswein geradezu ausgezeichnet. Eine Weile unterhielten wir uns über neutrale Themen: das Wetter, die Vorzüge, die Cortona gegenüber Arezzo besaß, ihre fortdauernde Suche nach Lars Porsenas Grab.

»Das Angebot, mir Geld zu leihen, um meine Hotelrechnung zu bezahlen, war nett von Ihnen«, sagte sie unvermittelt. »Ich habe Sie unten auf der Straße gehört, aber nicht geantwortet. Meine Schulden werde ich nämlich abbezahlen. Ich habe mir einen kleinen Job gesucht, Buchhaltung für einen Anwalt auf freiberuflicher Basis. Nächste Woche fange ich an, nur ein paar Stunden pro Woche. Aber ich habe dem Hotel alles Geld geschickt, das ich besitze, und ihnen geschrieben, der Rest würde folgen, sobald ich dazu in der Lage wäre. Die Sache mit der *polizia* ist damit hoffentlich erledigt. Wenn Sie nicht gekommen wären, hätte ich auch das Restaurant von meinem ersten Gehalt bezahlt.«

»Mein Angebot gilt immer noch, Lola«, sagte ich und dachte daran, dass auf meinem inzwischen ziemlich abgezehrten Bankkonto in der Schweiz noch ein paar Dollar übrig waren. »Aber wir müssen über die Hydria sprechen.«

»Sie wollen mir doch nicht etwa wieder erzählen, dass Sie sie nach Italien eingeschmuggelt haben?«

»Doch. Ich habe sie in Frankreich gefunden«, erwiderte ich. Das entsprach der Wahrheit. Ich würde ihr nicht erzählen, dass ich die Hydria in Frankreich im Kofferraum meines Wagens gefunden hatte. Das hätte wohl so gut wie jedes Fassungsvermögen überstiegen. »Ich habe, wie ich schon sagte, einen Kunden – seinen Namen darf ich leider nicht preisgeben –, der sie dem Museum zurückgeben möchte, aus dem sie gestohlen wurde.«

»Und wo soll das sein?«, fragte sie.

»In Vulci«, antwortete ich.

»Das ergibt einen Sinn«, sagte sie. »Vulci oder Velc war ein Zentrum für die Herstellung etruskischer Töpferwaren. In Vulci lebten einige der bedeutendsten etruskischen Künstler, der Micali-Maler beispielsweise. Übrigens sieht die Hydria aus, als sei sie von dem Micali-Maler oder von einem seiner Nachfolger. Wussten Sie das?«

»Ich hielt es für möglich, aber man müsste einen Experten zurate ziehen, um es nachprüfen zu lassen«, sagte ich. Sie stammte aus der Micali-Schule, jedenfalls laut Interpol-Datenbank. Ich fürchtete, wenn sie das wüsste, würde sie niemals das Risiko eingehen, mir das Gefäß zurückzugeben.

»Sie wissen ganz genau, was Sie da besitzen, nicht wahr?«, fragte sie. »Oder was ich … was wir da besitzen.«

»Ich glaube schon«, erwiderte ich. Ich nahm an, dass sie von Micali sprach. Das Wort *wir* gefiel mir allerdings. In Anbetracht meiner Hoffnung, die Hydria zurückzubekommen, klang es vielversprechend.

»Wäre ich denn in der Lage, den Namen Ihres Kunden zuzuordnen, da Sie ihn nicht preisgeben können?«

»Wahrscheinlich. Wo befindet sich die Hydria?«

»An einem sicheren Ort«, antwortete sie. »Sie müssen mir den Namen des Kunden sagen.«

»Das kann ich wirklich nicht.«

»Dann bekommen Sie die Hydria nicht zurück.«

Das war eine Art Fortschritt. Wenigstens zog sie es in Betracht, mir das Gefäß zurückzugeben.

»Sie müssen mir aber versprechen, es niemandem zu verraten«, sagte ich. Es schien keine andere Möglichkeit zu geben, trotz Lakes Forderung nach Anonymität.

»Ich verspreche es«, sagte sie. Ich blickte sie durchdringend an. »Mein Ehrenwort«, fügte sie hinzu.

»Sie haben nicht etwa die Finger hinter dem Rücken gekreuzt oder Ähnliches?«, fragte ich.

Sie zog eine Grimasse, legte beide Hände auf den Tisch und sagte: »Ich verspreche es.«

»Crawford Lake«, sagte ich.

»*Der* Crawford Lake?«, fragte sie. Ich nickte. »Unglaublich«, sagte sie. »Haben Sie ihn getroffen?« Ich nickte erneut. »Persönlich?«

»Ja«, antwortete ich.

»Wo?«

»In seiner Wohnung in Rom. Warum spielt das in diesem Zusammenhang eine Rolle?«

»Ich bin nicht sicher, ob ich Ihnen glauben soll. Ich habe gehört, dass niemand ihn jemals zu sehen bekommt.«

Irgendwo in der Osteria klingelte ein Handy. Ich brauchte einen Moment, um zu begreifen, dass es sich um meins handelte.

»Hallo«, sagte ich.

»Was ist geschehen?«, wollte Lake wissen.

»Warum sagen *Sie* mir das nicht?«, erwiderte ich.

»Ich habe erfahren, dass andere Leute dort waren. Sind sie mit Ihnen gekommen?«

»Nein. Was meinen Sie mit ›Ich habe erfahren‹? Waren Sie dort?«

»Natürlich nicht«, antwortete er. »Ich habe einen meiner Männer hingeschickt. Haben Sie jemandem von diesem Treffen erzählt?«

»Nein!«, sagte ich. »Und Sie?«

»Wo wohnen Sie?«, erkundigte er sich und ignorierte meine Frage. »Ich habe in Ihrem Hotel angerufen, und dort sagte man, Sie seien abgereist. Sie wissen doch, dass Sie mich jederzeit informieren sollen, wo Sie sich aufhalten. Warum haben Sie mir nicht berichtet, dass Sie die Unterkunft gewechselt haben?«

»Ich bin immer noch in der Gegend«, sagte ich vorsichtig. »Und ich habe eine Nachricht für Antonio hinterlassen, in der ich ihm mitteilte, dass ich in ein anderes Hotel umzöge, und ihn bat, dass er oder Sie mich auf meinem Handy anrufen sollen, was Sie ja hiermit auch getan haben.«

Er seufzte laut.

»Und was ist mit Leclerc?«, wollte ich wissen und wartete auf seine Reaktion.

»Was für ein Leclerc?«, fragte er. »Wovon sprechen Sie?«
Ich schwieg. Weder in den Zeitungen noch sonst irgendwo war ein einziges Wort über eine Leiche erwähnt worden, die

in der Nähe der Tanella gefunden worden war. Allmählich glaubte ich, dass ich in dem Nebel Halluzinationen gehabt hatte.

»Wo wohnen Sie?«, hakte er nach. »Ich werde Sie später dort anrufen und Ihnen einen Treffpunkt und eine Zeit vorschlagen.«

»Warum vereinbaren wir nicht jetzt sofort etwas?«, fragte ich. Allmählich ging mir der Mann auf die Nerven.

»Dann treffen wir uns noch heute. Ich muss diese Vase haben«, sagte er.

»In Ordnung. Sagen Sie mir einfach, wo und wann. Bitte irgendwo, wo ich Sie sehen kann; das heißt, nicht in einer Nebelbank und nicht nachts. Irgendwo im Freien. Und kommen Sie diesmal selbst.«

»An der Melone del Sodo«, sagte er.

»Einen Moment«, bat ich ihn. Ich drückte ihn in die Warteschleife. »Kennen Sie eine Melone del Sodo?«

»Sicher«, antwortete Lola. »Melonenförmige Hügelgräber hier in Cortona. Ist er das?«

»Ja.«

»Fragen Sie ihn, welches er meint.«

»Welches meinen Sie?«, fragte ich Lake.

»Das große. Melone Nummer zwei.«

»Melone Nummer zwei«, wiederholte ich, damit Lola es hörte. Sie nickte.

»Fünf Uhr. An Melone Nummer zwei. Heute ist Sonntag, also wird niemand dort arbeiten. Wir werden allein sein. Bringen Sie die Vase mit.«

»So, Lola«, sagte ich und legte mein Handy beiseite. »Wir treffen folgende Vereinbarung: Sie kommen um fünf heute Nachmittag zu diesem Melone-Grab. Mit der Hydria. Ich werde Sie meinem Kunden vorstellen. Wenn Sie ihm und mir glauben, geben Sie sie ihm.«

»Einverstanden«, erwiderte sie. »Ich schätze, das ist fair. Brauchen Sie eine Wegbeschreibung zu dem Melone-Grab?

Es liegt im Grunde genau auf der anderen Seite der Straße, die von Cortona nach Arezzo führt, dort, wo Sie Richtung Stadt abgebogen sind, um zur Tanella zu gelangen.«

»Gut. Möchten Sie, dass ich Sie abhole und mitnehme?«

»Nein«, antwortete sie. »Ich möchte Lake gern sehen. Ich werde kommen.«

Das hoffe ich, dachte ich.

»Hier«, sagte ich und reichte ihr einen Hunderttausendlireschein. »Eine Leihgabe, damit Sie fürs Erste über die Runden kommen. Wenn Sie möchten, können Sie von der Stadt aus ein Taxi nehmen.«

Sie blickte eine Weile auf den Schein. »Ist das eine Leihgabe oder ein Bestechungsgeld?«

»Eine Leihgabe«, sagte ich bestimmt. Nach kurzem Zögern nahm sie ihn.

»Danke«, sagte sie. »Ich werde es zurückzahlen.«

Um vier Uhr war ich an dem Melone-Grab. Es war ein riesiger Erdhügel – melonenförmig, wie man schon aus dem Namen schließen konnte –, der von einem Zaun umgeben war. Die Ausgrabungsarbeiten waren noch im Gange, und auf der Ostseite war unter dem Bodenniveau ein Treppenaufgang, der wohl zeremoniellen Zwecken gedient hatte, freigelegt worden. Weiter hinten, Richtung Westen, befanden sich zwei lang gestreckte schmale Schächte, die vermutlich in irgendwelche Gräber führten.

Da ich vermeiden wollte, dass sich mein furchtbares Erlebnis an der Tanella wiederholte, erkundete ich das Gelände sorgfältig. Lake war meinem Wunsch nach einem besser einsehbaren Ort entgegengekommen. Die Hauptstraße war von der Grabungsstätte aus gut zu erkennen. Südlich des Hügelgrabs befand sich ein kleiner Hang, jenseits davon eine schmale Straße und dahinter eine grasbedeckte Fläche. Ich fand eine Stelle, von der aus ich alles überblicken konnte, doch – einmal mehr – wahrscheinlich nicht gesehen werden konnte, solange ich es nicht selbst wollte.

Der Regen hatte aufgehört, und die Sonne stand tief am Himmel. Ich achtete darauf, sie im Rücken zu haben. Diesmal hatte ich eine Plastikfolie als Sitzunterlage mitgebracht, sodass ich mich einigermaßen bequem hinsetzen konnte, während ich wartete.

Gegen Viertel vor fünf hörte ich einen Motorroller näher kommen, und ein Mann, der eine Jeans, eine hellbraune Jacke und einen Helm trug, tauchte auf. Ich war besorgt, dass es sich um jemanden handelte, der die Ausgrabungsstätte kontrollierte, und dass wir gestört werden könnten, doch als er den Helm abnahm, sah ich einigermaßen überrascht, dass es auch nicht Lake war, wie man hätte erwarten sollen, sondern Antonio. Ich wollte gerade aufstehen und ihm zuwinken, als er seinen Motorroller – ein ziemlich rasantes, lilafarbenes Modell – um die Ecke schob, dorthin, wo er von niemandem entdeckt werden konnte, der sich von der Landstraße aus näherte. Dann verbarg er sich ebenfalls. Das kam mir ein wenig eigenartig vor, weshalb ich beschloss, noch in meinem Versteck zu bleiben.

Etwa fünf Minuten später kam Lola in Sicht. Sie schritt am Rand der Landstraße entlang und bog in den Schotterweg ein, der zu dem Hügelgrab führte. Sie ging relativ langsam, humpelte sogar ein wenig und wirkte erschöpft und müde. Sie musste eine lange Strecke zurückgelegt haben und trug einen großen Picknick-Weidenkorb – nicht am Henkel, sondern hielt ihn in den Armen, als wäre darin ein Baby oder, angesichts der Umstände, ein kostbarer Schatz. Ich wagte es kaum zu hoffen – aber als sie näher kam, sah ich, dass ein Zipfel der hellrosa Decke aus dem Korb heraushing. *Danke, Lola,* dachte ich.

Ich wollte mich gerade erheben, als drei Polizeiwagen mit blinkendem Blaulicht und Sirenengeheul wie aus dem Nichts auftauchten und, von der Stadt her kommend, über die Landstraße den Hügel hinabrasten. Sie kreuzten die

Straße und kamen über die Schotterstraße auf uns zu. Lola stolperte und rannte los, war jedoch augenblicklich von sechs Carabinieri umgeben, die ihre Pistolen auf sie richteten. Einer von ihnen griff nach dem Korb, öffnete den Deckel und zog triumphierend die Hydria heraus, damit die anderen sie sehen konnten. Lola stand völlig sprachlos da. Ihr Mund bewegte sich, aber es kam kein hörbarer Ton heraus. Innerhalb von wenigen Sekunden lag sie in Handschellen, wurde grob auf den Rücksitz eines Polizeiwagens gestoßen, und die drei Autos fuhren rückwärts den Weg entlang bis zur Landstraße und brausten anschließend davon.

Ich war vollkommen fassungslos, bis mich das Geräusch eines anspringenden Motorrollers wieder zur Besinnung brachte. Es war zu spät. Als ich mich erhob, düste Antonio bereits davon und war bald nur noch ein Fleck am Horizont.

Ich setze mich wieder auf die Plastikfolie und betrachtete die untergehende Sonne, bis mein Handy klingelte.

»Etwas sehr Schlimmes ist geschehen«, sagte Antonio. Er arbeitete offensichtlich nicht mehr daran, sein Englisch zu verbessern, sondern sprach so schnelles Italienisch, dass ich Mühe hatte, ihn zu verstehen. »Es war ein Glück, dass Sie nicht bei dem Melone-Grab waren. Ich glaube, Sie sind in Gefahr. Wir beide. Verschwinden Sie von hier. Fliegen Sie nach Hause. Erzählen Sie keinem etwas von der ganzen Sache.«

»Ich weiß, was geschehen ist«, sagte ich.

»Wie könnten Sie? Gehören Sie auch dazu?«

»Dazugehören? Wozu?« Er gab keine Antwort, doch ich konnte buchstäblich hören, wie sein Gehirn arbeitete. »Ich habe mich genauso versteckt wie Sie.«

»Ich glaube Ihnen nicht«, sagte er.

»Ein hübscher Motorroller«, sagte ich. »In schönem Pflaumenlila.«

»Wenn Sie alles gesehen haben, müssen Sie doch begreifen, dass Sie verschwinden müssen.«

»Das kann ich nicht«, erwiderte ich.

»Was sollte Sie aufhalten?«

»Leonora Leonard. Auch Lola genannt«, antwortete ich.

»Wer ist Lola?«

»Lola ist die Frau, die, wie wir beide beobachtet haben, von der Polizei verhaftet und in Handschellen abtransportiert wurde; zunächst wahrscheinlich, weil sie ihre Hotelrechnung nicht bezahlt hatte, aber nun wird sie sicher vor allem deshalb festgehalten, weil sie im Besitz einer etruskischen Hydria war. Einer gestohlenen etruskischen Hydria, um genau zu sein. Dieselbe gestohlene Hydria, die Sie in mein Hotelzimmer in Arezzo gebracht haben. Sie wollte sie in Sicherheit bringen.« Das war eine Art Unterlassungslüge, aber in gewisser Hinsicht entsprach es auch der Wahrheit. »Lola wollte mir die Hydria bringen, damit ich sie Ihrem Arbeitgeber übergebe und er dann den Helden spielen kann. Meiner Ansicht nach verpflichtet das sowohl ihn als auch mich zu dem Versuch, ihr zu helfen.«

»Ich war es nicht«, sagte er.

»Was?«, fragte ich. »Was waren Sie nicht?«

»Ich habe das Gefäß nicht in Ihr Hotelzimmer gebracht.«

»Ich habe Sie in der Nähe meines Hotels gesehen«, sagte ich.

»Ja, das stimmt, aber ich habe das Gefäß nicht dort hineingebracht.«

»Wer dann?«

»Das kann ich Ihnen nicht sagen.«

»Antonio!«, rief ich verzweifelt. »Erzählen Sie es mir auf der Stelle!«

»Sie verstehen nicht«, sagte er. »Ich weiß nicht, wer es war. Das Ganze sollte anders ablaufen. Ich kann nichts tun, um Ihrer Freundin zu helfen.«

»Doch, das können Sie. Sie können mit Mr Lake sprechen und ihm sagen, dass er herkommen muss, um das Ganze klarzustellen. Oder noch besser, Sie können mich zu ihm bringen, und ich spreche selbst mit ihm darüber. Ein Wort von ihm, und alles wäre in Ordnung.«

»Nein«, sagte er. »Das ist keine gute Idee.«

»Dann werde ich ihn selbst finden müssen.«

»Nein!«, wiederholte er. »Dabei kommt nichts Gutes heraus. Bleiben Sie dran, legen Sie nicht auf.« Eine Pause entstand. »Ich musste noch ein paar Münzen nachwerfen.«

»Weshalb nicht?«

»Weshalb was nicht?«

»Bitte weichen Sie mir nicht aus, Antonio. Warum kommt nichts Gutes dabei heraus, wenn ich Mr Lake aufsuche?«

»Das kann ich Ihnen nicht sagen.«

»Dann gehe ich zur Polizei.«

»Begreifen Sie denn nicht? Ich glaube, genau dazu sollten Sie gebracht werden.«

»Ich glaube, ich verstehe es nicht, Antonio. Warum erklären Sie mir das Ganze nicht?«

»Sie, ich, diese Frau, wie auch immer sie heißt, sind alle nur Figuren in einem Spiel.«

»In Lakes Spiel?«

»So in der Art«, sagte er.

»Ich gehe zur Polizei«, wiederholte ich. »Ihr Name wird bei dem Gespräch sicher auch fallen. Ihre hübsche Teresa wird Sie sehr lange nicht sehen.«

»Nein, bitte. Wir müssen uns darüber unterhalten. Aber nicht am Telefon. Ich werde versuchen, Ihnen alles zu erklären. Jetzt habe ich bald keine Münzen mehr. Südwestlich von hier gibt es eine kleine Stadt namens Scrofiano. In der Nähe von Sinalunga. Etwa einen Kilometer außerhalb des Ortes steht ein Haus.« Er beschrieb mir hastig den Weg. »Heute Abend.«

»Nicht heute Abend«, widersprach ich. Unter diesen Umständen würde ich auf keinen Fall irgendwo im Dunkeln herumwandern.

»Dann morgen früh. Sehr früh.«

»Erst, wenn der Nebel sich gelichtet hat«, sagte ich. »Um zwölf Uhr mittags.«

»Zwölf Uhr könnte zu spät sein«, sagte er. »Sagen wir um zehn.«

»Zwölf Uhr. Werden die Carabinieri auch da sein?«, fragte ich. »Sie scheinen wirklich jedes Mal aufzukreuzen, wenn ich mich mit Mr Lake treffen soll. Vielleicht ist es genauso, wenn ich mich mit Ihnen verabrede.«

»Nein«, sagte er. »Das alles ist für mich noch schlimmer als für Sie. Sagen wir also um zwölf. Bitte kommen Sie. Und seien Sie …« Das Gespräch war zu Ende. Wahrscheinlich waren ihm mitten im Satz die Münzen ausgegangen.

Ich brauchte den ganzen Abend und einen Großteil des nächsten Morgens, um herauszufinden, wo Lola festgehalten wurde: in einer Zelle in der Carabinieri-Station in Arezzo. Mit einem Mal sah sie alt aus. Sie war blass und so teilnahmslos, dass ich mir wirklich Sorgen um ihr Wohlbefinden machte. Sie wirkte überrascht und erfreut, mich zu sehen.

»Ich hätte nicht gedacht, dass Sie kommen würden«, sagte sie.

»Natürlich bin ich gekommen«, rief ich aus. »Warum hätte ich nicht kommen sollen?«

»Weil …«, begann sie, doch sie sprach nicht weiter.

»Weil Sie glaubten, ich hätte Sie hereingelegt?«

»Vielleicht. Ich weiß nicht, was ich glauben soll.«

»Wenn ich die Hydria selbst hätte haben wollen, wäre es keine besonders gute Idee gewesen, sie der Polizei zu überlassen, meinen Sie nicht auch? Und wenn ich tatsächlich beabsichtigt hätte, sie Lake zu geben, wäre das auch keine zielführende Vorgehensweise gewesen.«

»Nein«, sagte sie. »Ich habe eigentlich nicht geglaubt, dass Sie mich hereinlegen wollten. Das ergäbe keinen Sinn. Ich weiß jedoch, dass ich wünschte, ich hätte diese Hydria nie gesehen. Wenn ich sie nicht gestohlen hätte, dann …«

»Dann wäre ich jetzt an Ihrer Stelle«, schnitt ich ihr das Wort ab. »Ich werde Ihnen etwas erzählen. Ich habe die Hydria nicht gekauft. Ich sah sie in einem Schloss bei Vichy und versuchte, sie zu kaufen, aber der Besitzer wollte nicht verkaufen.«

»Etwa der Mann, der in sein Grab fiel?«, fragte sie. »Hatte er sie?«

»Ja. Als ich ein zweites Mal hinfuhr, um noch einmal über einen Kauf zu verhandeln, war sie verschwunden. Vielleicht war sie gestohlen worden, vielleicht hatte er sich aber auch entschieden, sie zu verkaufen, und jemand anderes hatte sie bekommen. Ich weiß nur, dass sie nicht da war. Dann tauchte sie im Kofferraum meines Wagens auf, in Frankreich. Ich brachte sie über die Grenze, weil ich nicht wusste, was ich sonst tun sollte. Damals war mir noch nicht klar, dass es sich um Diebesgut handelte, aber ich fand es später heraus, als ich die Interpol-Datenbank überprüfte, in der die gestohlenen Antiquitäten aufgeführt sind. Jedenfalls, als ich sie hierherbrachte, nach Volterra genau gesagt, tauchten die Carabinieri am Hotel auf, in dem ich wohnte, und begannen, die Kofferräume der Autos zu durchsuchen. Daraufhin tat ich etwas wirklich Entsetzliches. Ich legte die Hydria in einen Wagen eines französischen Händlers, von dem ich glaubte, er hätte sie vorher in meinen Kofferraum gepackt.«

»Warum hätte er das tun sollen?«

»Er war verärgert, dass ich ihn bei einem Kauf einer Antiquität nicht beteiligen wollte.«

»Aber Sie bekamen sie zurück«, sagte sie.

»Ja. Plötzlich lag sie in meinem Zimmer in Arezzo auf dem Bett. Ich habe keine Ahnung, wie sie dorthin gelangte, und ich war genauso überrascht, sie zu sehen, wie Sie, als wir durch die Tür kamen. Ich sollte die Hydria später zur Tanella mitbringen, aber das konnte ich natürlich nicht, da Sie sie ja inzwischen hatten.«

Sie verzog das Gesicht. »Offenbar sind Sie da in irgendetwas hineingeraten. Wir beide sind in etwas hineingeraten.«

»Tja, aber in was? Auch an der Tanella tauchten die Carabinieri auf, aber da war ich schon auf dem Rückweg zu meinem Hotel. Sie kamen also insgesamt dreimal, als ich die Hydria dabeihatte oder zumindest hätte dabeihaben können. Das wäre doch ein großer Zufall, meinen Sie nicht auch? Die Carabinieri erschienen auch an der Tür meines Hotelzimmers, als die Hydria auf dem Bett lag, aber zu dem Zeitpunkt waren sie auf der Suche nach Ihnen.«

»Ja«, pflichtete sie mir bei. »Können Sie sich vorstellen, dass ein Hotel die Carabinieri ruft, nur weil jemand abreist, ohne seine Rechnung zu bezahlen? Es waren nur ein paar Dollar. Einige Hundert. Vielleicht dreihundert. Ich glaube, aus diesem Grund haben sie mich mit der Hydria festgenommen. Sie waren sowieso hinter mir her und hatten nur Glück, was die Antiquität betrifft. Darüber bin ich allerdings sehr wütend. Schließlich bin ich vorher persönlich zum Hotel gegangen, habe einen Großteil meiner Schulden abbezahlt und versprochen, den Rest innerhalb eines Monats zu begleichen. Zudem waren sie mit meinen Bedingungen einverstanden. Vielleicht sollte ich ihnen zugute halten, dass sie möglicherweise einfach vergaßen, die Polizei zu informieren, dass wir uns geeinigt hatten, aber ich finde es dennoch sehr enttäuschend. Wahrscheinlich denken Sie, ich hätte es nicht anders verdient.«

»Nein«, widersprach ich. »Das denke ich nicht.«

»Danke. Vermutlich sollte ich versuchen, es positiv zu sehen«, sagte sie. »Schließlich bekommt man hier etwas zu essen. Aber es ist nicht annähernd so gut wie die herrliche

Mahlzeit, zu der Sie mich gestern genötigt haben. War es erst gestern?«

»Lola, alles wird gut werden.«

»Ja. Bevor ich es vergesse: Würde es Ihnen etwas ausmachen, Signore Vitali anzurufen, den Anwalt, dem ich bei seiner Buchführung helfen soll, und ihm zu sagen, dass ich nicht zur Arbeit kommen werde? Haben Sie ein Stück Papier? Ich habe mir die Nummer gemerkt. Meine Handtasche haben sie mir weggenommen. Er ist ein netter Mann; zumindest wirkte er so. Ich habe ein schlechtes Gewissen, ihn so im Stich zu lassen.«

»Ich kümmere mich darum«, sagte ich und notierte die Nummer.

»Er ist schon halb im Ruhestand und hat jetzt nur noch ein paar Klienten. Er interessiert sich für Lars Porsena, genau wie ich, und hat die Umgebung abgesucht. Wir haben überlegt, uns gemeinsam daranzumachen, das Grab zu finden. Ich weiß nicht, was er denken wird, wenn er hört, dass ich im Gefängnis bin. Schließlich ist er Anwalt. Ich schätze, er wäre nicht besonders erpicht auf eine Angestellte, die im Gefängnis gesessen hat, auch wenn sie nur freiberuflich für ihn arbeitet. Wirklich schade. Ich mochte ihn sehr und hatte den Eindruck, dass er mich möglicherweise auch sympathisch fand. Zweifellos würde er noch weniger Wert darauf legen, eine Freundin zu haben, die im Gefängnis gewesen ist.«

»Das wissen Sie nicht«, sagte ich.

»Doch, das weiß ich. Sagten Sie nicht, Ihr Lebensgefährte sei ein Mountie? Wie begeistert wäre er denn, wenn er herausfände, dass Sie im Gefängnis gesessen haben?«

»Nicht besonders«, pflichtete ich ihr bei. Das war eine Untertreibung. Ich hoffte, ich würde niemals herausfinden müssen, wie wenig begeistert er tatsächlich wäre.

»Vielleicht könnten Sie Salvatore – so heißt er – mitteilen, dass ich an einer Kehlkopfentzündung oder etwas Ähnlichem erkrankt bin, nicht sprechen kann und ihn nicht anstecken möchte, aber dass ich ihn bald anrufen werde. Ich hoffe, dass ich in ein paar Tagen hier raus bin. Meinen Sie nicht auch?«

»Lola, hören Sie mir zu. Alles wird gut. Ich treffe mich heute noch mit einem von Lakes Mitarbeitern und werde dafür sorgen, dass Lake herkommt und alles erklärt.«

»Meinen Sie denn, er wäre dazu bereit?«

»Davon bin ich überzeugt.« *Wenn ich mit ihm fertig bin, wird er dazu bereit sein,* dachte ich. Ich war nicht in der Stimmung, Rücksicht auf Lakes Empfindlichkeiten zu nehmen, was sein Auftreten in der Öffentlichkeit betraf. »Sie werden heute Abend oder spätestens morgen hier raus sein. Ich verspreche, dass ich Sie nicht hier drinlasse.«

»Im Laufe der Jahre haben mir viele Menschen Versprechungen gemacht«, sagte sie. »Nur wenige haben sie gehalten.«

»Ich werde mein Versprechen halten«, versicherte ich ihr.

»Ich weiß nicht. Manchmal bekommt man, was man verdient, und vielleicht verdiene ich das hier.«

»Reden Sie keinen Unsinn, Lola. Sich aus einem Hotel zu schleichen, ohne zu zahlen, sollte nicht dazu führen, dass man wegen Besitzes illegaler Antiquitäten ins Gefängnis kommt.«

»Ach, Sie wissen doch nicht, was ich getan habe«, warf sie ein. »Ich würde es Ihnen nicht verdenken, wenn Sie einfach nach Hause flögen.«

»Ich komme wieder«, sagte ich.

»Das hoffe ich«, sagte sie, während man sie abführte. Ich zuckte zusammen, als die Zellentür hinter ihr zuschlug.

An der Zufahrt bei Arezzo fuhr ich auf die Autostrada del Sole Richtung Süden und verließ sie an der Ausfahrt nach Sinalunga wieder. Dann nahm ich den *raccordo,* die Fernstraße, und fuhr Richtung Siena. Auf dieser Straße blieb ich bis kurz hinter Sinalunga und bog dann nach Scrofiano ab. Die Straße stieg recht steil an und führte anschließend in die kleine Stadt hinein, ein hübscher Ort mit abschüssigen, engen, gepflasterten Gassen und Blumentöpfen in allen Fenstern und Hauseingängen. Außer einer Kirche und einem kleinen Laden gab es kaum öffentliche Gebäude. Ich hielt an dem Laden an, um Wasser zu kaufen und nach dem Weg zu fragen.

»Ah, das Haus, das Sie suchen, gehört Signore Mauro«, sagte einer der anderen Kunden. »Sind Sie eventuell daran interessiert, es zu kaufen?«

»Ja«, sagte ich. *Warum nicht?* Wenn man kann, sollte man solche Gelegenheiten wahrnehmen. Ich fragte mich, ob »Signore Mauro« ein Name war, den Lake aus Anonymitätsgründen verwendete, oder ob er das Haus nur für diesen Anlass gemietet hatte. »Eigentlich wollte ich eher wissen, ob es zu mieten ist, statt es zu kaufen. Ist es denn noch zu haben? Oder bin ich zu spät dran?«

»Ich glaube nicht, dass er es schon veräußert hat. Wie ich hörte, würde er es allerdings lieber verkaufen als vermieten.«

»Das kann ich mir sicher nicht leisten«, sagte ich. »Obwohl es großartig wäre, hier ein Haus zu besitzen. Es ist sicher ziemlich teuer. Glauben Sie, dass Signore Mauro da ist?«

»In letzter Zeit habe ich ihn nicht in der Gegend gesehen. Was den Preis betrifft, ist das Haus günstiger zu haben, als das noch vor sechs Monaten der Fall gewesen wäre. Einige sagen, er müsse verkaufen, andere, dass die Ehe nicht funktioniert. Wieder andere behaupten, es ginge ihm finanziell nicht gut.«

»Dann habe ich vielleicht eine Chance«, sagte ich. Er kam mit mir nach draußen und erklärte mir den Weg. Die Straße, die aus dem Ort führte, wurde bald zu einem Schotterweg. Auf beiden Seiten befanden sich Weinberge – die Trauben hingen noch an den Reben – und Felder, die bereits umgepflügt worden waren. Die Erde war ockerfarben. An einer weißen Steinmauer bog ich nach links in einen holprigen Pfad ein und folgte ihm. Ich fuhr an mehreren Häusern und zahlreichen Hunden vorbei, die sich hinter den Maschendrahtzäunen Wettrennen mit meinem Wagen lieferten. Der Weg endete an einer Zypressenreihe, hinter der ein hübsches und gediegenes altes toskanisches Steinhaus mit zwei Stockwerken stand. Bevor es von Leuten wie Signore Mauro erworben worden war, um wen auch immer es sich dabei handelte, waren hier zweifellos *contadini,* Bauern, zu Hause gewesen. Es war das letzte Gebäude auf einem Höhenrücken und daher mit einer spektakulären Aussicht gesegnet. Über das Tal hinweg sah man Cortona, das auf seiner Anhöhe thronte, auf der anderen Seite zogen sich malerische Olivenhaine und Weinberge hin, und Richtung Süden war im Dunst die dunkle Silhouette von Hügeln zu erkennen.

Die Fensterläden des Hauses waren dicht verschlossen. Ich klopfte an die Tür, hörte jedoch nichts. Als ich um das Gebäude herumging, fand ich eine kleine, aber bezaubernde, mit Wein bewachsene Terrasse, auf die man einen kleinen Tisch und zwei Stühle gestellt hatte. Über der Rückenlehne eines Stuhls hing eine Jacke.

»Antonio«, rief ich. »Wo sind Sie? Sie brauchen sich nicht zu verstecken. Ich bin es.«

Es folgte keine Antwort. Kein Laut, abgesehen vom Wind, der die silbrigen Blätter der Olivenbäume hin- und herbewegte. Ich zog den anderen Stuhl heran und setzte mich. Neben der Terrasse verströmten Rosmarin und Salbei ihren wunderbaren Duft. Irgendwo in der Weite bellte ein Hund. In etwas geringerer Entfernung kreischte eines kleines Tier oder ein Vogel. In unmittelbarer Nähe knarrte etwas, dann hörte ich ein Knallen, ein Fensterladen vielleicht. Zum ersten Mal, seit ich angekommen war, blickte ich nach oben.

An dieser Seite des Hauses war in der Giebelspitze eine Flaschenzugvorrichtung angebracht, vermutlich, um große Möbelteile in den ersten Stock hinaufzuziehen, den Stutzflügel der Familie beispielsweise. Nun diente sie einem anderen Zweck: Sie trug das Gewicht von Antonio, dessen Hals in einer Schlinge steckte. Er war erhängt worden, und möglicherweise war er noch lebendig gewesen und hatte um sein Leben gekämpft, da die Finger einer Hand zwischen der Schlinge und seinem Hals klemmten, als hätte er verhindern wollen, erdrosselt zu werden. Das Seil, das ihn oben hielt, war sorgfältig in Form einer Acht um eine eiserne Klampe gewickelt worden, die etwa in Schulterhöhe an der Wand befestigt war.

Während ich dastand, noch unter Schock, hörte ich etwas. Es war kaum auszumachen: vielleicht nur ein Rascheln oder das Geräusch eines knickenden Astes. Dennoch war ich sicher, dass jemand hier war. Ich spürte irgendetwas Unheilvolles ganz in der Nähe. Stolpernd lief ich zu meinem Auto, und obwohl meine Hände so sehr zitterten, dass ich den Schlüssel kaum ins Zündschloss zu stecken vermochte, gelang es mir irgendwie davonzufahren.

9

Rom

Der nächste Tag brachte seine eigene Garnitur an unerfreulichen Überraschungen mit sich.

»Gehen wir das Ganze also noch einmal durch«, sagte Massimo Lucca, ein großer, schlanker Mann mit rötlichem Haar und einem flotten Schnurrbart. Er war ausgesprochen freundlich, höflich und hatte eine leise Stimme. Darüber hinaus war er Polizist.

»Sie haben mir erzählt, Sie hätten das Gefäß mit der Chimäre, die Hydria, oder wie auch immer sie genannt wird – in diesem Punkt hatten Sie mich bereits korrigiert –, in Frankreich gefunden und sie zurück nach Italien gebracht.«

»Das ist richtig«, sagte ich.

»Und Sie beabsichtigten, diese Hydria dem Museum von Vulci zurückzugeben, aus dem sie vor vielen Jahren gestohlen wurde.«

»Das ist ebenfalls richtig.«

»Und Signora Leonard?«

»Sie hat mir geholfen. Sie hatte die Hydria in ihre Obhut genommen und brachte sie mit, um sie mir zu übergeben. Bevor sie das tun konnte, wurde sie festgenommen. Danach hätte Signora Leonard höchstwahrscheinlich sofort ihre Hotelrechnung bezahlt.«

»Welche Hotelrechnung?«

»Ihre Hotelrechnung in Arezzo«, erklärte ich. Bei dem Gedanken, dass ich Lolas Situation möglicherweise noch verschlimmert hatte, schwand meine Zuversicht. »Deshalb haben Sie sie doch festgenommen, oder etwa nicht? Signora Leonard hatte bereits eine Vereinbarung mit dem Hotel getroffen. Sie können dort nachfragen.«

Er notierte etwas auf dem vor ihm liegenden Block. »Nein«, sagte er. »Wir sind hinter niemandem her gewesen, der seine Rechnung nicht bezahlt hat. Wir suchten nach der Antiquität.«

Zu dieser Schlussfolgerung war ich in irgendeinem Hinterstübchen meines Gehirns bereits gekommen, auch wenn ich mich bisher geweigert hatte, es anzuerkennen. »Woher wussten Sie denn, dass sie dort mit der Hydria auftauchen würde?«, fragte ich.

»Das werde ich Ihnen nicht verraten.«

»Ach, kommen Sie«, sagte ich. »Bei ihrem Prozess kommt doch sowieso alles heraus. Sie werden es ihrem Anwalt erzählen müssen.« Ich hatte keine Ahnung, ob dies der Wahrheit entsprach, da es bis dahin noch nicht erforderlich gewesen war, sich mit den Schwierigkeiten des italienischen Justizsystems vertraut zu machen, aber es klang gut und erfüllte seinen Zweck. Außerdem hatte es mich auf eine Idee gebracht.

»Wir handelten aufgrund eines Hinweises von einem besorgten Bürger«, sagte er.

»Wer war das?«

»Sie sind sich bestimmt klar darüber, dass ich das nicht verraten kann«, sagte er verärgert. »Davon abgesehen weiß ich es gar nicht. Es war ein anonymer Hinweis, ein Telefonanruf, den wir noch versuchen zurückzuverfolgen.«

»Ich vermute, es war nicht der erste anonyme Hinweis, den Sie zu diesem Thema bekommen haben, richtig?«, fragte ich, als ich mir die Ereignisse der letzten Tage noch einmal ins Gedächtnis rief.

»Nein, es war der zweite. Vor ein paar Tagen wurde uns mitgeteilt, dass eine Frau mit der Vase zur Tanella di Pitagora käme, aber dabei kam nichts heraus. Wir wären beinahe gar nicht zu dem Melone-Grab aufgebrochen, weil wir es für einen Scherz hielten, doch mein Dienstvorgesetzter, ein sehr gewissenhafter Mann, ordnete an, dass wir hinfahren sollten. Sie verstehen hoffentlich, dass ich wichtigere Dinge zu tun habe, als durch die Landschaft zu fahren und nach irgendwelchen Krügen zu suchen.«

»Ich nehme an, Sie können nicht überprüfen, ob es auch in Volterra einen ähnlichen Anruf gab?«, sagte ich.

»Ich könnte, aber warum sollte ich?«

»Kommen Ihnen diese ganzen anonymen Anrufe nicht ein wenig ungewöhnlich vor?«

»Ein wenig«, gab er zu. »Aber es gibt Menschen, die das italienische Erbe hoch schätzen und für Personen, die mit illegalen Antiquitäten handeln, nicht besonders viel Verständnis haben.«

»Aber wir wollten sie doch an ihren rechtmäßigen Platz in dem Museum zurückbringen.«

»Womit wir wieder bei dieser Geschichte angekommen wären«, sagte er. »Ich verstehe nicht, warum Sie das tun. Signora Leonard sagte bereits, ihr sei nicht klar gewesen, dass es sich bei der Vase um eine Antiquität handelte. So will sie sich wahrscheinlich verteidigen. Ihre Geschichte scheint Signora Leonards Version jedoch zu widersprechen, und wenn Sie glauben, dass Sie ihr helfen, indem Sie hier sind und mir diese absonderliche Story erzählen, dann sollten Sie vielleicht noch einmal darüber nachdenken. Ich bin versucht, dieses Gespräch aufzuzeichnen, um es vor Gericht zu verwenden, aber ich werde Ihnen einen großen Gefallen tun und alles ignorieren, was Sie mir berichtet haben, weil Sie nur versuchen, einer Freundin zu helfen. Wenn Sie jedoch darauf bestehen …« Das Telefon neben seinem Ellbogen klingelte, und eine junge Frau klopfte hastig an die Tür und steckte ihren Kopf ins Zimmer.

»Der Anruf, auf den Sie gewartet haben, Commissario«, sagte sie. »Signore Palladini.«

Palladini, dachte ich. *Ein vertrauter Name. Woher kenne ich ihn?* Dann fiel es mir ein. Vittorio Palladini war der Mann, der Boucher beauftragt hatte, mich mit Robert Godard in Vichy in Kontakt zu bringen. Natürlich war es ein ziemlich geläufiger italienischer Name, aber dennoch …

»*Grazie*«, sagte er und nahm den Hörer ab. »Ja«, sagte er, und nach ein paar Sekunden: »Ich fürchte, ja.« Eine weitere Pause. »Das wird gerade überprüft.«

Er verzog ein wenig das Gesicht. »Sie wissen, dass das nicht möglich ist. Jetzt, wo das Ding hier ist, können wir nichts tun. Bedauerlich, ich weiß. Vielleicht nächstes Jahr. Wir sprechen uns bald wieder.« Er legte auf und sah mich an. Ich öffnete den Mund, um etwas zu sagen, doch die Tür öffnete sich erneut, und ein recht sympathisch aussehender Mann steckte seinen Kopf hindurch. Er war mit Jeans, einem Rollkragenpulli und einer teuer wirkenden Jacke bekleidet und trug einen kleinen sportlichen Seesack, als wäre er eben auf dem Weg zum Fitnessstudio. Er sah tatsächlich so aus, als würde er regelmäßig trainieren.

»Alles erledigt«, sagte er. »Ups, Verzeihung, dass ich störe.«

»Kein Problem«, sagte Lucca. »Sie sind nicht der Einzige. Ist es das, wofür wir es halten?«

»Höchstwahrscheinlich«, antwortete der Mann.

»Na bitte, da haben wir es«, seufzte Lucca.

»In der Tat«, sagte der andere Mann. »Ich bin jetzt weg.«

»Erzählen Sie es bitte den anderen«, sagte Lucca.

»Mache ich«, erwiderte der Mann.

»Könnten wir uns jetzt noch ein wenig über meine Freundin Lola unterhalten?«, fragte ich.

Die junge Polizistin unterbrach uns erneut. »Verzeihung, Commissario«, begann sie. »Kann ich Sie kurz sprechen?«

»Nein, im Augenblick nicht«, sagte er.

»Aber wir haben ein Problem.«

»Wir haben ständig Probleme«, erwiderte er verärgert. »In einer Minute.«

»Eine Leiche. In der Nähe der Tanella in Cortona«, fuhr sie fort. Bei ihren Worten rang ich deutlich hörbar nach Luft.

»Erzählen Sie so etwas nicht in Anwesenheit von Besuchern«, sagte Lucca. »Sie haben Signora McClintoch beunruhigt.« Die junge Frau verdrehte die Augen. In Wahrheit wusste ich nicht, ob ich beunruhigt oder eher erleichtert sein sollte, dass ich in dem Nebel doch nicht den Verstand verloren hatte.

»Wie Sie sehen«, sagte er an mich gewandt, »muss ich mich um wichtigere Dinge kümmern. Das ist möglicherweise ein Segen für Sie, denn ich glaube, Sie haben genug erzählt, meinen Sie nicht auch? Ich habe Verständnis dafür, dass Sie Ihrer Freundin helfen möchten, aber es reicht jetzt. Signora Leonard hat uns bereits berichtet, dass Sie nichts damit zu tun hätten. Falls Sie an diesem Lügenmärchen festhalten, muss ich Sie leider der Falschaussage anklagen. Zudem werden Sie dann in Zukunft mehr Zeit mit Ihrer Freundin verbringen können, und zwar unter Bedingungen, die Ihnen vielleicht nicht behagen. Ich werde Ihnen jetzt einen Gefallen tun und dieses Gespräch beenden. Danke, dass Sie gekommen sind, um uns bei unseren Nachforschungen zu unterstützen, Signora.« Er erhob sich von seinem Stuhl und reichte mir die Hand. Dann ging er zur Tür seines Büros, öffnete sie und begleitete mich hinaus. »Sorgen Sie dafür, dass Signora McClintoch den Weg nach draußen findet«, sagte er zu der jungen Polizistin. Es schien nichts mehr zu tun zu geben, zumindest nicht in Arezzo.

Doch ich würde nicht aufgeben. Zuerst wollte ich mir etwas Reisegeld besorgen. Ich würde Crawford Lake suchen und ihn dazu bringen, sich bei der Polizei zu melden, um Lola zu rehabilitieren, und sein Geld dafür verwenden. Ich fuhr zurück zum Hotel, holte meinen Laptop hervor und loggte mich ins Internet ein. Dann ging ich auf die Seite von Marzocco Financial Online, gab meine Kontonummer ein, 14M24S, und anschließend mein Passwort, Chimäre.

»Anmeldung fehlgeschlagen«, verkündete der Bildschirm. »Die Benutzerkennung oder das Passwort sind falsch. Bitte versuchen Sie es erneut.« Ich versuchte es erneut. Dieselbe Fehlermeldung. Ich versuchte es ein drittes Mal und wurde unverzüglich von der Webseite geworfen. Es schien relativ klar zu sein, dass Lake sich so weit wie möglich von diesem Fiasko distanzierte.

Wütend stampfte ich aus dem Hotel. Ich würde später darüber nachdenken. In der Zwischenzeit hatte ich mehrere Dinge zu erledigen. Als Erstes fuhr ich zurück nach Cortona und stattete Signore Salvatore Vitali, Lolas Anwalt, einen Besuch ab. Ich wollte mich lieber persönlich mit ihm treffen, als ihn einfach anzurufen, um zu entscheiden, was zu tun war.

Ein äußerst sympathisch wirkender Mann öffnete die Tür. Er war etwa Mitte sechzig, in Lolas Alter oder ein wenig älter, und trug eine gut sitzende Hose und einen eleganten Pullover. Er hatte dichte weiße Haare, die er sich immer wieder aus dem Gesicht strich, während er sprach. Als ich ihm erzählte, dass ich eine Freundin von Lola sei, hieß er mich herzlich willkommen und bestand darauf, mir einen Espresso zuzubereiten – und zwar mit einer ziemlich beeindruckenden Maschine, die sich in einer kleinen Kochnische neben dem Wohnzimmer befand.

»Eine wirkliche Dame«, sagte er, als ich ihm berichtete, dass Lola eine Kehlkopfentzündung hätte und nicht in der Lage sei, ihn anzurufen. »Es tut mir sehr leid zu erfahren, dass sie krank ist. Würden Sie ihr bitte ausrichten, dass sie jederzeit hier anfangen kann, sobald sie sich wieder ausreichend erholt hat. Sie soll sich keine Sorgen machen.«

»Vielen Dank. Das werde ich ihr sagen.« Wir saßen noch ein paar Minuten da und versuchten, einander einzuschätzen, während wir über das Wetter sprachen und an unserem Espresso nippten.

»Sie hat hoffentlich einen Arzt aufgesucht«, sagte er.

»Ja«, log ich.

»Verzeihen Sie meine Frage … Möchten Sie vielleicht einen Keks? Noch einen Espresso? Wie Sie sehen, bin ich kein vollendeter Gastgeber. Ich lebe schon zu lange allein.«

»Ich nehme gern noch einen Espresso«, antwortete ich.

Er erhob sich, und schon bald zischte die Maschine in der Kochnische vor sich hin. Kurz darauf kehrte er zurück, und wir fuhren fort, uns gegenseitig zu belauern.

»Wissen Sie, ich schiebe es vor mir her, Ihnen eine Frage zu stellen«, sagte er schließlich. »Eine wichtige, die ich mich nicht in der Lage gesehen habe, Signora Leonard selbst zu stellen. Unter den gegebenen Umständen, womit ich meine, dass wir über eine Arbeit in meinem Büro sprachen, gab es keinerlei Veranlassung, sie zu fragen. Wie Sie sehen, bin ich ein wenig zögerlich und genau genommen ziemlich nervös, angesichts der Möglichkeit, Ihnen diese Frage überhaupt zu stellen. Doch etwas treibt mich, es trotzdem zu tun.«

»Ja?«, fragte ich.

»Ist sie verheiratet?«

»Nein«, antwortete ich.

»Das dachte ich mir. Sie trug keinen Ring. Aber sie ist gebunden?«

»Nein, ich glaube nicht. Soweit ich weiß, ist sie so frei wie ein Vogel.«

Er strahlte vor Freude. »Ich gebe zu, das ist die Antwort, die ich mir erhofft hatte.«

»Sie mag Sie ebenfalls«, sagte ich. »Aber erzählen Sie ihr bitte nicht, dass ich Ihnen das gesagt habe.«

»Natürlich nicht«, sagte er ernst. »Und erzählen Sie ihr bitte auch nicht, dass ich Ihnen diese Frage gestellt habe. Sie ist sehr an Lars Porsena interessiert.«

»Ja, allerdings«, sagte ich.

»Das bin ich ebenfalls. Ich hatte den Eindruck, das Schicksal hat uns zusammengeführt.«

»Im Augenblick, Signore Vitali«, sagte ich, »trennt das Schicksal Sie beide eigentlich eher. Ich sitze hier schon eine Weile und erwäge, ob ich es Ihnen erzählen soll, und ich gehe dabei ein großes Risiko ein, aber Lola benötigt Hilfe, und selbst wenn sie mir nie verzeihen wird, dass ich Ihnen das gesagt habe, so bin ich entschlossen, ihr beizustehen. Lola, Signora Leonard, meine ich, sitzt im Gefängnis. Sie wurde fälschlicherweise beschuldigt, eine gestohlene etruskische Hydria zu besitzen. In Wahrheit war ich diejenige, die die Hydria besessen hat. Signora Leonard bewahrte sie für mich auf und wollte sie mir gerade bringen, damit ich sie jemandem überreichen konnte, der sie dem Museum zurückgeben würde, als sie damit erwischt wurde – offenbar wegen eines anonymen Hinweises aus der Öffentlichkeit. Die Polizei glaubt ihr nicht, und mir ebenfalls nicht. Signora Leonard braucht einen Anwalt und kann sich keinen leisten. Ich bin bereit, Sie zu bezahlen, wenn Sie sie verteidigen.« Ich musste eine Pause machen, um Atem zu schöpfen.

»Und die Person, die die Hydria zurückgeben wollte?«, fragte er, während er meinen Versuch, meinem Portemonnaie Geldscheine zu entnehmen, mit einer Handbewegung abtat.

»Ich kann Ihnen nicht verraten, wer es ist«, antwortete ich. »Aber ich werde ihn finden und dazu bringen, sich persönlich bei der Polizei zu melden.«

Er hob die buschigen weißen Augenbrauen. »Ich verstehe. Glauben Sie, dass er diese Geschichte bestätigen wird?«

»Ich hoffe es«, sagte ich. »Er liebt seine Privatsphäre, und nicht nur das, offenbar hat er auch das Bankkonto sperren lassen, das meine Kosten decken sollte. Natürlich werde ich versuchen, ihn dazu zu bringen, seine Meinung zu ändern.«

»Wo ist sie?«, fragte er. Gleichzeitig erhob er sich von seinem Stuhl und nahm eine Jacke von einem Haken neben der Tür.

»In der Carabinieri-Station in Arezzo«, antwortete ich.

»Dann werde ich auf der Stelle dorthin fahren«, sagte er. »Kommen Sie mit?«

»Nein«, erwiderte ich. »Ich kann im Moment nicht. Aber ich werde meinen Teil dazu beitragen, Lola aus diesem Schlamassel herauszuholen.« Das meinte ich ehrlich. Lola erzählte ständig, dass sie bekam, was sie verdiente. Im Augenblick bekam sie, was *ich* verdiente. Ich würde keine Zeit damit verschwenden, mir vorzuwerfen, dass ich mich überhaupt in dieser Situation befand. Aber irgendwie würde ich alles in Ordnung bringen.

Ich nahm wieder die Autostrada del Sole und fuhr Richtung Süden nach Rom. Am nächsten Morgen saß ich unter einem Sonnenschirm in einem Café auf der Piazza della Rotonda, einem äußerst belebten Platz, trank Kaffee und las die Zeitung. Antonios Wunsch, berühmt zu werden, war leider in Erfüllung gegangen. Es gab einen reißerischen Bericht, wie nur italienische Zeitungen ihn liefern können, über einen Mann, der vom Giebel eines toskanischen Bauernhofes herunterhing, als man ihn fand. Der Mann war als der arbeitslose Schauspieler Antonio Balducci identifiziert worden. Man mutmaßte, dass es möglicherweise ein Mafia-Anschlag gewesen war, obwohl er sich laut Polizei selbst erhängt hatte. Ich musste immer wieder an die Leiche denken und fragte mich, wie er das wohl angestellt haben sollte. Der Eigentümer des Bauernhauses, Gino Mauro, der ein hieb- und stichfestes Alibi vorweisen konnte, da er sich zur Zeit mit seiner Familie in New York aufhielt, war ebenfalls darüber entsetzt, was hinter seinem Haus geschehen war, so hieß es. Mauro, den der unerschrockene Reporter am Telefon befragen konnte, hatte gesagt, er kenne den Toten nicht und wisse auch nicht, was er dort getrieben habe.

Ich war ebenfalls berühmt geworden. Ein Ladenbesitzer in Scrofiano hatte der Polizei berichtet, dass eine Frau, eine Engländerin oder eine Amerikanerin – es hat gewisse Vorteile, eine anonyme Kanadierin zu sein –, am Tag bevor Antonios Leiche gefunden worden war, nach dem Weg zu dem Haus gefragt hatte. Laut Aussage der Polizei hatte ein weiterer anonymer Anruf sie zu der Leiche geführt, außerdem suchten die Beamten nicht nur nach mir, sondern auch nach dem unbekannten Anrufer. Der Anruf war bis zu einer Telefonzelle zurückverfolgt worden.

Auch Lola machte Schlagzeilen. Auf Seite drei gab es einen Artikel, in dem stand, dass die Carabinieri erfolgreich einen gestohlenen etruskischen Kunstgegenstand aufgespürt hatten. In dem Artikel hieß es, sie hätten jemanden verhaftet und stellten nun Nachforschungen darüber an, auf welche Weise die Antiquität verschwunden war. Man ging davon aus, dass weitere Anklagen folgen würden. Ich hoffte, dass damit nicht ich gemeint war.

Ich saß eine Weile da und dachte über das Ganze nach: über Lola, die im Gefängnis saß, vor allem jedoch über Antonio, der an einem Strick geendet hatte. Gleichzeitig betrachtete ich das Gebäude, das die Piazza, auf der ich saß, dominierte. Es wurde wahlweise als Pantheon, Kirche Santa Maria ad Martyres und Rotonda bezeichnet und ist dreiundvierzig Meter breit und genauso hoch. Es hat siebeneinhalb Meter hohe Wände, oben eine Öffnung mit einem Durchmesser von neun Metern, die Oculus genannt wird, und ist wahrhaftig eine beeindruckende Sehenswürdigkeit. Das Bauwerk wurde ursprünglich von Marcus Agrippa im Jahr 27 v. Chr. erbaut, im frühen zweiten Jahrhundert dann von Hadrian wiedererrichtet und zählt heute zu den größten architektonischen Schätzen der Welt. Während ich dort saß und meinen Cappuccino trank, strömten Hunderte von Touristen durch seine Türen. Die einzige Besonderheit, die in diesem Moment mein Interesse weckte, war die

Inschrift, die über den Eingang eingemeißelt worden war. M AGRIPPA L F COS TERTIUM FECIT, lautete sie, und das FECIT hatte ich von Crawford Lakes Badezimmerfenster aus sehen können. Vom meinem Blickwinkel auf dem Platz aus betrachtet, schien es nur eine einzige Straße zu geben, in der sich Lakes Wohnung befinden konnte. Wegen der Enge der Straße, einer Gasse genau genommen, konnte ich nicht weit genug zurücktreten, um mir ganz sicher zu sein. Doch ich sah ein Gebäude, das offenbar einen Dachgarten besaß – ganz oben von einem Geländer hingen Weinranken –, also ging ich darauf zu. An der Vorderfront des Hauses war ein Schild mit der Aufschrift »Wohnung zu verkaufen« angebracht, und die Tür war verschlossen. Ich kaufte eine Tasche mit Lebensmitteln, sorgte dafür, dass ein frisches italienisches Brot und ein paar Möhrenspitzen deutlich sichtbar herauslugten, und wartete, bis jemand vorbeikam und die Tür aufschloss. Es gelang mir hineinzukommen, bevor die Tür wieder zugefallen war. Die Person, eine ältere Frau, blickte mich misstrauisch an, doch ich lächelte freundlich und wünschte ihr einen schönen Tag. Sie warf einen Blick auf meine Lebensmitteltasche und beschloss, dass ich unverdächtig war. Ich fuhr mit dem Aufzug in die oberste Etage. Ich fragte mich, wie ich herausfinden sollte, in welcher Wohnung des Stockwerks ich gewesen war, kam dann aber zu dem Schluss, dass es die vordere gewesen sein musste, da ich ja die Inschrift von dort aus gesehen hatte. Es war jedoch kein Problem: Im obersten Geschoss gab es nur eine Wohnung, was ich mir angesichts von Lakes finanziellen Mittel bereits hätte denken können.

Ich klopfte an die Tür, doch niemand öffnete. In diesem Moment sprang der Aufzug an, und bevor ich mich davonmachen konnte, trat ein Mann heraus. Er wirkte überrascht und nicht unbedingt erfreut, mich zu sehen. »Es ist niemand da«, sagte er. »Sie müssen einen Termin vereinbaren.«

»Und wie soll ich das anstellen?«, fragte ich.

»Die Nummer steht auf dem Schild«, erwiderte er. Da ich offenbar verdutzt wirkte, fügte er hinzu: »Das ›Zu-verkaufen‹-Schild unten am Haus. Sie müssen einen Termin bei dem Maklerbüro machen.« Er wartete, bis ich das Gebäude verlassen hatte.

Ich rief in dem Maklerbüro an und wurde mit einer Frau namens Laura Ferrari verbunden. Ich erzählte ihr, dass ich mich nur wenige Tage in Rom aufhielt, daran interessiert sei, eine Wohnung zu kaufen, und mich besonders für diejenige in der Via della Rosa interessiere.

»Wer hat Ihnen von dem Objekt erzählt?«, fragte sie.

»Signore Palladini«, erwiderte ich. Es war das Erste, was mir in den Sinn kam, der Name, den ich auf der Carabinieri-Station gehört hatte, aber es hatte eine wahrhaft erstaunliche Wirkung auf Signora Ferrari.

»Ah«, sagte sie. »Der Eigentümer. Dann haben Sie ja eine Preisvorstellung.« Sie teilte mir mit, was die Wohnung kosten sollte. Ich brauche nicht zu erwähnen, dass ich sie mir nicht leisten konnte. Nicht einmal annähernd. Angesichts meiner rudimentären Kenntnisse über Geschäftsabschlüsse in Italien musste ich davon ausgehen, dass der reelle Preis wahrscheinlich noch höher war als derjenige, den sie mir genannt hatte, da Italiener dazu neigen, Steuerzahlungen möglichst zu umgehen. Am interessantesten war jedoch die Tatsache, dass Signore Palladini der Eigentümer der Wohnung war – derselbe Palladini wahrscheinlich, der Massimo Lucca angerufen hatte, während ich danebensaß, und möglicherweise auch derselbe Palladini, der ein Treffen zwischen mir und Godard arrangiert hatte. Ein Zufall? Mir fiel es schwer zu glauben, dass nicht mehr dahintersteckte. Darüber hinaus warf es die Frage auf, ob Lake eine Wohnung in Rom besaß oder ob er lediglich Palladinis Wohnung mietete, wenn er in der Stadt war. Lake konnte sich gewiss eine eigene Zweitwohnung leisten. Oder waren Palladini und Lake – und das klang nach einer hübschen kleinen Verschwörung – ein und dieselbe Person? War Palladini ein Pseudonym, das Lake der Einfachheit halber verwendete?

Laura Ferrari und ich vereinbarten, uns eine Stunde später vor dem Haus zu treffen. Als wir die Wohnung betraten, schlug mir ein muffiger, staubiger Geruch entgegen, und ich musste das Niesen unterdrücken. Es war zwar dieselbe Wohnung. Die räumliche Aufteilung war so, wie ich sie in Erinnerung hatte, das Gemälde über dem Kaminsims, von dem Lake behauptet hatte, es sei das Original, war da, ebenso das Wandfresko. Doch alles andere, sämtliche Möbel, die Keramiken und die Bücher, all die Sammlerstücke waren von Laken verhüllt.

Ich durfte einen Blick in die Zimmer werfen, deren Türen bei meinem ersten Besuch geschlossen gewesen waren, aber auch hier war alles abgedeckt.

Keine Anna. Kein herrlicher Zitronenkuchen. Keine Spur von Lake.

»Es wäre natürlich besser«, sagte Laura verlegen, »wenn man sich die Wohnung ansehen könnte, ohne dass alles zugedeckt wäre, aber ich hoffe, Sie können sich vorstellen, was für eine wunderschöne Wohnung es ist. Ich habe eine kleine Überraschung für Sie, Signora«, fügte sie hinzu und führte mich eine Treppe hinauf bis zu einer Tür. »*Ecco!*«, sagte sie mit einer ausladenden Geste. »Ist das nicht wunderbar?«

Ich befand mich in dem Dachgarten, in dem die David-Statue stand. »Sehen Sie nur«, sagte sie und wies nach vorn. »Man kann ein kleines Stück vom Pantheon sehen. Es ist eine hervorragende Adresse. Einen besseren Ort für Ihre Aufenthalte in Rom werden Sie nicht finden. Woher kennen Sie Signore Palladini?«

»Eigentlich kennt mein Mann ihn«, antwortete ich.

»Dann arbeitet Ihr Mann auch in der Versicherungsbranche? Oder ist er Jurist?«

»Mein Mann ist Anwalt. Er vertritt Fälle vor dem Internationalen Gerichtshof, weshalb wir häufig in Europa sind. Die beiden haben zusammen Jura studiert.« Du lieber Himmel, wie leicht mir die Lügen über die Lippen gingen. »Vermietet Signore Palladini die Wohnung eventuell auch für kürzere Aufenthalte? Ich dachte, wir könnten sie vielleicht für ein paar Tage ausprobieren. Wir könnten ihn doch zumindest fragen.«

»Ich gehe nicht davon aus«, sagte sie. »Ich glaube, er möchte sie gern verkaufen. Sind Sie interessiert?«

»Mein Mann muss sie erst sehen, bevor wir eine endgültige Entscheidung treffen«, erwiderte ich und ging langsam zur Tür zurück. »Ich werde heute Abend mit ihm sprechen – er ist im Augenblick in Brüssel – und mich so bald wie möglich bei Ihnen melden. Aber ich glaube, sie ist einfach perfekt, genau so, wie ich mir unsere Wohnung in Rom vorgestellt hatte.«

»Sie ist ein echtes Kleinod«, sagte sie. »Ich freue mich schon darauf, sie Ihrem Mann zu zeigen. Die anderen Hausbewohner müssten noch ihre Einwilligung geben«, fügte sie hinzu, »aber bei einem Freund von Vittorio Palladini wäre das sicherlich kein Problem.«

Mir war es fast gelungen, aus der Wohnung herauszukommen – wir standen bereits im Flur –, als sich ein Schlüssel im Schloss drehte und die Tür sich öffnete. Laura wirkte erstaunt. Mir schlug das Herz bis zum Hals. Ein recht großer, schlanker, lässig gekleideter Mann in Jeans und Rollkragenpullover trat durch die Tür. Als er uns erblickte, zuckte er zusammen.

»Signora Ferrari!«, rief er aus. »Verzeihung. Sie haben mich erschreckt. Ich wusste nicht, dass Sie gerade jemandem die Wohnung zeigen. Ich wollte nur einmal nach dem Rechten sehen.«

»Signore Palladini!«, sagte Laura. »Ich habe Ihnen eine Nachricht hinterlassen, dass ich sie jemandem zeigen würde, aber wir haben den Termin erst vor einer knappen Stunde ausgemacht. Ich glaube, Sie kennen Signora McClintoch«, fügte sie hinzu.

»Tue ich das?«, fragte der Mann und schüttelte mir die Hand.

»Wir sind uns noch nicht persönlich begegnet«, sagte ich.

»Ach ja«, sagte Laura. »Allerdings kennen Sie ihren Mann. Sie haben zusammen Jura studiert.«

»McClintoch ...«, überlegte er und strich sich verlegen über den Schnurrbart.

»Das ist mein Name, nicht seiner«, erklärte ich. »Er heißt Rosati.«

Das war der einzige Name, der mir einfiel, der Name des sympathischen Mannes, den ich in Volterra versetzt hatte. Ich hoffte, es würde ihm nichts ausmachen.

»Rosati«, sagte er langsam. »Ja, ich glaube, ich erinnere mich an ihn. Wie nett, Sie kennenzulernen. Ich hoffe, Ihnen gefällt die Wohnung.«

»Sie ist großartig«, erwiderte ich. »Sie trennen sich bestimmt nicht gern von ihr.«

»Ich finde sie ein wenig beengt«, sagte er. »Ich suche nach etwas Größerem.« Palladini wollte also gesellschaftlich aufrücken.

»Aber Signora McClintoch und ihr Mann sind auf der Suche nach einer kleinen Zweitwohnung, nicht wahr?«, fragte sie, sichtbar besorgt, dass ihr Kunde ihr gerade das Geschäft vermasselte.

»Über die Größe mache ich mir tatsächlich ein bisschen Sorgen«, sagte ich. Den meisten von uns wäre es durchaus gelungen, sich in die Wohnung zu zwängen, angesichts der Tatsache, dass sie sich etwa über hundertneunzig Quadratmeter erstreckte. »Aber sie ist wirklich reizend.«

»Und die Gegend«, sagte Laura. »Besser können Sie es nicht treffen.«

»Vermieten Sie sie auch für kürzere Zeiträume? Für ein oder zwei Wochen beispielsweise?«, fragte ich.

»Nein«, antwortete er. »Ich habe hier zu viele Schätze. Wegen der ganzen Laken darüber können Sie sie nicht sehen – aber ich bin Sammler. Nein, ich bin nur daran interessiert, sie sofort zu verkaufen.«

Tja, jemand anderes durfte die Wohnung allerdings nutzen, dachte ich, während ich von Palladini zu Laura Ferrari blickte und mich wunderte. »Sie wohnen jetzt außerhalb von Rom, nicht wahr?«, fragte ich ihn.

»Nein. Ich habe eine Wohnung ganz in der Nähe gemietet, die ich zu erwerben gedenke, sobald diese hier verkauft ist.«

»Aha. Ich werde Ihnen also Bescheid geben«, sagte ich. »Und jetzt muss ich mich beeilen. Ich erzähle meinem Mann, dass ich Sie getroffen habe.«

»Tun Sie das bitte«, sagte er. »Grüßen Sie ihn von mir.«

Ich ging zurück zu dem kleinen Hotel, in dem ich mir am Abend zuvor ein Zimmer genommen hatte, und war äußerst enttäuscht und verwirrt. Ich war enttäuscht, hatte aber noch keine Niederlage erlitten. Ich wusste nicht, was Palladini und Rosati mit der Sache zu tun hatten, obwohl ich nun die Möglichkeit ausschließen konnte, dass Palladini und Lake ein und dieselbe Person waren. Es war nicht zu leugnen, dass in meinem Leben fortwährend dieselben Namen auftauchten.

Ich wusste aber, dass Crawford Lake für Antonios Tod und Lolas Inhaftierung verantwortlich war, egal ob vorsätzlich oder nicht, doch irgendwie konnte ich mir noch keinen Reim darauf machen. Und vielleicht war er sogar am Tod von Robert Godard in Vichy schuld – und dies war das erste Mal, dass mir das in den Sinn kam. Wie viel Geld dieser Widerling besaß, war mir gleichgültig. Ich würde eine Möglichkeit finden, ihn dafür büßen zu lassen. Irgendjemand musste doch wissen, wo er sich aufhielt.

10

Inishmore

Ich wusste vielleicht nicht, wo Lake sich aufhielt, doch mir war durchaus klar, was er im Schilde führte, genau wie jedem anderen, der die Wirtschaftsseiten einer der großen Zeitungen las. Lake war offenbar unermüdlich damit beschäftigt, Konkurrenzunternehmen zu schlucken. Im Augenblick hatte er zwei Gegner im Blickfeld, eine kleine Internethandelsfirma, die als eine Art Familienunternehmen des elektronischen Zeitalters begonnen hatte: zwei Brüder von Anfang zwanzig, die eine gute Idee gehabt und vor einigen Monaten einen Riesenwirbel um ihren Börsengang veranstaltet hatten. Nun waren die beiden jungen Männer auf der ersten Seite des Wirtschaftsteils des *International Herald Tribune* porträtiert, beide mit dem Ausdruck von Rotwild, das eben vom Scheinwerferlicht geblendet wird. Sie empfahlen den Aktionären, das Angebot von Marzocco Financial Online auszuschlagen. Ich vermutete, dass es hoffnungslos war.

Hank Mariani, der texanische Geschäftsmann, der Lake bei der etruskischen Apollobronze überboten hatte, war ebenfalls in Schwierigkeiten. Das zugehörige Foto zeigte einen Mann von schätzungsweise Anfang fünfzig, und anders als die beiden Brüder mit den erstaunten Mienen wirkte er eher, als wäre er des Lebens überdrüssig, wie er dort mit dem Firmenlogo hinter sich am Schreibtisch saß, den Ellbogen aufgestützt und die Hand vor den Mund geschlagen, als wolle er einen Schrei unterdrücken. Als Lake seinen Übernahmeversuch startete, hatte er sich bemüht, einen anderen Käufer für die Firma zu finden. Die Gerichte hatten zu Lakes Gunsten entschieden, und Mariani war im Begriff, sich einen neuen Job zu suchen. Natürlich war in keinem der beiden Fälle ein Foto von Lake zu sehen, doch es war offensichtlich, dass er seine Zusicherung wahr machte, die er mir bei unserem Treffen gegeben hatte, nämlich Mariani zu erledigen.

Keine dieser Geschichten konnte jedoch dazu beitragen, Lake zu finden, weshalb ich meine Suche fortsetzte. Ich benötigte einen Großteil des nächsten Tages, um einen Verbindungspunkt zu Lake zu finden, so winzig er auch sein mochte.

Ich begann mit der einzigen mir bekannten Person, die in irgendeiner Hinsicht mit Lake in Verbindung stand, einem englischen Kunstgutachter und -händler namens Alfred Mondragon, von dem ich wusste – ich hatte es Lake gegenüber in Rom angedeutet –, dass er häufig Kunstgegenstände für Lake kaufte.

Ich hatte Mondragon erst einmal getroffen, aber das hielt mich nicht davon ab, ihn anzurufen. Obwohl wir vermutlich Konkurrenten waren, was die Geschäfte mit Lake anging, zählte ich auf die verhaltene Kollegialität unter denjenigen, die in unserer Branche tätig sind, wenn es darum geht, einen Sieg zu erringen.

»Ich nehme an, Sie erinnern sich nicht mehr an mich«, sagte ich zu ihm. »Wir haben uns vor einigen Jahren bei einer Auktion im Burlington House getroffen.« Ich erinnerte mich natürlich an ihn. Er war ein großer Mann, der überall und zu jeder Tageszeit lilafarbene Jacketts trug und teure und ausgesprochen übel riechende Zigarren bevorzugte.

»Haben Sie damals etwas gekauft?«, fragte er.

»Ja. Zwei große Zeichnungen von David Roberts. Ich habe einen Kunden, der seine Werke sammelt.«

»Ich meine mich zu erinnern«, sagte er. »Eine trug den Titel *Kom Ombo,* und die andere …«

»*Edfu*«, sagte ich.

»*Edfu*«, pflichtete er mir bei. »Ja, jetzt erinnere ich mich an Sie. Namen kann ich mir nicht gut merken, aber ich erinnere mich relativ gut an Gegenstände und manchmal auch an die Leute, die mit ihnen in Verbindung stehen. Rotblondes Haar, recht attraktive Frau von etwa vierzig? Habe ich recht?«

»Ja, vielen Dank.«

»Sie interessierten sich für ein Steakmesserset mit Elfenbeingriffen. Er zahlte zu viel dafür.«

»Das war mein Geschäftspartner, Clive Swain«, erklärte ich. »Er zahlte tatsächlich zu viel. Aus diesem Grund übernehme ich die meisten Einkäufe für unseren Laden. Sie kauften einen Carlevaris«, sagte ich, um nicht ins Hintertreffen zu geraten. »Eine Architekturzeichnung. Von Venedig natürlich. Sie war wundervoll und überstieg deutlich meine finanziellen Mittel. Ich war ziemlich neidisch.«

»Ganz richtig«, sagte er.

»Sie interessierten sich auch für das Derby-Porzellan«, fügte ich hinzu. »Es wurde ebenfalls über Preis bezahlt.«

»Mein Lebensgefährte Ryan. Ich vergöttere ihn. Er kann alles kaufen, was er haben möchte«, kicherte er. »Nun, da wir zweifelsfrei festgestellt haben, dass wir vom gleichen Schlag sind: Was kann ich für Sie tun?«

»Ich muss unbedingt mit Crawford Lake Kontakt aufnehmen.«

»Genau wie jeder andere«, sagte er. »Da kann ich Ihnen nicht helfen.«

»Ich muss ihn wirklich dringend treffen. Eine Freundin von mir sitzt in einem italienischen Gefängnis. Sie können sich vorstellen, wie entsetzlich das ist. Sie ist unschuldig. Der einzige Mensch, der sie herausholen kann, ist Crawford Lake.«

»Das ist höchst bedauerlich, aber ich kann Ihnen wirklich nicht helfen.«

»Können Sie nicht, oder wollen Sie nicht?«

»Ich kann nicht. So läuft es bei Lake nicht, verstehen Sie. Er ruft bei Ihnen an und nicht umgekehrt. Wenn er etwas will, lässt er es Sie wissen. Und Sie besorgen es dann. Ich habe keine Ahnung, wie man mit ihm in Kontakt treten kann.«

»Was würden Sie tun, wenn Sie etwas fänden, um das er Sie nicht gebeten hat, von dem Sie aber wüssten, dass er es haben will?«

»Es spielt keine Rolle. Im Augenblick hätte ich zum Beispiel eine sehr schöne ägyptische Bildhauerarbeit. Ich weiß, dass ihm das Stück gefallen würde, aber ich habe keine Möglichkeit, ihn zu kontaktieren.«

»Haben Sie ihn jemals getroffen?«

»Einmal.«

»Und?«

»Ein recht angenehmer Kerl.«

»Gut aussehend?«

»Ich denke schon, aber er teilt nicht meine Neigungen, wenn Sie verstehen, was ich meine.«

»Wo haben Sie ihn getroffen?«

»Hier in London. Hören Sie, ich würde Ihnen helfen, wenn ich könnte, aber ich kann es wirklich nicht. Sollte er mich zufällig in der nächsten Zeit anrufen, werde ich ihm sagen, dass Sie ihn suchen. Geben Sie mir eine Nummer, unter der Sie erreichbar sind. Ich fürchte, das ist das Einzige, was ich für Sie tun kann.«

»Danke«, sagte ich. »Ihnen fällt keine andere Verbindung ein, der ich nachgehen könnte?«

»Ich fürchte, nein. Ich bedaure, dass ich Ihrer Freundin nicht helfen kann.«

»Ich auch.« Er hatte keine Vorstellung davon, wie sehr ich es bedauerte.

Als Nächstes durchkämmte ich das Internet und überprüfte sämtliche Zeitungsarchive, die ich fand, und alles andere, was auf dem Bildschirm erschien, sobald ich Lakes Namen eingab. Es gab eine Menge Material über ihn.

Das waren die nackten Tatsachen: Lake war 1945 in Johannesburg, Südafrika, geboren worden, als Kind von Jack, einem Industriellen mit Verbindungen zum Diamantenhandel, und Frances O'Reilly, die ein irisches Model und eine Gesellschaftsdame war, besser als Fairy bekannt, wenn man der Quelle Glauben schenken durfte. Crawford hatte einen älteren Bruder, Rhys, und eine jüngere Schwester, Barbara.

Der Namenstradition der Familie folgend, wurde Barbara stets nur Brandy genannt. Falls Jack, Rhys oder Crawford ebenfalls Kosenamen besaßen, so wurden sie gnädigerweise nicht erwähnt.

Beide Eltern sowie Rhys starben bei einem Flugzeugabsturz, als Crawford etwa fünfundzwanzig und Brandy sechzehn war. Die beiden erbten ein riesiges Vermögen. Obwohl es offensichtlich vorgesehen war, dass Rhys in Hinblick auf das Familienunternehmen als Erbe fungieren sollte, erwies sich Lake durchaus als fähig und nutzte die Mittel, um ein noch größeres Vermögen anzuhäufen und schließlich zu dem Milliardär zu werden, der er heute war. Brandy hingegen lebte recht verschwenderisch. Im Alter von achtzehn Jahren war sie bereits fester Bestandteil des Gesellschaftslebens in Europa und in den USA. »Gesellschaftsleben« stimmt nicht ganz; in Wahrheit ließ sie sich regelmäßig in irgendwelchen Clubs fotografieren – mit etwas, das wohl eine Art Erkennungszeichen sein sollte: Sie trug stets eine weiße Rose am Revers oder an ihrer Kleidung und eine Sonnenbrille, auch bei Nacht. Anders als bei den übrigen Mitgliedern des Jetsets, mit denen sie verkehrte, gab es keine Aufnahmen von einem Skiurlaub in Gstaad oder einem Aufenthalt an Bord irgendeiner Jacht. Offensichtlich war sie ein Nachtmensch, stets der Gast, der die Party als Letzter verließ. Ich erfuhr überraschend viel über sie. Früher hatte sie zu den Menschen gehört, die in allen Klatschspalten auftauchten. Ihr Lieblingsgetränk hieß Mimosa, Sekt mit Orangensaft, und ihre Lieblingsblume war die weiße Rose, die sie stets am Körper trug.

Falls ihr Bruder eine Meinung zu diesem Lebensstil hatte, so äußerte er sie nicht in der Öffentlichkeit, jedenfalls nicht, bis sie sich mit einem jungen Mann namens Anastasios Karagiannis zusammentat, einem griechischen Playboy, anders kann man es nicht nennen. Von Brandy und Taso, wie er im Allgemeinen genannt wurde – in solchen Kreisen scheint ein Spitzname ein absolutes Muss zu sein; so genau möchte man es gar nicht wissen –, gab es Fotos, die sie gemeinsam beim Tanzen im *Regine's* oder bei irgendeiner anderen ausschweifenden Festivität in Paris zeigten und so weiter und so fort.

Tasos Problem war, zusätzlich zu dem Umstand, dass er offensichtlich nicht die nötigen finanziellen Mittel besaß, dass er ziemlich tief in der Drogenszene steckte und viel zu viel trank. Das wiederum brachte Crawford auf den Plan. Ich fand ein Archivfoto, auf dem jemand, der den Kopf abwandte, Brandy aus irgendeinem Hotel zerrte. In der Bildunterschrift stand, bei der betreffenden Person handle es sich um Crawford Lake, obwohl es auch jeder andere hätte sein können.

Brandy und Taso verkündeten dessen ungeachtet ihre Verlobung und legten einen Hochzeitstermin fest. Zwei Tage vor dem Ereignis, das an einem absolut geschmacklosen Ort stattfinden sollte, in einem jener Clubs mit barbusigen Tänzerinnen, starb Taso, und zwar bei einem entsetzlichen Autounfall. Der Wagen, ein schicker kleiner Sportflitzer, den Brandy ihm zur Hochzeit geschenkt hatte, war auf einer abschüssigen Straße ins Schleudern geraten, und Taso war samt dem Fahrzeug den Abhang hinunter in einen feurigen Tod gestürzt. Man hatte den Wagen untersucht, zumindest das, was davon übrig geblieben war, hatte jedoch keinen technischen Defekt gefunden, der den Unfall erklären würde. Tasos Blutalkoholspiegel war allerdings immens hoch gewesen. Zudem hatte in dem medizinischen Bericht gestanden, dass er seinen Verbrennungen erlegen war, was wahrlich eine grausame Todesart sein muss.

Brandy legte Dutzende von weißen Rosen auf Tasos Sarg und verschwand anschließend, ebenso wie ihr Bruder, aus dem Blickfeld der Öffentlichkeit. Anders als bei ihrem Bruder war ihr Aufenthaltsort allerdings jedem bekannt, der bereit war, ein paar Nachforschungen anzustellen: Es war der Familiensitz ihrer Mutter auf Inishmore, einer der Aran Islands vor Irlands Westküste. Ich wollte sie anrufen, doch es gab weder eine registrierte Nummer auf den Namen Brandy Lake noch für die O'Reilly-Familie, zumindest nicht für diejenige, die ich suchte. Ich buchte einen Flug zum Shannon Airport.

Bevor ich abflog, rief ich jedoch Salvatore Vitali an, den mit Lola befreundeten Anwalt. »Wie geht es ihr?«, fragte ich.

»Nicht gut«, antwortete er. »Sie weigert sich, zu essen. Und sie ist so eine winzige Person …«

»Ich arbeite an der Sache«, sagte ich. »Versuchen Sie, sie zum Essen zu bewegen.«

Nach dem Fahrplan, den ich vom Flughafen mitgenommen hatte, hatte ich die letzte von Doolin auslaufende Fähre verpasst. Also fuhr ich mit einem Mietwagen die Küste hinauf nach Galway, hielt nur einmal an einem Blumengeschäft an, und setzte dann meinen Weg nach Rossaveal fort. Nur wenige Minuten vor dem Auslaufen erreichte ich die letzte Fähre. Die See war rau und die Luft kühl, aber das Schiff pflügte sich hartnäckig auf die Insel zu, die etwa zehn Kilometer vor der Küste liegt. In Kilronan, wo die Fähre anlegte, nahm ich einen Pferdewagen und bat den Kutscher, mich zu einer angenehmen Bed-and-Breakfast-Unterkunft zu bringen. Es nieselte leicht, und tief am Himmel hingen Sturmwolken. Die Insel war ziemlich trostlos. Kleine Grasflächen, die von niedrigen Steinwällen umgeben waren, stellten die auffälligste Besonderheit dar.

Manche mögen sie für romantisch halten, diese windumtoste, felsige Insel, doch in meinem augenblicklichen Gemütszustand fand ich sie nur bedrückend.

Das Wetter mag unfreundlich gewesen sein, die Begrüßung war es jedoch nicht. Der Fahrer setzte mich an einem hübschen Gasthof ab, und ich wurde in ein behagliches Haus mit einem warmen Kaminfeuer geführt, wo ich ein oder zwei Gläser hervorragenden Wein und ein erstaunlich gutes Abendessen genoss und ein überaus bequemes Bett vorfand.

Am nächsten Morgen schien kräftig die Sonne, und ich hatte den Eindruck, mich an einem anderen Ort zu befinden und ein neuer Mensch geworden zu sein. Ich fragte nach dem Weg zum Haus der O'Reillys und vernahm erfreut, dass es nah genug war, um zu Fuß dorthin zu gelangen.

»Eine seltsame Person«, sagte die Gastwirtin. »Diese Brandy Lake. Sie geht nie raus. Natürlich hat sie eine Hilfe. Ein Dienstmädchen, das sie mitgebracht hat. Sie heißt Maire. Aber sie selbst ist seit Jahren nicht mehr vor die Tür gegangen. Wirklich sehr schade. Ich kann mich noch daran erinnern, wie sie als Kind war. Sie kam im Sommer mit ihrer Familie hierher, mit den Großeltern, den O'Reillys. Ein süßes kleines Ding. Sie lachte viel und lief die ganze Zeit herum. Es ist schwer zu ertragen, sich vorzustellen, was ihr wohl widerfahren ist, dass sie eine derartige Einsiedlerin geworden ist.«

»Bekommt sie ab und zu Besuch?«

»Am Anfang kamen viele Leute, aber jetzt ist das vorbei. Zu Beginn tauchten diese Reportertypen hier auf, aber wir sagten immer, wir würden niemanden mit diesem Namen kennen. Sind Sie etwa auch Journalistin?«, fragte sie plötzlich misstrauisch.

»Keineswegs«, sagte ich. »Ich habe eine Nachricht von ihrem Bruder.«

»Crawford? Seitdem sie hier ist, haben wir ihn nicht mehr gesehen. Er war ein ernster junger Bursche. Ich habe gehört, dass es ihm finanziell recht gut geht. Sie wird sich freuen, von ihm zu hören, auch wenn er nicht persönlich kommt.«

Die Straße führte sanft bergauf und bergab und bot herrliche Ausblicke. Über das Wasser hinweg, auf der Hauptinsel, sah man die Berge von Connemara, die sich fast violett von dem hellen Himmel abhoben, und vor mir auf einem Felsen lagen die Ruinen der Festung Dun Aengus. Ich merkte, dass ich nun wesentlich zuversichtlicher war, weil ich eine echte Verbindung zu Lake gefunden hatte und bald erfahren würde, wohin ich mich wenden musste. Wenn ich sie davon überzeugen konnte, ihren Bruder zu kontaktieren, würde er mir zuhören müssen.

Das Haus der Lakes – oder besser: der O'Reillys – war eines der größten der Insel, auch wenn es beileibe nicht feudal wirkte. Es war ein zweistöckiges Steinhaus und hatte einen großen Vorgarten. Bevor ich dort ankam, lief ein Bordercollie eine Zeit lang auf den Feldern neben mir her. Dabei sprang er leichtfüßig über die Steinwälle und bellte, aber nicht unfreundlich. Er folgte mir bis in den Garten und über den Steinweg, der zur Tür führte. Je näher wir kamen, desto intensiver bellte er. Ich betätigte die Klingel.

Ich hörte Schritte von drinnen, und eine Stimme rief durch die Tür: »Legen Sie es einfach auf die Treppe.«

»Hallo!«, rief ich.

Die Tür öffnete sich einen Spaltbreit, und der Hund, der nun total aufgeregt war, begann an mir hochzuspringen und hinterließ schmutzige Abdrücke auf meinem Mantel. »Wer sind Sie?«, fragte die Stimme von drinnen.

»Mein Name ist Lara McClintoch. Ich würde gern mit Ms Lake sprechen«, rief ich gegen den Lärm an, den der Hund verursachte.

»Sei still, Sandy«, sagte die Stimme. »Geh runter. Lass die Dame in Ruhe.« Sandy ignorierte sie. Endlich ging die Tür ein Stück weiter auf. »Sie kommen besser herein, sonst hat der Hund Sie im Nu von oben bis unten beschmutzt«, sagte die Frau.

»Vielen Dank«, erwiderte ich und wischte die Pfotenabdrücke von meinem Mantel und von den Hosenbeinen.

»Sie bekommt hier nicht oft Besuch«, sagte die Frau. »Kaum jemand kommt vorbei. Ich habe mit der Milchlieferung gerechnet.«

»Sind Sie Maire?« Die Frau, eine untersetzte Person, schätzungsweise in den Vierzigern, die wohl ihr ganzes Leben lang hart gearbeitet hatte, nickte. »Könnten Sie Ms Lake fragen, ob sie mit mir sprechen möchte?«

»Sie wird Sie nicht sehen wollen«, entgegnete die Frau. »Aus welchem Grund sind Sie hier?« Über diese Frage hatte ich ausgiebig nachgedacht, da ich wusste, dass sie unvermeidbar war. Ich hatte überlegt, dass ich sagen könnte, ich wäre eine Freundin ihres Bruders oder würde jemanden kennen, den sie ebenfalls kennt, auch wenn ich keine Ahnung hatte, wer das hätte sein sollen. Letztendlich, während ich dort stand, entschied ich mich für die Wahrheit.

»Ich habe eine Freundin, die wegen einer Sache, die sie nicht getan hat, in einem italienischen Gefängnis sitzt. Der Einzige, der ihr helfen kann, ist Crawford Lake, aber er ist nicht zu einem Treffen bereit. Also versuche ich, eine Verbindung zu ihm zu finden, eine Möglichkeit, mit ihm in Kontakt zu treten, damit ich meiner Freundin helfen kann.«

»Es tut mir leid«, sagte Maire. »Aber sie wird trotzdem nicht mit Ihnen sprechen wollen.«

»Wollen Sie sie denn nicht fragen?«

»Es wird nichts bringen.«

»Bitte. Ich flehe Sie an. Allmählich bin ich ziemlich verzweifelt. Bedenken Sie doch, ein italienisches Gefängnis!«

»Es wird nichts bringen, das versichere ich Ihnen. Nein.«

Ich beschloss, dass ich, zumindest im Augenblick, keine andere Wahl hatte, als mich zurückzuziehen. »Würden Sie Ihr wenigstens die hier geben?«, fragte ich, während ich ihr den Blumenstrauß reichte, den ich den ganzen Weg von Galway bis hierher wie ein Baby mit mir herumgetragen hatte. Die Frau blickte oben ins Papier hinein.

»Weiße Rosen«, sagte sie wehmütig. »Die werden ihr gefallen. Es tut mir leid, dass wir Ihnen nicht helfen können.«

»Mir auch«, sagte ich. »Ich wohne in dem Gasthaus etwas außerhalb von Kilmurvey«, fügte ich hinzu, »falls sie ihre Meinung ändert.« Ich verließ das Haus. Der Hund war nirgendwo zu sehen. Am Gartentor wandte ich mich um. In einem Fenster im oberen Stockwerk bewegte sich eine Spitzengardine, und ich erblickte flüchtig ein Gesicht, wahrscheinlich das von Maire. Enttäuscht ging ich zum Gasthaus zurück.

Ich saß gerade vor dem offenen Kamin und bedauerte mich selbst, und natürlich auch Lola, als das Telefon auf der Empfangstheke klingelte. »Miss McClintoch«, rief die Gastwirtin zu mir herüber. »Maire hat soeben angerufen. Sie können zum Haus der Lakes zurückkommen.«

Maire erwartete mich, die Eingangstür stand offen. Dennoch war das Innere relativ dunkel, da schwere blaue Samtvorhänge das Licht abhielten. Das Haus hatte in der Mitte eine Diele und zu beiden Seiten des Eingangs je ein freundliches Zimmer; in einem standen zahlreiche Bücher, ein Schreibtisch, ein Sofa und Stühle, und in dem anderen eine Ledergarnitur und ein Fernsehapparat. Alles wirkte jedoch ausgesprochen düster und bedrückend.

Maire führte mich eine dunkle Treppe hinauf. »Sind Sie wirklich sicher, dass Sie sie sehen möchten?«, fragte sie, als wir oben angelangt waren. »Sie werden es vielleicht bedauern.«

»Das ist möglich«, erwiderte ich, »aber es ist der einzige Weg, der sich mir im Moment bietet.«

Die Frau zuckte mit den Schultern. »Nun gut, dann kommen Sie herein.«

Das Zimmer, in das sie mich führte, war so dunkel, dass ich eine Minute brauchte, um mich an die Lichtverhältnisse zu gewöhnen. Außerdem war es ziemlich kalt.

»Sind Sie diejenige, die mir die Rosen gebracht hat?«, fragte eine Stimme, und ich spähte in die Finsternis und erblickte eine Frau in einem hübschen blauen Kleid und rosafarbenen flauschigen Nachtpantoffeln, die im dunkelsten Teil des Raumes auf einem Stuhl saß. Sie trug eine Sonnenbrille.

Neben ihr, in einer Kristallvase auf einem kleinen Tisch, standen die Rosen.

»Ja«, sagte ich. »Ich hoffe, sie gefallen Ihnen.«

»Es sind meine Lieblingsblumen«, sagte sie. »Kenne ich Sie?«

»Nein«, antwortete ich. »Ich versuche verzweifelt, mit Ihrem Bruder in Kontakt zu treten.«

»Mit Rhys?«, fragte sie.

»Nein, mit Crawford.« Wusste sie etwa nicht, dass Rhys tot war? Meine Zuversicht schwand dahin.

Sie neigte ihren Kopf nach hinten und zog eine Grimasse. Sie hatte schlechte, verfärbte Zähne, und ein Eckzahn fehlte. Ich war entsetzt. Wurde sie hier gegen ihren Willen gefangen gehalten und litt an Zahnschmerzen? Was ging hier vor?

»Er hat ihn umgebracht«, sagte sie. Ich wollte gerade fragen, wer wen umgebracht hätte, doch plötzlich wusste ich die Antwort.

»Taso«, sagte ich. »Sie glauben, Crawford hat Taso umgebracht.«

»Ich glaube es nicht, ich weiß es. Ich weiß nur nicht, wie er es gemacht hat. Vielleicht könnten Sie das für mich herausfinden.«

»Aber Brandy«, sagte Maire. »So sollten Sie nicht über Ihren Bruder sprechen. Sie wissen, dass er sehr großzügig ist und jeden Monat Geld schickt.«

»Er erkauft sich mein Schweigen. Crawford erträgt es nicht, wenn er seinen Kopf nicht durchsetzen kann. So war er immer schon, auch, als wir noch klein waren«, sagte sie. »Wenn jemand sich ihm in den Weg stellt, beseitigt er ihn. Er war so ein hübscher Junge. Sie wollten nicht, dass ich ihn noch einmal sehe. Ich schätze, sie glaubten, ich wäre nicht stark genug. Aber ich bin stark«, fuhr sie fort. »Sehen Sie mich an. Ich muss doch stark sein, oder etwa nicht? Ich glaube, Crawford verbot ihnen, mich zu ihm zu lassen.«

»Wissen Sie, wo Crawford sich aufhält?«

»Nein, Sie etwa?«, fragte sie. »Ich wüsste gern, wo er ist. Es ist nett, Besuch zu haben. Möchten Sie einen Tee?«

»Nein, danke«, antwortete ich. Das Haus war mir nicht geheuer.

»Ich hätte gern einen«, sagte sie. »Würden Sie mir einen bringen, Maire?«

Maire warf mir einen kurzen Blick zu und nickte dann. »Ich komme gleich wieder«, sagte sie.

Mir war nicht klar, ob ihre Bemerkung Brandy beruhigen sollte oder mich.

»Jetzt ist sie weg«, flüsterte Brandy. »Ich glaube, Sie können mir helfen.«

»Was kann ich für Sie tun?«, flüsterte ich zurück.

»Ich habe diese Fliege dort an der Decke beobachtet«, sagte sie und zeigte nach oben. Für mich war es zu dunkel, um zu erkennen, ob sich dort eine Fliege befand oder nicht. Ich war nicht einmal sicher, ob es auf den Aran Islands überhaupt Fliegen gab. »Und ich glaube, ich weiß, wie es funktioniert.«

»Wie was funktioniert?«

»Kopfüber an der Decke herumspazieren, natürlich.«

»Oh«, sagte ich. »Ich verstehe.«

»Ja«, sagte sie. »Wenn Sie mir helfen würden, dort hinaufzukommen – Sie könnten mich auf die Kommode heben oder vielleicht sogar auf die Schranktür –, könnte ich es wohl schaffen. Helfen Sie mir?«

»Hm ...« Ich hörte Maires Schritte auf der Treppe.

»Psst«, flüsterte Brandy. »Sagen Sie ihr bitte nichts davon. Kommen Sie irgendwann wieder, wenn sie nicht da ist. Montagmorgens fährt sie immer einkaufen. Kommen Sie dann.«

»Gut.«

»Finden Sie mich hübsch?«, fragte Brandy, als Maire die Tür aufschob und ein silbernes Teeservice neben Brandy auf den Tisch stellte.

»Aber meine Liebe«, sagte Maire. »Natürlich findet sie Sie hübsch. Hier ist Ihr Tee. Ich habe Ihnen ein paar leckere Kekse mitgebracht, die Sie dazu essen können. Ist es kühl genug?«

Kühl genug? Mir lief ein Schauer über den Rücken. Ich wusste nicht, ob die Raumtemperatur oder die allgemeine Atmosphäre die Ursache dafür war.

»Sind Sie diejenige, die mir die Blumen gebracht hat?«, fragte Brandy erneut und legte ihre Hände um eine der Rosenblüten.

»Ja«, antwortete ich. »Ich hoffe, sie gefallen Ihnen.«

»Vielleicht sollten Sie jetzt gehen«, sagte Maire.

»Ja«, sagte ich.

»Können wir heute nach draußen gehen, Maire?«, fragte Brandy.

»Nein, meine Liebe«, antwortete Maire. »Die Sonne scheint.«

»Ach so«, sagte Brandy in gelassenem Tonfall. »Vielleicht ist es morgen bedeckt.«

»Bestimmt«, sagte Maire. »Heute Abend können wir eventuell einen kleinen Spaziergang machen. Ich begleite diese nette Dame hinaus, in Ordnung?«

»In Ordnung«, sagte Brandy.

»Wissen Sie, wo sich ihr Bruder aufhält?«, fragte ich, als wir die Treppe hinabstiegen.

»Nein«, erwiderte Maire.

»Aber er schickt doch jeden Monat Geld.«

»Ja. Mit einer Banküberweisung aus der Schweiz. Leider hilft Ihnen das nicht. Es gehört zu den Vereinbarungen, wissen Sie. Ihr Bruder ist sehr großzügig mit seinen Überweisungen, aber das ist auch alles. Wo er lebt, weiß ich nicht. Ich hätte Sie nicht noch einmal herbitten sollen. Ich dachte, ich wäre vielleicht ein wenig zu schroff zu Ihnen gewesen, als Sie heute Morgen vor der Tür standen und so sichtlich verzweifelt wirkten. Und vorhin schien es ihr besser zu gehen. Sie hat sich sehr über die Rosen gefreut.«

»Was ist los mit ihr?«, fragte ich.

Maire sah mich eine Weile an. »Porphyrie«, antwortete sie schließlich.

»Ist das nicht ...« Ich biss mir auf die Zunge.

»Die Vampirkrankheit? Das wollten Sie wohl gerade sagen?«

»Ja. Verzeihung.« Das erklärte allerdings die Sonnenbrillen die ganzen Jahre über, und die schlechten Zähne. Menschen mit dieser Krankheit waren häufig schrecklich lichtempfindlich.

»Versprechen Sie mir, dass Sie keinem davon erzählen.

Wenn die Leute davon erfahren, wird man sie belästigen. Es ist eine furchtbare Krankheit, und die Menschen können nicht damit umgehen. Es jagt ihnen Angst ein. Sie glauben, sie könnten sich anstecken, oder noch schlimmer, Ms Lake liefe nachts draußen umher und versenke ihre Eckzähne in irgendwelche Tiere oder Menschen. Die Familie hat immer versucht, es geheim zu halten. Ihr Vater hatte es auch. Es ist wie ein schrecklicher Fluch, der auf der Familie liegt. Dies hier ist einer der wenigen Orte, an denen sie sich wohlfühlt. Es ist die meiste Zeit des Jahres kühl, und es regnet viel. Wenn wir die Insel verlassen müssten, wüsste ich nicht, wo wir hinsollten.«

»Ich verspreche Ihnen, dass ich es niemandem erzähle. Hat sich die Krankheit auch auf ihren Verstand ausgewirkt?«

»Vielleicht«, antwortete sie. »Möglicherweise. Ich dachte allerdings immer, es sei eher der Tod ihres Liebhabers gewesen. Sie war völlig verrückt nach ihm.«

»Für Sie kann es auch kein besonders aufregendes Leben sein«, sagte ich. »Kommen Sie manchmal auch aus dem Haus?«

»Ihr Bruder bezahlt mich gut«, erwiderte sie und blickte auf die trostlose Landschaft, »obwohl es hier nicht viel gibt, wofür ich es ausgeben könnte. Wenn Felsen wertvoll wären, wären wir wohl die reichsten Menschen der Welt. Wie dem auch sei, Sie haben sie ja gesehen, und den Zustand, in dem sie sich befindet. Wie könnte ich sie verlassen, wenn es ihr so schlecht geht? Meine Mutter arbeitete schon für die O'Reillys. Wir sind auf gewisse Weise verbunden, meine und ihre Familie. Ob ich manchmal hier herauskomme? Ja. Von Zeit zu Zeit kommt eine Freundin zu Besuch, wenn sie es einrichten kann, damit ich ein wenig Urlaub machen kann. Allerdings kommt sie immer seltener. Aber jetzt muss ich mich verabschieden. Es war herrlich, ein wenig Gesellschaft zu haben, aber wahrscheinlich gibt es für Sie keinen Grund wiederzukommen, nicht wahr?«

»Nein«, sagte ich. »Aber danke.«

»Ich hoffe, Ihre Freundin übersteht die Sache.«

Ich wandte mich der Eingangstür zu, doch dann fiel mir noch eine Frage ein: »Porphyrie ist erblich, nicht wahr? Leidet ihr Bruder auch daran?«

»Ja«, antwortete sie. »Ich fürchte, ja.«

Ich dachte an den Mann, den ich als Crawford Lake kennengelernt hatte, an dieses erste und einzige Mal, an dem ich ihn persönlich getroffen hatte, daran, wie er in der Wohnung in Rom mit gebräunter Haut mitten in dem Sonnenstrahl gestanden hatte. *Verflucht,* dachte ich.

11

Rom

Der Mann, den ich als Crawford Lake kennengelernt hatte, war also jemand anderes. Eine alternative Deutung ließen die Dinge, die ich soeben erfahren hatte, nicht zu. Davon auszugehen, dass ein einziger Sachverhalt der Situation eine ganz neue Wendung gab, wäre eine zu einfache Schlussfolgerung gewesen. Es war wesentlich elementarer. Drei Menschen waren tot, und mindestens zwei von ihnen waren durch die Hand eines anderen umgekommen. Eine Unschuldige saß im Gefängnis.

Die Rückreise nach Italien kam mir sehr lang vor, nicht nur wegen der vielen Stunden, die ich unterwegs war, sondern auch wegen all der Gedanken, die mir durch den Kopf gingen. Die großmütigste Interpretationsmöglichkeit war, dass Lake angesichts seiner gesundheitlichen Situation jemanden gebeten hatte, ihn bei den Gesprächen mit mir zu vertreten. Bei dieser eher harmlosen Version hatte Lake tatsächlich mich ausgewählt, um den Bellerophon für ihn zu erstehen, bei der ganzen Angelegenheit war alles mit rechten Dingen zugegangen, und die Tode waren ein schrecklicher Zufall. Es war ein Szenario, an dem ich nicht lange festhalten konnte, und schon bald verfiel ich in düsteres Selbstmitleid und Schuldgefühle. Warum hatte ich jemals geglaubt, dass jemand wie Crawford Lake mich bitten würde, etwas für ihn zu erledigen? Ich würde es nicht einmal so weit bringen, für jemanden wie ihn den Abfall hinaustragen zu dürfen, geschweige denn ein Bronzepferd zu kaufen. War es Eitelkeit gewesen, die mich so anfällig gemacht hatte? Ich spielte nicht in Crawford Lakes Liga. Mir hatte lediglich der Gedanke gefallen, dass es so sein könnte.

Aber ich war doch skeptisch gewesen, oder nicht? Ich hatte ihn gefragt, warum er sich an mich gewandt hatte. Er hatte geantwortet, er habe nach jemandem gesucht, von dem niemand jemals etwas gehört hatte. Das hatte meine Eitelkeit gewiss nicht angesprochen. Andererseits hatte er meine Recherchefähigkeiten und meine Hartnäckigkeit gelobt. War das so verwerflich?

Der entscheidende Punkt war, dass es keine Rolle spielte, warum ich ihm geglaubt hatte. Dass ich es überhaupt getan hatte, darauf kam es an. War es ein Scherz gewesen, ein Jux, der furchtbar schiefgegangen war? Doch wer war der Spaßvogel? Mir fiel weder jemand ein, der etwas dermaßen Ausgeklügeltes in die Wege leiten könnte, noch jemand, der sich zu einem Mord hinreißen ließe, um den Streich nicht auffliegen zu lassen.

War es etwas Schlimmeres als ein Spaß? Handelte es sich um einen bewussten Versuch, mich zu diskreditieren? Warum sollte mir das Sorgen bereiten? Ich war Mitbesitzerin eines netten kleinen Ladens in Toronto, hatte meine regelmäßigen Kunden, wurde gelegentlich in den Design- und Antiquitätenmagazinen erwähnt. Warum sollte mich das zu einem Angriffsziel machen? Der Gedanke, dass sich jemand wegen einer unbedeutenden Frau wie mir so viel Mühe machen würde, war vielleicht sogar noch anmaßender, als den Auftrag einfach anzunehmen.

Was sollte ich also tun? Es wäre eine kluge Entscheidung, einfach nach Hause zu fliegen. Mir wurde nichts vorgeworfen, im Grunde wusste niemand, dass ich in diese bedauerliche Geschichte verwickelt war. Ich konnte jederzeit in ein Flugzeug steigen und innerhalb von vierundzwanzig Stunden an meinem üblichen Platz in dem kleinen Büro neben dem Ausstellungsraum des Ladens sitzen. Ich wäre eine Weile bedrückt, aber ich käme darüber hinweg. Das Leben würde weitergehen.

Doch die Bilder gingen mir nicht aus dem Kopf: Antonio, der mich in Paris vor Dieben rettete und dann bei einer Flasche Wein sein Englisch verbesserte; Lola, die Käse essend auf meiner Bettkante saß und mir von ihrem Liebesleben und ihrer Suche nach Lars Porsenas Grab erzählte. Und schließlich, wesentlich trauriger, Lola im Gefängnis und Antonio, dessen hübsches Lächeln für immer ausgelöscht worden war und der sanft im Wind hin- und herschaukelte.

Plötzlich verspürte ich kein Selbstmitleid mehr. Ich war mächtig wütend. Jemand hatte mich zum Narren gehalten, aber wesentlich schlimmer war, dass er mich für ein grässliches Komplott missbraucht hatte. Und ich würde es ewig bereuen, wenn ich mit eingezogenem Schwanz nach Hause schleichen, Lola dem Hungertod im Gefängnis überantworten und Antonio hängen lassen würde – diesmal im übertragenen Sinn –, an einem Haken am Giebel eines toskanischen Landhauses, gleichgültig, wie atemberaubend die Aussicht war! Ein Freund zu sein war etwas Schönes, aber es bedeutete auch, Verantwortung zu übernehmen, hatte Antonio gesagt. Er hatte recht gehabt.

Ja, ich musste vorsichtig sein. Ich musste mich an die Vorstellung gewöhnen, dass jedes Ereignis, egal wie harmlos es wirkte, eine mögliche Bedrohung darstellen könnte. Zudem musste ich vieles neu überdenken. Von dem ersten Augenblick an, als ich jene Wohnung in Rom betreten hatte, musste ich jedes Geschehnis neu interpretieren und von einem anderen Blickwinkel aus betrachten, in der Hoffnung, dass eine Struktur zum Vorschein käme. Ich musste versuchen, noch einmal mit allen Menschen in Verbindung zu treten, mit denen ich in den letzten Tagen Kontakt gehabt hatte – egal, wie flüchtig er gewesen sein mochte –, um herauszufinden, wie es alles zusammenpasste: Boucher und Leclerc;

Dottie und Kyle; Signore Mauro, der Besitzer des Bauernhofes; Palladini, der Eigentümer der Wohnung; Cesar Rosati, der nette Mann aus dem Restaurant in Volterra, einfach nur, weil er dort gewesen war. Aber zuallererst würde ich den Mann ausfindig machen, der sich als Crawford Lake ausgegeben hatte, und ihn zwingen, mir zu erzählen, wer ihn dazu überredet hatte. Ich hatte natürlich keine Idee, wie ich ihn aufspüren sollte, aber ich musste ihn finden.

Dottie zu finden erwies sich zumindest als ganz einfach. Genauer gesagt fand sie mich. »Lara!«, trällerte sie. Ich wandte mich um und sah sie an einem versteckten Tisch in einem Café sitzen, das sich auf der Piazza neben meinem Hotel befand. »Hier hinten! Ist es nicht erstaunlich, dass wir uns ständig über den Weg laufen?« Das war es gewiss, sogar ein wenig zu erstaunlich, auch wenn ich sie schon seit Jahren kannte und die Welt klein ist, wie man so schön sagt. Sie stand auf und umarmte mich, wobei sie mich ein oder zwei Sekunden länger als wirklich notwendig festhielt, als würde sie sich wirklich freuen, mich zu sehen. »Komm«, sagte sie und schob ein paar Zeitungen beiseite. »Setz dich zu mir. Dies ist übrigens Angelo. Mein neuer Liebhaber.«

Angelo sah fast genauso gut aus wie Kyle und, falls das überhaupt möglich war, sogar noch jünger. »Warum gehst du dir nicht diesen hübschen Anzug kaufen, der dir so gefallen hat, mein Süßer?«, fügte sie hinzu, während sie mehrere ziemlich große Geldscheine aus ihrem Portemonnaie zog. »Dann können Lara und ich ein wenig plaudern, nur wir zwei Frauen.« Angelo zog einen Schmollmund, als könnte er es nicht ertragen, auch nur wenige Minuten von ihr getrennt zu sein, doch dann erhob er sich und stolzierte davon.

»Ich bin so froh, dich zu sehen«, sagte sie. »Und froh, dass es dir gut geht.«

»Warum sollte es mir nicht gut gehen, Dottie?«, fragte ich und blickte sie misstrauisch an.

»Ach, ich weiß auch nicht«, antwortete sie. »Beim letzten Mal, als ich dich sah, hattest du gerade diesen armen Godard gefunden. An diesem Abend sahst du nicht gerade gut aus.« Das ließ sich nicht abstreiten. Als ich Dottie eingehender betrachtete, musste ich jedoch feststellen, dass bei diesem Anlass sie diejenige war, die nicht besonders gut aussah. Sie hatte abgenommen, und unter ihren Augen saßen dunkle Ringe, was auch ihr Make-up, das wirkte, als wäre es mit einem Spachtel aufgetragen worden, nicht verbergen konnte.

»Was ist mit Kyle geschehen?«, fragte ich.

»Er hat mich gelangweilt, also habe ich ihm den Laufpass gegeben«, antwortete sie. »Außerdem sagt man doch, wenn man in Rom ist, soll man mit einem Römer ausgehen, nicht wahr? Angelo ist so ein Schatz«, plapperte sie weiter. »Ich kann dir gar nicht sagen, wie sehr es mir in Italien gefällt. Ich bin wirklich froh, dass du es erwähnt hast, als wir dich in Nizza getroffen haben. Sonst wäre ich wohl nicht hierhergekommen. Ich frage mich jetzt, warum ich all die Jahre immer nur in Frankreich war. Wegen meines Geschäfts natürlich. Aber ich überlege, auch ein paar italienische Antiquitäten anzubieten. Ich werde es einfach mal ausprobieren und sehen, wie es läuft. Wo bist du überall gewesen, seit ich dich das letzte Mal gesehen habe?«

»Ich war an mehreren Orten«, sagte ich, auch wenn das mächtig untertrieben war. »Hauptsächlich in der Toskana, wie ich dir erzählt habe.« Vielleicht wusste sie ja ganz genau, wo ich gewesen war. Das war das Problem: Jetzt schien mir jeder verdächtig.

»Ist die Toskana nicht wundervoll? Florenz: vollkommen fantastisch. Siena: wenn das überhaupt möglich ist, noch schöner. Und jetzt Rom. Ich dachte, ich würde die Stadt einfach nur hassen. Ich hatte gehört, sie sei so laut und schmutzig, und alle römischen Männer seien alte Lüstlinge. Stattdessen finde ich die Stadt geradezu wunderbar. Ich habe meinen Aufenthalt in Europa bereits um einige Wochen verlängert, und ich kann gut noch länger aushalten. Jedenfalls, bis ich genug von Angelo habe. Er ist Schauspieler«, fügte sie hinzu.

»Wo gabelst du all diese jüngeren Männer auf?«, fragte ich. Ich wollte nur ein wenig Konversation betreiben und rechnete eigentlich gar nicht mit einer Antwort, aber ich bekam dennoch eine.

»Diesen habe ich von einer Begleitagentur«, antwortete sie. »Sie bezeichnen sich als Schauspielervermittlung. Ich weiß, dass das albern ist, aber ich war ein wenig einsam, nachdem Kyle und ich uns getrennt hatten, und hatte noch keine rechte Lust, nach Hause zu fliegen, weshalb ich in einer dieser Agenturen anrief. Eigentlich suchte ich nur jemanden, der mit mir essen gehen würde, aber es hat ganz gut funktioniert, wenn du verstehst, was ich meine.«

Plötzlich war ich Dottie dankbar, denn sie hatte mich auf eine Idee gebracht. Antonio hatte mir erzählt, er sei Schauspieler gewesen, oder zumindest, dass er gern einer werden wollte, zudem hatte er eine Agentur erwähnt. Wenn Antonio von dieser Agentur gekommen war, warum dann nicht auch der andere, derjenige, der Lake gespielt hatte?

Ich war ziemlich zufrieden darüber, dass mir dieser Gedanke gekommen war, bis mein Blick auf eine Schlagzeile der auf dem Tisch liegenden Zeitung fiel.

»Würde es dir etwas ausmachen, wenn ich kurz einen Blick in diese Zeitung werfe?«, fragte ich.

»Greif nur zu. Ich kann sie sowieso nicht lesen. Sie ist italienisch. Angelo hat sie gekauft.«

»Ich habe schon seit einigen Tagen keine italienische Zeitung mehr gelesen«, sagte ich. »Ich bin gar nicht mehr auf dem Laufenden.«

»Du kannst sie dir gern nehmen«, sagte sie. »Es ist doch schön, einfach nur hier zu sitzen und zu lesen, nicht wahr? Du liest das, und ich sehe mir die italienische *Vogue* an.

Dort verstehe ich zwar auch kein Wort, aber die Fotos sind großartig.«

Der Artikel, der mein Interesse geweckt hatte, war gleich vorn auf der Titelseite platziert und stammte von einem Journalisten namens Gianni Veri, ein Name, den ich glaubte schon einmal gehört zu haben, auch wenn mir nicht einfiel, wo. Der Artikel war mir wegen eines sehr schönen Fotos von einer etruskischen Hydria ins Auge gefallen, höchstwahrscheinlich derselben, die sich schon mehr als einmal in meinem Besitz befunden hatte. Veri tobte sich gewissermaßen journalistisch aus.

DIE ETRUSKISCHE CHIMÄRE

NATIONALE SCHANDE!
BEHÖRDEN SCHLAFEN, WÄHREND ITALIENISCHES KULTURERBE GEPLÜNDERT WIRD

Die Beamten des Commando Carabinieri Tutela Patrimonio Artistico sitzen untätig herum, während Hunderte, wenn nicht gar Tausende von etruskischen Artefakten gestohlen und anschließend außer Landes geschmuggelt werden. Der Verfasser sah die hier abgebildete erlesene etruskische Hydria mit eigenen Augen – eine Hydria, die kein anderer als der Micali-Maler aus dem antiken Vulci in den Händen hielt. Er weiß aus sicherer Quelle, dass das antike Gefäß gerade auf dem Weg in die Schweiz war, als die örtliche Polizei eine amerikanische Frau festnahm, die sie bei sich trug. Die Frau gehört einem Schmugglerring an, an dessen Spitze ein ausländischer Geschäftsmann steht, der systematisch kostbare Kunstobjekte unseres italienischen Kulturerbes ins Ausland überführt. Dort werden sie illegal an internationale Sammler verkauft, von skrupellosen Menschen in Privatsammlungen versteckt gehalten und sind somit nie wieder italienischen Augen zugänglich. Während die Frau in Polizeigewahrsam ist, reist der Kopf des Schmugglerrings im Land oder sogar in der Welt umher, ohne befürchten zu müssen, strafrechtlich verfolgt zu werden. Es drängt sich die Frage auf, ob es an der Inkompetenz der italienischen Beamten liegt, oder noch schlimmer: ob diese an dem Ganzen beteiligt sind. Oder, die allerschlimmste Möglichkeit: Die Polizei hat die Rückendeckung einer korrupten Politikerkaste.

Weiter ging es in dem Artikel darum, dass die Etrusker, wie jedes italienische Schulkind wusste, die wahren Vorfahren des italienischen Volkes waren – eine Tatsache, die durch noch unveröffentlichte DNA-Tests zweifelsfrei bewiesen werden könnte. Außerdem sollten alle Italiener angesichts der Tatsache, dass kriminelle Ausländer frei herumlaufen durften, in Wut geraten. Alles wirkte ziemlich übertrieben, wenn nicht gar reißerisch, und darüber hinaus etwas oberflächlich, was die Detailgenauigkeit betraf, sofern ich es beurteilen konnte.

Wenn man jedoch an die im Gefängnis sitzende Lola dachte, war das Ganze wahrhaftig deprimierend. Es sah definitiv nicht gut für sie aus. Der Artikel endete damit, dass italienische Leser gebeten wurden, ihre Meinungsäußerungen per Mail an den Journalisten in Veii zu schicken, an eine italienische Adresse.

Ich blickte auf und sah, dass Dottie mich über den Rand ihrer Lesebrille hinweg beobachtete. »Irgendetwas Interessantes?«, fragte sie.

»Ich habe gerade etwas über gestohlene Antiquitäten gelesen«, antwortete ich. »Offensichtlich schmuggelt jemand etruskische Artefakte aus Italien. Wahrscheinlich müssen Leute wie du und ich vorsichtig sein, wenn sie etwas kaufen.«

Sie wirkte erstaunt. »Das müssen wir gewiss«, sagte sie nach einer Weile.

»Da wir gerade vom Kaufen sprechen«, fuhr ich fort. »Ich mache mich besser auf den Weg. Ich kann hier nicht stundenlang herumsitzen, wenn Arbeit auf mich wartet – egal wie schön es ist. Es war nett, dich wiederzusehen, Dottie. Vielleicht kreuzen sich unsere Wege ja noch einmal.«

»Warum treffen wir uns nicht zum Abendessen?«, fragte sie. »Angelo kennt ein paar fantastische Lokale.«

»Das ist sehr freundlich von dir«, erwiderte ich. »Aber eigentlich …«

»Du musst doch irgendwann etwas essen. Wir holen dich gegen acht im Hotel ab. Wo wohnst du?«

Ich nannte ihr den Namen des Hotels. Es schien keine andere Möglichkeit zu geben. Sie notierte sich den Namen und die Adresse. Aus irgendeinem Grund war ich immer noch davon überzeugt, dass sie wusste, wo ich wohnte, denn schließlich saß sie nur ein paar Meter davon entfernt hier auf dem Platz. Ihrem Verhalten war jedoch nichts anzumerken, was meine Überzeugung untermauert hätte. Ich vermutete, dass ich schon unter Wahnvorstellungen litt und einfach weiter nach dem falschen Crawford Lake suchen musste.

»Bis heute Abend also«, sagte sie. »Vielleicht sollte ich Angelo bitten, einen seiner jungen Freunde für dich mitzubringen.«

»Nein, danke, Dottie«, erwiderte ich. Die Vorstellung, in Rom einen Abend mit einem jungen Mann von einer Model-Agentur zu verbringen, deprimierte mich geradezu.

Ich ging das Telefonbuch durch. Bei dieser Gelegenheit ließ mich mein Gedächtnis ein wenig im Stich, aber aus irgendeinem Grund wusste ich noch, dass der Name der Agentur, von der Antonio mir mit unverhohlenem Stolz berichtet hatte, mich an einen italienischen Komponisten erinnert hatte. Ich blätterte erneut in dem Telefonbuch. Ich hatte an Arcangelo Corelli gedacht, einen italienischen Komponisten aus dem siebzehnten Jahrhundert, Wegbereiter der Concerto-grosso-Form. Corelli Ponte, Schauspielagentur. Da war sie.

Sogleich rief ich bei Corelli Ponte an und bat um einen Termin. Ich sprach nur Englisch und sagte, ich würde als Talentsucherin für eine kleine, aber überaus angesehene Filmgesellschaft arbeiten. Ich erzählte ihnen, dass ich nach Schauspielern suchte, die gut in Anzügen wirkten und als erfolgreiche Geschäftsmänner durchgingen. Außerdem sagte ich, dass mein Name Janet Swain sei und dass ich hoffte – auch wenn ich wüsste, dass es sehr unverschämt sei –, sie könnten mich noch am selben Tag empfangen. Es folgte ein kleiner Protest angesichts eines dermaßen kurzfristigen Terminwunsches, doch letztendlich schlugen sie vor, dass ich am Nachmittag vorbeikommen und mir ein paar Fotos ansehen könnte.

Das Büro war klein und befand sich in einem sehr alten Gebäude, doch es war eine gute Adresse, eine Seitenstraße der Via Veneto. Nachdem ich an der Haustür geklingelt hatte, wurde ich mit einem Summen hereingelassen und betrat das Büro, das im Erdgeschoss lag. Eine junge Frau nahm mir die Jacke ab, geleitete mich in den ersten von zahlreichen Räumen, die von einem zentralen Flur abgingen, und setzte sich hinter ein Schreibpult. Die Wände hingen voller Fotos von ausgesprochen gut aussehenden Menschen, männlichen wie weiblichen. In der Mitte über dem Empfangstisch hingen zwei besonders große Porträts, auf dem einen war ein Mann, auf dem anderen eine Frau. Die Frau kam mir bekannt vor, vielleicht war sie einer ihrer Stars. Die junge Frau an dem Schreibtisch fragte mich nach meiner Visitenkarte. Ich gab vor, in meiner Handtasche herumzukramen, und zuckte anschließend mit den Schultern. »Es tut mir leid«, sagte ich. »Ich muss sie im Hotel vergessen haben. Das Hassler«, fügte ich hinzu und nannte damit eins der teureren Hotels der Stadt, und überdies eins, das meine finanziellen Mittel bei weitem überstieg – jetzt, da Lakes

Geld nicht mehr floss. Die Empfangsdame wirkte allerdings nicht beeindruckt.

»Sie werden gleich Signora Ponte treffen«, sagte sie mit leiser Stimme. »Ich möchte Sie bitten, den Vorfall nicht zu erwähnen. Sie hat diese Woche gerade erst wieder angefangen zu arbeiten.«

»Den Vorfall?«, wiederholte ich.

Die junge Frau blickte mich an, als wollte sie fragen, ob ich neu auf dem Planeten wäre. »Ihr Mann«, flüsterte sie. »Er hat sich umgebracht.« Sie wollte zwar nicht, dass ich den Vorfall erwähnte, war jedoch offensichtlich sehr daran interessiert, sich mit mir darüber auszutauschen.

»Natürlich«, sagte ich und brachte das Gesicht und den Namen plötzlich mit den Zeitungsmeldungen zusammen. »Entsetzlich. Er stürzte sich in Volterra von den *Balze,* nicht wahr?«

»Ja«, antwortete sie. »Können Sie sich das vorstellen? Er verließ einfach sein Büro, ohne ein Wort zu sagen, fuhr den ganzen Weg nach Volterra und sprang dann hinunter. Es heißt ja, der Ort sei verflucht.«

»Ich habe davon gehört«, flüsterte ich zurück. »Was meinen Sie, warum er es tat?«

»Tja, das weiß man doch nie. Er … psst«, sagte sie. Ich hörte Schritte auf dem Gang, und eine Frau betrat den Raum; ihr wunderschönes Gesicht war das von dem Plakat hinter dem Pult – auch wenn die Aufnahme schon ein paar Jahre alt war.

»Eugenia Ponte«, stellte sie sich vor und schüttelte mir die Hand. »Womit können wir Ihnen dienen?«

Sie war eine sehr attraktive Frau von ungefähr vierzig Jahren. Ihre schulterlangen Haare waren rötlich blond gefärbt, in einem Stil, der in Rom und Mailand bei italienischen Frauen mit einem gewissen sozialen Status beliebt zu sein scheint. Sie wirkte auf lässige Weise elegant, trug eine hauchdünne schwarze Hose und eine weiße Seidenbluse, schwarze, flache Schuhe und einfachen, aber teuer wirkenden Goldschmuck, ein Armband, eine Halskette und ein Paar große, runde Ohrringe. Falls sie um ihren verstorbenen Ehemann trauerte, so zeigte sie es nicht. Ihr Auftreten war vollkommen professionell.

»Ich suche Schauspieler, die erfolgreiche, wohlhabende Geschäftsmänner darstellen können«, sagte ich. »Sie müssen gut sein. Es reicht nicht, dass sie einfach nur dastehen. Sie müssen sich auch gut ausdrücken können und klug genug sein, um ihren Text auswendig zu lernen. Sie müssen salonfähig sein.«

Eugenia Ponte stellte mir einige Fragen zu Alter, Größe und so fort und führte mich dann in ein kleines Besprechungszimmer. »Ich lasse Ihnen unverzüglich Fotos und Lebensläufe bringen. Ich bin sicher, dass Sie bei uns finden, wonach Sie suchen«, sagte sie. »Machen Sie es sich bequem. Ich werde Angela bitten, Ihnen einen Kaffee zu bringen. Wäre Ihnen ein Espresso recht?«

»Danke«, sagte ich.

»Wenn Sie eine Auswahl getroffen haben, kommen Sie mit den Alben in mein Büro. Es ist das letzte auf der rechten Seite«, fügte sie hinzu und zeigte den Gang entlang.

Die Männer waren alphabetisch sortiert, und da ich die Nachnamen nicht kannte, musste ich sie von Anfang an durchgehen. Antonio fand ich sofort, Antonio Balducci. Er sah so nett aus, hatte so ein gewinnendes Lächeln, dass ich einen Moment innehalten und mich sammeln musste, da es mir die Kehle zuschnürte. Als Nächstes kam Angelo, Angelo Ciccolini. Auch er sah ziemlich attraktiv aus. Ich brauchte fast eine halbe Stunde, doch da war er endlich, Crawford Lake, und lächelte mich an. Allerdings hieß er Mario Romano.

Von Marios Referenzen war ich überrascht. Er hatte in beeindruckend vielen Filmen mitgespielt, und nicht immer in kleinen Rollen. Was den Bekanntheitsgrad seines Namens anging, war er nicht gerade das männliche Gegenstück zu Sophia Loren, aber er schnitt keineswegs schlecht ab. Ich konnte mir nicht vorstellen, warum er sich bereit erklärt hatte, den kleinen Part eines mysteriösen Millionärs zu übernehmen – einen Part, in dem er, soweit ich wusste, von niemand anderem als von mir gesehen werden würde.

Wie man mich angewiesen hatte, nahm ich die Fotos von Romano und Antonio mit in Eugenia Pontes Büro. Es war wesentlich größer als die anderen Arbeitszimmer, wie es ihrer Stellung angemessen war, und hatte eine Glastür, die in einen Hofgarten führte. Alles wirkte sehr exklusiv, erstklassiges italienisches Design, elegant und zeitgemäß.

»Ein schönes Büro«, sagte ich, in dem Versuch, eine harmonische Stimmung zu erzeugen.

»Danke«, erwiderte sie. »Es gefällt mir ebenfalls. So, was haben Sie denn gefunden?«

»Ich bin an diesen beiden interessiert«, antwortete ich, während ich ihr die Fotos reichte, und beobachtete ihre Reaktion.

Sie fingerte an einem ihrer Ohrringe herum, zeigte aber ansonsten keinerlei Emotionen.

»Können Sie mir etwas über sie erzählen?«

»Eine ausgezeichnete Wahl«, sagte sie. »Zwei unserer allerbesten Schauspieler. Ich bin sicher, dass sie mit beiden sehr zufrieden wären. Allerdings«, fuhr sie fort, und nun biss sie sich auf die Lippe, »steht nur einer von ihnen zur Verfügung. Dieser hier«, sagte sie und deutete auf eins der Fotos. »Mario Romano. Antonio Balducci ist bedauerlicherweise …« Sie hielt einen Moment inne.

Verstorben?, dachte ich ihren Satz zu Ende.

»… nicht in der Lage, Aufträge zu übernehmen«, sagte sie schließlich. »Vermutlich sollten wir ihn aus dem Katalog nehmen.«

»Wie sieht es denn mit Romanos Verfügbarkeit aus?«, fragte ich. »Die Dreharbeiten finden in den nächsten Wochen statt.«

»Mario ist äußerst beschäftigt. Sie haben ja seine Vita gesehen«, antwortete sie. »Aber ich bin überzeugt, dass wir etwas arrangieren können.«

»Wäre es möglich, ihn persönlich zu sprechen? Lediglich anhand eines Fotos ist es recht schwer zu beurteilen, ob er für unsere Zwecke geeignet ist. Ich müsste seine Stimme hören. Es ist nur eine kleine Rolle in einem Werbespot, aber mein Regisseur ist der Ansicht, dass jedes Detail perfekt sein muss. Sie kennen diese Art von Mensch sicher.«

»Ja, allerdings«, sagte sie. »So jemand ist natürlich schwierig, aber es lohnt sich, stets auf die Details zu achten, nicht wahr? Ich kann Ihnen versichern, dass Mario wirklich professionell ist und daher Verständnis dafür haben wird.«

»Könnten Sie mir sagen, wie ich mit ihm in Verbindung treten kann?«

»Wir kümmern uns darum, dass Sie sich hier mit ihm treffen können«, antwortete sie.

»Wunderbar«, sagte ich. »Könnten Sie das noch für heute oder morgen früh arrangieren? Sie wissen schon, die Termine.«

»Ich glaube schon«, erwiderte sie. »Aber ich werde Angela rufen und sie fragen, was sie machen kann.« Sie nahm einen Ohrring ab, damit er nicht beim Telefonieren störte, und wählte eine Nebenstelle. Ich hörte das Telefon am Ende des Ganges klingeln.

»Wo ist diese Frau nur?«, sagte sie mit mehr als nur einem Anflug von Ungeduld. »Warten Sie bitte einen Augenblick.« Sie erhob sich, und ich hörte, wie ihre Schritte über den Flur hallten.

Ich stand blitzartig auf, griff nach den Mappen, öffnete die von Romano und fand die Adresse. Dabei stieß ich versehentlich gegen ihren Ohrring, sodass er auf den Boden fiel. Ich hörte, dass sich Schritte näherten. Panisch eilte ich um den Schreibtisch herum, hob den Ohrring auf und wollte ihn gerade an seinen Platz zurücklegen, als ich etwas bemerkte, das mich innehalten ließ. Der Ohrring war aus Gold, schwer und augenscheinlich von guter Qualität. Irgendein Motiv war hineingraviert. Ich betrachtete ihn näher.

Es war eine Chimäre, und Bellerophon beugte sich über sie, im Begriff, sie zu töten.

Als ich das sah, blieb ich wie angewurzelt stehen. Ich stand einfach nur da, hielt den Ohrring fest und starrte ihn an. Der Ohrring schien mich an etwas erinnern zu wollen, allerdings fiel mir beim besten Willen nicht ein, woran, und ich fragte mich, was das alles zu bedeuten hatte. Fast zu spät fielen mir die Schritte auf dem Flur wieder ein. Ich legte den Ohrring an seinen Platz, und da ich mich auf der falschen Seite des Schreibtischs befand und sie in Nanosekunden durch die Tür treten würde, drehte ich mich rasch um und blickte durch die Tür nach draußen.

»Ein prächtiger Garten«, sagte ich. »Es macht einen großen Unterschied, nicht wahr? Einen schönen Ausblick zu haben, meine ich.«

Sie sah mich misstrauisch an, doch nachdem sie einen Blick auf ihren Schreibtisch geworfen und bemerkt hatte, dass nichts in Unordnung gebracht war, pflichtete sie mir bei. »Angela sagt, Sie wohnen im Hassler«, sagte sie, griff nach ihrem Ohrring und zog ihn wieder an. »Ein hübsches Hotel. Wir werden ein Treffen zwischen Romano und Ihnen arrangieren und dort eine Nachricht für Sie hinterlassen. Ich weiß, die Zeit drängt, also werden wir versuchen, heute am späten Nachmittag oder morgen früh einen Termin mit ihm zu vereinbaren.«

»Vielen Dank«, sagte ich. »Es freut mich, dass wir ins Geschäft kommen.«

»Mich ebenfalls. Wie haben Sie von uns erfahren?«, wollte sie wissen.

Eine gute Frage. Mir kam das Foto von Angelo Ciccolini in den Sinn. »Durch Dorothea Beach«, antwortete ich. »Sie ist Antiquitätenhändlerin in New Orleans. Sie hat Sie mir wärmstens empfohlen.«

»Ah, Signora Beach. Natürlich. Sie fragt immer bei uns an, wenn sie in Rom ist. Ich muss ihr unbedingt sagen, wie sehr wir ihre Empfehlung zu schätzen wissen«, bemerkte Eugenia.

Ich wandte mich zum Gehen, hatte jedoch plötzlich einen Einfall. »Haben Sie auch ältere Schauspielerinnen? So um die sechzig. Der Frauentyp, der beispielsweise die Rolle einer Mutter übernehmen könnte oder eventuell die eines älteren Dienstmädchens?«

»Nicht viele«, sagte sie. »Aber Sie können sich gern einige Fotos ansehen, wenn Sie möchten.«

»Ja, danke«, erwiderte ich.

In der Kategorie der älteren Frauen war die Auswahl recht spärlich, vermutlich ein Hinweis darauf, wie die Gesellschaft mit Schauspielerinnen umgeht, die über dreißig sind. Nur wenige Minuten später – ich blätterte immer noch die Fotos durch – wurde ich von Signora Ponte unterbrochen, die einen beeindruckenden Kaschmirschal um ihre Schultern gelegt hatte. »Leider muss ich jetzt gehen«, sagte sie. »Ich habe eine Verabredung zum Mittagessen. Aber wenn Sie jemanden finden, der Sie interessiert, arrangiert Angela ein Treffen für Sie. Wir können versuchen, es mit dem Termin mit Mario zusammenzulegen. Es war mir ein Vergnügen, Sie kennenzulernen.«

»Mir ebenso«, sagte ich. »Wir werden uns sicher noch einmal sehen, wenn ich wiederkomme, um den Schauspieler zu treffen.«

Natürlich hatte ich nicht die Absicht zurückzukehren. Das würden sie herausfinden, sobald sie versuchten, im

Hassler eine Nachricht für Janet Swain zu hinterlassen. Ich benötigte nur noch wenige Minuten, um die übrigen Fotografien durchzusehen. Keine Spur von Anna, diejenige mit dem Zitronenkuchen und dem Tee. Ich ging hinaus und rief ein Taxi.

Mario Romano, alias Crawford Lake, wohnte jenseits des Tibers in Trastevere, einem Quartier, das für sein gutes Essen, für sein Nachtleben und als Künstlerviertel bekannt war und vermutlich der angemessene Wohnort für einen halbwegs erfolgreichen Schauspieler war.

Nach den Namen auf den Briefkästen zu urteilen, wohnte Romano in der oberen Etage. Draußen vor der Wohnung im Erdgeschoss saß ein kleines Mädchen. Nachdem ich sie angelächelt und ihr zugewinkt hatte, öffnete sie die Haustür und folgte mir bis zur Erdgeschosswohnung. Anschließend ging sie zurück und setzte sich wieder nach draußen vor ihre Wohnungstür.

Eine recht hübsche junge Frau von etwa achtzehn oder zwanzig Jahren öffnete die Tür einen Spaltbreit. Ich schätzte, dass sie ungefähr in Jennifer Luczkas Alter war. Sie war leger mit einer Jeans und einem weißen T-Shirt bekleidet, und ihre langen, dunklen Haare waren mit einem schwarzen Haarband nach hinten gebunden. Mit ihrer roten Nase und den ebenso geröteten Augen sah sie aus, als hätte sie eine schlimme Erkältung. »Ich suche Mario Romano«, sagte ich.

»Er ist im Moment nicht da«, erwiderte sie.

»Können Sie mir sagen, wann er zurückkommt?«

»Bald«, antwortete sie, doch aus irgendeinem Grund war ich nicht sicher, ob sie die Wahrheit sagte – vielleicht war es der Ausdruck in ihren Augen. Mir kam in den Sinn, dass sie allein und möglicherweise ein wenig nervös war, weil eine Fremde in der Tür stand.

»Ich bin eine Freundin von Antonio Balducci«, erklärte ich.

»Oh«, sagte sie und öffnete die Tür. »Kommen Sie herein. Ist das nicht entsetzlich? Ich kann es nicht glauben, dass Antonio so etwas getan haben soll. Oh«, sagte sie und schlug sich die Hand vor den Mund. »Sie wissen doch, dass er tot ist? Ich hoffe, ich habe Sie jetzt nicht furchtbar erschreckt.«

»Ich habe davon gehört«, erwiderte ich. »Sie sind also ...«

»Silvia«, sagte sie. »Mario ist mein Vater.«

»Natürlich!«, rief ich. Jetzt, da sie es mir gesagt hatte, fiel mir die Ähnlichkeit auf. »Ich habe von Ihnen gehört. Ich bin Lara. Ich bin gerade für ein paar Tage in Rom und habe die Zeitungsmeldung über Antonio gelesen«, sprach ich weiter. Silvia deutete zum Sofa, und ich setzte mich. Der Zeitungsartikel, den ich soeben erwähnt hatte, lag aufgeschlagen auf dem Couchtisch.

»Wird es eine Trauerfeier geben?«

»Sie findet heute statt«, antwortete sie und warf einen Blick auf ihre Armbanduhr. »Es tut mir schrecklich leid, aber Sie haben sie verpasst. Sie schaffen es auf keinen Fall mehr, rechtzeitig hinzukommen. Antonio lebte zwar in Rom, aber seine Familie wollte, dass er in ihrem Dorf im Süden beerdigt wird. Dort ist mein Vater jetzt auch. Die Beerdigung beginnt in ungefähr einer Stunde.«

»Das ist schade«, sagte ich. »Ich hätte gern daran teilgenommen.« Das entsprach sogar der Wahrheit. »In der Zeitung habe ich nichts von der Beisetzung gelesen.«

»Nein«, sagte sie. »Es hat lange gedauert, bis die Carabinieri die Leiche freigegeben haben, damit Antonio ein anständiges Begräbnis bekommen kann. Aber nach dem, was geschehen ist, der Selbstmord und das alles, sind nur die Familie und die engsten Freunde dort. Ich kann es nicht fassen, dass er sich umgebracht hat, Sie etwa? Ich hätte nie geglaubt, dass Antonio auch nur im Entferntesten an Selbstmord dachte. Meinen Sie, es hatte etwas mit Teresa zu tun? Er hatte solch eine Angst, dass sie jemand anderen kennenlernt.«

»Ja, das stimmt«, erwiderte ich. »Er hat mir von Teresa erzählt und dass alle anderen Männer sich wie Bienen verhielten, die um eine hübsche Blume herumfliegen.«

Sie lächelte. »Das klingt exakt nach Antonio. Ich war ein bisschen in ihn verliebt, und bin es immer noch. Aber das erzählen Sie nicht meinem Vater, nicht wahr? Seit mindestens drei Jahren habe ich für ihn geschwärmt. Ich habe gerade hier gesessen und ein wenig geweint. Leider wollte mein Vater mich nicht mitnehmen, weil er danach gleich weiterfahren muss. Aber ich bin furchtbar unhöflich. Ich habe Sie nicht einmal gefragt, ob Sie etwas trinken möchten.«

»Danke, nein. Aber erzählen Sie mir, wie es Ihrem Vater geht.«

»Es geht ihm ganz gut«, sagte sie. »Sie haben vermutlich gehört, dass er und meine Mutter sich getrennt haben.«

»Nein«, erwiderte ich.

»Nun, so ist es aber. Eigentlich sollte ich gerade bei meiner Mutter sein. Erzählen Sie meinem Vater also bitte nichts, wenn Sie ihn zufällig treffen. Ich bin lieber hier.« Sie machte eine ausladende Handbewegung durch den Raum. Ich verstand, warum sie die Wohnung mochte. Für nordamerikanische Maßstäbe war es eine eher kleine Wohnung, aber für Rom war sie wahrscheinlich ziemlich groß. An den Wänden hingen Bilder und gerahmte Poster, darunter einige von Ausstellungen etruskischer Kunst, und eine ganze Wand wurde von Bücherregalen eingenommen. Die Sitzmöbel waren groß und bequem, und die ganze Wohnung strahlte eine angenehme, ungezwungene Atmosphäre aus.

»Mein Vater hat sich ein paar Monate freigenommen, um sein Leben wieder in den Griff zu bekommen. Aber vor einigen Minuten rief seine Agentur wegen eines Auftrags an, vielleicht fängt er also wieder an zu arbeiten. Er ist bei der Corelli-Ponte-Agentur. Die ist riesig«, fuhr sie fort. »Allerdings wollten sie ihn schon heute oder morgen hierhaben, sodass es möglicherweise zu spät ist, wenn er zurückkehrt.«

»Kommt Ihr Vater morgen zurück, nach der Beerdigung?«, fragte ich. »Ich bin nur noch ein oder zwei Tage hier und würde gern mit ihm in Kontakt treten, wenn das möglich ist.«

»Ich fürchte, nein«, antwortete sie. »Er verbringt ein freies Wochenende auf dem Land und kommt erst am Montag zurück. Ich denke, das wird ihm guttun. Ich hoffe, es bedeutet, dass er über die Trennung von meiner Mutter hinwegkommt. Es wäre schön, wenn er eine neue Freundin fände. Hey!«, rief sie aus, und ihre Miene hellte sich auf. »Sie sind ungefähr im richtigen Alter. Sind Sie noch zu haben?«

»Nein«, antwortete ich lachend. »Ich bin schon vergeben. Aber nett, dass Sie fragen.«

»Schade«, sagte sie. »Er braucht wirklich jemanden, der ihn aufmuntert. Die Sache mit ihm und meiner Mutter war schlimm genug, und jetzt ist er am Boden zerstört wegen der Angelegenheit mit Antonio. Sie waren wie Geschwister. Mein Vater nannte Antonio sogar seinen kleinen Bruder. Er versuchte ständig, Antonio dabei zu unterstützen, eine Arbeit zu finden. Er sagte immer wieder zu Antonio, dass er es schaffen würde. Antonio sah gut genug aus, so viel ist sicher.«

»Ja, das stimmt«, sagte ich. »Und außerdem war er wirklich nett.«

»Ja«, sagte sie. Eine Träne lief an ihrer Wange herunter. »Und lustig.«

Ich tätschelte unbeholfen ihre Hand.

»Wann haben Sie ihn zuletzt gesehen?«, fragte sie. Ich erzählte ihr, wie er mich vor den Zigeunern gerettet hatte – natürlich ließ ich zahlreiche Einzelheiten aus – und wie wir am Seine-Ufer in Paris eine Flasche französischen Wein getrunken hatten und Antonio Englisch geübt hatte. Es war zwar nicht das letzte Mal, dass ich ihn gesehen hatte, aber es waren die Momente, die ich für immer im Gedächtnis behalten wollte. Wir beide schnieften ein wenig.

»Mir ist nicht ganz klar, wie er das überhaupt angestellt haben soll«, sagte sie. »Ich weiß, die Zeitungen schreiben, es wäre irgendein Mafia-Anschlag gewesen, aber Antonio hatte nie etwas mit der Mafia zu tun. Mein Vater sagt, Antonio hätte Selbstmord begangen. Aber wie sollte er dort hinaufgekommen sein? Laut meinem Vater behaupten die Carabinieri, er wäre irgendwie ins Haus gelangt – ein Fenster war nicht richtig verschlossen – und hätte das Seil unten befestigt. Dann wäre er nach oben gegangen, hätte das Seil von einem Fenster im ersten Stock aus über die Metallstange an der Giebelspitze geworfen, sich die Schlinge um den Hals gelegt und wäre anschließend aus dem Fenster gesprungen. Das kommt mir alles ziemlich umständlich vor. Ich weiß nicht …«

In Gedanken hörte ich wieder das Zuschlagen der Fensterläden im ersten Stock, woraufhin ich nach oben geblickt hatte. Wenn ich genauer darüber nachdachte, war es durchaus möglich, aber sie hatte recht: Es war alles ziemlich umständlich.

»Man muss sich doch fragen, woher er überhaupt von diesem Bauernhaus wusste, ganz abgesehen davon, warum er es aufsuchte«, sagte ich.

»Mein Vater kennt den Eigentümer, Gino Mauro.«

»Tatsächlich?«

»Ja«, erwiderte sie. »Ich weiß nicht genau, woher, aber er kennt ihn. Er sprach mit ihm, nachdem es passiert war. Mauro lebt in New York, kommt aber in den nächsten Tagen hierher. Mein Vater wollte sich mit ihm treffen.«

»Hören Sie«, sagte ich, nachdem wir uns noch ein paar Minuten lang unterhalten hatten. »Ich gehe jetzt besser. Ich habe noch etwas zu erledigen. Es war wirklich nett, Sie kennenzulernen.«

»Ich werde meinem Vater erzählen, dass Sie hier waren«, sagte sie. »Falls er anruft. Das wird er natürlich nicht tun, denn er glaubt, ich wäre bei meiner Mutter, und dort ruft er nicht gern an. Es sei denn, er ist sicher, dass ich ans Telefon gehe. Aber ich sage ihm, dass Sie hier waren.«

Ich gab ihr meine Visitenkarte und schrieb meine Hoteltelefonnummer auf die Rückseite. »Sie haben mir die Tür geöffnet«, sagte ich. »Aber das hätten Sie eigentlich nicht tun sollen. Machen Sie nur auf, wenn jemand draußen steht, den Sie kennen und erwarten.« Auf einmal hatte ich Angst um diese bezaubernde junge Frau und ebenso um ihren Vater. Antonio war an demselben Schwindel wie Mario beteiligt gewesen, und jetzt war Antonio tot. »Versprechen Sie mir, dass Sie die Tür nicht öffnen«, fuhr ich fort. »Ich denke, es wäre wirklich besser, wenn Sie zu Ihrer Mutter gingen.«

»In Ordnung«, erwiderte sie. »Ich gehe, sobald ich mich ein wenig gefasst habe. Sie würden perfekt zu meinem Vater passen. Er ist auch immer so kompliziert.«

»Danke«, sagte ich. Sie umarmte mich sogar. Ich fühlte mich wie eine Idiotin. Draußen vor der Tür wartete ich, bis ich den Riegel klicken hörte.

Ich stieg die Treppe hinunter und ging auf der Suche nach einem Taxi die Straße entlang. Wie sich herausstellte, benötigte ich gar keins. Ich war erst ein paar Meter gegangen, als eine Limousine neben mir anhielt. Zunächst ignorierte ich den Wagen. Er konnte nichts mit mir zu tun haben. Nachdem ein Fahrradfahrer vorbeigefahren und um die Ecke gebogen war und ich der einzige Mensch auf der Straße war, sprang jedoch ein riesiger Mann heraus und packte mich. Ich versuchte, ihn zu treten und zu kratzen, aber das war keine besondere Herausforderung für ihn. Ich wurde auf den Rücksitz des Wagens gestoßen. Das Letzte, was ich durch die Heckscheibe sah, war das kleine Mädchen, das im Erdgeschoss im Türeingang stand und uns nachblickte, als wir davonfuhren.

Das Auto hielt kurze Zeit später an, nach ungefähr zwanzig Minuten, auch wenn ich es schlecht schätzen konnte. Ich wurde ziemlich grob aus dem Wagen gezerrt und stellte fest, dass ich mich in einer Art Garage befand. Hier standen eine weitere Limousine und ein Motorroller, und eine Klimaanlage blies vor sich hin. Der Mann, der mich entführt hatte, tippte einen Code ein, und eine Tür öffnete sich. Ich wurde eine Betontreppe hinaufgeführt, dann über einen Gang und schließlich in einen dunklen Raum gestoßen. Hinter mir schloss sich die Tür, und ich war allein.

Zumindest glaubte ich, allein zu sein, bis sich aus einer stockfinsteren Zimmerecke eine Stimme erhob. »Ich hörte, Sie haben nach mir gesucht«, klang es aus der Dunkelheit heraus.

»Mr Lake?«, fragte ich und spähte in die Richtung, aus der die Stimme gekommen war.

»Ich mag keine Erpresser«, sagte die Stimme. Allmählich gewöhnten sich meine Augen an die Dunkelheit, und ich erkannte einen Mann mit einer dunklen Brille und einem dunklen Anzug, der in der finstersten Ecke des Raumes saß.

»Ich auch nicht, Mr Lake«, erwiderte ich. »Sie sind doch Mr Lake, nicht wahr? Wenn Sie mich für eine Erpresserin halten, irren Sie sich.«

»Dann möchten Sie mir vielleicht erklären, warum Sie meine Schwester in Irland aufgesucht und sie mit Rosen bestochen haben, war es nicht so? Mit weißen. Es zeugt allerdings von gewissem Erfindungsgeist. Das gebe ich zu. Was wollen Sie?«

Ich erzählte ihm, dass ich diesen Schauspieler getroffen hatte, der sich für ihn ausgegeben und mich gebeten hatte, den Bellerophon zu besorgen, und alles andere, was seither geschehen war.

Auf meine Schilderungen folgte ein langes Schweigen. »Ich fürchte, man hat Sie an der Nase herumgeführt, Ms

McClintock«, sagte er schließlich. »Man hat Sie zum Narren gehalten.«

»Da stimme ich Ihnen zu«, sagte ich. »Wollen Sie damit sagen, dass Sie nichts von dem Ganzen wissen?«

»Genau das will ich damit sagen«, antwortete er. »Ich würde sogar noch weiter gehen und behaupten, dass Ihre Probleme absolut nichts mit mir zu tun haben.«

»Aber das kann nicht sein, Mr Lake«, protestierte ich. »Irgendeinen Zusammenhang mit Ihnen muss es geben. Wenn Sie das für mich nachprüfen könnten …«

»Haben Sie eine Vorstellung davon«, sagte er unvermittelt, »was ich darum geben würde, an einem schönen Strand stehen zu können, während mir die Meeresbrise durch die Haare streicht und der Sand in der heißen Sonne flimmert, ohne mich zu fühlen, als würden Maden durch jede einzelne Ader meines Körpers kriechen?«

»Es tut mir leid«, sagte ich.

»Ich wünsche Ihnen einen guten Tag, Ms McClintoch«, fuhr er fort. »Halten Sie meinen Namen freundlicherweise aus der ganzen Angelegenheit heraus. Wenn Sie das nicht tun, werde ich rechtliche Schritte einleiten. Wenn Sie dieses Treffen oder Ihre Gespräche mit meiner Schwester oder irgendetwas, das Sie über uns beide gehört haben, irgendwo auch nur erwähnen, so kann ich Ihnen versichern, dass Sie es sehr bedauern werden. Sie werden keinen einzigen Freund mehr haben, und Ihr Name wird keinen Cent mehr wert sein, wenn ich Sie fertiggemacht habe. Ich hoffe, ich drücke mich klar genug aus.«

Er drückte sich tatsächlich klar genug aus. Wirklich ein sympathischer Typ, dieser Crawford Lake. Wenn ich es mir genau überlegte, zog ich den falschen Lake vor. Dem echten hätte ich vor lauter Frust die Augen auskratzen können. Ich fuhr in mein Hotel zurück und zahlte die Rechnung, nachdem ich eine Nachricht für meine liebe Freundin Dottie Beach hinterlassen hatte.

12

Dottie Beach öffnete den Brief, den ich für sie hinterlegt hatte, und runzelte die Stirn. In dem Schreiben bat ich vielmals um Verzeihung, dass ich sie versetzt hatte, mit der Begründung, dass ich nach Genf gerufen worden sei, um eine Silbersammlung zu begutachten, die ein Kunde erwerben wollte. Das alles war vollkommen erfunden, da ich nur ein paar Meter von ihr entfernt stand, allerdings außerhalb ihres Blickfeldes. Ich schrieb, dass ich versucht hätte, sie im Hassler zu erreichen, um sie zu informieren, aber aus irgendeinem Grund keine Nachricht für sie hinterlassen konnte. Sie wusste sehr genau, warum das so war, da ich tatsächlich versucht hatte, sie dort anzurufen, und erfahren musste, dass sie nicht in dem Hotel wohnte, das sie mir genannt hatte. Immer mehr Dinge, die mit Dottie zusammenhingen, schienen falsch zu sein.

Entschlossen zerknüllte sie den Briefbogen, verließ das Hotel und zog ihr Handy aus der Handtasche. Sobald sie draußen war, führte sie ein Telefonat und winkte gleichzeitig zu Angelo hinüber, der ganz in der Nähe in einem hübschen silbernen Mercedes-Cabrio saß, dessen Verdeck offen war. Eine Minute später saß ich in einem Taxi und folgte ihnen. Angelo setzte Dottie am östlichen Zugang zur Piazza Navona ab. Nachdem ich den Taxifahrer langsam und umständlich bezahlt hatte, damit Angelo genügend Zeit hatte wegzufahren, folgte ich ihr auf den Platz.

Die Piazza war voller Touristen und Lokale, und ich hätte Dottie beinahe aus den Augen verloren. Ich entdeckte sie jedoch, als sie sich in eins der Cafés mit Außenterrasse setzte. Auch ich suchte mir eine Sitzgelegenheit ein wenig abseits auf der anderen Seite des großen, lang gestreckten Platzes. Ich hatte mir für diesen Anlass ein Opernglas gekauft und bestellte einen Campari Soda. Ich hatte vor, ihn mir gut einzuteilen.

Kurz darauf setzte Angelo sich zu ihr. Sie hatten an einem Tisch für drei Personen Platz genommen, und der Kellner räumte das dritte Gedeck ab. Bald nippten sie an ihren Cocktails und küssten sich zwischendurch einige Male. Ich wartete etwa dreißig Minuten, während mein Kellner immer wieder vorbeikam, in der Hoffnung, dass ich wenigstens ein weiteres Getränk bestellen würde. Trotz des Umstandes, dass das Lokal etwa dreimal mehr verlangte, als für ein italienisches Designerwasser angemessen gewesen wäre, bestellte ich noch ein San Pellegrino, was nicht ganz seinen Vorstellungen entsprach.

Auf der anderen Seite der Piazza brachte der Kellner Angelo und Dottie die Speisekarten, und sie bestellten etwas. Alles wirkte vollkommen überzeugend. Sie hatten für drei Personen reserviert, genau wie sie gesagt hatten. Sie aßen etwas zu Abend. Was war so schlimm daran? Der einzige Grund, warum ich Dottie verdächtigte, war, dass sie einoder zweimal zu oft in meinem Leben aufgetaucht war, und jetzt, da ich wusste, dass Crawford Lake in Wahrheit Mario Romano hieß, musste ich jede einzelne Begebenheit der letzten Tage mit einer gewissen Voreingenommenheit betrachten.

Es war nahezu unmöglich, nicht misstrauisch zu werden. Die Carabinieri waren dreimal aufgetaucht, als ich die Chimären-Hydria eigentlich hätte dabeihaben sollen. Die Tatsache, dass sie sich bei zwei dieser Anlässe nicht in meinem Besitz befunden hatte, war nur Lola und mir bekannt gewesen. Die drei Begegnungen mit den Carabinieri waren genau drei zu viel gewesen.

Die Frage war, wer gewusst hatte, wo ich mich bei jeder dieser Gelegenheiten aufhalten würde. Antonio war es nicht schwergefallen, mich in Paris aufzuspüren, weil ich eine Nachricht mit meiner Hotelnummer für ihn hinterlassen hatte, für den Fall, dass es ein Problem mit meinem Handy gegeben hätte. Auch in Vichy war er aufgetaucht, obwohl ich nicht gemerkt hatte, dass er mir von Paris aus dorthin gefolgt war. Yves Boucher hatte gewusst, dass ich nach Vichy fahren wollte, ebenso wie Pierre Leclerc. Dottie hatte ich zum ersten Mal bei diesem Ausflug nach Vichy getroffen, und sowohl sie als auch Leclerc waren wahrscheinlich draußen am Schloss gewesen, bevor ich an dem Morgen, an dem Robert Godard kopfüber in sein Grab gestürzt war, dorthin gekommen war.

Mario Romano hatte gewusst, wo ich in Nizza und in Volterra wohnen würde. Er hatte mir sogar die Hotels empfohlen und dafür gesorgt, dass ein Zimmer für mich reserviert wurde. Dottie hatte ich auch in Nizza getroffen, nicht aber in Volterra. Genau genommen war sie mehrere Tage verschwunden gewesen und erst in Rom wieder auf der Bildfläche erschienen. Leclerc war in Volterra gewesen; ich hatte ihn dort gesehen, ebenso hatte sein Auto in Nizza gestanden. In Nizza war die Hydria auf wundersame Weise in den Kofferraum meines Mietwagens gelangt. Irgendwie war es Leclerc gelungen, die Chimären-Hydria aus seinem Kofferraum zu holen, bevor die Carabinieri ihn durchsuchten, denn später hatte sie in meinem Hotelzimmer in Arezzo gelegen, und letztendlich war er in Cortona gestorben.

Sowohl Antonio als auch Romano hatten gewusst, dass ich nach Arezzo weitergefahren war, allerdings waren sie nicht über meinen anschließenden Umzug nach Cortona informiert gewesen. Antonio hatte ich in der Nähe meines Hotels in Arezzo gesehen, kurz bevor die Hydria in meinem Zimmer aufgetaucht war.

Auch von meinem Besuch der Tanella di Pitagora im Morgennebel hatten Romano und Antonio gewusst, aber Romano hatte davon gesprochen, Antonio besser aus der

Sache rauszuhalten, als er mich zur Melone del Sodo bestellt hatte. Dennoch war Antonio gekommen und hatte sich genau wie ich im Gebüsch versteckt. Offenbar hatte er geahnt, dass etwas nicht stimmte, andernfalls hätte er das nicht getan. Hatte Antonio aus diesem Grund sterben müssen?

Nachdem ich ungefähr eine Stunde lang beobachtet hatte, wie Dottie und Angelo einander liebkosten, während sie ihr Abendessen zu sich nahmen und Wein tranken, entschied ich, dass ich ebenso gut aufgeben und zu meinem Hotel zurückgehen konnte. Der Gedanke, einen weiteren Abend allein in einem kleinen Zimmer zu verbringen mit einem Fernseher, der die Größe eines Toasters hatte, war schrecklich deprimierend. Doch mehrere Leute standen in der Nähe und warteten auf einen Tisch, und der Kellner wollte ganz offensichtlich, dass ich ging. Ich winkte nach der Rechnung und begann, meine Habseligkeiten einzusammeln.

»Es ist wahrscheinlich unhöflich von mir«, sagte eine Männerstimme, »aber Sie wirken so, als wollten Sie gerade gehen. Würde es Ihnen etwas ausmachen, wenn ich mich setze, damit ich Anspruch auf diesen Tisch erheben kann?«

Ich blickte auf und sah einen attraktiven Mann in einem dunklen Rollkragenpullover, einer Freizeithose und einer schönen hellbraunen Wildlederjacke, der zudem adrette italienische Lederslipper und Socken trug. Ich mag Männer, die Socken zu ihren Slippern tragen. »Bitte sehr«, sagte ich. »Nehmen Sie Platz. Ich bin gerade dabei aufzubrechen. Ich zahle noch meine Rechnung und bin in ein oder zwei Minuten verschwunden.«

»Danke«, erwiderte er, zog den Stuhl, der mir gegenüberstand, hervor und setzte sich. »Abends um diese Zeit auf der Piazza Navona einen Tisch zu bekommen ist ziemlich schwierig. Sind wir uns schon einmal begegnet? Sie kommen mir bekannt vor«, sagte er.

Oh, natürlich, dachte ich. *Der übliche Anmachspruch.* Wenn ich es mir recht überlegte, hatten mich seit meiner Ankunft in Italien eindeutig zu viele Fremde gefragt, ob sie sich zu mir setzen könnten. Als ich ihn genauer betrachtete, stellte ich jedoch fest, dass er mir ebenfalls bekannt vorkam. Ich benötigte ein oder zwei Sekunden, bis ich ihn einordnen konnte.

»Ich glaube, man hat uns einander nicht ausdrücklich vorgestellt«, antwortete ich. »Aber unsere Wege haben sich in der Carabinieri-Station in Arezzo gekreuzt.«

»Ja«, sagte er nach einer Pause. »Richtig. Sie saßen bei diesem Kerl – wie heißt er noch? – Lucca. Massimo Lucca. Ich hoffe, es war nichts Ernstes.«

»Nein.« *Nur eine Freundin, die im Gefängnis sitzt,* dachte ich. »Und Sie? Ich hoffe, bei Ihnen war es auch nichts Ernstes.«

»Nein«, erwiderte er. Bei diesem Thema war er nicht mitteilsamer als ich, was mir nur recht war.

»Es war nett, Sie kennenzulernen«, sagte ich und reichte dem Kellner das Geld.

»Bitte erlauben Sie mir«, sagte er, »Sie zu einem Drink einzuladen.«

»Eher nicht«, erwiderte ich. »Aber vielen Dank.«

»Wie kann ich Sie überreden?«, fragte er. »Ich mag es gar nicht, alleine etwas zu trinken.«

Ich erhob mich und wollte schon ein zweites Mal ablehnen, als ich sah, dass auf der anderen Seite der Piazza jemand auf Dotties Tisch zuging. Ich setzte mich wieder. »Gut, einen vielleicht«, sagte ich. Der Mann an Dotties Tisch nahm ebenfalls Platz.

Dottie hatte jemanden angerufen, als sie aus meinem Hotel gekommen war. War es der Mann gewesen, der jetzt dort saß?

»Großartig«, freute sich mein neuer Begleiter und winkte erneut nach dem Kellner.

»Ein Glas Weißwein wäre wunderbar«, sagte ich. Auf der anderen Seite des Platzes stand Angelo vom Tisch auf und wirkte, als wollte er den Neuankömmling gleich zusammenschlagen. Innerhalb von Sekundenbruchteilen stand der Fremde hinter Angelo und hatte dem jungen Mann den Arm hinter den Rücken gedreht, was, wie mir von Leuten versichert wurde, die sich mit solchen Dingen auskennen, »Polizeigriff« genannt wird. Nur wenig später war Angelo draußen auf dem Platz. Der Mann kehrte zurück und setzte sich.

»So«, sagte mein neuer Begleiter. »Ist dies das erste Mal, dass Sie in Rom sind?«

»Nein«, antwortete ich. Dottie zog ein Taschentuch aus ihrer Handtasche und putzte sich die Nase. Die Tränen konnte ich aus dieser Entfernung nicht erkennen, aber ich war überzeugt, dass welche da waren.

»Natürlich nicht«, sagte er. »Ihr Italienisch ist zu gut. Das war eine dumme Frage, eine ziemlich fantasielose Gesprächseröffnung. Sie haben sicher bemerkt, dass ich ein wenig aus der Übung bin, wenn es darum geht, attraktive Frauen kennenzulernen. Ich heiße übrigens Nicola Marzolini.«

»Das macht nichts«, erwiderte ich. »Ich bin selbst ein wenig aus der Übung, was Gesprächseröffnungen betrifft. Ich bin Lara McClintoch. Und danke für das Kompliment.« Der Fremde an Dotties Tisch goss sich ein Glas Wein ein und trank es in einem Zug aus. Der Fremde an meinem Tisch redete weiter.

»Gern geschehen. Aber ich glaube, den nächsten Gesprächseinstieg müssen Sie übernehmen, Signora.«

»In Ordnung«, sagte ich. »In welcher Angelegenheit waren Sie auf der Polizeiwache?«

Er lachte laut auf. »Amerikanische Frauen sind immer so direkt. Das mag ich. Sie gefallen mir.«

»Aber Sie haben meine Frage nicht beantwortet.«

»Es ist kein Geheimnis«, sagte er lächelnd. Sein Lächeln war wirklich wunderbar, nicht so schön wie Antonios vielleicht, aber dennoch ziemlich attraktiv. »Ich bin in unterschiedlichen Angelegenheiten als Berater für die Polizei tätig. Jetzt werden Sie mich zweifellos fragen, was das für Angelegenheiten sein könnten, also verrate ich es Ihnen. Sie suchen meinen fachmännischen Rat, wenn es um Antiquitäten geht. Ich bin sozusagen ein Kurator, den man mieten kann. Ich unterstütze Museen auf vertraglicher Basis und arbeite als pflichtbewusster Bürger mit der Polizei zusammen. Jetzt sind aber Sie an der Reihe. Was machen Sie beruflich? Warum sind Sie hier? Und was haben Sie auf der Polizeiwache gemacht?«

Als das Wort »Antiquitäten« fiel, klingelten in meinem Kopf sämtliche Alarmglocken, aber Marzolini wirkte vollkommen harmlos. »Ich bin Antiquitätenhändlerin und komme aus Toronto. Ich befinde mich gerade auf einer Einkaufsreise für mein Geschäft.«

»Interessant. Welche Art von Gegenständen kaufen Sie denn?«

»Ich war hauptsächlich in der Toskana unterwegs. Der toskanische Landhausstil ist zur Zeit sehr aktuell.«

»Davon habe ich gehört. Sie interessieren sich hoffentlich nicht für echte Altertümer.«

»Nicht, wenn ich es vermeiden kann«, sagte ich.

»Sehr gut«, erwiderte er. »Dann kann ich Ihnen die Belehrung ersparen, wie der Handel damit die Kultur zerstört.«

»Bedauerlich, dass mir das entgeht«, sagte ich.

Er lachte erneut. Er hatte wahrhaftig ein nettes Lachen, spontan und natürlich. Wenn ich es mir recht überlegte, war er ein äußerst attraktiver Mann.

»Ich nehme an, ich könnte Sie nicht dazu überreden, mit mir essen zu gehen? Ich mag es noch weniger, allein zu essen, als allein zu trinken. Da haben wir es wieder«, sagte er.

»Eine weitere schreckliche Eröffnung, und dazu schon fast beleidigend. Was ich versuche zu sagen, ist, dass ich mich freuen würde, wenn Sie mit mir essen gingen.«

Bevor ich antwortete, blickte ich wieder zu Dotties Tisch hinüber. Beide saßen immer noch dort.

»Danke«, sagte ich. »Ich würde gern mit Ihnen zu Abend essen.«

»Soll ich das Restaurant auswählen?«, fragte er.

»Warum nicht gleich hier?«, fragte ich.

»Ich kenne ein wesentlich besseres Lokal in der Nähe des Campo dei Fiori. Wir können zu Fuß dorthin gehen.«

Ich wollte gerade Protest einlegen, doch in diesem Moment erhoben sich Dottie und ihre neue Dinnerbekanntschaft, und sie brachen auf. Es schien keinen Grund mehr zu geben, auf der Piazza herumzusitzen. Nicola warf einen Geldschein auf den Tisch, nahm mich am Arm, und weg waren wir. Während ich Nicola als eine Art Sichtschutz benutzte, warf ich einen kurzen Blick auf Dotties rätselhaften Begleiter, als sie den Platz verließen. Ich kannte ihn nicht, aber er und Dottie schienen sich sehr nahezustehen. Er reichte ihr sein Taschentuch, als sie vorübergingen, und sie tupfte sich damit die Augen ab.

Nicola wählte ein sympathisches Restaurant, in dem er offenbar bekannt war und wo wir uns trotz der langen Schlange, die sich draußen gebildet hatte, sofort an die Bar setzen durften und ein paar Minuten später einen Tisch zugewiesen bekamen.

»Wie haben Sie das gemacht?«, fragte ich.

»Ich esse häufig hier«, antwortete er. »Es ist nicht weit von meiner Wohnung entfernt. Der Oberkellner ist ein Cousin von mir, was nicht unpraktisch ist. Die Gnocchi sind übrigens wunderbar, und ich würde das Steak empfehlen oder die Meeresfrüchte.«

Wir verbrachten einen sehr angenehmen Abend zusammen. Wir sprachen über Kunst, Musik, Theater, all die Themen, über die ich mich gern unterhalte. Er erzählte mir, dass er zur Entspannung male. Ich sagte, außer meinem Geschäft hätte ich keine Hobbys. Er flirtete ein wenig. Ich flirtete ebenfalls, aber nur ein bisschen. Alles in allem war es ein wunderschöner Abend.

»Kann ich Sie für einen Schlummertrunk begeistern?«, fragte er. »In meiner Wohnung?«

Ich lächelte. »Danke, aber ich glaube, ich muss ablehnen.«

»Sie sind schon vergeben, nicht wahr?«, fragte er.

»Ja«, antwortete ich.

»Das dachte ich mir«, sagte er. »Ich weiß nicht, warum. Sie tragen keinen Ring, aber ich ahnte es einfach.«

»Ich hoffe, Sie denken jetzt nicht, ich sei unfair gewesen. Ich hatte einen wunderbaren Abend.«

»Den hatte ich ebenfalls, aber ich möchte nicht, dass er schon zu Ende ist«, sagte er. »Also kommen Sie doch bitte noch auf einen Schlummertrunk mit. Trotz allem, was Sie über italienische Männer gehört haben mögen. Ich verspreche, mich zu benehmen. Was macht Ihr Lebenspartner denn beruflich?«

»Oh, er ist Sergeant bei der Royal Canadian Mounted Police.«

»Tatsächlich?«, fragte er. »Ein Mountie? Dann muss ich mich wirklich benehmen. Wie mutig von Ihnen. Oder ist es Ihre soziale Gesinnung?«

Ich lachte. »Er ist wirklich ein feiner Mensch«, sagte ich. »Ich bin zunehmend verrückt nach ihm.«

»Verrückt nach jemandem sein«, wiederholte er. »Ein interessanter Ausdruck, aber ich gehe dem lieber nicht weiter nach. Da wir gerade über die Polizei sprechen«, fuhr er fort. »Ich glaube, Sie haben meine Frage noch nicht beantwortet, warum Sie in der Carabinieri-Station in Arezzo waren.«

»Ich wollte eine Antiquität prüfen lassen«, sagte ich. »Wie Sie ja wissen, kann man nicht vorsichtig genug sein.«

»Sehr weise«, erwiderte er. »Übrigens hatten sie gerade ein sehr schönes Stück dort. Ich wurde gerufen, um es mir anzusehen. Die Polizei hat irgendeine Frau auf frischer Tat damit ertappt. Eine etruskische Hydria. Sie wissen, was eine Hydria ist, nicht wahr? Ein Wasserkrug mit drei Griffen? Ja? Atemberaubend schön.«

»Und, war sie authentisch?«, fragte ich in möglichst unbeteiligtem Tonfall.

»Mit großer Sicherheit«, antwortete er. »Ein wahrhaft erstklassiges Exemplar, und in ausgezeichnetem Zustand. Und nun sehen wir uns meine Wohnung an.«

Das Haus war ziemlich unscheinbar, und der Aufzug mehr als klapprig. Ich blickte mich kurz um, als wir das Gebäude betraten, entdeckte aber niemanden, den ich kannte. Überraschenderweise war Nicolas Wohnung einfach fantastisch. Es war ein sehr großer Raum im obersten Stockwerk – wir würden es ein Loft nennen – mit einer Glasfront auf der einen Seite, die eine fabelhafte Aussicht auf die Dächer der Stadt bot. An der Wand gegenüber dem Fenster befand sich eine kleine Küche, außerdem gab es einen abgetrennten Bereich, eine Schlafnische, von der ich mich fernhielt. Die Einrichtung bestand aus ein paar wenigen, äußerst modernen und wunderschön gestalteten italienischen Möbeln. Obwohl ich sehr darauf bedacht gewesen war, mich nicht nach seinem Privatleben zu erkundigen, war es so offensichtlich eine Junggesellenwohnung, dass sich die Frage selbst beantwortete. An den Wände hingen zahlreiche Kunstwerke, und einige von ihnen waren ganz vortrefflich.

»Darf ich Ihnen den Mantel abnehmen?«, fragte er.

»Sicher«, antwortete ich. »Aber werfen Sie ihn einfach irgendwohin.«

Er nahm ihn und hängte ihn trotz meiner Bitte sorgfältig auf einen Kleiderbügel, und diesen in einen Wandschrank neben der Tür. Anschließend zog er seine Jacke aus, faltete sie gewissenhaft, blickte sich um, als wollte er sie über eine Stuhllehne legen, hängte sie dann aber ebenfalls auf.

»Ich bin überrascht, dass wir solch einen angenehmen Abend verbracht haben«, sagte ich mit einem Lächeln. »Ich bin nämlich ziemlich unordentlich. Ich nenne es immer ›kreatives Durcheinander‹.« *Wir würden einander umbringen,* dachte ich.

Auch er lächelte. »Sie haben bemerkt, dass ich fast zwanghaft ordentlich bin«, sagte er. »Verzeihung. Stört Sie das?«

»Natürlich nicht. Ich bin nur neidisch«, antwortete ich. »Ich hätte auch gern eine moderne Wohnung wie diese. Allerdings bedeutet ›modern‹ auch ›minimalistisch‹, und wie gewisse Freunde mehr als einmal betont haben, bin ich alles andere als minimalistisch. Mein Geschmack ist eher, sagen wir, vielseitig. Modern, urtümlich, alles, was mir ins Auge fällt, und das tun viele Dinge.«

»Bitte seien Sie ehrlich«, sagte er. »Gefällt Ihnen die Wohnung?«

»Sie ist fabelhaft. Ich bin einigermaßen überrascht. Ich dachte, ein Kurator hätte, ich weiß nicht recht …«

»Keine so modernen Möbel und Kunstgegenstände?«, fragte er. »Das ist nicht so seltsam, wie Sie glauben. Ich habe festgestellt, dass mir gutes Design gefällt, gleichgültig aus welcher Epoche es stammt. Aber was noch wichtiger ist: Ich kann mir schlecht antike Objekte anschaffen, nicht wahr? Und wenn man erst einmal die echten Sachen gesehen hat, gefallen einem die Nachbildungen nicht mehr, zumindest mir nicht. Diese Möbel sind authentisch. Ich habe nach und nach einige Stücke der Stilrichtung zusammengetragen, die man dort, wo Sie herkommen, glaube ich ›midcentury modern‹ nennt. Tagsüber arbeite ich mit Artefakten, die Tausende von Jahren alt sind und eine ganz eigene Schönheit besitzen, und abends komme ich nach Hause und finde eine andere Welt vor, eine andere Art von Schönheit, könnte man vermutlich sagen.«

»Ich sehe, dass Sie jedes dieser Stücke bewusst ausgewählt haben, die Möbel, die Teppiche, die Glasvase hier, die Gemälde. Vielleicht drücke ich mich ungenau aus, aber manche Menschen kaufen sich einfach irgendetwas, statt es sorgfältig auszusuchen. Sie schaffen sich Garnituren an oder Ähnliches. Oder ist das ein rein nordamerikanisches Phänomen?«

»Ich bin nicht sicher«, erwiderte er. »Aber Sie sind eine aufmerksame Beobachterin. Jedes Stück war eine ganz individuelle Entscheidung. Ich schätze, ich bin im Grunde genommen ein Sammler.«

»Aber ein ausgesprochen wählerischer«, sagte ich.

»Perfektion ist für mich ein wichtiges Grundprinzip«, sagte er. »Leider auch in Bezug auf Menschen. Das erklärt zweifellos, warum ich mit sechsundvierzig Jahren immer noch allein lebe. Das und der Umstand, dass ich zwanghaft ordentlich bin.«

»Sie malen«, sagte ich und deutete auf eine Staffelei neben dem Fenster. »Ist eines dieser Bilder von ihnen?« Ich hatte das Gefühl, dass wir gerade gefährliches Terrain betraten, was die Unterhaltung anging, und wollte lieber das Thema wechseln.

»Nein«, antwortete er. »Ich fürchte, meine sind wesentlich schlichter als diese abstrakten Gemälde. Ich bin ein Mensch, der großen Wert aufs Detail legt. Diese Eigenschaft braucht man, wenn man eine Tätigkeit wie die meine ausübt. Beim Malen tritt diese Liebe zum Detail leider ebenfalls zutage, trotz meiner ständigen Bemühungen, mich davon zu lösen. Ich könnte Ihnen einige von meinen Arbeiten zeigen, wenn Sie mir versprechen, sie nicht an diesen Bildern hier zu messen.«

»Ich würde sie sehr gern sehen«, sagte ich.

»Eines steht auf der Staffelei«, sagte er. »Und ich hole

noch ein paar andere.« Er ging in die Diele hinaus, und ich folgte ihm. »Warten Sie hier«, bat er. »Am Ende des Flurs habe ich einen kleinen Arbeitsbereich, wo ich meine Bilder aufbewahre. Eigentlich ist es ein besseres Badezimmer, einfach nur ein wenig zusätzlicher Stauraum und ein Arbeitstisch, für den Fall, dass ich etwas aus dem Büro mitbringe. Aber bitte kommen Sie nicht mit.« Er lachte. »Es ist beinahe unordentlich.« Ich folgte ihm dennoch. Der Raum war voller Bücher, die meisten über Antiquitäten, außerdem gab es einen Arbeitstisch, auf dem zahlreiche Keramikscherben lagen, und in der Ecke stand ein Brennofen. Es war unordentlicher als in seinem Wohnbereich, aber trotzdem entsetzlich gut aufgeräumt. »Hier erledige ich einige meiner Recherchearbeiten, wie Sie sehen«, sagte er. »Es ist keine besonders anspruchsvolle Büchersammlung, aber sie hilft mir, von Zeit zu Zeit ein paar Hypothesen zu überprüfen.«

Ich zog eines der Bücher aus dem Regal. Es war ein abgenutzter Band über etruskische Kunst. Nachdem ich wahllos darin geblättert hatte, während Nicola in den Schubladen herumkramte, stellte ich es zurück.

Als ich mich umdrehte, erwischte ich ihn dabei, wie er den Rücken des soeben von mir zurückgestellten Buches zurechtrückte, sodass er mit den anderen eine perfekte Reihe bildete.

Trotz seiner Bescheidenheit, die er in Bezug auf das Thema an den Tag legte, und ungeachtet seiner zwanghaften Ordnungsliebe war Nicolas Malerei recht außergewöhnlich. Sie war, wie er gesagt hatte, sehr detailverliebt. Es handelte sich um kleine Arbeiten auf Leinwand, einige nur sieben oder acht Zentimeter groß, die an antike Zeichnungen erinnerten – mich jedenfalls. Die Pinselführung wirkte selbstsicher, und der Gesamteindruck war überaus ansprechend. »Sie gefallen mir sehr«, sagte ich, während ich an einem Limoncello nippte. »In vielerlei Hinsicht, vielleicht wegen meiner eigenen Arbeit, finde ich Ihre Bilder ansprechender als manche von diesen anderen. Ich glaube, mir gefällt die Anlehnung an die Antike.«

»Das ist sehr liebenswürdig von Ihnen«, sagte er. »Ich zeige meine Arbeiten nur wenigen Menschen. Es kommt einem fast so vor, als würde man seine Seele entblößen, nicht wahr? Danke, dass Sie sie so gnädig beurteilen.«

Er stand so nah neben mir, dass sich unsere Schultern berührten, und ich wusste, dass es an der Zeit war, nach Hause zu gehen.

»Ich gehe jetzt besser«, sagte ich.

»Ich bringe Sie zum Hotel zurück«, sagte er.

»Nein«, widersprach ich. »Das ist nicht nötig. Aber wenn Sie mir ein Taxi rufen könnten?«

Als ich mich verabschiedete, küsste er mir die Hand. »Hier«, sagte er. »Für Sie.« Es war ein kleines Bild. »Ich glaube, dieses hier gefiel Ihnen am besten.«

»Das sollten Sie nicht tun«, sagte ich.

»Bitte, ich möchte, dass Sie es mitnehmen.«

»Danke«, sagte ich. »Ich werde immer an Sie denken, wenn ich es betrachte.«

»Sollten Sie jemals wieder nach Rom kommen«, sagte er und reichte mir seine Karte. »Oder falls Sie nicht mehr so verrückt nach dem Polizisten sind, denken Sie hoffentlich auch an mich.«

Als ich das Haus verließ, waren die Straßen wie leer gefegt. Ich blickte durch die Heckscheibe des Taxis und sah, wie er, vom Licht eingerahmt, am Fenster stand und beobachtete, wie ich wegfuhr.

Aus irgendeinem Grund – vielleicht lag es an der Art, wie das Licht auf die Scheiben fiel, oder an der Form der Fensterrahmen – wirkte er auf mich, als säße er in einem Gefängnis. Was er möglicherweise auch tat, mit seiner tadellosen Kleidung und seinen perfekten Möbeln, die so sorgfältig angeordnet waren, und nicht einem Krümel, der herumlag. Es versetzte mir einen schmerzhaften Stich.

13

Arezzo

Fast den ganzen nächsten Tag verbrachte ich im Bett, weil ich so niedergeschlagen war, dass ich kaum den Kopf vom Kissen heben konnte. Ich herrschte das Zimmermädchen an, bestellte etwas zu essen, bekam es jedoch nicht hinunter und beschloss stattdessen, eine Tasse Kaffee nach der anderen zu trinken, bis meine Nerven so blank lagen, dass meine Augen schmerzten. Anschließend sah ich meine E-Mails durch, weil ich vermutete, mich danach besser zu fühlen, aber ich fühlte mich sogar noch schlechter.

Hi, Lara, lautete die Nachricht. *Ich hoffe, Dir gefällt es in Frankreich, in Italien oder wo auch immer Du im Moment bist. Der Einsatz, an dem ich gerade teilnehme, dauert etwas länger als erwartet, aber alles ist in Ordnung. In Wahrheit ist der Auftrag wie üblich ziemlich langweilig. Ich komme bald nach Hause. Ich hoffe, Du auch. Ich liebe Dich, Rob.*

Ich klickte auf »Antworten«. *Hi, Rob,* tippte ich. *Italien ist großartig. Ich muss nur noch ein paar Dinge unter Kontrolle bekommen, dann fliege ich nach Hause. Bis bald. Ich liebe Dich auch. Lara.*

Ich klickte auf »Senden« und starrte anschließend eine Weile auf den Bildschirm. Rob hatte mir noch nie persönlich gesagt, dass er mich liebt, obwohl ich wahrscheinlich wusste, dass er es tat, zumindest auf irgendeine Weise. Musste er es ausgerechnet dann tun, wenn ich am Abend zuvor mit einem gut aussehenden Italiener zu Abend gegessen hatte? Wenn ich es mir recht überlegte, hatte ich ihm ebenfalls noch nie gesagt, dass ich ihn liebte. Ich fragte mich, was ihn wohl dazu bewogen hatte, es heute zu sagen, auch wenn er es nur per E-Mail getan hatte. Ich hoffte, dass sich hinter seiner kurzen, gut gelaunten Nachricht nicht eine ähnliche Situation wie die meine verbarg, sowohl was das Durcheinander betraf, in dem ich mich befand, als auch in Bezug darauf, wie ich den gestrigen Abend verbracht hatte. Falls doch, wäre er nach meiner E-Mail genauso misstrauisch wie ich nach seiner. Jetzt war ich sogar noch bedrückter.

Gegen neun Uhr abends wurde mir klar, dass mir zwei Möglichkeiten blieben: Ich konnte entweder im Hotelzimmer sitzen, bis ich verfaulte, auf den trostlosen Innenhof hinausstarren, während unten der Regen auf das Pflaster fiel und die Gerüche aus der Küche in den Raum drangen, oder ich konnte die Sache in die Hand nehmen und das tun, was ich seit etwa drei Tagen vor mir herschob.

Gegen zehn Uhr saß ich geduscht in meinem Wagen und war wieder unterwegs. Mir kam in den Sinn, dass meine persönliche Version des Fegefeuers zu diesem Zeitpunkt offenbar darin bestand, die zumindest im Moment zu Unrecht so bezeichnete Autostrada del Sole auf und ab zu fahren, während sich die Scheibenwischer hin- und herbewegten und der Regen vom Himmel fiel.

»Treten Sie ein, treten Sie ein«, sagte Lolas Freund Salvatore.

»Verzeihung, dass ich so spät vorbeikomme«, sagte ich. »Aber ich brauche eine Übernachtungsmöglichkeit. Kann ich in Ihrem Wohnzimmer auf dem Sofa zusammenbrechen oder auf dem Fußboden oder irgendwo anders?«

»Gewiss nicht«, erwiderte er. »Ich habe nämlich ein Gästezimmer. Ich bekomme nicht viel Besuch, aber ich glaube, das Bett ist einigermaßen bequem, und Sie haben das Zimmer ganz für sich allein. Ich bin sehr froh, Sie zu sehen. Bitte sagen Sie mir, dass Sie mit guten Nachrichten kommen. Erzählen Sie mir, dass Sie den Geschäftsmann gefunden haben, der die Hydria zurückgeben wollte, und dass er sich melden will und meine Lola bald frei sein wird.«

»Leider nicht«, sagte ich, und seine Miene trübte sich. »Ich habe ihn gefunden, aber er ist nicht derjenige, für den ich ihn gehalten habe.«

»Sie müssen mir alles erzählen«, sagte er. »Kommen Sie, setzen Sie sich, und erstatten Sie mir Bericht.« Also erzählte ich alles.

»Meinen Sie, wenn ich diese Geschichte der Polizei erzähle, diesem Massimo Lucca, dass er mir glauben würde?«

»Nein«, antwortete er.

»Nun, dann werde ich ihm erzählen müssen, dass die Hydria mir gehörte. Eine andere Möglichkeit sehe ich nicht. Ich weiß nicht, warum Lola es der Polizei nicht selbst erzählt, aber vermutlich hat sie das zumindest bisher noch nicht getan.«

»Ich glaube nicht, dass das helfen wird«, entgegnete er.

»Wissen Sie, gestern Abend um diese Uhrzeit«, sagte ich, während ich auf meine Armbanduhr blickte, »verbrachte ich einen sehr netten Abend mit einem Mann, den ich gerade erst kennengelernt hatte. Ich ging mit in seine Wohnung, und er schenkte mir eines von seinen Gemälden.«

»Und?«, fragte Salvatore.

»Tja, ich habe eine feste Beziehung«, fuhr ich fort. »Mein Lebenspartner ist Polizist, und im Moment ist er bei irgendeinem Einsatz, über den ich nichts wissen darf und der mit Sicherheit gefährlich ist.«

»Und, haben Sie diese Beziehung gefährdet?«

»Ich bin nicht über Nacht geblieben, falls Sie das meinen.«

»Und wie würden Sie sich fühlen, wenn Ihr Lebenspartner, der Polizist mit der gefährlichen Mission, einen Abend mit einer Frau verbringen würde, die er gerade erst kennengelernt hat, und dann wieder gehen würde?«

»Ich weiß nicht, wie ich mich fühlen würde, aber ich weiß, was das wirklich Furchtbare an der Sache ist«, erwiderte ich. Er wartete. »Ich bin in Rom herumgeschlendert, habe ein gutes Menü gegessen, einen edlen Wein getrunken und mit einem Fremden geflirtet, während Rob möglicherweise in Gefahr ist und Lola im Gefängnis dahinwelkt.«

»Vielleicht ist das Ihre Art, mit schwierigen Situationen umzugehen.«

»Vielleicht. Aber wissen Sie, in den letzten Jahren war ich einigermaßen zufrieden damit, wer ich bin und wie ich auf Dinge reagiere. Ich bin nicht perfekt, das weiß ich, aber ich habe gelernt, damit umzugehen. Und jetzt fühle ich mich aus irgendeinem Grund wie der grässlichste Mensch der Welt. Ich weiß nicht, was ich tun soll«, fuhr ich fort. »Ich fühle mich so müde, so entsetzlich. Ich weiß nicht einmal, ob ich wütend oder deprimiert sein soll.«

»Wenn Sie die Wahl haben, dann seien Sie lieber wütend. Es ist wesentlich gesünder.«

»Aber wütend auf wen? Auf mich selbst? Lola ist schließlich nur in dieses ganze Chaos verwickelt, weil ich dumm genug war zu glauben, dass jemand von der Bedeutung eines Crawford Lake nicht nur wüsste, wer ich bin, sondern auch noch Geschäfte mit mir machen wollte. So naiv kann man doch gar nicht sein! Ich habe keine Ahnung, wie ich jetzt weiter verfahren soll, um Lola oder mir selbst zu helfen.«

Er blickte mich eine Weile an. »Ich weiß, was Sie brauchen«, sagte er, während er sich von seinem Stuhl am Küchentisch erhob. »Erstens: einen Grappa.« Er holte eine Flasche von einem Regal herunter und goss ein kleines Glas voll. »Trinken Sie«, sagte er. »Sie zittern ja.«

»Zweitens«, fuhr er fort, woraufhin er einen großen Topf nahm, ihn mit Wasser füllte, auf den Herd stellte und die

Flamme anschaltete. »Pasta. Sie haben heute sicher noch nicht viel gegessen.« Es war eine Feststellung und keine Frage, und er hatte recht. »*Pasta con aglio e olio,* mit Knoblauch und Öl«, sagte er, stellte eine Pfanne auf eine zweite Herdplatte und griff nach dem Olivenöl. »Und zur Stärkung eventuell *peperoncini,* scharfe Paprikaschoten. Das müsste seinen Zweck erfüllen. Sie können sich auch ein oder zwei Scheiben Brot abschneiden und dazu essen. Und drittens«, sprach er weiter, während er auf einen kleinen CD-Player zuging, der auf einem Tisch am Fenster stand. »Musik. Eine Oper natürlich. Bei solchen Gelegenheiten ist man versucht, sich außerhalb von Italien umzusehen. Bei Mozart vielleicht oder Wagner. Große Musik und noch größere Emotionen. Tannhäuser oder Don Giovanni. Aber nein. Verdi. Wir entscheiden uns für Otello«, sagte er, als der erste durchdringende Akkord uns überspülte. »Ganz gleichgültig, was wir sonst noch von Otello lernen können: Die Oper handelt von der Schwierigkeit herauszufinden, wem wir vertrauen sollen.

Und während ich koche«, fügte er hinzu und reichte mir einen Stift und einen großen Notizblock, »schreiben Sie die Namen der Leute auf, mit denen Sie in Berührung gekommen sind – auch wenn es nur ein oberflächlicher Kontakt war –, seit diese ganze Sache mit Crawford Lake begann. Jeden, verstehen Sie? Und wenn Sie können, schreiben Sie sie in der Reihenfolge auf, in der sie Ihnen begegnet sind. Sie müssen handeln und dürfen nicht hier herumsitzen und sich bemitleiden.«

»In Ordnung«, erwiderte ich und schrieb ein oder zwei Minuten vor mich hin.

»Zeigen Sie her«, sagte er, nahm die Liste in die eine Hand und rührte mit der anderen. »Antonio Balducci, der junge Mann, der Ihnen überallhin gefolgt ist. Mario Romano, das ist der falsche Crawford Lake, nicht wahr?«

Ich nickte.

»Sie gingen also in diese Wohnung, und nur Lake oder Romano und Balducci waren dort?«

»Ja. Ich meine, nein. Es gab auch noch ein Dienstmädchen namens Anna.«

»Nur Anna? Kein Nachname?«

»Nur Anna, leider.«

»Anschließend fuhren Sie also nach Paris, und Antonio folgte Ihnen. Und dort trafen Sie ...?«

»Yves Boucher«, sagte ich.

»Und Lake, ich meine, Romano, stellte die Verbindung her?«

»Nicht direkt. Derjenige, der das laut Boucher veranlasst hat, war Vittorio Palladini, dem ganz zufällig die Wohnung in Rom gehört.«

Vitali gab mir das Blatt zurück. »Steht sein Name auch schon hier drauf? Ja? Gut, wer ist der Nächste? Pierre Leclerc, nicht wahr? Oder Le Conte mit einem Fragezeichen.«

»Er sagte mir, er hieße Leclerc. Godard dachte, es sei ein anderer Name gewesen, etwas wie Le Conte. Vielleicht hat Godard sich nur geirrt.«

»Und er ist derjenige, der an der Tanella starb. Davon habe ich in der Zeitung gelesen. Sie hatten die Leiche noch nicht identifiziert, aber man vermutete irgendwelche Schändlichkeiten dahinter.«

»Das ist sicher mehr als nur eine Vermutung«, sagte ich. »Hieß es in der Zeitung nicht, er wäre zuerst unter Drogen gesetzt und dann erdrosselt worden?«

»Damit wollen wir uns jetzt nicht länger aufhalten. Boucher nahm Sie mit zu Robert Godard, richtig? Aber zuerst trafen Sie Dottie Beach, ja, und Kyle. Wer ist Kyle? Haben Sie nur den Vornamen?«

»Leider ja«, antwortete ich. »Es war immer nur von Kyle die Rede. Amerikaner, jung, sehr attraktiv. Aber Dottie sagt, er sei nach Hause zurückgeflogen.«

»Und diese Dottie. Sie kennen sie schon seit vielen Jahren, haben Sie mir erzählt.«

»Ja.«

»Sie sind nicht etwa Konkurrentinnen, was ihr Geschäft angeht oder gar die Liebe? Sie schwärmte nicht zufällig vor vielen Jahren für Ihren Exmann Clive?«

»Nein, ich glaube nicht. Dottie war mit Hugh Halliday verheiratet, als ich sie kennenlernte. Inzwischen sind sie geschieden. Wie dem auch sei, wenn Clive sich amüsieren wollte, suchte er sich jüngere Frauen als Dottie, und Dottie bevorzugt jüngere Männer als Clive.«

»Robert Godard, der Mann in dem Grab. Glauben Sie, dass er hineinfiel?«

»Eigentlich nicht. Ich fand, dass er recht geschickt darin war, sich in das Grab hinunterzulassen. Es ist möglich, dass er gestürzt ist, aber nach all dem, was seither geschehen ist, würde ich nicht darauf wetten wollen.«

»Eugenia Ponte kenne ich natürlich. Palladini gehörte die Wohnung, wie Sie bereits erwähnten. Er arbeitet in Rom in der Versicherungsbranche? Und Cesar Rosati? Den Namen kenne ich.«

»Ich lernte ihn in Volterra kennen. Davon abgesehen gibt es nichts, was ihn mit der Geschichte verbindet. Ihm gehört die Rosati-Galerie. Das muss ich noch überprüfen.«

»Eventuell kann ich Ihnen dabei helfen«, sagte er. »Aber Sie haben noch nicht genug Namen. Sie müssen sich noch mehr Mühe geben. Wer könnte jemandem, der hinter dieser ganzen Sache steckt, erzählt haben, dass Sie sich in Italien aufhielten? Wer wusste davon?«

»Mein Spediteur, Luigi D'Amato, aber ich arbeite schon seit Jahren mit ihm zusammen.«

»Das spielt keine Rolle. Sie haben mir auch erzählt, dass Sie Dottie Beach schon seit Jahren kennen, und ich glaube, jetzt sind Sie nicht mehr so sicher, was sie betrifft. Signore D'Amato kommt ganz nach oben auf die Liste, da er der

Erste ist, mit dem Sie in dieser Angelegenheit zu tun hatten. Aber er kann nicht der einzige Mensch sein, der weiß, dass Sie in Italien sind. Ihr Geschäftspartner?«

»Clive? Ich war mit ihm verheiratet«, sagte ich.

»Schlechte Ehen waren der Grund für unzählige Verbrechen, fürchte ich«, erwiderte er.

»Ich weiß, aber Clive wäre, trotz all seiner Fehler, nicht in so etwas verwickelt. Vielleicht hat er beiläufig jemandem erzählt, wo ich bin. Jetzt, wo ich genauer darüber nachdenke, fällt mir ein: Das hat er tatsächlich getan. Er erwähnte, dass jemand namens Antonio im Geschäft anrief und fragte, in welchem Hotel ich wohnen würde. Clive dachte, Antonio würde für D'Amato arbeiten.«

»Und Ihr Lebenspartner? Ich glaube, Sie sagten, sein Name sei Rob.«

»Rob weiß, wo ich bin, aber er ist zurzeit nicht erreichbar. Seine Tochter Jennifer ist in dieser Hinsicht gut geschult und würde niemandem erzählen, wo ich mich gerade aufhalte, wenn sie ihn nicht sehr gut kennt. Sie würde mir eine E-Mail mit dem Namen und der Telefonnummer desjenigen schicken, aber niemandem meine Adresse oder Telefonnummer weitergeben.«

»Aber viele Leute wissen doch, dass Sie in Italien sind.«

»Ja«, sagte ich. »Ich sehe schon, Lolas Verhandlung ist in guten Händen.«

Er lächelte. »Verhöre ich Sie gerade? Vielleicht ein wenig. Aber wir müssen weitermachen. Wissen Sie, wem das Haus gehört, in dem Balducci gefunden wurde?«

»Ja, es stand in den Zeitungen. Mauro, Gino Mauro. Und der kennt Mario Romano. Seine Tochter erzählte es mir.«

»Seine Tochter? Setzen Sie sie auch auf die Liste. Noch jemand?«, fragte er, während er eine dampfende Schüssel Nudeln vor mich hinstellte und uns einen Grappa einschenkte. »Menschen, die wissen, dass Sie nach Lake suchen. Seine Schwester.«

»Brandy, ja. Und Brandys Pflegerin und Haushälterin, Maire. Ihren Nachnamen kenne ich auch nicht. Sie behauptete, sie könnte Lake nicht kontaktieren, aber irgendjemand muss dazu in der Lage gewesen sein. Er wusste, dass ich bei ihr war, und auch, dass ich weiße Rosen mitgebracht hatte.«

»Jetzt sprechen wir von dem echten Crawford Lake, richtig? Damit haben wir zwanzig Namen. Ist das alles? Zwanzig?«

»Ich vergaß Angelo. Dotties neuer Freund. Ebenfalls jung und hübsch, außerdem fand sie ihn über Eugenia Pontes Agentur.«

»Angelo«, sagte er. »Einundzwanzig.«

»Angelo Ciccolini«, fügte ich hinzu. »Und Alfred Mondragon.«

Salvatore blickte mich an. »Ich sagte Ihnen doch, dass Sie viele Leute vergessen haben müssen. Wer ist Mondragon?«

»Ich habe mit ihm telefoniert. Ein britischer Kunsthändler. Er kauft Kunstgegenstände für den echten Crawford Lake, aber er sagte, er wüsste auch nicht, wie er ihn erreichen könnte. Vielleicht stimmt das, vielleicht auch nicht.«

»Zweiundzwanzig also. Eigentlich vierundzwanzig.«

»Vierundzwanzig? Wer sind die anderen beiden?«, fragte ich.

»Lola und ich«, sagte er. »Wie ich bereits erwähnte, geht es im Leben darum zu lernen, wem man vertrauen kann. Im Moment sollten Sie niemandem vertrauen. Sie sollten vierundzwanzig Namen auf Ihrer Liste haben, ungeachtet dessen, was Sie über Ihren Lebenspartner, seine Tochter und Ihren Geschäftspartner denken.«

»Salvatore«, sagte ich. »Ich glaube, wir können die Liste ein wenig kürzen. Ich mag mehr Feinde haben, als ich je wissen werde, aber ich weiß sehr gut, wer meine Freunde sind. Bitte streichen Sie sich selbst, Lola, Rob, Jennifer, Clive und D'Amato. Du lieber Himmel, ich bin Patentante von einem von D'Amatos Kindern. Ich war erst vor ein paar Wochen bei ihm zu Hause zum Essen eingeladen. Und streichen Sie auch Silvia. Sie ist eine reizende und unschuldige junge Frau, gleichgültig, was ihr Vater im Schilde führt. Und ich denke, wir sollten auch Godard ausschließen, denn er ist tot, Antonio und Pierre Leclerc aus demselben Grund, und auch Yves Boucher. Dann bleiben noch dreizehn, und das ist mehr als genug.

»Warum schließen Sie Boucher aus?«

»Weil ich ausführlich mit ihm gesprochen habe und er einfach zu sehr neben sich war, nicht fähig genug, um irgendetwas damit zu tun zu haben. Er war vollkommen überfordert. Ich möchte auch Brandy von der Liste streichen, da sie ihr Haus im Grunde gar nicht verlassen kann, allerdings vermute ich, dass sie das nötige Kleingeld besitzt, um etwas in die Wege zu leiten, wenn sie sich dazu entschließen sollte. Ich würde auch Kyle ausschließen und vielleicht sogar Angelo, auch wenn er für Eugenia Ponte arbeitete.«

»Also gut. Morgen fangen wir an. Ich nehme diese Namensliste und sehe mal, was ich über jeden Einzelnen in Erfahrung bringen kann. Irgendetwas muss sich doch finden lassen. Wir wissen bereits, dass es eine Verbindung zwischen Ihrer Freundin – diesen Begriff verwende ich im weitesten Sinne – Dottie und Eugenia Pontes Agentur gibt, und eine zwischen Ponte und Romano und Balducci, und außerdem eine zwischen Romano und Mauro. Möglicherweise gibt es noch weitere Verbindungen. Falls ja, bin ich entschlossen, sie zu finden. Aber zuerst werde ich Lola von der Enttäuschung in Bezug auf Lake erzählen.«

»Nein«, widersprach ich. »Das übernehme ich. Deswegen bin ich hergekommen.«

»Sind Sie sicher?«

»Ja«, antwortete ich.

»Und danach?«

»Ich weiß es nicht. Was schlagen Sie vor?«

»Sie waren die ganze Zeit über die Gejagte, nicht wahr? Ich glaube, jetzt müssen Sie zur Jägerin werden. Diese ganzen Leute, die ständig in Ihrem Leben auftauchen – vielleicht ist es an der Zeit, dass Sie in deren Leben auftauchen. Morgen fahren Sie nach Rom zurück und statten jedem einen Besuch ab.«

Lola wischte sich eine Träne aus dem Augenwinkel, als ich ihr von Lake und dem ganzen bedauerlichen Durcheinander berichtete. Sie wirkte abgemagert, blass und krank. »Es ist in Ordnung«, sagte sie.

»Nein, das ist es nicht, Lola. Es ist keinesfalls in Ordnung. Ich habe mir so viel eingebildet auf mich und meinen Beruf, dass unredliche Leute mich hinters Licht führen konnten. Ich bin diejenige, die hier drin sitzen sollte, und nicht Sie.«

»Aber das stimmt nicht!«, rief sie. »Dies hier hat mit mir zu tun und nicht mit Ihnen.«

»Wie kommen Sie bloß auf diese Idee, Lola?«, sagte ich. »Wie kann Ihnen diese Situation auch nur ansatzweise gerecht vorkommen?«

Sie wandte den Blick von mir ab und starrte eine ganze Weile – die mir recht lang vorkam – auf einen Fleck an der Wand. »Sie haben wenigstens versucht, das Richtige zu tun«, begann sie. »Ich nicht. Die Gefühle, die in mir aufstiegen, als ich die etruskische Hydria auf dieser entsetzlichen rosafarbenen Decke auf Ihrem Bett liegen sah, werde ich wohl niemals beschreiben können, aber ich möchte versuchen, Ihnen das Ganze zu erklären. Mir ist es wichtig, dass Sie genau verstehen, was ich getan habe.

Ich war überzeugt, auch wenn Sie mir etwas anderes sagten, dass die Hydria echt war. Es kam mir beinahe wie ein Sakrileg vor, dass sie sich in solch einem schäbigen Hotel befand, mit diesem grellroten Bettüberwurf und den Vorhängen und dieser grässlichen Tapete. Sie war so perfekt:

die Verarbeitung, die Form und vor allem die Ornamente. Es konnte sich nur um den Micali-Maler handeln. Habe ich nicht recht?«

»Ja«, erwiderte ich.

»Sie war absolut überwältigend. Ein solches Stück habe ich noch nie so nah vor mir gesehen. Ich wollte sie berühren, in den Händen halten, über die Oberfläche streichen.« Sie lachte kurz. »Das klingt, als würde ich von einem Liebhaber sprechen, nicht wahr? Und wissen Sie was: Es war Liebe auf den ersten Blick. Genau wie eine betörte Verliebte musste ich dieses Objekt meiner Zuneigung einfach besitzen. Oder war es Begierde? Ich weiß es nicht. Ich habe fast mein ganzes Leben damit verbracht, die Etrusker zu studieren. Die Leute lachen, wenn ich ihnen erzähle, dass ich nach Lars Porsenas Grab suche, aber schließlich ist es irgendwo da draußen, nicht wahr? Und es würde sich lohnen, es zu finden, oder etwa nicht?«

»Ja, das ist richtig. Aber …«

»Ich weiß nicht, warum ich mir die Etrusker ausgesucht habe und nicht die Römer oder die Maya oder die Indianer. Vielleicht hat es sich einfach zufällig so ergeben. Meine Schulklasse fuhr nach Italien, also fuhr ich mit. Ich erinnere mich noch, dass ich in jenem Sommer nach Tarquinia kam, ins Grab der Leoparden hinabstieg und einfach nur noch staunend dastand. Seither habe ich mehr Stunden, als Sie sich vorstellen können, damit verbracht, die Etrusker zu studieren. Ich habe in Museen vor den Glasvitrinen verharrt, die etruskischen Keramiken aus jedem erdenklichen Blickwinkel betrachtet und bin auf der Suche nach Lars durch die Gegend gereist.

Und wissen Sie, was ich noch tat? Ich schrieb Briefe an italienische Behörden und die UNESCO, in denen ich den Handel mit solchen Antiquitäten verdammte. Ich schrieb Artikel für den Rundbrief der hiesigen archäologischen Gesellschaft und forderte alle auf, keine Fundstücke zu kaufen. Ich nahm sogar an einer Demonstration vor einem der großen Auktionshäuser in New York teil und protestierte gegen den Verkauf einer etruskischen Bronzestatue. An jenem ersten Morgen, als wir uns beim Frühstück trafen, haben Sie ja bereits einen meiner Vorträge zu dem Gegenstand gehört. Ziemlich selbstgefällig, nicht wahr, Sie über das Thema belehren zu wollen! Ich bin erstaunt, dass Sie mir kein Brötchen an den Kopf geworfen haben. Können Sie es fassen, dass jemand so scheinheilig sein kann? Ich denke unaufhörlich über solche Leute nach, Sie wissen schon, Polizisten, die in die Schulen gehen und Schüler vor den Gefahren von Drogen warnen, oder Psychologen und Priester, die gegen außerehelichen Geschlechtsverkehr wettern und genau dem Übel erliegen, gegen das sie gepredigt haben.«

»Lola, bitte. Seien Sie nicht so hart gegen sich selbst. Sie haben einen Fehler gemacht.«

»Und dann sah ich die Hydria«, fuhr sie fort, meine Einwände ignorierend, »und alle meine Grundsätze lösten sich in Luft auf. Ich musste sie haben. Und nicht nur das, ich sagte mir, dass es sich ja ohnehin bereits um Diebesgut handelte und ich sie mir daher bedenkenlos nehmen konnte. Ich war bereit, sie nach Hause zu schmuggeln und irgendwo zu verstecken. Obwohl ich wusste, dass ich die Hydria niemals jemandem zeigen könnte, wollte ich sie besitzen. In den wenigen Sekunden, die Sie an jenem Abend benötigten, um die Hotelzimmertür zu öffnen, plante ich bereits, wie ich sie nach Hause schaffen könnte, ganz gleichgültig, wie hoch das Risiko war. Und während Sie die Polizei aufhielten, stahl ich Ihnen die Hydria. Sie hatten mir etwas zu essen spendiert, mich mit dem Auto mitgenommen, als es regnete. Sie boten mir sogar an, mir bei der Hotelrechnung auszuhelfen. Ich hörte Sie, als Sie draußen auf der Feuerleiter standen. Ich hörte, wie Sie sagten, Sie würden meine Rechnung übernehmen, und ich stand einfach nur da, drückte meinen Schatz an die Brust und wartete, bis Sie aufgaben und hineingingen. Sie haben keine Ahnung, wie ich mich in diesem Moment fühlte.«

»In gewisser Hinsicht weiß ich das, Lola«, sagte ich. »Ich habe schon viele Male seltene Kunstgegenstände gesehen, bei denen ich wusste, dass ich sie nicht kaufen sollte, und trotzdem wollte ich sie unbedingt haben. Nicht für den Laden, sondern für mich selbst, und ich bin immer kurz davor, diesem Verlangen nachzugeben.«

»Aber Sie tun es nicht«, wandte sie ein. »Das ist der Unterschied zwischen Ihnen und mir. Sie erzählen mir, Sie hätten sich von diesen Leuten hinters Licht führen lassen. Vielleicht war es so. Vielleicht wurden Sie eine Zeit lang von Ihrer Eitelkeit geblendet. Aber Sie haben niemals Ihre Moralvorstellungen in der Weise verraten, wie ich es getan habe.« Sie begann zu weinen.

»Das ist lächerlich«, sagte ich. »Schließlich sind Sie wieder zur Vernunft gekommen. Sie haben sie zurückgebracht. Sie können doch nicht Ihr Leben lang für einen kleinen Fehltritt büßen.«

»Die Menschen büßen doch ständig für kleine Fehltritte, oder etwa nicht?«, sagte sie. »Eine kurze Unaufmerksamkeit, und jemand stirbt. Ein anderer plant vielleicht einen Scherz, der furchtbar schiefgeht. Jemand begeht einen Fehler, und ein Lebenswerk ist dahin. Und Sie sprechen von Gerechtigkeit? Ich würde sagen, der Gerechtigkeit wurde Genüge getan.«

DRITTER TEIL

Die Schlange

… die Etrusker waren lasterhaft. Das wissen wir, weil ihre Feinde und diejenigen, die sie auslöschten, sie so bezeichneten.

D. H. Lawrence

14

Rom

Dottie Beach schlenderte gemächlich über die Via Condotti, hielt häufig an, um in die Schaufenster zu blicken, und betrat ab und an eins der Geschäfte, um einige Zeit später mit einem weiteren Päckchen herauszukommen. Nach etwa anderthalb Stunden war mir klar, dass Dottie nur eine Einkaufstour machte. Allerdings nicht irgendwo, sondern in den nobelsten Designergeschäften, die es in Rom gab. Ich ließ sie gewähren und suchte mir einen Platz, von dem aus ich die Tür des Gebäudes beobachten konnte, in dem die Corelli-Ponte-Agentur ihren Sitz hatte.

Während ich wartete, rief ich Clive an. »Hallo, Clive«, sagte ich.

»Wo bist du?«, wollte er wissen.

»In Rom.«

»Ich hoffe, du rufst an, um mir zu sagen, dass du auf dem Heimweg bist. Du bist lange fort gewesen, und es ist nicht leicht, das Geschäft ganz allein zu führen«, beschwerte er sich.

»Du bist doch gar nicht vollkommen allein«, widersprach ich. »Alex ist doch bei dir, oder? Wie auch immer, was war mit deinem ganzen Gerede, dass ich mir einen schönen Urlaub machen sollte? Du und Moira, Ihr macht mehrmals pro Jahr Urlaub.«

»Das stimmt zwar«, erwiderte er. »Aber nicht so lange wie du jetzt gerade.«

»Rate mal, wer mir schon mehrmals über den Weg gelaufen ist«, sagte ich und ignorierte seine schlechte Laune.

»Wer denn?«

»Dottie Beach. In Frankreich habe ich diverse Male mit ihr zu Abend gegessen, und in Rom habe ich sie schon wieder getroffen.«

»Was macht sie dort?«

»Nun, sie tätigt Einkäufe für ihren Laden«, antwortete ich.

»Meine Güte, wenn du und ich bankrottgingen und dann im Handumdrehen wieder ein neues Geschäft eröffnen würden, meinst du, man würde uns gewähren lassen? Natürlich nicht. Ich weiß nicht, wie manche Leute das anstellen!«

»Wovon redest du, Clive?«

»Sie hat Pleite gemacht. Habe ich dir das nicht erzählt?«

»Nein, Clive, das hast du nicht.«

»Tut mir leid. Ich habe es wohl vergessen. Schließlich ist sie nicht unsere beste Freundin oder Ähnliches.«

»Wann ist das alles passiert?«

»Kurz nach der letzten Winter-Antiquitätenmesse in New York«, antwortete er. »Sie war dort, und mächtig verzweifelt, das kann ich dir sagen. Sie war auf der Suche nach einem Geschäftspartner für ihren erfolgreichen Laden, wie sie ihn natürlich bezeichnete, aber du weißt ja, wie in der Branche getratscht wird. Jeder wusste, dass sie in Schwierigkeiten war.«

»Ich dachte, es ginge ihr finanziell gut. Was ist geschehen?«

»Ihr Mann, Hugh oder wie auch immer er heißt, lässt sich gerade von ihr scheiden. Das habe ich dir aber erzählt, oder nicht? Und dazu ist es eine sehr unschöne Scheidung. Nicht so zivilisiert wie unsere. Er weigert sich, ihr auch nur einen Cent zu geben. Er sagt, er hätte sie in der Antiquitätenbranche etabliert und wäre jahrelang für ihre Unternehmungen aufgekommen, und wenn sie keinen Erfolg damit hätte, sei es ihr Problem und nicht seins. So ähnlich waren seine Worte. Nach der Messe hat sie nicht mehr lange durchgehalten.«

»Sie scheint sich finanziell wieder erholt zu haben, denn sie geht gerade in den Designergeschäften auf der Via Condotti einkaufen«, sagte ich.

»Manche Menschen landen immer auf ihren Füßen, nicht wahr? Vielleicht haben sie ja sogar die Straße nach ihr benannt. Dottie, Via Con-Dottie. Verstehst du? Haha. Also, wann kommst du nach Hause?«

»Bald«, antwortete ich.

»Bald?«, jammerte er. »Was soll das heißen?«

»Es gibt Schwierigkeiten mit den Flügen«, log ich. »Ein bevorstehender Streik der Fluggesellschaft.«

»Diese Italiener!«, sagte er. »Ständig streiken sie aus irgendeinem Grund.«

»Sagt dir der Name Pierre Leclerc etwas, Clive?«

»Pierre Leclerc«, wiederholte er langsam. »Ich glaube nicht. Sollte er? Wer ist das?«

»Ein ziemlich schmieriger französischer Kunsthändler«, antwortete ich. »Bei Pierre Le Conte klingelt es auch nicht?«

»Le Conte, Le Conte«, wiederholte er. »Nein. Aber warum fragst du nicht diesen Mondragon, den wir im Burlington House trafen? Er schien jeden zu kennen. Du machst doch etwa keine Geschäfte mit diesem Widerling?«

»Ich versuche es zu vermeiden. Mondragon ist eine gute Idee. Bis bald.«

»Was bedeutet ›bald‹?«, fragte er.

»Einfach bald«, antwortete ich.

Gegen eins verließ Eugenia Ponte das Gebäude und ging zielsicher die Via Veneto entlang. Anders als Dottie ignorierte sie die Schaufenster der Geschäfte, bog stattdessen in eins der exquisiten Hotels ein, durchquerte das Foyer und betrat die Hotelbar. Ein ziemlich großer, schlanker und gut aussehender Mann erhob sich von seinem Platz, als sie eintraf. Ich suchte mir einen Tisch hinter einer Säule.

Nach einigen Minuten angeregter Unterhaltung gaben sie die Bestellung auf, und man brachte ihnen eine Flasche Champagner und zwei Teller mit rohen Austern, was mir schon einen Hinweis darauf hätte geben müssen, was als Nächstes passieren würde. Nachdem sie ihr Liebesmahl verspeist hatten, schritten die beiden aus dem Restaurant, direkt auf die Aufzüge zu. Ich wusste, wer der Mann war, da ich ihn schon einmal getroffen hatte. Für den Fall, dass er nicht derjenige war, für den er sich ausgegeben hatte, wartete ich jedoch, bis der Oberkellner seinen Posten am Eingang verlassen hatte, und warf einen Blick auf das Reservierbuch, um zu prüfen, ob ich einen bekannten Namen fand. Und tatsächlich: ein Tisch für zwei Personen um 13.15 Uhr für einen Signore Palladini. Langsam schloss sich der Kreis: der Mann, dem die Wohnung gehörte, und die Frau, die die Schauspieler besorgt hatte. Ich ahnte, dass ich auf eine Spur gestoßen war, auch wenn ich nicht wusste, worum es sich genau handelte.

Wie wir vereinbart hatten, rief ich um drei Uhr Salvatore an. »Was haben Sie herausgefunden?«, fragte ich.

»Ich fing mit denjenigen an, die ich persönlich kannte, und suchte, wie Sie vorschlugen, nach einer Verbindung zu Crawford Lake«, sagte Salvatore. »Cesar Rosati überprüfte ich zuerst, weil ich bereits etwas über ihn wusste, zudem ist es sehr leicht, Nachforschungen über ihn anzustellen. Rosati war früher in der Bankbranche tätig und ziemlich erfolgreich. Dann versuchte er es mit Bankdienstleistungen im Internet und wurde von Marzocco Financial Online vom Markt verdrängt, ein Unternehmen, das Crawford Lake gehört, wie Sie wissen. Irgendwie überlebte Rosati. Er scheint sich recht gut erholt zu haben, auch wenn er jetzt nicht mehr im Finanzsektor arbeitet.«

»Ich glaube, er hat eine Galerie«, sagte ich. »Die Familiensammlung seiner Frau oder so etwas in der Art.«

»Ja, in der Tat. Die beiden besitzen eine Menge etruskischer Objekte. Er scheint sämtliche Beschränkungen, die die Eigentumsrechte an solchen Antiquitäten betreffen, umgangen zu haben, indem er das Geburtshaus seiner Frau der Öffentlichkeit als Museum und Galerie zugänglich macht. Er hat gewissermaßen Sondergenehmigungen. Das Ganze nennt sich Rosati-Galerie, wie Sie wahrscheinlich schon wissen. Das Eintrittsgeld ist ziemlich hoch, möglicherweise kann er deshalb seinen Lebensstil beibehalten. Vielleicht hat er auch einfach nur reich geheiratet, obwohl ich immer dachte, die Familie seiner Frau besäße mehr Stil als Substanz, wenn Sie verstehen, was ich meine.

Er hat sich in kürzester Zeit einen Namen gemacht. Einer der Gründe, warum er so bekannt ist, ist, dass er eine außergewöhnliche Erfolgsrate vorweisen kann, was das Aufspüren und die Rückführung italienischer Kunstschätze angeht. In jüngster Zeit, etwa vor einem Jahr, stieß er auf eine wunderbare etruskische Sphinx aus Nenfro, einem einheimischen Tuffstein, die angeblich aus einem Grab in Tarquinia gestohlen worden war. Jetzt wird sie in seiner Galerie ausgestellt. Vor einigen Jahren verkündete er, von einigem Presserummel begleitet, er hätte eine etruskische Kylix gefunden, eine Wasserschale, die von dem Maler der bärtigen Sphinx geschmückt worden war, einem, wie Sie sicher wissen, identifizierbaren und ziemlich eindrucksvollen etruskischen Künstler, wie auch Micali. Auch die Kylix war vor vielen Jahren gestohlen worden, in diesem Fall aus einem Museum.

Sie sollten aber wissen, dass es unter uns auch Skeptiker gibt, die glauben, dass Rosati diese Schätze schon vorher besaß; was bedeuten würde, dass er mit Diebesgut gehandelt hatte und nun versuchte, die Objekte zu legalisieren, indem er vorgab, sie woanders gefunden zu haben. Aber

Rosati behauptet unter großem Beifall von allen Seiten, er und eine Gruppe von Geldgebern hätten die Sphinx von einem Sammler in der Schweiz und die Kylix in England erworben und beides zurück nach Italien gebracht. Einer der Geldgeber war übrigens Gianpiero Ponte, Eugenias verstorbener Ehemann. In den Zeitungsarchiven hier fand ich eine Fotografie, die Ponte, Rosati und Vittorio Palladini bei der Enthüllung der Kylix zeigt.«

»Eugenia Ponte hat eine Affäre mit Palladini«, warf ich ein.

»Tatsächlich?«, fragte Salvatore. »Das ist überaus interessant. Ich habe Ponte überprüft und keine Verbindung zu Lake gefunden. Allerdings hat Ponte Selbstmord begangen. Manche sagen, seine Firma habe Pleite gemacht, und da mir Lakes krude geschäftliche Praktiken in den Sinn kamen, habe ich nachgeforscht. Ich konnte jedoch nichts finden. Einige meiner Kollegen sagen, Gerüchten zufolge sei ein Eheproblem die Ursache gewesen, und die Verbindung sei schon seit einiger Zeit nur noch eine Art Vernunftehe gewesen. Sie wissen ja, wie das Thema Scheidung in Italien gehandhabt wird. Es gibt schlichtweg keine. Offenbar entsprechen die Gerüchte der Wahrheit. Seine Frau übernimmt gerade die Firma ihres Mannes, und auf mich wirkt es, als käme sie nicht schlecht dabei weg. Zudem war sie immer schon recht erfolgreich. Anfangs war sie ein Model, dann ein Fernsehstar, auch wenn ich sie nie gesehen habe, und ihrer Agentur scheint es finanziell immer gut gegangen zu sein. Ich kann keinerlei Hinweise auf rechtliche oder finanzielle Probleme irgendeiner Art finden. Der einzige Minuspunkt ist das, was Sie und ich schon wissen, aber sonst eigentlich niemand, nämlich, dass Antonio und Mario von dieser Agentur vertreten wurden.

Bevor ich nun zu Palladini und den anderen komme, sage ich abschließend noch etwas zu Rosati.«

»Diese Kylix, die Sie erwähnten«, sagte ich. »Ich glaube, er erzählte mir, sie sei gestohlen worden.«

»Richtig. Vor etwa zwei Jahren wurde in Rosatis Museum eingebrochen. Die Alarmanlage sprang an, aber die Polizei war nicht so schnell vor Ort, wie man hätte erwarten können, und als sie eintrafen, fanden sie den Sicherheitsbediensteten gefesselt und geknebelt in einem Wandschrank, und die etruskische Kylix fehlte. Zur gleichen Zeit, als dies geschah, hatte das Museum, aus dem die Kylix viele Jahre zuvor gestohlen worden war, ihre Rückgabe gefordert. Ich erwähne den Einbruch aus mehreren Gründen: erstens wegen der offensichtlichen Parallele zwischen der Geschichte mit der Kylix und der Ihrer Hydria – beide wurden gestohlen und tauchten außerhalb von Italien bei Sammlern auf –, aber auch, weil die Versicherung, die nach dem Diebstahl der Kylix zahlen musste, diejenige war, bei der Vittorio Palladini als Leiter der Rechts- und Schadensabteilung beschäftigt ist. Die Kylix war mit einer hohen Geldsumme versichert, vielleicht sogar über ihren tatsächlichen Wert hinaus – wenn man solche Dinge überhaupt auf diese Art beurteilen kann. Er muss ziemlich enttäuscht gewesen sein, als sie verschwand.«

»Konnten Sie eine Verbindung zwischen Palladini und Lake finden?«

»Nein, nichts.«

»Aber zwischen den Pontes und Palladini und Rosati besteht eine Verbindung, und Rosati kannte Lake oder wusste zumindest, wie es war, Geschäfte im Konkurrenzkampf mit Lake zu tätigen.«

»Ja«, sagte Salvatore.

»Und Palladini beauftragte Yves Boucher, den Kontakt zwischen mir und Godard herzustellen.«

»Offensichtlich«, erwiderte er.

»Gibt es noch mehr?«

»Gino Mauro. Eigentlich ist er Amerikaner, auch wenn er italienischer als die Italiener wirkt, sobald er hier ist. Er behauptet, königliche Vorfahren zu besitzen oder so etwas in der Art, aber tatsächlich wanderten seine Eltern aus einem extrem armen sizilianischen Dorf nach Amerika aus.«

»Und machten ein Vermögen?«

»Sie nicht, aber er. Er ist, oder war, Berufsringer.«

»Wie bitte?«

»Sie hören richtig, er war Ringer. Genau genommen Wrestler. WWF nennt sich das Ganze, glaube ich. Er kämpfte unter dem Namen ›Gino Supremo‹.« Salvatore hielt inne. »Funktioniert der Name auch im Englischen?«

»Einigermaßen«, antwortete ich. »Und ich würde wetten, dass er es war, den ich auf der Piazza Navona mit Dottie Beach gesehen habe. Der Mann, den ich meine, hat ihren jungen Freund schneller, als man sich vorstellen kann, aus dem Lokal bugsiert.«

»Ich verstehe«, sagte er. »Das klingt nach dem Richtigen. Als Wrestler war Mauro einigermaßen erfolgreich. Er wusste, wann er sich zur Ruhe setzen musste, und stieg danach in das Geschäft mit der Glasfasertechnik ein.«

»Hier kommt Lake ins Spiel«, sagte ich.

»Ganz recht. Lake versuchte, das Unternehmen zu kaufen. Mauro weigerte sich jedoch zu verkaufen. Lake nahm Mauro fast alle Kunden weg.«

»Und jetzt ist der Bauernhof abzugeben. Hat er zu irgendjemand anderem aus der Gruppe Verbindungen?«

»Nichts, was ich eruieren konnte.«

»Noch etwas zu Palladini?«

»Nur, was ich Ihnen schon erzählt habe. Er ist Jurist und arbeitet für die Versicherungsgesellschaft.«

»Er besitzt eine ziemlich großzügige Wohnung mitten in Rom. Verdient man als Leiter einer Rechts- und Schadensabteilung bei einer Versicherung genügend Geld, um sich ein solches Domizil leisten zu können?«

»Ich weiß es nicht. Ich kann Ihnen nur sagen, dass er sie schon vor mehreren Jahren gekauft hat und sie jetzt wieder abstoßen will. Möglicherweise hat er sich damit übernommen.«

»Das glaube ich nicht. Er ist angeblich auf der Suche nach einer größeren Wohnung. Aber vielleicht sagt er auch nicht die Wahrheit. Noch etwas?«

»Bisher nicht. Über Yves Boucher oder Pierre Leclerc kann ich nichts finden. Auch über Anna habe ich nichts. Über Maire ebenfalls nicht. Und Sie, was haben Sie herausgefunden? Noch etwas anderes, als dass Eugenia und Palladini sich nahestehen?«

»Ich fand heraus, dass Dottie Beach Pleite gemacht hat, aber trotzdem auf der Via Condotti einkaufen geht«, sagte ich. »Mir ist zudem aufgefallen, dass sie nicht gerade mitteilsam war, was ihren Laden angeht. Ich frage mich, ob sie gelogen hat, als sie erzählte, sie hätte ein Geschäft in New Orleans. Oder ob sie einen anderen Partner gefunden hat, der ihren Mann als Geldquelle ersetzt.«

»Sagten Sie New Orleans?«, fragte Salvatore.

»Ja.«

»Einen Moment, bitte.« Ich hörte Papiergeraschel, anschließend kam er wieder ans Telefon. »Gino Mauro hat in New Orleans ein Winterquartier«, sagte er. »Sein Hauptwohnsitz ist New York, aber tatsächlich, er hat auch ein Haus in New Orleans. Vielleicht haben Sie recht in Bezug auf den Mann, der mit Dottie Beach auf der Piazza war. Außerdem hält er sich zu dieser Jahreszeit immer in Italien auf.«

»Ja, Silvia sagte, er käme hierher. Aber er war nicht in Italien, als Antonio starb. Das steht zumindest in den Zeitungen. Vielleicht versuche ich, den Journalisten aufzuspüren, der den Artikel über Antonios Tod schrieb. Ich erinnere mich nicht mehr, wer es war, aber es kann nicht besonders schwierig sein, das herauszufinden.«

»Ich habe den Zeitungsausschnitt noch hier«, sagte Salvatore. »Nach unserer Unterhaltung gestern Abend bin ich sämtliche Zeitungen der letzten Tage durchgegangen. Bitte bleiben Sie dran, ich suche Ihnen den Namen des Journalisten heraus. Gianni Veri«, sagte er nach einer Minute.

»Derselbe Mann, der den Artikel über die Hydria und Lolas Verhaftung schrieb«, sagte ich.

»Ich glaube, Sie haben recht«, sagte Salvatore. »Und schon ist er mir unsympathisch.«

Ich brauchte eine Weile, um Veri ausfindig zu machen. Ich ging in die Redaktion der Zeitung, für die er meines Wissens arbeitete, und bekam die Auskunft, dass er freier Mitarbeiter sei.

Ich erzählte ihnen, ich sei sehr interessiert daran, ihn zu kontaktieren, da ich einen Artikel in Auftrag geben wolle, und nachdem ich mehrere Minuten lang ausgesprochen charmant gewesen war – zumindest versuchte ich, es zu sein –, hatte jemand Mitleid mit mir oder, angesichts dessen, was ich später entdecken sollte, möglicherweise mit Gianni und gab mir seine Telefonnummer. Anhand der Nummer fand ich seine Adresse heraus.

Veri hatte ein Büro in der Größe einer Besenkammer im zweiten Stock eines Hauses ohne Fahrstuhl in einem ziemlich schlechten Stadtviertel.

Sein Name stand in abblätternden Goldbuchstaben am Eingang, und als ich eintrat, musste er die Tür erst schließen, damit ich um den Schreibtisch herumgehen und mich setzen konnte.

Ich erzählte ihm, ich sei Antiquitätenhändlerin und bekäme regelmäßig einen Rundbrief mit Artikeln von Experten zu Themen, die Sammler interessierten. Und als ich seinen Bericht über den Geschäftsmann gelesen hätte, der quasi unter den Augen der Polizei Antiquitäten schmuggelte, hätte ich mich nach ihm erkundigt, um einen Artikel in Auftrag zu geben. Er wirkte durchaus erfreut.

»Verzeihung, dass ich so unangemeldet vorbeikomme«, sagte ich zu ihm. »Aber ich fand Ihren Beitrag sehr interessant. Meiner Einschätzung nach zeigte er deutlich, dass Sie ganz genau wissen, wovon Sie sprechen. Ich habe versucht, Ihnen eine E-Mail zu schicken«, fügte ich hinzu. »An die Adresse Veri@…, ach, ich weiß es nicht mehr genau.«

»Das ist die Erklärung«, sagte er. »Es heißt Veii, nicht Veri. Dumm von mir, eine Adresse zu wählen, die meinem eigenen Namen so ähnlich ist. Das verwirrt jeden. Veii ist der Name eines etruskischen Stadtstaates.«

»Wie Cisra«, sagte ich, da mir Godard in den Sinn kam, »oder Velathri.«

Er wirkte erstaunt. »Genau«, sagte er. »Ich sehe schon, Sie kennen sich aus mit den Etruskern. Wie sagten Sie, heißen Sie?«

Ich nannte ihm meinen Namen und legte meine Karte vor ihn hin.

»Signora«, sagte er, und sein Tonfall änderte sich unvermittelt. »Ich fürchte, Ihr Besuch war vergeblich. Ich bin ein seriöser Journalist und nicht irgend so ein Schreiberling. Ich verfasse keine Artikel für kommerzielle Rundbriefe. Danke, dass Sie vorbeigekommen sind.«

Er erhob sich und öffnete die Tür, was ihm möglich war, ohne die Füße von der Stelle zu bewegen. Ich lief die Treppe hinunter, holte mein Handy hervor und rief Salvatore an.

»Schreiben Sie Gianni Veri auch auf die Liste«, sagte ich.

»Das habe ich bereits getan«, entgegnete Salvatore. »Nachdem Sie bemerkt hatten, dass er beide Artikel geschrieben hat, rief ich auf der Stelle einen befreundeten Journalisten an. Veri war noch vor zwei Jahren ein echter Senkrechtstarter. Nach den Informationen eines anderen Freundes stand er kurz davor, Chefredakteur zu werden. Dann schrieb er einen Artikel, in dem Lake angegriffen wurde. Er brachte das Gerücht über Brandy und ihren Verlobten in Umlauf. Lakes Antwort folgte offensichtlich umgehend. Veri verlor seine Arbeit. Alle glauben, Lake hätte Veri zum Schweigen gebracht. Seither will niemand mehr mit Veri zu tun haben, keiner wagt es, deshalb arbeitet er jetzt freiberuflich. Ich bin nicht sicher, wie gut es bei ihm läuft.«

»Ganz und gar nicht gut«, sagte ich. »Dass Sie Brandy und Taso erwähnen, bringt mich auf eine Idee. Ich werde noch einmal alle Internetseiten durchforsten, die ich mir auf der Suche nach Lake bereits angesehen habe. Ich will herausfinden, ob ich etwas übersehen habe. Ich rufe Sie morgen früh wie vereinbart an.«

Ich hatte wirklich etwas übersehen. Es war nicht weiter verwunderlich. Ich war von den Fotos von Brandy und den Dutzenden von weißen Rosen auf Tasos Sarg gefesselt gewesen. Um den Sarg standen drei Frauen: Brandy, eine Frau mit einem Schleier, die als Tasos Mutter angeführt wurde, und eine dritte, Tasos Tante. Der Name der Tante war Anna Karagiannis, und als ich sie das letzte Mal persönlich gesehen hatte, servierte sie gerade Zitronenkuchen in Crawford Lakes Wohnung.

Ich rief in England an. »Ist Alfred Mondragon zu sprechen?«, fragte ich.

»Nein, ich bedaure. Alfred hat eine Woche Urlaub. Ich bin sein Mitarbeiter, Ryan Mcgillvray. Kann ich Ihnen eventuell helfen?«

»Möglicherweise. Ich habe Alfred kürzlich erst gesprochen und gehofft, ihn noch zu erwischen. Übrigens vermute ich, dass wir uns bei einer Auktion im Burlington House kennengelernt haben. Ich bin Lara McClintoch.«

»Ja, ich glaube, ich erinnere mich an Sie«, sagte er.

»Ryan, ich wurde von einem Agenten namens Pierre Le Conte oder Leclerc kontaktiert. Vielleicht lautet der Name auch ein wenig anders. Er hat ein Gemälde, an dem ich interessiert bin. Er gab Mr Mondragons Namen als Referenz an.«

»So eine Frechheit!«, rief Ryan. »Alfred wird wütend sein. Machen Sie mit Leclerc oder Le Conte, oder wie auch immer er sich nennt, bitte keine Geschäfte. Es würde mich nicht wundern, wenn er mehrere Namen verwendet. Er ist ein Betrüger.«

»Ich verspreche, dass es unter uns bleibt«, sagte ich. »Aber was meinen Sie mit ›Betrüger‹?«

»Ich meine, dass er absolut grässlich ist. Er hat ein paar Monate lang hier gearbeitet. Alfred hat einen kleinen Fehler begangen, und Le Conte … Ich rege mich schon auf, wenn ich nur daran denke.«

»Was meinen Sie mit ›einen kleinen Fehler‹ …?«, hakte ich nach.

»Alfred kaufte einen hübschen griechischen Weinkrug, im Glauben, die Papiere seien in Ordnung. Aber das waren sie nicht. Das Gefäß war von dem Besitzer aus Italien herausgeschmuggelt worden, um in Großbritannien verkauft zu werden. Der arme Alfred war vollkommen erschöpft, nachdem er drei Antikmessen nacheinander besucht hatte, und hatte die Papiere nicht so sorgfältig überprüft, wie es nötig gewesen wäre. So einfach ist das. Es könnte jedem passieren. Le Conte kam daher, erzählte ihm, der Krug sei geschmuggelt worden, und versuchte, Alfred Geld abzunehmen. Alfred ist jedoch nicht der Typ, der sich erpressen lässt. Er rief die Behörden an, gab an, er hätte das Stück versehentlich gekauft, und schickte es nach Italien zurück. Anschließend forderte er Le Conte auf zu verschwinden, er feuerte ihn auf der Stelle.

Um sich zu rächen, versuchte Le Conte daraufhin, sich mit Crawford Lake in Verbindung zu setzen. Sie wissen, von wem ich spreche, nicht wahr? Der Millionär, den seit Jahren keiner mehr zu Gesicht bekommen hat. Er gibt uns gelegentlich einen Auftrag, und Le Conte hat versucht, ihn uns abspenstig zu machen. Lake durchschaute den Typen natürlich sofort. Man wird nicht Millionär, indem man leichtgläubig ist. Er jagte Le Conte ziemlich schnell zum Teufel. Aber es war trotzdem eine schreckliche Situation.«

»Schrecklich«, pflichtete ich ihm bei. »Lake gehört vermutlich nicht zu den Kunden, die man verärgern möchte«, fügte ich hinzu. »Ich habe von seinen geschäftlichen Vorgehensweisen gelesen. Man hört viel Unerfreuliches über ihn.«

»Wir haben Lake immer für einen ehrenwerten Mann gehalten«, widersprach Ryan. »Er ist fair, was die Provisionen betrifft, und aus meiner Sicht war er immer ein angenehmer Geschäftspartner. Natürlich habe ich ihn noch nie persönlich getroffen, aber Alfred schon, jedenfalls einmal, und er sagt, er fände den Mann ziemlich sympathisch. Aber was kann man schon von Lakes Widersachern erwarten? Sie müssen doch schlecht über ihn sprechen. Alles, was ich sagen kann, ist, dass wir froh sind, ihn zu unseren Kunden zählen zu dürfen.«

»Danke, dass Sie mich einweihen, Ryan. Ich bin überzeugt, dass Sie mich, was Le Conte angeht, vor einem entsetzlichen Fehler bewahrt haben.«

»Das hoffe ich«, sagte Ryan. »Der Mann ist ein Schwein.«

Ich stellte fest, dass mir an jenem Tag noch Zeit für einen weiteren Besuch blieb. Ich suchte die Rosati-Galerie auf, die sich in einer riesigen alten Villa in unmittelbarer Nähe der Borghese-Gärten befand. Ich zahlte ein ziemlich hohes Eintrittsgeld, wie Salvatore mir bereits prophezeit hatte, und ging hinein.

Das Museum war im Erdgeschoss des Hauses untergebracht. Für ein Museum war es klein, aber die Ausstellungsobjekte waren ganz außergewöhnlich, insbesondere das etruskische Zimmer.

Ich fand die Sphinx aus Nenfro, die Salvatore erwähnt hatte, und sah mir ausgiebig mehrere Vitrinen mit etruskischer Keramik an. Es war sehr wenig los. Ich traf lediglich auf eine Frau mit einem kleinen Kind und einen Studenten, der eine Zeichnung von der Sphinx anfertigte. Ganz hinten befand sich eine Tür, die laut der Beschilderung zum Büro des Direktors führte. Ich trat ein und stand in einem kleinen Empfangsbereich ohne Vorzimmerdame, von dem nur zwei Büros abgingen. Auf der einen Tür war »Direktor« zu lesen; auf der anderen hing ein mit Klebeband befestigtes Behelfsschild.

Auf diesem stand »N. Marzolini«.

Großartig, dachte ich bei mir. *Ein weiterer Name für die Liste.*

Vorsichtig probierte ich es an Nicolas Tür. Sie war abgeschlossen. Aus dem Büro des Direktors hörte ich jedoch Stimmen, weshalb ich mich entschied zu warten, um die Situation einschätzen zu können, bevor ich einfach hineinplatzte. Die Unterhaltung, die auf Englisch und anfangs recht leise geführt wurde, gewann an Lautstärke. Ich überlegte, ob ich gehen und in ein paar Minuten zurückkehren sollte, bis die Worte, die ich hörte, allmählich einen Sinn ergaben.

»Sehen Sie, ich würde gern helfen«, sagte die eine Stimme. Ich war ziemlich sicher, dass es sich um Rosati handelte. »Aber das Problem ist, dass Sie viel zu viel dafür bezahlt haben, wesentlich mehr als den Marktpreis. Ich hoffe, Sie verzeihen mir, dass ich das sage, aber Ihr Urteilsvermögen wurde von dem Wunsch getrübt, Lake zu überbieten. Ich hatte Ihnen doch gesagt, was sie wert ist.«

»Was würden Sie denn dafür zahlen?«, fragte die zweite Stimme, die ganz offensichtlich einem Amerikaner gehörte.

»Ich kann überhaupt nichts zahlen. Mir steht kein nennenswertes Budget für Zukäufe zur Verfügung, und offen gesagt, ist es nicht gerade eine günstige Gelegenheit. Ich profitiere von gewissen Steuervorteilen, die ich auf Sie übertragen könnte, falls Sie in Italien ein Einkommen haben und bereit wären, das Stück zu spenden«, sagte die Person, die ich für Rosati hielt.

»Vielleicht zieht die Gruppe einen Kauf in Erwägung?«

»Möglicherweise. Darüber kann ich nicht entscheiden. Ihnen ist bewusst, dass sie bei weitem nicht die Summe aufbringen könnten, die Sie dafür gezahlt haben?«

»Gut«, sagte der zweite Mann. »Ich denke über die Sache mit den Steuern nach, und wir unterhalten uns später noch einmal.«

Bevor ich mich ins Museum zurückziehen konnte, trat der winzigste Cowboy, den ich je gesehen hatte, aus dem Büro. Er war bekleidet mit einem grauen Anzug, der perfekt auf ihn zugeschnitten war, wobei alles, selbst die Knöpfe, proportional an seine Größe angepasst war; außerdem trug er ein weißes Hemd und eine Cowboy-Krawatte. Vervollständigt wurde sein Erscheinungsbild durch aufwändig verzierte schwarze Cowboystiefel und einen Stetson. Trotz des Hutes und der Absätze war er immer noch kleiner als ich.

Als er herauskam, grüßte er mich mit einem »Ma'am« und tippte sich an den Hut.

Rosati hielt sich ein paar Schritte hinter ihm.

»Hallo«, sagte ich.

»Ah, hallo«, erwiderte er und wirkte überrascht. »Sind Sie gekommen, um das Abendessen einzufordern, das ich Ihnen in Volterra versprochen hatte? Sie haben mich versetzt.«

»Es tut mir leid. Ich erhielt einen geschäftlichen Anruf und musste abreisen. Haben Sie meine Nachricht nicht bekommen?«

»Nein.«

»Ich dachte, ein Hotel dieser Klasse böte einen besseren Service. Sie haben hier ja ein wunderschönes Domizil.«

»Dann sind Sie also gekommen, um auf mein Besichtigungsangebot zurückzukommen. Das freut mich.«

»Nein. Ich bin gekommen, um mit Ihnen über Crawford Lake zu sprechen«, entgegnete ich.

Er wirkte leicht amüsiert. »Warum sollten Sie das tun wollen?«

»Das ist eine sehr gute Frage, und eine, auf die ich ehrlich gesagt keine andere Antwort weiß, als dass ich das Gefühl habe, von dem Mann hinters Licht geführt worden zu sein, und mit jemandem sprechen wollte, der ihn kennt.«

»Ich verstehe. Setzen Sie sich bitte«, sagte er. »Wir genehmigen uns den Drink, den wir beim letzten Mal verpasst haben. Campari Soda vielleicht? Es ist schon später Nachmittag. Ich glaube, ich würde einen nehmen, wenn Sie sich anschließen.«

»Gern«, antwortete ich. Er goss die Getränke ein, nachdem er Eis aus einem kleinen Kühlschrank unter der Theke und Mineralwasser und Campari aus einem Buffet geholt hatte.

»Nun zu Crawford Lake«, sagte er. »Was möchten Sie wissen?«

»Nur, in welcher Beziehung Sie zu ihm stehen.«

»Er hat mich vom Markt gedrängt, oder besser, er verdrängte die Bank, für die ich arbeitete, vom Markt und somit mich aus dem Job.«

»Haben Sie ihn denn jemals persönlich getroffen?«

»Nein. Ich glaube, das war einer der verletzendsten Aspekte an dem Ganzen. Diese Person, deren Gesicht ich nicht einmal kenne, hat mein ganzes Leben auf den Kopf gestellt.«

»Hassen Sie ihn?«

»Eine Zeit lang tat ich das. Aber ich bin darüber hinweggekommen. Ich führe jetzt ein recht angenehmes Leben, wie Sie vielleicht sehen können. Ich liebe Kunst und Antiquitäten, zudem besitze ich dieses wunderschöne Domizil, wie Sie schon festgestellt haben. Ich habe jetzt gute Leute, die für mich tätig sind, also brauche ich nicht einmal besonders viel zu arbeiten. Ich komme einfach hierher, wann immer es mir beliebt, und lasse es mir gut gehen.«

»Mit guten Leuten meinen Sie jemanden wie Nicola Marzolini«, sagte ich. »Ich konnte nicht umhin, seinen Namen an der Tür zu lesen.«

»Ja, Nicola ist einer derjenigen Menschen, die von Zeit zu Zeit für mich arbeiten. Kennen Sie ihn?«

Ich nickte.

»Er ist Berater und arbeitet nicht Vollzeit, aber dafür sehr gut. Er verfügt über ausgezeichnetes Fachwissen und achtet sehr auf Details. Außerdem ist er ein angenehmer Bursche, auch wenn Sie, da Sie ihn kennengelernt haben, wahrscheinlich wissen, dass er unter zwanghaftem Ordnungswahn leidet. Er bekommt einen Anfall, wenn einer der anderen die Arbeitsräume nicht perfekt in Ordnung hält. Er prüft ständig nach, ob die Bücher hier auf dem Regal akkurat in einer Reihe stehen. Wie Sie sehen können«, fügte er hinzu und deutete mit der Hand in die Richtung des Schreibtisches im Zimmer hinter ihm, »gehöre ich zu den Menschen, die glauben, dass ein ordentlicher Schreibtisch auf eine kranke Psyche hinweist. Die Platte meines Schreibtisches habe ich schon seit Monaten nicht mehr gesehen. Aber um auf Ihr Problem zurückzukommen: Wahrscheinlich sollte ich Crawford Lake für das Geschehene danken, obwohl ich nicht glaube, dass ich dieses Stadium schon erreicht habe. Beantwortet das Ihre Frage?«

»Ja«, erwiderte ich. Allerdings wusste ich wirklich nicht, ob ich ihm Glauben schenken sollte oder nicht. »Denkt Hank Mariani genauso wie Sie? Das war doch gerade Hank Mariani, nicht? Der texanische Ölmogul, der Crawford Lake bei der etruskischen Apollo-Bronze überboten hat?«

»Woher wissen Sie das?«, fragte er.

Ich zuckte mit den Schultern. »Ich habe sein Foto in der Zeitung gesehen. Lake hat ein feindliches Übernahmeangebot für Marianis Firma gemacht, wenn ich mich recht entsinne. Hat er dieselbe Zen-Stufe wie Sie erreicht, was Lake betrifft?«

»Er ist nicht sonderlich gelassen, was das angeht, nein. Aber um fair zu sein: Es ist erst wenige Tage her, dass Lake die Schlacht gewonnen hat und er aufgefordert wurde, sein Büro zu räumen. Er wird sicherlich eine Weile brauchen, um sich davon zu erholen.«

»Vermutlich besaß er noch Aktien, die er verkaufen konnte, und braucht sich keine Sorgen zu machen«, sagte ich. »In finanzieller Hinsicht, meine ich.«

»Oh, ich glaube, es war mehr als nur sein Stolz, der verletzt wurde«, entgegnete Rosati. »Er ist ziemlich verschwenderisch, fürchte ich, und tat einige recht unüberlegte Dinge, um Lake daran zu hindern, die Firma zu bekommen. Deshalb möchte er, dass ich den Apollo kaufe, aber wie bei allen Museen oder Galerien steht mir eigentlich kein Budget zur Verfügung, um das zu tun. Ich bin allerdings überzeugt, dass er wieder auf den Füßen landen wird. Im Übrigen sollte ich nicht so viel über ihn erzählen. Noch einen Campari?«, fragte er.

»Nein, für mich besser nicht. Aber danke, sowohl für den Drink als auch für Ihre Aufrichtigkeit.«

»Ich hoffe, was auch immer Crawford Lake Ihnen angetan hat, dass es nichts allzu Ernstes ist. Worum es sich auch handelt, ich rate Ihnen, einfach so weiterzumachen wie bisher. Es gibt immer wieder neue Gelegenheiten.«

»Ich danke Ihnen nochmals«, sagte ich.

»Gern geschehen. Ich begleite Sie noch zur Tür. Ich wollte auch gerade aufbrechen. Auf dem Weg zeige ich Ihnen noch ein paar meiner Lieblingsstücke.«

»Auf Wiedersehen, Signora«, sagte der Sicherheitsbedienstete. »Und Ihnen wünsche ich einen schönen Urlaubstag morgen, Signore«, sagte er zu Rosati.

»Ich verbringe einen Tag auf dem Land«, erklärte Rosati, als er mir die Hand schüttelte. »Ein jährliches Treffen mit Freunden. Ich freue ich mich schon sehr darauf.«

Draußen vor dem Museum versuchte ich, Salvatore anzurufen, um ihn zu bitten, Nicola Marzolini zu überprüfen, aber niemand ging ran. Ich fuhr zurück ins Hotel.

»Signora McClintoch«, rief der Chefportier mir zu. »Für Sie wurde ein Paket abgegeben. Ich habe mir erlaubt, es auf Ihr Zimmer bringen zu lassen.«

»Herzlichen Dank«, sagte ich. *Was für ein Paket?,* dachte ich.

Auf dem Tisch in meinem Zimmer stand ein ziemlich großer Karton, der sorgfältig in braunes Packpapier eingewickelt war. Ich betrachtete ihn mit großem Misstrauen. Doch der Name und die Adresse des Absenders waren eindeutig: Salvatore Vitali und seine Adresse in Cortona.

Ich öffnete den Karton. Er enthielt ein in Luftpolsterfolie eingewickeltes Päckchen, das mit einer großen Menge von Styroporchips ausgepolstert war. Da ich davon ausging, dass es sich um einen zerbrechlichen Gegenstand handeln musste, packte ich ihn behutsam aus und hatte sogleich wieder einmal die Chimären-Hydria vor Augen.

Just in diesem Moment klingelte das Telefon.

»Lara!«, rief Salvatore. »Ich bin so froh, dass ich Sie erreiche. Ich habe ausgesprochen gute Nachrichten. Ich kann kaum sprechen, so glücklich bin ich. Wir wollten Sie umgehend anrufen.«

Ich sagte nichts, blickte nur entgeistert auf die Hydria.

»Sind Sie noch dran, Lara?«, fragte er.

»Ja, ich bin noch da«, sagte ich mit zusammengepressten Zähnen. »Was gibt es für Neuigkeiten?«

»Meine Lola ist frei!«, antwortete er. »Sie ist gerade bei mir.«

»Das ist wunderbar«, sagte ich. »Meinen Glückwunsch. Wie haben Sie das nur geschafft?«

»Ich habe gar nichts gemacht«, erwiderte er. »So gern ich die Lorbeeren für mich in Anspruch nehmen würde, um das Herz meiner Lola zu gewinnen: Leider ist es nicht mein Verdienst. Das Beweisstück ist verschwunden. Vor drei Tagen brachen Diebe in die Polizeiwache ein und stahlen mehrere Gegenstände, einschließlich der Hydria mit der Chimäre. Heute Morgen rief Massimo Lucca an, der für die Ermittlungen zuständige Polizist. Keine Vase, kein Fall. Verstehen Sie? Lucca sagte, unter diesen Umständen könne er Lola nicht länger festhalten. Sind das nicht wundervolle Neuigkeiten?«

»Wundervoll«, pflichtete ich ihm bei.

»Wir müssen feiern, bevor Sie nach Amerika zurückreisen«, fuhr er fort. »Ein gutes Essen in meinem Lieblingsrestaurant, ein oder zwei Flaschen von ihrem besten Barbaresco. Lola muss etwas essen. Ich werde ihr jetzt gleich ein paar Nudeln kochen.«

»Und das Paket, das Sie mir geschickt haben?«, wollte ich wissen.

»Welches Paket?«, fragte er zurück.

»Sie haben mir kein Paket geschickt?«

»Nein«, erwiderte er. »Können Sie also heute Abend kommen und mit uns feiern?«

»Ich glaube nicht«, sagte ich. »Ich habe hier noch ein paar Dinge zu erledigen.« Das war eine Untertreibung. Seine Aufregung klang so echt, dass ich nicht wusste, was ich noch glauben sollte.

»Dann morgen«, beharrte er. »Versprechen Sie mir, dass Sie kommen.«

Ich hob die Hydria vorsichtig hoch und hielt sie einige Minuten lang in den Händen, spürte ihr Gewicht, die Ausgewogenheit, die glatte Oberfläche. Ich stellte sie auf den Schreibtisch in meinem Hotelzimmer und betrachtete sie einfach nur eine sehr lange Zeit.

Anschließend nahm ich meine Liste der möglichen Verdächtigen in die Hand. *Pick jemanden raus,* sagte ich zu mir selbst. *Sie können nicht alle schuldig sein.* Ich legte drei Spalten an und versuchte, die Personen auf der Liste jeweils zumindest einer von ihnen zuzuordnen.

Die erste Gruppe nannte ich »Die Scharade«. Das waren die Leute, von denen ich wusste oder zumindest vermutete, dass sie zu dem Szenario mit dem falschen Lake gehörten: zuallererst Romano, da er Lake gespielt hatte; Antonio; Boucher; Palladini; Anna Karagiannis beziehungsweise Anna, das Dienstmädchen; Eugenia Ponte, aus deren Agentur sowohl Antonio als auch Romano gekommen waren; und Dottie, weil sie Eugenia kannte oder zumindest Eugenias Agentur.

Die zweite Liste nannte ich »Lakes Feinde«: Rosati – ungeachtet dessen, was er erzählte; Gino Mauro; Gianni Veri und, vielleicht wichtiger als alle anderen, Brandy Lake; und noch einmal Anna, wegen Brandys Verlobtem und Annas Neffen Taso; außerdem Maire, Brandys Betreuerin.

Da Dottie Mauro möglicherweise auch kannte – ich war beinahe sicher, dass er der rätselhafte Mann auf der Piazza Navona gewesen war –, kam sie ebenfalls auf die Liste.

Auch Leclerc schrieb ich in diese Rubrik, da ich annahm, dass Ryans Geschichte darüber, wie Leclerc von Mondragon hinausgeworfen worden war, nachdem er versucht hatte, Lake direkt zu kontaktieren, der Wahrheit entsprach.

Die dritte Liste nannte ich »Die Hydria«. Sie enthielt diejenigen, die in irgendeiner Weise mit der Vase in Verbindung gebracht werden konnten, entweder durch ihre Arbeit oder einfach nur, weil sie sie gesehen hatten: Dottie; Leclerc – trotz des Umstandes, dass er nicht länger unter uns weilte; natürlich Godard; Antonio und Romano, da beide gewusst hatten, dass die Hydria in meinem Besitz gewesen war; außerdem Nicola Marzolini und Rosati, die beide wegen ihrer Tätigkeiten auf die Liste kamen. Aus demselben Grund schrieb ich auch Alfred Mondragon in diese Rubrik, und zusätzlich, weil er Lake kannte.

Dann strich ich diejenigen wieder aus, die tot waren, und einige andere wie Maire, bei denen es schlichtweg unwahrscheinlich war, dass sie als Verdächtige wirklich infrage kamen.

Nur eine Person tauchte in allen drei Spalten auf: Dottie Beach. Ich blickte wieder auf die Hydria. Drei Gruppen, genau wie die drei Köpfe der Chimäre. Allein durch ihre bloße Anwesenheit hatte die Hydria alles verändert.

15

Orvieto

Dottie Beach stand vor dem Hassler, den Arm bei ihrem mysteriösen Begleiter untergehakt, den ich allein aufgrund seines Auftritts auf der Piazza Navona als Gino Supremo, also Gino Mauro, identifiziert hatte. Ich hatte angenommen, dass Dotties Aussage, sie wohne im Hassler, eine Lüge gewesen war, aber dem war nicht so. Sie hatte versäumt zu erwähnen, dass sie in einem Zimmer wohnte, welches auf den Namen Gino Mauro gebucht war, das war alles. Wenige Minuten nachdem sie herausgekommen waren, hielt ein Jaguar neben ihnen. Am Steuer saß Eugenia Ponte und auf dem Beifahrersitz Vittorio Palladini. Gino und Dottie stiegen ein, und sie machten sich auf den Weg. Ich folgte ihnen.

Eugenia fuhr in gemächlichem Tempo die Autostrada del Sole entlang und bog dann an der Ausfahrt nach Orvieto ab. Anstatt die Straße in die Stadt zu wählen, umrundete sie die Anhöhe, auf der Orvieto liegt, durchquerte das Tal und steuerte auf der anderen Seite den Hang hinauf. Zypressen, die von der späten Nachmittagssonne beschienen wurden, warfen lange Schattenfinger über die Felder. Über zahlreiche Serpentinen wand sich die Straße immer weiter hinauf, wobei mehrere Nebenstrecken von der Hauptstraße abzweigten, sodass ich schon befürchtete, Eugenia zu verlieren. Doch etwa acht Kilometer hinter der Stadt verließ sie die Straße und lenkte den Wagen durch ein großes, schmiedeeisernes Tor.

Ich wartete ein paar Minuten, dann folgte ich ihr durch das Tor und den langen Zufahrtsweg hinauf. Ich befand mich vor einem äußerst eindrucksvollen Steinhaus, das landschaftlich schön in einem Zypressenhain lag. Es gab einen großen Parkplatz, auf dem, inzwischen verlassen, der Jaguar stand, außerdem mehrere Mercedes, ein Jetta, diverse Opel, ein gemieteter Fiat und ein roter Lamborghini, durch dessen Heckscheibe ein hellgelber Regenschirm zu sehen war. Sein Anblick rief mir Nizza und Volterra ins Gedächtnis.

Ich nahm den Karton aus dem Kofferraum meines Wagens und schritt auf die Eingangstür zu. Zuerst klingelte, dann klopfte ich, aber niemand öffnete. Ich ging um das Haus herum, stieg einen kleinen Hang hinauf und kam in einen schönen Garten auf der Rückseite des Hauses. Auf der einen Seite, auf einer kleinen Anhöhe, befand sich ein Swimmingpool, und auf der anderen Seite des Tals thronte Orvieto auf seinem Plateau. In den Türmen der Kathedrale schimmerte das Sonnenlicht. Trotz all der Autos auf dem Parkplatz war weit und breit niemand zu sehen. Dottie und Gino, Eugenia und Vittorio hatten sich in Luft aufgelöst.

Ich klopfte an der Hintertür. Wieder öffnete niemand, doch in der Loggia war ein langer Esstisch aufgebaut worden. Er war mit einem Leinentuch bedeckt; an einem Ende waren kunstvoll Teller, Servietten und Besteck drapiert, in der Mitte stand ein hübsches Blumengesteck, und mehrere unangezündete Kerzen waren über den Tisch verteilt.

Ich spähte durch die Fenster: Auch hier war kein Lebenszeichen auszumachen. Ich ließ meinen Blick über den Garten schweifen und entdeckte am hinteren Ende des Grundstücks ein rotes Stück Stoff, das an einem Zweig befestigt war. Es markierte den Anfang eines Weges, der in den Wald hineinführte und zunächst schräg nach unten verlief, dann zwischen den Bäumen anstieg. Am Ende befand sich ein langer, steingesäumter Gang, der nach oben hin offen war und seitlich an einem Hügel lag. Er mündete an einer Holztür, die offen stand und direkt in den Hügel hineinzuführen schien.

Im Innern war es ziemlich dunkel, und ein modriger Geruch nach faulen Blättern und Schimmel lag in der Luft. Ich stand auf der obersten Stufe einer alten, bröckelnden Steintreppe, die in der Finsternis verschwand. Am unteren Ende war ein schummriges Licht zu erkennen. Vorsichtig und langsam stieg ich die Stufen hinunter und versuchte dabei, nicht gegen irgendwelche losen Steine zu stoßen, um meine Anwesenheit nicht zu verraten.

Ich erreichte die letzte Stufe, holte tief Luft und trat in den Lichtkegel.

Ich weiß nicht, was sie in mir sahen, außer einer Frau in schwarzen Halbschuhen, schwarzen Hosen und einer weißen Bluse, die einen großen Pappkarton in den Händen hielt. Ein Ärgernis, das man aus dem Weg schaffen musste? Eine Lehrerin, die sie bei irgendwelchen Ungezogenheiten auf dem Schulhof erwischt hatte? Oder gar eine Art Racheengel?

Ich weiß jedoch, was ich sah: zwölf Personen, die ich alle kannte. Einige wirkten argwöhnisch, andere verlegen und ängstlich, wieder andere schlichtweg neugierig. Aber gleichzeitig sah ich auch noch etwas anderes. Möglicherweise weil ich mich so fürchtete – mein Bedürfnis zu fliehen war beinahe unerträglich –, hatte ich den Eindruck, die zivilisierte Fassade durchdringen und das Ungeheuer sehen zu können, das sich darunter verbarg. Es war eine sich windende Anhäufung des Bösen, die zum Teil aus Gleichgültigkeit entstanden war, weil man nicht an die Folgen gedacht hatte, und zum Teil vorsätzlicher Arglist entsprang.

»Ich glaube, das hier gehört Ihnen«, sagte ich und streckte der Gruppe meine Arme mit dem Karton entgegen.

Dottie Beach brach in Tränen aus. »Ich habe Robert Godard nicht umgebracht«, schluchzte sie. »Ganz gleichgültig, was man dir erzählt hat.«

Während sie sprach, trat Nicola Marzolini vor, nahm den Karton, hob seinen kostbaren Inhalt heraus und stellte die Hydria auf eine Steinbank. Einen Moment lang starrten wir sie alle an. Sie wirkte, als wäre sie hier zu Hause, was kein Wunder war angesichts der Tatsache, dass die meisten dieser Keramikgegenstände für die Toten angefertigt worden waren. Wir befanden uns in einem etruskischen Grabmal, ein Wissen, das ich Robert Godard zu verdanken hatte.

Ich stand im Eingang einer Kammer, die etwa sechs Meter lang und fast genauso breit war und einen rot gestrichenen Dachgiebel aufwies. Alle vier Wände wurden von Steinbänken gesäumt, auf denen zahlreiche Kissen lagen. Nur am Eingang – dort, wo ich stand – und an einer anderen Tür zu meiner Rechten, die in die dahinterliegende Dunkelheit führte, waren sie unterbrochen. Die Wandgemälde waren so stark verblichen, dass nur noch wenige Details auszumachen waren. Über eine Wand huschten zartblaue und gelbe Schwalben, und auf einer anderen war schemenhaft ein Festgelage zu erkennen. An der hinteren Mauer war eine Scheintür und darüber – blass, aber dennoch gut sichtbar – eine Chimäre, die von einer Hand aus alten Zeiten gemalt worden war.

Vor der falschen Tür stand ein Tisch, der mit einem farblich mit der Decke abgestimmten Tuch bedeckt war, und darauf war eine Bar aufgebaut. In einem großen Eisbehälter wurde Wein gekühlt, eine blaue Glasflasche mit Grappa stand geöffnet da, es gab Schüsseln mit Oliven sowie eine Käseplatte, und mehrere Kerzen, die auf dem Tisch standen und im Raum verteilt waren, sorgten für Licht und warfen lange Schatten an die Wände.

»Es gibt eine Erklärung hierfür«, sagte Cesar Rosati.

»Eine, die wir sicher alle gern hören würden«, sagte eine Stimme hinter mir. Mein Herz schlug mir bis zum Hals. Falls ich geglaubt hatte, ich könnte am Eingang stehen bleiben und mich notfalls schnell davonmachen, hatte ich mich offenbar geirrt.

»Was machen Sie denn hier?«, fragte eine hochgewachsene Frau mit langen, grauen Haaren, die locker zu einem Dutt zusammengesteckt waren. Sie wirkte wesentlich vornehmer als bei unserem ersten Zusammentreffen, als sie wie ein Dienstmädchen gekleidet gewesen war.

Ich blickte mich um. Ein großer Mann, der einen weißen Anzug, einen weißen Hut und eine dunkle Sonnenbrille trug, stand in der Türöffnung. Seine Krawatte hatte nicht die richtige Breite, um der Mode zu entsprechen, ebenso wenig wie die Jackenaufschläge, aber ich vermute, wenn man nicht oft vor die Tür geht, gibt es wenig Gründe, für jede Saison einen neuen Anzug zu kaufen.

»Guten Tag, Mr Lake«, sagte ich. Mir war nicht klar, ob seine Ankunft meine Chancen verbesserte, die vor seinem Eintreffen zwölf zu eins gestanden hatten, oder sie verschlechterte.

»Ms McClintoch, Anna«, sagte er und nickte höflich in unsere Richtung. »Und auch Sie, Mondragon.« Alfred Mondragon nickte kurz.

»Lake!«, rief Gino. »Ist das Ihr Ernst? Ist das wirklich Crawford Lake?«

»Wie haben Sie uns gefunden?«, fragte Hank.

»Ich bin Ms McClintoch gefolgt. Jeder hier ist doch irgendwem gefolgt, also dachte ich mir, ich schließe mich einfach an«, erwiderte er trocken.

»Hier darf man nur mit einer Einladung herein«, sagte Hank.

»Ich habe mich bereits gefragt, wie die Einladung – wenn ich eine erhalten hätte – lauten würde«, sagte Lake. »Abendbuffet um sechs, Cocktails um vier im Grab?«

»Falls Ihnen diese Lokalität nicht zusagt, wissen Sie ja, was Sie zu tun haben«, entgegnete Hank.

»Im Gegenteil, das ist genau der richtige Ort für mich«, sagte er, während er seine Brille vorsichtig durch eine mit einer helleren Tönung ersetzte. »Nun, ich glaube, Ms McClintoch stand kurz davor, eine Erklärung zu bekommen. Vielleicht beginnen wir mit einer Vorstellungsrunde. Ich würde es vorziehen, keinem die Hand zu schütteln, falls es Ihnen nichts ausmacht. Ich bin Crawford Lake, und dies ist Ms Lara McClintoch. Und wer sind Sie?«

Anna Karagiannis, die Tante von Brandy Lakes totem Verlobten, weigerte sich, sich vorzustellen, doch die Übrigen taten es. Außer Anna, Dottie und Gino, Eugenia und Vittorio waren anwesend: Cesar Rosati, der Mann, den ich mit dem Abendessen versetzt hatte; Mario Romano, der falsche Lake; der Kunsthändler Mondragon; der Journalist Gianni Veri; Hank Mariani, der winzige Cowboy; Nicola Marzolini, mit dem ich vor kurzer Zeit einen Abend verbracht hatte, und eine Person, die ich nicht hier erwartet hatte, Massimo Lucca, der Polizist aus der Carabinieri-Station in Arezzo. Hank Mariani war der Letzte, der sich vorstellte. Er kam mir mit ausgestreckter Hand entgegen.

»Wie geht es Ihnen?«, fragte er. »Ich bin Pupluna.«

»Pupluna?«, schmunzelte Lake.

»Wir nennen diese Vereinigung die Società della Chimera«, erklärte Mario Romano, als wollte er sich verteidigen. »Wir kommen jedes Jahr etwa um diese Zeit zusammen. Wir nennen es unser Jahrestreffen, und wir halten es hier ab, weil, wie Sie sicher wissen, die etruskischen Könige in dieser Gegend zusammenkamen – an einem Ort, den sie Velzna nannten –, um Angelegenheiten zu besprechen, die den Staat, den Handel, die Verteidigung und solche Dinge betrafen. Anna besitzt hier dieses wunderbare Anwesen, zu dem auch das etruskische Grab gehört, weshalb sie sich großzügigerweise Jahr für Jahr als Gastgeberin anbot. Wir begrenzen die Anzahl der Mitglieder auf dreizehn, entsprechend den etruskischen Stadtstaaten, und jeder von uns nimmt den Namen einer dieser Städte an. Das meinte Hank, als er sagte, er sei Pupluna. Ich bin Velc, Anna ist Velzna, Dottie hier ist Clevsi, Cesar Rusellae und so weiter.« Er hielt einen Moment inne. »Es klingt ein wenig eigenartig, wenn man es einem Fremden zu erklären versucht, fürchte ich.« Plötzlich schienen ihm die Worte zu fehlen.

»Vielleicht sollte ich fortfahren«, sagte Nicola. »Wie lange trifft sich dieser Kreis schon? Seit fast zehn Jahren?« Mehrere nickten. »Wir sind ziemlich fanatisch, wenn es um etruskische Gegenstände geht. Wir betreiben ein kleines Internetforum, um Informationen auszutauschen und uns über unsere Leidenschaft zu unterhalten. Zu einem gewissen Zeitpunkt – ich glaube, vor etwa vier oder fünf Zusammenkünften, nicht wahr? – beschlossen wir, dass wir ein Projekt brauchten. Wir hatten allmählich das Gefühl, dass wir nicht länger nur eine Art Klub sein konnten. Jemand, ich glaube, es war Cesar«, erzählte er weiter, »schlug vor, jedes Jahr eine etruskische Antiquität ins Land zurückzuholen. Wir führten einen jährlich festgesetzten Mitgliedsbeitrag ein und legten ein finanzielles Polster für eventuell notwendige Ausgaben und Anschaffungen an. Ich durchsuchte die Datenbanken nach vermissten Kunstgegenständen und erstellte eine Liste. Alfred Mondragon mit seinem unschätzbaren Wissen und seinen Verbindungen zur Kunstwelt konnte bisher vier ausfindig machen: eine hübsche kleine Bronzestatue eines Kriegers und eine sehr schöne Steinsphinx, die sich jetzt beide in Cesar Rosatis Sammlung befinden, eine Kylix von dem Maler der bärtigen Sphinx, die wir leider nicht länger besitzen, und nun das Glanzstück, die Chimären-Hydria, die wie die anderen Objekte der Rosati-Galerie gestiftet werden sollte. Sehr wahrscheinlich stammt sie von dem

Micali-Maler, wussten Sie das?« Ich nickte. »Vielleicht könnten Sie jetzt weitermachen, Alfred.«

»Die Hydria befand sich bei Robert Godard senior in Vichy«, fuhr Mondragon fort und warf Lake einen vorsichtigen Blick zu. »Wir fanden heraus, dass Godard genau wie wir anderen ein Bewunderer alles Etruskischen war, weshalb wir ihm einen Platz in der Società anboten. Kurz darauf starb Godard, was unsere Pläne durchkreuzte, aber wir waren beharrlich und übertrugen die Einladung auf seinen Sohn, der ebenfalls Robert hieß. Wir glaubten, ihn überzeugt zu haben, dass er die Hydria als Preis für seine Aufnahme mitbringen musste. Bedauerlicherweise wussten wir nicht, dass Robert junior körperlich beeinträchtigt war und echte Probleme gehabt hätte, nach Italien zu kommen.

Eine Weile trugen wir uns mit der Hoffnung, dass Godard sie selbst herbringen würde. Er versprach immer wieder, er würde es tun. Aber Nicola, der hinfuhr, um sie sich anzusehen, und sie für uns fotografierte, war der Meinung, es sei ziemlich klar, dass Godard ein gebrochener, kranker Mann sei und es nicht schaffen würde«, sagte Mondragon. »Zumindest nicht ohne Hilfe. Und deshalb«, fuhr er fort und machte eine kleine Pause, »mussten wir uns einen anderen Plan ausdenken. Cesar, an dieser Stelle gebe ich wohl besser an Sie weiter, da Sie derjenige waren, der die Idee hatte.«

Rosati räusperte sich. »Einige von uns taten sich zusammen – man könnte es eine Kommission nennen –, um zu besprechen, wie es weitergehen sollte. Das Einfachste wäre gewesen, Godard die Hydria abzukaufen. Wir hatten ihn jedoch bereits gebeten, die Hydria nicht zu verkaufen, da sie seine Eintrittskarte in die Società sei. Die Alternative schien zu sein, ihn dabei zu unterstützen herzukommen. An diesem Punkt machten wir uns auf die Suche nach jemandem, der ihm – auf eine Art und Weise, die er akzeptieren würde – Geld geben könnte, das heißt, indem er ihm etwas abkaufte. Von uns konnte das niemand tun, denn sobald er uns alle hier gesehen hätte, wäre ihm klar gewesen, dass wir ihn getäuscht hatten, und er wäre möglicherweise nicht sonderlich geneigt gewesen, die Hydria zu spenden. Und vielleicht konnte er es sich auch nicht leisten. Daher heckten wir diesen, hm, Plan aus«, sagte Rosati.

»Und dieser Plan sah dann wohl vor, dass Sie meinen Namen verwenden, um Ms McClintoch dazu zu bewegen, Ihnen bei der Angelegenheit behilflich zu sein«, warf Lake ein.

»Ich hoffe, Sie verstehen, dass wir nur die besten Absichten hegten«, sagte Eugenia. »Wenn Sie die Geschichte erst einmal zu Ende gehört haben.«

»Absichten?«, sagte Lake. »Darüber wissen wir schon alles, nicht wahr?«

»Ich verstehe nur so viel, dass Sie glaubten, der Zweck heilige die Mittel, und bereit waren, jemand Unwissenden wie mich zu benutzen, um Ihre Pläne in die Tat umzusetzen«, warf ich ein.

»Ich nehme an, Sie verließen sich auf den Umstand, dass niemand wusste, wie ich aussehe«, sagte Lake. »Warum wählten Sie aber Ms McClintoch?«

Dottie wirkte, als würde sie gleich wieder in Tränen ausbrechen. »Ich dachte, du seist genau die Richtige dafür«, sagte sie an mich gewandt. »Du hast so ein ehrliches Gesicht, und natürlich hieltest du dich auch gerade in Italien auf. Das war nicht schwer herauszufinden. Jetzt fühle ich mich wirklich entsetzlich. Ich kann mir vorstellen, dass du mir vielleicht nie verzeihen wirst.«

»Ich sorgte dafür, dass ein Mann namens Yves Boucher Lara zu Godard in Vichy brachte«, sagte Vittorio Palladini. »Eigentlich hatten wir Boucher bereits gebeten, dass er versuchen sollte, die Hydria für uns zu kaufen oder etwas anderes, das Godard bereit gewesen wäre zu veräußern, aber er war überraschend erfolglos. Godard mochte ihn nicht. Wir nahmen an, Sie wüssten nicht viel über etruskische Statuen, Lara, weshalb wir den Plan mit dem Bellerophon ausheckten. Wir wussten – Nicola hatte den Ort ausgekundschaftet –, dass es eine große Bronze gab, die als Bellerophon durchgehen könnte.«

»Leider«, warf Nicola ein, »schienen Sie sich wesentlich besser auszukennen, als wir vermutet hatten – das verstehen Sie jetzt hoffentlich als Kompliment –, und stellten ganz richtig und unverzüglich fest, dass es sich um eine Fälschung handelte.«

»Dann hatte Godard diesen bedauerlichen Unfall«, fuhr Palladini fort. »Dottie erzählte es uns.« Ich blickte zu Dottie hinüber.

Sie kaute auf ihrer Unterlippe herum und vermied es, mich anzusehen.

»Und plötzlich ein kleiner Lichtblick: Lara hat die Hydria. Wir wissen nicht, wie es ihr gelungen ist, sie zu bekommen, aber sie hat sie«, sagte Hank. »Und nicht nur das, sondern sie bringt sie auch noch über die Grenze. Wir glaubten also, dass wir sie einfach von ihr bekommen könnten, was wir auch mehrmals versuchten, aber es funktionierte nicht.«

»Doch dann die Katastrophe«, fuhr Palladini fort und blickte vorwurfsvoll zu Massimo Lucca. »Die Carabinieri kamen uns zuvor.«

»Das war nicht mein Fehler«, protestierte Lucca. »Ich habe weder die anonymen Anrufe getätigt noch diese Frau verhaftet.«

»Und anschließend«, warf Gino ein, »verschwand sie natürlich wieder.«

»Unglaublich«, sagte Lucca, »dass sie aus der Carabinieri-Station entwendet werden konnte. Deswegen werden noch Köpfe rollen, das versichere ich Ihnen. Ich hoffe nur, dass meiner nicht auch dazugehört. Und im Übrigen bin ich nicht sicher, ob ich die Augen vor der Tatsache verschließen kann, dass Sie sie gestohlen haben, Ms McClintoch.«

»Ach, kommen Sie«, sagte Eugenia. »Schließlich gab es noch einen weiteren positiven Aspekt am Verschwinden der Hydria. Wir bedauerten zutiefst, dass Ihre Freundin im Gefängnis saß«, fuhr sie fort und wandte sich mir zu. »Wir wussten, dass es nicht ihre Schuld war. Obwohl wir also sehr enttäuscht waren, dass wir die Hydria nicht bekommen hatten, waren wir froh, dass Ihre Freundin freigelassen wurde.«

»Inzwischen hatten wir die ganze Idee so gut wie aufgegeben«, erzählte Hank weiter. »Wir planten, in diesem Jahr einfach nur wegen des gesellschaftlichen Ereignisses zusammenzukommen und höchstens zu entscheiden, was wir nächstes Jahr in Angriff nehmen würden. Und wer taucht plötzlich auf? Sie, meine Liebe, mit der Hydria!«

»So sieht es aus«, sagte Mario. »Im Grunde haben Sie uns in der Hand, jeden von uns. Sie verstehen hoffentlich, dass wir gute Absichten hegten, auch wenn wir gelegentlich ein wenig grob waren.«

»Ja, Sie könnten dafür sorgen, dass mehrere von uns ihre Arbeitsstellen verlieren«, sagte Lucca.

»Das wird sie sicher nicht tun«, widersprach Dottie. »Nicht wahr, meine Liebe? Bitte. Wir hatten wirklich vor, sie zu spenden. Du musst uns glauben.« Alle blickten mich an.

Ich hatte bemerkt, dass ich zunehmend wütend geworden war, während diese Flut von eigennützigen Interpretationen und unverblümten Lügen über mich hereinbrach. »Ist das alles?«, fragte ich. Beim Sprechen biss ich die Zähne aufeinander.

»Wie meinen Sie das?«, fragte Eugenia.

»Ich glaube, Ms McClintoch möchte darauf hinweisen, dass es in dieser Geschichte Lakunen gibt, Lücken, die sogar mir auffallen, obwohl ich eigentlich außen vor bin«, erklärte Lake.

»Vermutlich fehlen ein oder zwei Details«, sagte Mauro gelassen.

»Wir sprechen nicht über ein oder zwei unwichtige Nebensächlichkeiten«, widersprach ich.

»Wir wissen nicht, wie Sie die Hydria aus der Carabinieri-Station herausbekommen haben, falls Sie das meinen«, sagte Lucca. »Ich habe das bereits erwähnt.«

»Das meine ich nicht«, sagte ich. »In Ihrer Version taucht nur eine der drei Personen auf, die an dieser Farce beteiligt waren und nun tot sind. Die zwei Menschen, die höchstwahrscheinlich ermordet wurden, werden nicht erwähnt.«

»Ermordet? Wovon redet sie?«, fragte Hank. »Niemand wurde ermordet.«

»Antonio Balducci sehr wohl«, erwiderte ich. »Und auch Pierre Leclerc. Robert Godard vielleicht ebenfalls.«

»Oh nein, nicht Robert Godard! Er nicht!«, rief Dottie.

»Balducci? Er hat sich selbst umgebracht«, sagte Mauro. »In meinem Landhaus. Warum er diesen Zeitpunkt und diesen Ort gewählt hat, werden wir wohl nie erfahren. Aber er beging Selbstmord.«

»Nein, das tat er nicht«, beharrte ich.

»Er war mein bester Freund«, sagte Romano. »Ich hätte niemals etwas getan, das ihm geschadet hätte. Es ist empörend.«

»In den Zeitungen stand nichts darüber, dass er ermordet wurde«, bemerkte Eugenia. »Er beging Selbstmord. Hier muss ich ebenfalls widersprechen. Er war einer meiner Schauspieler.«

»Bitte«, warf Lake ein. »Genug von diesen Protestbekundungen. Falls einige von Ihnen tatsächlich meinen, es wäre anders, so fürchte ich, Sie verhalten sich nicht anders als störrische Ziegen. Sie mögen Einwände gegen diesen Vergleich erheben und Cesars Begriff *Kommission* vorziehen, aber schließlich haben Sie die Analogie selbst hergestellt. Sie sind doch diejenigen, die die Chimäre als Symbol gewählt haben, und ehrlich gesagt passt es besser zu Ihnen, als Ihnen bewusst ist.«

Ich sah, dass Lucca mich interessiert anblickte. »Ich würde gern wissen, wer Pierre Leclerc ist oder war«, sagte er.

»Ein schmieriger Kunsthändler«, erklärte Mondragon. »Lake kennt ihn ebenfalls. Aber ich wusste nicht, dass er aus irgendeinem Grund tot ist, geschweige denn ermordet wurde.«

»Er ist der Mann, der draußen an der Tanella gefunden wurde«, sagte ich zu Lucca. »Derjenige, den Sie noch nicht identifizieren konnten.«

»Ich habe noch nie von ihm gehört«, warf Eugenia ein. »Was hat er denn mit dem Ganzen zu tun?«

»Vielleicht sollten wir noch einmal von vorn anfangen und Ms McClintochs Version der Geschehnisse hören«, schlug Lake vor.

»Gestern Abend habe ich drei Listen angefertigt. Drei Listen, drei Gruppen, drei Köpfe der Chimäre – obwohl ich glaube, dass ich inzwischen Mr Lakes Analogie vorziehe«, sagte ich. »Die erste Liste nannte ich ›Die Scharade‹. Sie korrespondiert im Wesentlichen mit dem Plan, den Sie ausarbeiteten, um mich mit dem Geld für Godard nach Vichy zu locken. Mr Lake hat ganz recht: Diejenigen von Ihnen, die die eben gehörte Version der Geschichte geglaubt haben – angenommen, überhaupt jemand tat dies –, repräsentieren tatsächlich die Ziege. Erzählen wir das Ganze also noch einmal von vorn. Dottie?«

»Oh«, sagte sie und schlug sich die Hand vor den Mund. »Ich glaube nicht, dass ich ...« Sie atmete tief durch und richtete sich auf. »Also gut«, sagte sie.

»Nein!«, rief Gino.

»Ich muss«, erwiderte sie. »Sonst kann ich mir selbst nicht mehr ins Gesicht sehen.«

»Wir warten alle voller Spannung darauf, glaube ich«, bemerkte Lake.

Dottie öffnete mehrmals den Mund, aber kein Ton kam heraus. »An jenem Morgen, als Robert Godard starb, bist du in dem Schloss in Vichy gewesen«, ermunterte ich sie.

»Das ist richtig«, sagte sie schließlich. »Meine Aufgabe war es, die Dinge in Vichy im Auge zu behalten, aber ich wollte auch eine Esszimmergarnitur kaufen«, fuhr sie fort. »Ich eröffne bald ein neues Geschäft in New Orleans und benötige Waren. Godard sagte, er würde darüber nachdenken und ich sollte am nächsten Tag wiederkommen. Ich betrat das Schloss, ohne anzuklopfen. Er kam nie an die Eingangstür, müssen Sie wissen. Er hätte zu lange gebraucht, um dorthin zu gelangen. Sie war nicht verriegelt, sodass ich einfach hineinging. Als ich in jenem Raum mit den ganzen Antiquitäten ankam ... du weißt schon, Lara, dieser grässliche mit den nackten Glühbirnen und den herumschwirrenden Vögeln«, sagte sie zu mir gewandt.

Ich nickte ermutigend.

»... stand die Vitrine, in der sich die Hydria befand, offen. Ich ging darauf zu und fasste den Entschluss, dass ich entweder einfach versuchen würde, das Ding zu kaufen, oder dass ich ihm erzählen würde, ich wäre ein Mitglied der Società und würde es der Gruppe an seiner statt bringen oder so etwas in der Art. Die ganze erfundene Geschichte mit Lake erschien mir plötzlich vollkommen absurd, als ich erst einmal dort war.

Ich nahm die Hydria aus der Vitrine und trug sie in Robert Godards Arbeitszimmer«, fuhr sie fort. »Ich wollte ihn nicht erschrecken. Er war gerade dabei, irgendwelche Seile an einem Tragegeschirr zu befestigen, und ich erblickte eine geöffnete Falltür. Er sah, wie ich mit der Hydria dastand, und muss gedacht haben, ich wollte sie ihm stehlen, denn er begann mich anzuschreien und versuchte, sich auf mich zu stürzen. Er fiel genau in das Loch hinein. Als er unten auf dem Boden auftraf, gab es ein entsetzliches Geräusch. Ein Knacken …«

»Sein Schädel vermutlich«, sagte Lucca. »Weil er auf dem Steinboden aufschlug.«

»Bitte nicht«, flehte Dottie. »Ich ertrage es nicht, daran zu denken. Er sah so grässlich aus, als er dort unten lag und das Blut nur so aus seinem Kopf strömte. Ich geriet in Panik.«

»Und wo war die Hydria in diesem Augenblick?«, fragte ich sie.

»Ich hielt sie in den Händen«, antwortete sie. »Ich war schon auf dem halben Weg in die Stadt, als ich merkte, dass ich sie immer noch festhielt. Ich schwöre, dass ich sie nicht mitnehmen wollte. Und ich habe Robert Godard nicht umgebracht. Es war ein Unfall. Ich habe ihn nicht angerührt. Aber ich weiß, dass ich schuld daran bin.« Sie begann zu schluchzen.

»Wenn Sie die Hydria schon hatten, warum haben Sie sie dann nicht einfach hergebracht?«, fragte Hank. »Oder besser gesagt, wie kam Lara in ihren Besitz?«

»Als ich in die Stadt zurückkam, versuchte ich zu entscheiden, was ich tun sollte«, antwortete sie. »Mir war klar, dass ich Godards Tod melden musste. Ich überlegte mir, dass ich es anonym tun könnte, von einer Telefonzelle aus zum Beispiel. Doch dann kam dieser widerliche Mann.«

»Welcher widerliche Mann?«, fragte Eugenia.

»Pierre Leclerc«, erwiderte sie. »Er musste bei Godard gewesen sein, er musste gesehen haben, was geschehen war, und mir gefolgt sein. Er gab vor, mir helfen zu wollen, aber ich wusste, dass dem nicht so war. Er war ekelhaft. Er sagte, die Polizei würde glauben, dass ich Godard in den Keller gestoßen und die Hydria gestohlen hätte, aber natürlich wäre er überzeugt, dass ich das nicht getan hatte. Ich erzählte ihm, wir seien eine Vereinigung, die versuche, die Hydria für die Rosati-Sammlung zurück nach Italien zu bringen. Er tat sehr verständnisvoll. Ich bräuchte ihm einfach nur die Hydria und zwanzigtausend Dollar zu geben, und er würde sich um alles kümmern.«

»Du liebe Güte«, sagte Hank. »Das ist ja Erpressung!«

»Finden Sie?«, fragte Gino.

»Ich hatte keine zwanzigtausend Dollar zur Hand, weshalb ich Gino anrief und ihn um Hilfe bat«, sprach Dottie weiter. »Er ist wunderbar. Wir wollen heiraten.«

Ich glaubte, ein leises Räuspern von Lake zu hören.

»Er riet mir, einfach nach Italien aufzubrechen.«

»Das ist alles«, sagte sie. »Gino meinte, er würde sich um die Sache kümmern. Es tut mir leid, dass ich dich mit reinziehe, Schatz«, fügte sie hinzu, während sie sich zu ihm umdrehte. »Aber keiner von uns beiden hat etwas Böses getan, und daher glaube ich, wir sollten einfach allen erzählen, was passiert ist.«

»Was gibt es da zu erzählen? Ich sorgte dafür, dass der Typ bekam, was er gefordert hatte, und das ist das Letzte, was ich mit ihm zu tun hatte«, sagte Mauro.

»Gino!«, rief Dottie.

»Ist ja schon gut. Die Vereinbarung lautete, dass Leclerc die zwanzigtausend Dollar erst bekommen würde, wenn er die Hydria nach Italien gebracht hatte. Ich dachte, wir könnten noch versuchen, das Beste aus diesem Fiasko zu machen. Ich veranlasste, dass er zehntausend in Frankreich bekam, und die zweiten zehntausend sollten ihm übergeben werden, sobald die Hydria unversehrt in Italien eingetroffen und einem von uns übergeben worden wäre.«

»Und wurde sie das?«, erkundigte sich Lucca.

»Ja«, erwiderte er. »Leclerc berichtete mir, dass Lara sie inzwischen hätte.«

»Und, hatten Sie sie?«, fragte Lucca.

»Ja«, sagte ich. »Eine Weile jedenfalls. Leclerc legte sie in Nizza in meinen Wagen.«

»Er gab sie Ihnen? Warum sollte er das getan haben?«, wollte Hank wissen.

»Damit Lara sie über die Grenze bringen konnte, natürlich«, sagte Lake. »Leclerc mag ein Widerling gewesen sein, aber er war nicht dumm. Er wollte nicht riskieren, von den Zollbeamten damit angehalten zu werden. Falls Lara erwischt worden wäre, hätte er immer noch seine zehntausend gehabt.«

»Ich schätze, so ungefähr muss es gewesen sein«, sagte ich. »Ich brachte sie tatsächlich nach Italien, woraufhin er Gino anrief und ihm erzählte, dass ich sie bei mir hätte, und sobald das bestätigt worden war, hatte Leclerc zwanzigtausend in der Tasche. Nicht schlecht für die Arbeit eines einzigen Tages.«

»Dieser Mann ist eine Schande für unseren Berufsstand«, warf Mondragon ein. »Ein richtiggehender Verbrecher.«

»Ich glaube, was danach geschah, wissen wir«, sagte Hank. »Wir versuchten, sie zurückzubekommen, scheiterten, und schließlich landete sie in der Carabinieri-Station.«

»Vorher gab es noch ein paar weitere, sagen wir, ›Zwischenfälle‹«, widersprach ich.

»Was ich nicht verstehe«, unterbrach Palladini mich, »von wem gingen all diese Anrufe bei den Carabinieri aus? War das unser Freund Leclerc?«

»Nach den Berichten, die ich gelesen habe, und wenn es sich bei der Leiche an der Tanella tatsächlich um Leclerc handelte, muss man davon ausgehen, dass er zu dem Zeitpunkt, als die letzten Anrufe eingingen, schon tot war«, sagte Lucca.

»Und das bringt uns dann zu meiner zweiten Liste«, sagte ich. »Der Löwe, oder wie ich sie nannte, die ›Anti-Lake-Gruppe‹.«

»Ich kann es kaum erwarten«, sagte Lake. »Verzeihen Sie, dass ich Sie unterbreche«, fügte er hinzu.

»Der Löwenkopf der Chimäre war nicht annähernd so darauf erpicht, dass die Hydria in ein italienisches Museum zurückgebracht würde, wie einige andere von Ihnen.«

»Worauf waren sie dann aus?«, fragte Palladini.

»Sie wollten Crawford Lake in Verruf bringen.«

»Ich denke über eine Klage nach«, sagte Lake.

»Seien Sie alle vorsichtig mit dem, was Sie sagen«, warnte Palladini. »Sie wissen ja, ich bin Anwalt.«

»Ich habe keine Angst davor zu sagen, was ich denke«, erwiderte Mariani. »So leicht lasse ich mich nicht einschüchtern. Sie haben mich aus dem Geschäft gedrängt, Lake, und nicht gerade auf die feine Art. Ihre Geschäftspraktiken stinken zum Himmel.«

»Dem habe ich nichts hinzuzufügen«, pflichtete Gino Mauro ihm bei.

»Sie reden beide Unsinn«, sagte Lake. »Um die Chimärenmetapher noch einen Schritt weiterzuführen: Ihr Gebrüll ist eher zahnlos. Sie, Mariani, sind ein Aufschneider, der zwar weiß, was alles kostet, aber den reellen Wert der Dinge nicht kennt. Sie haben für den etruskischen Apollo zu viel gezahlt und für alles andere auch. Wäre ich nicht aufgetaucht und hätte Ihre Firma übernommen, hätte es jemand anderes getan.

Und was Sie betrifft, Mr Mauro, Sie waren zu sehr damit beschäftigt, die angenehmen Seiten des Wohlstands zu genießen, oder zumindest das, was Sie für die angenehmen Seiten hielten. Während Sie Ihre Zeit mit zahllosen Liebschaften verbrachten und Versprechen gaben, die Sie nicht beabsichtigten zu halten, sind Ihnen die Kunden scharenweise davongelaufen.«

»Sagte er gerade *zahllose* Liebschaften?«, fragte Dottie und warf Gino einen Blick zu.

»Ich bedaure, Madame, Ihnen sagen zu müssen«, sagte Lake und blickte Dottie an, »dass Ihr Gefährte durchaus noch mit seiner Frau zusammen ist. Und Sie Rosati? Wollen Sie nicht einstimmen?«

»Ich mag Sie nicht, Lake«, sagte Rosati. »Aber letzten Endes interessiert mich Ihre komische Löwenverschwörung nicht besonders, und ich weiß auch absolut nichts darüber.«

»Ich glaube, wir vergessen, dass es hier um wichtigere Dinge geht«, warf Gianni Veri ein. »Beispielsweise die Pressefreiheit. Ich scheue mich nicht davor, meine Stimme gegen die Zensur zu erheben. Ich habe meine Arbeit verloren, weil ich es wagte, etwas Negatives über Sie zu veröffentlichen, Lake. Sie ließen mich feuern. Ich war kurz davor, Chefredakteur zu werden, und Sie haben meine Karriere ruiniert. Wenn Sie mich fragen, so ist Ihr fortgesetzter Erfolg ein Schlag ins Gesicht der weltweiten Redefreiheit.«

»Sie haben Ihre Arbeit bei der Zeitung nicht verloren, weil Sie über mich schrieben«, entgegnete Lake. »Über mich wird fast jeden Tag etwas veröffentlicht, und ich versichere Ihnen, dass es mich wenig oder, besser gesagt, überhaupt nicht interessiert. Nein, Sie haben Ihre Anstellung verloren, weil Sie, wie Sie durch Ihre Mitgliedschaft in dieser Vereinigung eindeutig bewiesen haben, die Wahrheit nicht achten. Ich hatte nichts mit Ihrer Entlassung zu tun, aber ich habe mich ungemein darüber gefreut.«

»Und was haben Sie mir zu sagen, Crawford?«, fragte Anna.

»Seien Sie vorsichtig mit Ihren Äußerungen, Anna«, sagte Eugenia.

»Ich werde nicht vorsichtig sein«, widersprach sie. »Ich werfe Crawford Lake vor, meinen Neffen, Anastasios Karagiannis, getötet – ermordet! – zu haben. Taso sollte Crawfords Schwester Brandy heiraten, aber er starb kurz vor der Hochzeit bei einem schrecklichen Autounfall. Manche Leute glauben, Lake hätte sich an den Bremsen von Tasos Wagen zu schaffen gemacht. Ich gehöre auch dazu. Verklagen Sie mich ruhig. Ich fände die Gelegenheit, eine öffentliche Aussage zu machen, sehr verlockend.«

Lake seufzte tief. »Sie, Anna, sind die Einzige unter den hier Anwesenden, die einen berechtigten Grund hat, mich zu hassen. Aber ich versichere Ihnen, ob Sie mir nun Glauben schenken oder nicht, dass ich Ihren Neffen Taso nicht getötet habe, zumindest nicht auf die Art und Weise, wie Sie mutmaßen. Eigentlich mochte ich den jungen Mann. Ich erzählte ihm jedoch über die Frau, die er zu heiraten beabsichtigte, und über ihre Familie etwas, was er meiner Ansicht nach wissen musste. Wenn er, nachdem er es erfahren hatte, die Entscheidung traf, sich bis zur Bewusstlosigkeit zu betrinken, und mit seinem Wagen dann entweder zufällig oder bewusst von der Straße abkam, so ist das etwas, mit dem ich leben muss.«

»Sie können erzählen, was Sie wollen, ich glaube Ihnen nicht«, sagte Anna.

Lake wandte sich zu mir um. »Ich nehme an, Sie wissen, was ich Taso erzählen musste. War es richtig, ihm das zu eröffnen, nachdem meine Schwester sich beharrlich weigerte, es zu tun?«

Ich dachte an das Leben außerhalb von dieser Grabstätte hier, an die Sonne, die auf Orvieto geschienen hatte, an die über den Himmel ziehenden Wolken, daran, wie sich die warme Luft auf meinem Gesicht anfühlte.

Und dann dachte ich an Brandy Lake, die in dem großen alten Haus auf den Aran Islands in ihrem Obergeschosszimmer gefangen war, an Maires Ängste vor den Vorurteilen, mit denen Brandy zu kämpfen hätte, wenn jemand von ihrer Krankheit erfahren würde, und an Crawford Lake, dem es nicht vergönnt war, die Früchte seines offensichtlich brillanten Verstandes und seiner geschäftlichen Erfolge zu genießen.

»Ja, es war richtig«, antwortete ich.

»Was hat er ihm erzählt?«, wollte Anna wissen.

»Als wir uns das letzte Mal trafen, habe ich, glaube ich, gedroht«, wandte Lake sich an mich, bevor ich etwas erwidern konnte. »Das bedaure ich zutiefst. Vermutlich bin ich, weil ich so wenig Kontakt zu Menschen habe, ziemlich exzentrisch geworden und misstraue jedem. Das ist keine Eigenschaft, die ich an mir schätze. Ich hoffe, dass Sie das, was Sie über mich und meine Familie wissen, vertraulich behandeln, aber wenn Sie es nicht tun, wenn Sie aus irgendeinem Grund meinen – vielleicht, um Ihrer Freundin zu helfen –, dass sie es enthüllen müssen, werde ich nichts gegen Sie unternehmen, das verspreche ich.«

»Bis jetzt hat keiner unter den Anwesenden etwas getan, was mich dazu verleiten würde, Geheimnisse mit ihm zu teilen«, sagte ich.

Auf seinem Gesicht war der Anflug eines Lächeln zu erkennen. »Nein, das vielleicht nicht. Aber dennoch scheinen Sie gerade zu einer Enthüllung aufgefordert zu werden. Nun, auf welche Weise hatte der zahnlose Löwe also vor, mir zu schaden?«

»Ich sollte mit der Hydria auf frischer Tat ertappt werden«, erklärte ich. »Sobald bekannt geworden war, dass die Hydria in meinem Besitz war, hatte jemand eine geniale Idee – zumindest glaubten sie das. Die Hydria für die Società zurückzugewinnen wäre ein Erfolg gewesen. Aber Sie, Mr Lake, in Verruf zu bringen wäre sogar noch besser. Ich sollte mit der Hydria verhaftet werden, und man rechnete damit, dass ich der Polizei erzählen würde, Crawford Lake hätte mich gebeten, sie für ihn zu beschaffen. Mehr wäre nicht nötig gewesen.

Ich nehme an, es war Gianni, der die Idee hatte«, fuhr ich

fort. »Obwohl die anderen ihn wahrscheinlich ermutigten. Er schrieb diese verleumderischen Artikel. Die ersten hatte er sogar bereits veröffentlichen lassen, in denen er andeutete, dass er wüsste, wer für den Schmuggel von etruskischen Antiquitäten aus Italien verantwortlich sei. Angeblich ein erfolgreicher ausländischer Geschäftsmann, war es nicht so?«

»Ich erinnere mich gut daran«, warf Lucca ein. »Auch die Carabinieri, die bei solchen Aktivitäten bewusst wegsehen, wurden erwähnt. Darüber wollte ich ohnehin mit Ihnen sprechen, Gianni.«

»Warum haben Sie den Carabinieri dann nicht erzählt, dass Lake Ihnen aufgetragen hatte, die Hydria zu besorgen?«, fragte Gianni kampflustig an mich gewandt.

»Weil ich mein Wort gegeben hatte, dass ich es niemandem verraten würde, und so fremd einigen von Ihnen diese Vorstellung auch sein mag, ich pflege meine Versprechen zu halten. Ich hatte den Plan gefasst, Lake ausfindig zu machen und ihn dazu zu bringen, sich einzuschalten«, erklärte ich. »Wenn er sich geweigert hätte, hätte ich alles aufgedeckt. Ich habe ihn gefunden. Beziehungsweise, er hat mich gefunden. Danach war mir klar, dass es keinen Grund gab, die Carabinieri darüber zu informieren, dass Mr Lake mich beauftragt hatte, denn es war völlig offensichtlich, dass er es gar nicht gewesen war. Also musste ich nach einer anderen Erklärung suchen, nicht wahr?«

»Ich will sichergehen, dass ich es richtig verstehe«, sagte Lake. »Während die eine Gruppe, die Ziege, auf recht ungeschickte Weise versuchte, die Hydria nach Italien zu bringen, plante die andere, der Löwe, genau das zu verhindern, indem sie die Carabinieri anriefen und eine gestohlene Antiquität meldeten. Ist das ungefähr richtig?«

Ich nickte.

»Das ist eine der dümmsten Ideen, die ich je gehört habe, Gino«, sagte Dottie.

»Warum sollte ich mir eigentlich die Mühe machen zu klagen?«, bemerkte Lake. »Ein solches Durcheinander würde niemand glauben.«

»Also ist alles schlicht nie passiert«, sagte Mauro. »Für böse Gedanken können Sie uns nicht hinter Gitter bringen. Es war eine schlechte Idee, gut, aber wir haben niemandem Schaden zugefügt. Und jetzt wollen wir unsere Feier genießen und Nicola die Hydria überreichen, damit er sie heute Abend mitnehmen kann.«

»Nicht so schnell«, sagte Lake. »Wenn ich Sie recht verstanden habe, Lara, dann kommen wir jetzt zur Schlange.«

»Die Schlange, ganz recht«, pflichtete ich ihm bei.

»Das ist doch lächerlich«, widersprach Nicola. »Bei Ihnen klingt es so, als stünde jeder von uns unter Tatverdacht.«

»Das tun Sie auch«, gab Lake zurück. »Nun, was hat es also mit der Schlange auf sich?«

»Folgendes«, sagte ich und ging auf die Hydria zu. Ich nahm sie in die Hand, hob sie ungefähr bis auf Schulterhöhe hoch, und als mich alle ansahen, ließ ich sie los. Wie ein Stein fiel die Chimären-Hydria nach unten und zerschellte in Hunderte von kleinen Stücken auf dem Steinboden.

Es war wie in einem Tollhaus. Sie kreischten und ballten die Fäuste. Anna sank auf die Knie, begann nach den Scherben zu greifen und versuchte, sie auf geradezu rührende Weise wieder zusammenzufügen. Mehrere andere eilten herbei, um ihr zu helfen, hielten dann jedoch inne, weil sie merkten, dass es hoffnungslos war.

»Was hast du getan?«, kreischte Dottie.

»Sie hat eine unschätzbare Antiquität zerstört«, erwiderte Lucca. »Ich kann es nicht fassen, dass Sie das gemacht haben. Ich werde Sie verhaften.«

»Beruhigen Sie sich«, sagte ich, während ich eine Tonscherbe aufhob und sie eingehend betrachtete, erleichtert darüber, dass ich richtig gelegen hatte. »Es ist eine Fälschung.«

»Wie können Sie da so sicher sein?«, fragte Anna.

»Das Gewicht, die Ausgewogenheit«, erwiderte ich. »Die Oberflächenstruktur. Sie fühlte sich nicht wie die echte an.«

»Wir haben diesen ganzen Ärger wegen einer Fälschung auf uns genommen?«, fragte Romano ungläubig. »Sagten Sie nicht, sie sei authentisch?«, fügte er an Nicola gewandt hinzu.

»Nun ja«, entgegnete Nicola. »Natürlich hatte ich keine Gelegenheit, sie mir näher anzusehen. Ich hätte meine Laborausrüstung benötigt …«

»Was meinen Sie damit, wenn Sie sagen, die Hydria hätte sich nicht wie die echte angefühlt?«, fragte Lucca. »War das nur eine Theorie, oder …?«

»Es waren zwei Chimären-Hydrias im Umlauf«, erwiderte ich. »Eine authentische, und die andere war diese Fälschung hier. Die Ausgewogenheit der echten war absolut perfekt. Trotz ihrer Form und ihrer Größe könnte man mit ihr wunderbar etwas ausgießen. Das weiß ich, weil ich sie in den Händen gehalten habe. Von dieser hier kann man das nicht behaupten.

Bis mir diese Hydria gestern in mein Hotel geschickt wurde«, fuhr ich fort und hob eine Scherbe auf, »dachte ich, die Tode von Antonio und Leclerc hingen mit dem Plan zusammen, Lake in Verruf zu bringen. Anfangs schien es offensichtlich – mir zumindest –, dass all dies etwas mit Lake zu tun haben musste. Allerdings fand ich nicht heraus, inwiefern. Ich wusste, dass einige von Ihnen auf eine Art und Weise mit Lake in Verbindung standen, die Sie verdächtig machte. Wäre die Hydria gestern Abend nicht wieder aufgetaucht, hätte ich weiter an dieser Theorie festgehalten. Aber ich hätte falsch gelegen.« Auf einmal standen alle schweigend da und sahen mich an.

»Beim Anblick der Hydria wurde mir klar, dass es hier nicht um Rache für irgendwelches wirkliche oder eingebildete Unrecht geht oder darum, kostbare Antiquitäten zu retten. Hier geht es um Habgier, um Menschen, die dem Sammelrausch verfallen sind, die Dinge besitzen müssen, gleichgültig, ob das legal ist oder nicht, und über die dazu nötigen finanziellen Mittel verfügen. Und es geht um die unseriösen Händler, die diese Bedürfnisse befriedigen.

Der Schlüssel zu den Morden war nicht Mr Lake, sondern die Chimären-Hydria. Zunächst wurde ich nicht klug daraus, warum sie aus der Polizeistation entwendet und anschließend an mich geschickt worden war. Das einzige Motiv, das mir am Ende plausibel erschien, war, dass irgendjemand wollte, dass sie an ihrem Bestimmungsort ankäme, und aus irgendeinem mir unbekannten Grund war ich diejenige, die sie dorthin bringen sollte. Und genau das tat ich dann ja auch.

Das Puzzlestück, das noch fehlte und mir dabei geholfen hätte, alles in meinem Kopf zusammenzufügen, war, dass Dottie uns von Leclerc berichtete. Leclerc hatte die Hydria von Dottie bekommen ...«

»Einen Augenblick«, sagte Lucca. »War das die echte?«

»Ja«, sagte ich.

»Und in Ihren Wagen legte er eine falsche, richtig?«

»Nein, er legte die echte Hydria in meinen Wagen, und ich transportierte sie über die Grenze. Anschließend gab ich sie ihm zurück.«

»Warum um alles in der Welt sollten Sie das getan haben?«, fragte Hank.

»Vielleicht, weil sie nicht wusste, was der eigentliche Sinn des Ganzen war?«, schlug Lake vor. »Da Sie sich nicht die Mühe gemacht hatten, ihn ihr zu verraten.«

»Genau. Da ich nicht in Ihre Pläne eingeweiht war, tat ich ungewollt etwas, das zu Leclercs Tod führte, und möglicherweise auch zu Antonios, sosehr es mich auch schmerzt, das zu sagen. Ich legte die Hydria auf dem Parkplatz des Hotels in Volterra in Leclercs Wagen. Die Carabinieri durchsuchten gerade die Fahrzeuge, ich sah ihn kommen, und in der Annahme – der berechtigten Annahme, wie ich glaube –, dass er die Hydria vorher in meinem Kofferraum deponiert hatte, legte ich sie zurück in seinen.«

»Bist du sicher, dass es das richtige Auto war?«, fragte Dottie mich.

»Ja, aber ich fuhr sofort danach ab. Es ist möglich, ja, sogar wahrscheinlich, dass jemand anderes sie in der Zwischenzeit in die Finger bekam. Allerdings tauchte sie ein oder zwei Tage später wieder in meinem Hotelzimmer in Arezzo auf. Ich habe lange darüber nachgedacht, wer sie in mein Hotel bringen ließ. Eine Zeit lang verdächtigte ich Antonio, der, wie ich annahm, mir damit helfen wollte. Aber er stritt es vehement ab, und ich glaubte ihm. Angesichts dieser Tatsache war ich ziemlich sicher, dass Leclerc es war, doch jetzt bin ich das nicht mehr.«

»Die entscheidende Frage ist sicherlich, ob die Hydria, die in Ihr Hotel gebracht wurde, die echte oder eine Fälschung war«, bemerkte Lake.

»Ich besaß die Hydria nur für einen kurzen Moment, ehe Lola sie entwendete. Eigentlich hatte ich weder Zeit, sie mir ausgiebig anzusehen, noch die Gelegenheit, sie in die Hand zu nehmen, abgesehen von ein oder zwei Sekunden. Ich stelle jedoch die Hypothese auf, dass es sich um eine Fälschung handelte und dass jemand sie irgendwann zwischen dem Zeitpunkt, zu dem ich die echte Hydria in Leclercs Wagen legte, und dem Moment, als eine Hydria in meinem Hotelzimmer auftauchte, austauschen ließ.«

»Die Hydria in meiner Carabinieri-Station war also auch eine Fälschung, jedenfalls nach dieser Hypothese«, warf Lucca ein.

»Mit großer Sicherheit«, sagte ich. »Und genau das war das Problem, das sich der Schlange stellte. Ich verwende den

Singular, aber ich vermute, dass vier Personen beteiligt waren. Dass die Fälschung in einer Polizeistation landete, war nicht geplant. Einer von ihnen – und es muss jemand gewesen sein, der nichts von der Absicht des Löwen wusste, die Hydria abzufangen, bevor sie überreicht werden konnte – tauschte das Gefäß aus und tötete wahrscheinlich auch Leclerc, der zu diesem Zeitpunkt wesentlich mehr wusste, als diesen Leuten lieb war, und der ihnen aufgrund seiner Neigung, andere zu erpressen, auch mitgeteilt hatte, dass er Bescheid wusste. Anschließend schickte diese Person die gefälschte Hydria wieder auf den richtigen Weg, damit sie wie geplant der Società übergeben würde.«

»Diese Schlangengruppe will also, dass hier heute eine Hydria eintrifft – und ich lege die Betonung auf *eine* und sage absichtlich nicht *die* Hydria«, warf Lucca ein. »Aber wieso?«

»Du meine Güte«, sagte Lake. »Muss man Ihnen denn alles erklären? Weil, wie Lara schon sagte, es hier einzig und allein darum geht, mit Antiquitäten zu handeln. Der Plan der Schlange besteht darin, sich die echte Hydria anzueignen, ist es nicht so?« Ich nickte. »Niemand wird je davon erfahren, weil die Fälschung in der Rosati-Sammlung unterkommen wird. Richtig?«

»Ja«, antwortete ich.

»Der arme Cesar«, bemerkte Dottie. »Das ist ja furchtbar!«

»Könnten Sie sich Ihre Bemerkungen bitte bis zum Ende aufheben, Madame?«, sagte Lake gereizt. »Die Schlange erhält die echte Hydria von Leclerc zurück – oder wahrscheinlich kauft sie sie –, und was macht sie dann mit ihr?«

»Sie verkauft sie«, antwortete Lucca. »Wahrscheinlich an jemanden, der sie vorher bestellt hat. Ich bin davon überzeugt, dass sie sich inzwischen schon im Ausland befindet. Leclerc findet das heraus und versucht, sie zu erpressen. Wie wir schon gehört haben, war das eine Schwäche von ihm.

Die Schlange erklärt sich bereit, ihn an der Tanella di Pitagora zu treffen. Leclerc wird auf der Stelle ermordet. Die Fälschung war längst ausgetauscht und auf ihren Weg gebracht worden. Ohne dass die Schlange davon erfährt, erscheint jedoch der Löwe auf der Bildfläche, und die gefälschte Hydria landet in der Polizeistation.«

»Aber warum sollte man sie aus der Polizeistation entwenden?«, fragte Eugenia. »Es war doch eine Fälschung.«

»Natürlich, damit keiner erfährt, dass das Original gestohlen wurde«, erklärte Lucca. »Dass die Hydria in den Händen der Polizei ist, ist eine Katastrophe, weil jemand – ein weiterer Experte – sie im Zuge von Signora Lolas Strafprozess genau untersuchen und herausfinden wird, dass es sich um eine Fälschung handelt. Habe ich recht?«

»Ja«, sagte ich. »Sie müssen sie aus der Polizeistation herausbekommen, bevor sie von jemandem überprüft wird.«

»Sie behaupten also, einer von uns hätte die Fälschung aus der Carabinieri-Station gestohlen«, sagte Hank.

»Ich habe da so ein Bild von Nicola im Kopf«, sagte Lucca, »wenn ich genauer darüber nachdenke. Wie er mit einer großen Sporttasche in der Hand in meiner Carabinieri-Station steht. Groß genug, um eine etruskische Hydria darin unterzubringen, würde ich sagen.«

»Das ist doch lächerlich«, sagte Nicola.

»War das Ganze wohl eine einmalige Sache?«, fragte Lake mich. »Oder etwas Durchorganisiertes?«

»Ich vermute, dass es gut organisiert war«, erwiderte ich.

»Dann haben sie sich diesmal ein wenig zu weit vorgewagt«, stellte Lucca fest. »Ein ungeduldiger Käufer vielleicht, oder lediglich eine günstige Gelegenheit, die sich bot und diesem Leclerc zu verdanken war. Normalerweise wurde das Original gegen eine Fälschung ausgetauscht, sobald es in der Rosati-Sammlung angekommen war, nicht wahr?«

»Ich glaube, ja. Es gibt eine Möglichkeit, das herauszufinden.«

»Sie meinen, man müsste sich nur unsere bisherigen Funde noch einmal ansehen. Die Nenfro-Sphinx und den Bronzekrieger«, sagte Lucca.

»Was sollte mit ihnen nicht stimmen?«, fragte Dottie.

»Es sind ebenfalls Fälschungen«, erklärte Lucca.

»Aber die Kylix vom Maler der bärtigen Sphinx wurde doch gestohlen. Raubte also jemand eine Fälschung?«

»Ich würde sagen, die Schlange entwendete sie aus den gleichen Gründen, aus denen die Hydria aus der Polizeiwache verschwinden musste«, sagte ich. »Die Kylix sollte einem anderen Museum übergeben werden, wo sie denselben Überprüfungen unterzogen worden wäre wie die Chimären-Hydria während eines Prozesses.«

»Logischerweise sind also Rosati und Mondragon daran beteiligt«, sagte Lake. »Sie sind die Händler in der Gruppe.«

»Haltloses Geschwätz«, widersprach Mondragon.

»Ich weiß nichts davon!«, rief Cesar aus. »Ich habe nur eine Kunstsammlung, das ist alles. Ich wollte der Welt schöne Dinge zeigen.«

»Auf welche Weise haben Sie Ihr Einkommen erzielt, Cesar, nachdem Lake Sie aus dem Geschäft gedrängt hatte?«, fragte Hank. »Das würde ich wirklich gern wissen. Indem Sie die Sachen verkauften, die wir mit viel Mühe und großem Kostenaufwand zurück nach Italien gebracht hatten? Ein gutes Geschäft, wie? Sie zahlen ein Dreizehntel des Kaufpreises und verkaufen zum vollen Preis, vielleicht sogar zu einem noch höheren.«

»Ich weiß nicht, wovon Sie sprechen«, sagte Cesar. »Ich wurde bei der ganzen Angelegenheit genauso hereingelegt wie alle anderen auch. Nicola hat mein Vertrauen missbraucht.«

»Einen Augenblick mal«, warf Nicola ein.

»Sagten Sie, die Hydria sei im Ausland?«, fragte Gianni. »Wir bringen sie zurück ins Land, und Sie schicken sie wieder hinaus? Wie ging das vor sich?«

»Ich vermute, für solche Dinge ist Alfred Mondragon der Experte«, sagte ich. »Pierre Leclerc kam ihm sogar schon früher auf die Schliche. Nach Aussage von Alfreds Geschäftspartner Ryan versuchte Leclerc, ihn damit zu erpressen.«

»Ich habe damals einen Fehler gemacht, das ist alles«, sagte Mondragon.

»Und was ist mit der Versicherung?«, fragte Gino. »Ich wette, dass Sie noch mehr daran verdient haben, als Hank vermutet. Haben Sie die Kylix verkauft und zusätzlich die Versicherungssumme für die Fälschung eingestrichen?«

»Warst du es nicht, der die Kylix versicherte?«, fragte Eugenia Palladini. »Du sagtest, du hättest ein Vermögen dafür zahlen müssen.«

Palladini schluckte. »Ja, das stimmt. Wie furchtbar. Ich hatte keine Ahnung.«

»Sagten Sie nicht, Ihrer Vermutung nach würden vier Personen zu dieser Gruppe gehören?«, fragte Eugenia an mich gewandt.

Ich nickte.

»Und sagtest du nicht, du hättest Geld von deiner Mutter geerbt, Vittorio?«, fragte Eugenia. »Hast du mir nicht erzählt, die Wohnung in Rom hätte ihr gehört?«

»Das stimmt nicht«, sagte ich. »Er hat sie vor ein paar Jahren gekauft, ungefähr zu der Zeit, als die Kylix verschwand.«

»Oje«, bemerkte Dottie. »Arme Eugenia. Wir Frauen erfahren mehr, als wir jemals wissen wollten. Woher bekamen sie denn die Fälschungen?«

»Dafür brauchte man einen vollendeten Künstler, der fast so begabt war wie der Micali-Maler, meinen Sie nicht auch, Nicola?«

Nicola wollte etwas erwidern, hielt dann jedoch inne.

»Ich habe Ihr Gemälde mitgebracht, um es allen zu zeigen«, setzte ich hinzu. »Es ist in meiner Tasche. Wenn ein

Experte einen vergleichenden Blick auf die Hydria und Ihr Bild werfen würde, wüssten wir sicher Bescheid.«

»Ah, mir fällt gerade etwas ein«, sagte Gino. »War es nicht Nicola, der in der Polizeistation die Echtheit der Hydria überprüft hat?«

»Das hat er«, sagte Lucca.

»Natürlich bin ich nicht dasselbe Risiko wie Lara eingegangen und habe die Hydria dazu zerbrochen«, sagte Nicola.

»Sicher nicht«, sagte Gino.

»Aber Sie sprachen soeben von Mord«, hakte Anna nach. »Und nicht von Fälschung oder Versicherungsbetrug.«

»Antonio und ich freundeten uns an«, sagte ich. »Wir passten aufeinander auf. Er rettete mich bei einem Überfall, und ich bewahrte ihn davor, missverstanden zu werden. Ich glaube, er war wesentlich intelligenter, als manche dachten. Er folgte mir überallhin und beobachtete alles. Vermutlich sah er, wie ich die Hydria in Leclercs Kofferraum zurücklegte, wie Leclerc sich mit der Person traf, die später sein Mörder wurde, stolperte vielleicht sogar genau wie ich über Leclercs Leiche und zählte zwei und zwei zusammen. Mit großer Wahrscheinlichkeit sah er auch, dass die gefälschte Hydria in mein Hotelzimmer gebracht wurde.«

»Er rief mich an, wissen Sie«, sagte Mario. »Eigentlich sollte ich zu dem Melone-Grab fahren und die Hydria von Lara entgegennehmen. Er rief mich an und warnte mich davor, hinzufahren. Es sei etwas äußerst Seltsames im Gange. Er mochte Sie sehr, Lara. Er wollte nicht, dass Ihnen etwas zustößt, und sagte, er würde hinfahren, um dafür zu sorgen, dass Ihnen nichts geschähe.«

»Und welcher dieser vier Übeltäter tötete nun Antonio?«, fragte Lake.

»Derjenige, der einen roten Lamborghini fährt, in dem hinten ein hellgelber Regenschirm liegt«, erklärte ich. »Wem auch immer dieses Auto gehört, war sowohl in

Nizza als auch in Volterra – weil er mit Leclerc Geschäfte machte, schätze ich. Es besteht durchaus die Möglichkeit, dass es sich um den Wagen handelt, mit dem ich an dem Tag, als ich Leclerc fand, im Nebel bei Cortona fast zusammengestoßen wäre.«

In der ganzen Verwirrung hatten wir wahrscheinlich nicht darauf geachtet, wer sich in welche Richtung bewegte, doch bei meinen letzten Worten versuchten die Übeltäter, wie Lake sie genannt hatte, zu verschwinden. Sie liefen auf die Treppe zu, erklommen die Stufen und stießen dabei unsanft mehrere Leute beiseite. Bei dem Tumult wurde die Grappaflasche auf dem Tisch umgestoßen, sodass sich der Inhalt auf das rote Tischtuch ergoss.

»Halten Sie sie auf!«, rief Lucca, und alle folgten ihnen. Lake eilte bereits erstaunlich flink die Stufen hinauf.

»Ihr Widerlinge«, schrie Dottie, zog ihre Schuhe aus und raste ebenfalls die Treppe hinauf. Ich ging aus dem Weg, um die polternden Horden vorbeizulassen.

Ich wollte ihnen gerade folgen, als ich dachte: *Wie viele von ihnen habe ich eben verschwinden sehen?* Ich wandte mich um und blickte mich in dem Grab um. Es war leer. Ich ging auf den Tisch zu, der ganz hinten stand, konnte jedoch nichts entdecken.

Dann hörte ich etwas, doch es war bereits zu spät. Cesar Rosati trat aus der Dunkelheit des Nebenraumes, packte mich von hinten und hielt mir eine Messerklinge, das Käsemesser, an den Hals.

»So«, sagte er. »Wir gehen jetzt ganz langsam nach oben. Sie gehen voran. Wir gehen zum Parkplatz, steigen in mein Auto und fahren los. Wenn Sie alles tun, was ich sage, absolut alles, dann überlege ich mir, ob ich Sie freilasse, sobald ich an meinem Ziel angekommen bin. Haben Sie mich verstanden?«

»Ja«, antwortete ich. Aus irgendeinem Grund blickte ich auf den Tisch und entdeckte den großen dunklen Fleck auf der Tischdecke und kleine Lachen um den Käse herum. *Grappa,* dachte ich und wusste dann plötzlich, was ich zu tun hatte. Ich schob langsam meine Hand zur Seite und stieß dann mit einer schnellen Bewegung die beiden Kerzenleuchter um, die mir am nächsten standen.

Es war ein gewagtes Unternehmen. Die erste Kerze zischte und erlosch. Irgendjemand musste es gut mit mir meinen, denn nach einem kurzen Augenblick entzündete die zweite den Alkohol. Der Tisch brannte lichterloh. Ich glaube, wir schrien beide. Dann duckte ich mich und schlug ihm das Messer aus der Hand.

Möglicherweise war es nicht der schlimmste Brand auf Erden, aber es war erstaunlich, wie schnell sich das Grab mit Rauch füllte. Es war dunkel, heiß, und die Luft war so schlecht, dass meine Lungen schmerzten. Rosati packte mich, legte mir die Hände um den Hals und drückte zu. Ich wehrte mich, kratzte und kniff ihn. Sein Jackenärmel fing Feuer, und wir fielen beide zu Boden. Ich glaube, ich stieß mir den Kopf an. Ich weiß, dass ich Sterne sah, und für einen kurzen Augenblick war ich möglicherweise bewusstlos. Ich konnte nicht atmen, mich kaum bewegen und lag einen Moment lang einfach nur auf dem Boden. Wo sich Rosati befand, wusste ich nicht, und mir war klar, dass ich sterben würde, wenn ich hier liegen blieb. Allerdings konnte ich nicht die Energie aufbringen, etwas zu unternehmen.

Dann spürte ich plötzlich, wie kräftige Arme an mir zogen, und hörte Lakes Stimme. »Sie sind schon so weit gekommen«, sagte er. »Jetzt aufzugeben wäre ziemlich dumm.« Irgendwie rappelte ich mich hoch und folgte ihm die Treppe hinauf.

Draußen legte ich mich keuchend ins Gras. Dottie und Eugenia setzten sich neben mich. »Halte durch«, sagte Dottie und tätschelte mir die Hand. »Der Arzt ist unterwegs. Zu meiner Verteidigung möchte ich allerdings sagen, dass ich geglaubt habe, es gäbe möglicherweise höher stehende

Prinzipien, die wichtiger sind als Freundschaft. Das Erbe einer Nation zu retten, beispielsweise.« Ich sah sie einfach nur an. »Vielleicht auch nicht«, fügte sie hinzu. »Es tut mir leid.«

»Ich nehme an, wir sind alle kleine Kompromisse eingegangen«, sagte Eugenia. »Aber insgesamt ...« Sie verstummte.

»Ich habe Rosati«, rief Lucca, während er einen reglosen Körper aus dem Zugang zu dem Grab zog. »Wo sind die anderen?«

Wir blickten uns um und sahen in Richtung des Hauses. Nicola Marzolini, Vittorio Palladini und Alfred Mondragon waren wie Grillhähnchen an die Säulen gebunden, die zu beiden Seiten der Loggia standen. Crawford Lake war verschwunden.

EPILOG

Crawford Lake ist tot. Er gab eine größere Geldsumme für eine schicke Jacht aus, als die meisten von uns sich überhaupt vorstellen können, segelte aufs Mittelmeer hinaus und machte sich an einem klaren Tag, als niemand ihn beobachtete, die See wie eine Glasfläche wirkte und die Sonne sich so hell darin spiegelte, dass es fast in den Augen schmerzte, heimlich davon.

Es gab zahlreiche Spekulationen darüber, warum jemand mit all den Vorteilen, die er hatte – Wohlstand, Intelligenz und eine wesentlich bessere Zukunft, als die meisten von uns erwarten dürfen –, so etwas tun konnte.

Ich weiß, dass er es einfach leid war, allein im Dunkeln zu sitzen. Aber ich bin wütend auf ihn. Er wollte nicht, dass ich aufgebe. Warum tat er es dann?

Auch Cesar Rosati ist tot. Rauchvergiftung. Nicola Marzolini, Vittorio Palladini und Alfred Mondragon gelang es, mit einer milderen Strafe davonzukommen, indem sie gegen Rosati aussagten, der sich aus den bekannten Gründen nicht mehr verteidigen konnte. Sie machten ihn für beide Morde verantwortlich und erzählten den Behörden, wohin die Hydria gelangt war: Sie war an einen Käufer in Hongkong gegangen. Italien hat ein Verfahren eingeleitet, um die Chimären-Hydria zurückzubekommen.

Die Società della Chimera wurde aufgelöst. Lola und Salvatore scheinen sich eine schöne Zeit zu machen, während sie gemeinsam die Landschaft nach Lars Porsenas Grab absuchen. Dottie hat einen neuen Mann gefunden, der ihr Geschäft finanziert. Antonios Teresa hat jemand anderen geheiratet.

Als ich nach Hause kam, sah mein kleines Arbeiterhaus von 1887 mit seinem weißen Lattenzaun und dem winzigen Garten so hübsch aus, dass ich einfach nur davorstand und es ein paar Minuten lang anstarrte. Im Haus brannte Licht. Vielleicht, dachte ich, war Alex, mein Freund und Nachbar, herübergekommen, um es anzuschalten und auf mich zu warten.

Ich öffnete die Tür und sah, dass im Kamin ein Feuer brannte. Auf einem Hocker an der Küchentheke saß Rob. »Hallo«, begrüßte er mich.

»Hallo«, sagte ich. »Ich bin froh, dass du hier bist.«

»Ich auch«, erwiderte er. Er wirkte müde, entmutigt und irgendwie älter. »Hattest du eine schöne Zeit?«

»Eigentlich nicht«, sagte ich. »Ist dein Einsatz beendet?«

»Ja.«

»Ich habe im Flugzeug in der Zeitung davon gelesen«, sagte ich.

»Dann weißt du alles?«

»Ja«, antwortete ich. »Du hast bei einer verdeckten Ermittlung einen befreundeten Polizisten festgenommen. Drogen.«

»Mit dem Mann habe ich fünfzehn Jahre zusammengearbeitet«, sagte Rob. »Einen Großteil der Zeit waren wir sogar Partner. Als ich endlich herausfand, um wen es sich handelte, fühlte ich mich, als wäre ich von einem Pferd in den Magen getreten worden.«

»Das tut mir sehr leid«, sagte ich.

»Ich überlege, ob ich den Dienst quittieren soll«, erwiderte er. »Es gibt sicher andere Dinge, die ich tun könnte.«

»Davon bin ich überzeugt«, pflichtete ich ihm bei. »Aber du bist ein wirklich guter Polizist.«

»Vielleicht könnte ich eine Sicherheitsfirma aufmachen oder so etwas. Hättest du etwas dagegen?«

Ich sah ihn eine Weile lang an. »Was auch immer du willst, ich bin mit allem einverstanden. Aber ich weiß, was du brauchst«, fuhr ich fort, während ich mich hinter ihn stellte, ihm die Arme um den Hals legte und an seinem Ohrläppchen knabberte. »Erstens«, sagte ich, »einen Grappa. Zufällig habe ich welchen in dieser Duty-free-Tasche.« Ich öffnete den Karton, stellte ein Glas vor ihn hin und goss ihm etwas ein.

»Zweitens«, sagte ich. »Pasta. Allerdings nicht irgendwelche Pasta. *Pasta con aglio, olio* und *peperoncini,* mit Knoblauch, Öl und scharfen Paprikaschoten. Das habe ich von einem Experten gelernt.« Ich öffnete den Küchenschrank, holte die Zutaten heraus und füllte einen großen Topf mit Wasser. »Das sollte dich stärken.«

»Und drittens«, sprach ich weiter, während ich auf den indonesischen Schrank zuging, in dem meine Stereoanlage untergebracht ist, »Musik. Verdis Otello. Denn ganz gleichgültig, was wir sonst noch von Otello lernen können: Die Oper handelt von der Schwierigkeit herauszufinden, wem wir vertrauen sollen.«

DANKSAGUNG

Bei den Recherchen und beim Schreiben dieses Buches haben mich viele Menschen unterstützt. Ich danke Celia Fairclough, Jan Rush, Carol Kirsh und Roy Abrahamson, Betty Cushing, Jim Polk, Bella Pomer und, wie immer, meiner Schwester Cheryl.

Deutsche Erstausgabe 2008
Weltbild Buchverlag –Originalausgaben–

Projektleitung: Almut Seikel
Übersetzung: Christa Hohendahl
Redaktion: Carmen Dollhäubl
Umschlaggestaltung: zeichenpool, München
Umschlagabbildung: © Massimo Listri/CORBIS
Satz: Lydia Kühn
Gesetzt aus der Sabon 10,75/12,5 pt
Druck und Bindung: CPI Moravia Books s.r.o., Pohorelice

Gedruckt auf chlorfrei gebleichtem Papier

Printed in the EU

ISBN 978-3-89897-821-7